SV

Clemens J. Setz

DIE BIENEN UND DAS UNSICHTBARE

Suhrkamp

Erste Auflage 2020
© Suhrkamp Verlag Berlin 2020
Alle Rechte vorbehalten, insbesondere das der Übersetzung,
des öffentlichen Vortrags sowie der Übertragung durch Rundfunk
und Fernsehen, auch einzelner Teile. Kein Teil des Werkes darf
in irgendeiner Form (durch Fotografie, Mikrofilm oder andere
Verfahren) ohne schriftliche Genehmigung des Verlages
reproduziert oder unter Verwendung elektronischer Systeme
verarbeitet, vervielfältigt oder verbreitet werden.
Satz: Greiner & Reichel, Köln
Druck: CPI books GmbH, Leck
Printed in Germany
ISBN 978-3-518-42965-5

DIE BIENEN UND DAS UNSICHTBARE

I decided not to be silent when the battery dies
Mustafa Ahmed Jama

Nibuds kömons suvo lü stopöp su lubel –
tü minuts degtel. Nek spidon tope, do nibuds
binons mödiks.
Busse kommen oft zu der Haltestelle auf dem Hügel –
alle zwölf Minuten einer.
Niemand will allzu rasch an diesen
Ort gelangen, aber die Busse dahin sind zahlreich.
aus Ralph Midgleys Sprachkurs Volapük in Action

Intro

»Mustafa, du wurdest in Somaliland geboren, ein Land, das offiziell nicht existiert. Mit wie viel Jahren bist du nach Schweden gekommen?«

»Ich bin 1979 geboren. Nach meiner Geburt war ich fünf Minuten lang tot. Wir sind nach Schweden gekommen, als ich drei Jahre alt war, nach vielen Reisen, die meine Eltern unternahmen, in Somalia und auch außerhalb. Sie suchten nach Hilfe für mich.«

»Erinnerst du dich noch an deine Ankunft?«

»Ja und nein. Ich habe noch etwa zehn Prozent meiner Erinnerungen von damals.«

»Wann konntest du zum ersten Mal kommunizieren?«

»Mit fünf. Ich spielte mit anderen Kindern, und da war ein Lehrer, der gab mir Süßigkeiten und sagte: Komm in dieses Zimmer hier und lerne diese Bliss-Symbole. Heute bin ich diesem Lehrer enorm dankbar, denn zu diesem Zeitpunkt versuchte ich natürlich, zu sprechen wie alle anderen Kinder, aber es war kaum möglich.«

»Wie war es, als du zum ersten Mal Dinge sagen konntest?«

»Es war nicht immer wie heute. Heute beherrsche ich die Symbole fließend. Mein Unterricht begann mit den Zeichen für *Mann* und *Papa*. Dann folgten die Begriffe *Bruder*, *Schwester* und so weiter.«

»Wie lange dauerte es, bis du sie fließend beherrscht hast?«

»Zehn Jahre, tägliche Übung.«

»Träumst du heute in Bliss-Symbolen?«

»Natürlich.«

»Und wie hast du begonnen, in ihnen zu dichten?«

»Ich habe zuerst Gedichte gelesen, und später gewann ich Poesie immer mehr lieb, sie wurde zu einer Leidenschaft. Irgendwann begann ich, selbst Gedichte zu verfassen. Und wenn ich kurz für alle Somalis sprechen darf: Dichtung spielt in unserem Leben eine sehr zentrale Rolle. Es ist kein Zufall, dass der britische Reiseschriftsteller Gerald Hanley geschrieben hat: Somalia ist das Land der Dichter.«

»Das wusste ich nicht.«

»Der Bruder meines Großvaters war ebenfalls Dichter. Als Kind las ich schwedische Lyriker und hörte mir somalische Poesie auf Audiokassetten an. Beides hat mich sehr geprägt. Die somalische Dichtung ist stark metaphorisch ausgerichtet. In einem bestimmten Gedicht kann es zum Beispiel so klingen, als würde der Dichter über Mutter Natur sprechen, dabei handelt es von etwas vollkommen anderem, das noch niemand kennt.«

»Gibt es einen Unterschied im Denken zwischen Bliss-Symbolen und Schwedisch?«

»Ja, eindeutig. Bliss ist viel klarer. Bliss gibt dir die Bedeutung selbst, ohne das Drumherum. Nur die Bedeutung und sonst nichts. Du siehst, was die Welt wirklich ist. Zum Beispiel das Wort für Hospital. *Haus* plus *Kranke Person*.«

»Ich war von deinem Gedichtband tief beeindruckt. Wird es in der nächsten Zeit vielleicht ein neues Buch von dir geben?«

»Ich weiß nicht, ob und wann ich wieder etwas veröffentlichen will. Vielleicht, wenn ich im Grab bin.«

»Ich hoffe, es wird noch davor geschehen.«

»Ich habe eigentlich vor, alles Weitere postum zu veröffentlichen. Die Vorstellung, dass Journalisten kommen und mein Werk kommentieren, ist mir sehr zuwider. Es würde mir nur wehtun. Aber vielleicht, wenn ich Glück habe, wird es herauskommen, wenn ich alt und grauhaarig bin.«

»Ich würde jedenfalls gerne mehr von dir lesen. Deine Gedichte treffen einen direkt im Kehlkopf.«

»Lob mich lieber nicht zu viel, sonst entwickle ich am Ende noch *writer's block*.«

»Nun ja, in meinem Buch werde ich deine Gedichte vermutlich schon etwas loben.«

»Okay. Ich werde versuchen, nicht darauf zu achten.«

ERSTES KAPITEL

Das Tänzeln

This is not the best we can do.
Noises with your mouth.
Joe Rogan, JRE Podcast #1383

1

Es ist eine alte Geschichte. Der italienische Dichter Tommaso Landolfi (1908–1979) erzählt uns ihre archetypische Grundgestalt in seinem *Dialogo dei massimi sistemi* aus dem Jahr 1937. Ein Mann, nur bekannt unter dem Namen Y, erlernt von einem englischen Kapitän, der gelegentlich in Ys Trattoria herumhängt und mit seiner Bewandtheit in den orientalischen Sprachen angibt, das Persische. Y erweist sich als gelehriger Schüler. Persisch scheint wie gemacht für sein Gehirn. Alle neuen grammatikalischen Strukturen saugt er mit geradezu schlafwandlerischer Selbstverständlichkeit in sich auf. In kürzester Zeit beherrscht er die Sprache so gut, dass er Poesie in ihr verfasst. Sein kleines dichterisches Werk erfüllt ihn mit großem Stolz. Es erscheint ihm als der direkteste, unverstellteste Ausdruck seiner Seele.

Nach Jahren kommt er auf die Idee, einmal einen klassischen persischen Dichter zu lesen. Vielleicht denkt er an Hafis, an Firdausi, an Rumi. Er besorgt sich ein Buch, schlägt es auf und sieht Blöcke vollkommen fremdartiger Zeichen vor sich. Nun, denkt er, vielleicht hat ihm der Kapitän die persische Schrift falsch beigebracht. Aber auch ein Blick in eine persische Grammatik stellt ihn nur vor Unverständliches. Das, was der Kapitän ihm da beibrachte, war nicht Persisch.

Also sucht der arme Mann alle linguistischen Quellen durch, die sich auftreiben lassen, spricht mit Gelehrten und Professoren, versendet Textproben, aber niemand kennt die Sprache, in der er dichtet. Sie erinnert an nichts Bekanntes. Der wunderliche Kapitän muss sie sich ausgedacht haben.

Y schreibt einen Brief an den Kapitän und erhält von diesem ein ungeheuerliches Antwortschreiben: »Geehrter Herr! Ich habe Ihren Brief erhalten. Eine Sprache wie die von Ihnen beschriebene ist mir, trotz meines beachtlichen linguistischen Wissens, völlig unbekannt. (…) Was die bizarren Schriftzeichen angeht, die Sie beigefügt haben, so ähneln diese zu einem Teile dem aramäischen, zu einem anderen dem tibetischen Zeichensystem, aber seien Sie versichert, dass sie weder die eine noch die andere Sprache abbilden.«

Der nun vollends verzweifelte Y begibt sich zu einem Kritiker, um herauszufinden, was von den Gedichten zu halten ist, die er in der seltsamen, sozusagen jungfräulich geborenen Fantasiesprache verfasst hat. Kein Mensch auf der Welt könne sie lesen, aber er habe seine ganze Seele in sie gegossen. Er wüsste zumindest gerne, ob diese nun überhaupt noch darin enthalten sei. »Das Traurige an der Sache ist«, sagt er, »dass diese verfluchte Sprache, die keinen Namen trägt, sehr, sehr schön ist – und dass ich sie von Herzen liebe.« Der Kritiker weist darauf hin, dass eine Sprache nicht notwendigerweise von anderen verstanden werden müsse, um ein Träger für Poesie zu sein. Man könnte auch sagen, der Dichter sei in diesem Fall so etwas wie der grenzenlos mächtige König in einem nur von ihm selbst verwalteten und bewohnten Reich, unangefochten von der Vergänglichkeit und den Missverständnissen des Ruhms. Er lebe, in gewisser Hinsicht, das ideale Leben. Am Ende verliert der arme Y den Verstand. So zumindest legen es seine Mitmenschen aus, wenn sie ihn dabei beobachten, wie er immer wieder seine mit unverständlichen Zeichen vollgekritzelten Zettel in die Büros der Literaturzeitschriften trägt.

In der Geschichte, vor allem der des 20. Jahrhunderts, hat es sehr viele *Ys* und einige wenige *Kapitäne* gegeben. Auch *Kritiker* waren vorhanden. Dieses Buch wird einige von ihnen versammeln: begnadete Dichter, einsam in ihrem Reich ausharrende Könige, vorübergehend Verlorene, Unsichtbare und Verfolgte, Roboter und Verbrecher, Helden und Welterlöser.

2

Ein zum Sprechen anhebender Mensch hat, so scheint es, etwas Magisches. Dieses Magische aber verwandelt sich schnell in tragische Verwunschenheit, ja mitunter sogar in einen Fluch, wenn der Betreffende irgendwo ganz für sich allein mit Wörtern im Gehirn hantiert, ohne Aussicht auf einen ihm verständnisvoll lauschenden Mitmenschen, der dieselbe Sprache spricht.

Werner Herzog berichtet, dass er bei den Dreharbeiten zu *Wo die grünen Ameisen träumen* in Port Augusta, im Süden Australiens, einen Aboriginal-Mann kennenlernte, der der letzte Sprecher einer von anderen Idiomen vollkommen isolierten Sprache war. Der Mann konnte sich niemandem verständlich machen. Er lebte in einem Pflegeheim, in dem man ihm den Kosenamen »Der Stumme« gegeben hatte. Seine Nachmittage habe der Mann, so Herzog in einem Gespräch mit Paul Cronin, damit zugebracht, Münzen in einen leeren Getränkeautomaten zu drücken und dann ihrem klimpernden Durchrieseln durch den Apparat zu lauschen. Wenn der Mann schlief, holten die Pfleger die Münzen aus dem Automaten und legten diese zurück in seine Tasche, wobei diese magische Rückkehr seiner Münzen bei weitem nicht das beunruhigendste Element im Alltag des Mannes gewesen sein dürfte.

Die Stelle in Franz Kafkas Werk, die mich seit meiner Jugend immer am meisten bewegt hat, findet sich gegen Ende der kurzen Erzählung *Eine Kreuzung*. Ein Mann besitzt ein eigen-

tümliches Tier, halb Katze und halb Lamm. Es ist ein Familien-
erbstück. Seine Doppelnatur bringt einige Schwierigkeiten mit
sich. Es scheint nicht nur Lamm und Katze, sondern auch, in
gewisser Weise, Mensch sein zu wollen. »Manchmal springt es
auf den Sessel neben mir, stemmt sich mit den Vorderbeinen
an meine Schulter und hält seine Schnauze an mein Ohr. Es ist,
als sagte es mir etwas, und tatsächlich beugt es sich dann vor
und blickt mir ins Gesicht, um den Eindruck zu beobachten,

Der fünfjährige Franz Kafka mit
einem Gefährten

den die Mitteilung auf mich gemacht
hat. Und um gefällig zu sein, tue ich,
als hätte ich etwas verstanden, und ni-
cke. – Dann springt es hinunter auf
den Boden und tänzelt umher.«

Es ist dieses Tänzeln, von dem mein
Buch handelt. Es ist unsere eigentliche
Natur.

Das Chaos beginnt immer da, wo dieses Tänzeln des Verstandenwerdens
nicht mehr existiert. So wie etwa in der
entsetzlichen Lebensgeschichte des
letzten, notdürftig »Ishi« (»Mann«)
genannten Mitglieds der Yahi, eines
nordamerikanischen Ureinwohnerstammes, der seinen echten Namen niemandem mehr sagen konnte, weil man diesen
nur innerhalb des Stammes zu bestimmten Zeiten verwendete.
Einen Stamm und »bestimmte Zeiten« gab es aber nicht mehr.
Es gab nur mehr beinah außerirdische Wesen, die sich um ihn
scharten. Er verbrachte seine letzten Lebensjahre als lebendiges Exponat im Anthropologischen Museum in Berkeley, wo
er sich filmen und von dem freundlich um ihn bemühten, aber
nur einen sehr entfernt verwandten Dialekt beherrschenden
Wissenschaftler Alfred Kroeber über alles Mögliche befragen
ließ. Er starb 1916 an Tuberkulose.

Es geht ein außerordentlich starkes Grauen aus von allen diesen Geschichten, in denen ein menschlicher Kopf, von Natur aus randvoll mit Ausdrucksmöglichkeiten, sozusagen über Nacht in einen Zustand vollständiger Anschluss- und Kontaktlosigkeit versetzt wird. Nie wieder wird er tänzeln.

Gelegentlich sind es sogar selbst auferlegte Gründe, die zum Verlust einer ganzen Welt werden.

Die australische Aboriginalsprache Mati Ke hat nur mehr zwei lebende Sprecher, Patrick Nudjulu und Agatha Perdjert, wird aber zwischen diesen beiden nicht mehr gebraucht. Denn sie sind, wie es das Unglück will, Bruder und Schwester. Unglück deshalb, weil das strenge Stammestabu der Mati Ke es verbietet, dass Brüder und Schwestern nach der Pubertät miteinander kommunizieren. Als Erwachsener mit seinen Geschwistern in Kontakt zu treten wäre für sie, so zumindest wird es in der mit diesem Fall beschäftigten Fachliteratur erklärt, so obszön wie für unsereins Inzest. Aber andererseits, sie sind ja die einzigen lebenden Mitglieder ihres Stammes, es wäre also gar niemand mehr übrig, der sie für die Übertretung des Tabus bestrafen könnte! Sie wären, genau genommen, so frei wie die beiden letzten Menschen auf der Erde. Aber so läuft es nicht. Weltende hin oder her, sie ziehen es vor, sich bis zu ihrem Tod streng an das Tabu zu halten, und sitzen in ihren Dörfern, reden auf Englisch und schweigen auf Mati Ke.[1]

Der große französische Autor Emmanuel Carrère schrieb ein ganzes Buch, *Un roman russe* (2007), inspiriert von dem Fall eines ungarischen Soldaten, der 1944 in Russland gefangen genommen, für geisteskrank gehalten, unter anderem weil er kein Russisch verstand und auch keine Anstalten machte, es zu erlernen, und in eine psychiatrische Anstalt in der Klein-

---

1 Beschrieben in *The Trouble with Diversity* von Walter Benn Michaels, auch erwähnt in Jennifer Lawns *Neoliberalism and Cultural Transition in New Zealand Literature* und natürlich in Mark Ableys *Spoken Here*, der Patrick Nudjulu sogar besucht hat.

stadt Kotelnitsch gebracht wurde, wo er unglaubliche 53 Jahre lang eingesperrt blieb, ohne je ein Wort Russisch zu sprechen. Erst im Jahr 2000 wurde er, bereits weitgehend erstarrt und nur noch murmelnd, zurück nach Ungarn gebracht, wo er seine letzten Jahre in der Pflege seiner Schwester zubrachte und sogar wieder zu sprechen begann. Das Rätsel, weshalb er niemals Russisch erlernte, wurde nie gelöst. Carrère fährt nach Kotelnitsch und studiert die Krankenakten. Aus ihnen geht hervor, dass der Soldat in den fünfziger Jahren noch die Wände, Türen und Fenster der Anstalt mit ungarischen Sätzen vollgeschrieben hat. Danach heißt es Jahr für Jahr über ihn monoton: »Er spricht nur Ungarisch.« Eine einzige Interaktion mit improvisierter Gebärdensprache wird verzeichnet, sie fällt ins Jahr 1965. Dann bis in die Neunziger: »Zustand des Patienten unverändert.« Gegen Ende wird ihm ein Bein amputiert.

Noch seltsamer als die aus inneren oder äußeren Zwangshaltungen erzeugten Fälle von Sprachvereinsamung sind jene, die künstlich, mit voller Absicht und bei klarem Verstand, sozusagen als vorübergehender Luxus, eingeleitet werden. Alle möglichen Menschen in der Geschichte erfanden sich eine eigene Sprache, erlernten sie und beschäftigten sich intensiv mit ihr und standen dann da: allein. Worauf sie in den meisten Fällen eine mal milde und scherzhafte, mal leidenschaftliche und verzweifelte Missionsarbeit begannen, einen Werbefeldzug oder sogar einen Glaubenskrieg, der immer einen einzigen Zweck hatte: die Erschaffung weiterer Sprecher.

Einige der bekannteren Kunstsprachen, die auf eine erfolgreiche Missionsarbeit verweisen können, heißen Esperanto, Klingonisch, Volapük, Blissymbolics, Lojban. All diesen Sprachen werden wir uns über ihre Poesie und über ihre Dichter annähern. In Esperanto und Blissymbolics existieren sogar heute lebende *native speaker*. Die zahlreichsten Dichter besitzt Esperanto. 1887 erfand der Warschauer Augenarzt Ludwik Zamenhof eine Sprache und formulierte ihre Regeln und ihren Daseinszweck in einer Broschüre. Er nannte seine Kreation »Lingvo Internacia«, und sich selbst nennt er »Doktoro Esperanto«, was in seiner Sprache so viel wie »Doktor Hoffnungsvoll« bedeutet. Die Sprache wird bald nach seinem Künstlernamen benannt. Bereits in ihrem Geburtsjahr erlernt ein späterer Freund Zamenhofs, Antoni Grabowski, die Sprache und beginnt, hymnische Gedichte in ihr zu verfassen. 1889 wird in Nürnberg bereits die erste ganz in ihr verfasste Zeitschrift gedruckt. Um 1900 bilden sich auf der ganzen Welt Esperanto-Vereine. 1907 erscheint der erste 500-seitige Roman. Heute ist die Esperanto-Dichtung extrem zahl- und artenreich, verfügt über eigene literaturgeschichtliche Strömungen und Epochen, und selbst die Dichte ihrer genial begabten Poeten ist, das muss man zugeben, auffallend hoch.

Was aber genau tut ein Dichter, der in einer von einem einzigen Menschen erfundenen Sprache schreibt? Ist es wirklich dasselbe wie Schreiben in naturgewachsenen Sprachen? Will ein Dichter nicht von so vielen Menschen wie möglich gelesen und verstanden werden? Nein. Zumindest nicht unbedingt. Und doch bleibt der Fall ein auf den ersten Blick recht verwirrender. Als Esperanto nur ein paar Sprecher hatte – wie fühlte es sich da für Antoni Grabowski an, die später so berühmten Gedichte darin zu verfassen? Für wen schrieb er? Für die Zukunft? Oder für seine unmittelbaren Freunde? Oder für sich?

Der arme Y aus Landolfis Geschichte glaubte ja, in Gesellschaft anderer persischer Sprecher zu dichten, und erst, als er Anschluss an diese suchte, fiel er in die Hölle. Ein Gedicht aus seiner Feder lautet:

Aga magéra difura natun gua mesciún
Sánit guggérnis soe-wáli trussán garigúr
Gúnga bandúra kuttavol jerís-ni gillára.

Lávi girréscen suttérer lunabinitúr
Guesc ittanóben katír ma ernáuba gadún
Vára jesckílla sittáranar gund misagúr,
Táher chibíll garanóbeven líxta mahára
Gaj musasciár guen divrés kôes jenabinitúr
Sòe guadrapútmijen lòeb sierrakár masasciúsc
Sámm-jab dovár-jab miguélcia gassúta mihúsc
Sciú munu lússut junáscru garulka varúsc.

Sehen wir uns diese Seite ruhig einige Augenblicke genauer an. Ein großer Teil dieses Buches wird so aussehen. Textblöcke aus unverständlichen Wörtern. Und die Leserinnen werden sich, so vermute ich, in zwei Kategorien teilen: Die eine liest sich zumindest ein paar Zeilen der unbekannten Buchstabenfolgen durch, betont sie vielleicht sogar laut, einfach um zu sehen, ob darin irgendetwas Unerwartetes versteckt ist, ein Anflug von Vertrautem oder Deutbarem, während die andere den Text einfach als homogen-fremdartigen Block wahrnehmen wird, als Gesamtes, als Bild.

Y, das heißt Landolfi, liefert uns freundlicherweise auch eine Übersetzung:

Mit müdem Gesicht, das vor Glück weint,
erzählte mir die Frau aus ihrem Leben
und versicherte mich ihrer brüderlichen Zuneigung.
Und die Pinien und Lärchen in der Straße bogen sich anmutig
vor dem Hintergrund des warmrosa Sonnenuntergangs
und einer kleinen Villa mit Landesfahne,
und sie erinnerten an das furchige Gesicht einer Frau, die nicht begriff,
dass ihre Nase glänzte. Und dieser Glanz blitzte
lange Zeit zu meinem Vergnügen, voller Ironie und Biss,
ich fühlte ihn hüpfen und springen, so wie ein kleiner alberner Fisch
in den Schattentiefen meiner Seele.

Der *Kritiker* findet das sehr gelungen. Y aber weist darauf hin, dass die Übersetzung nichts, rein gar nichts von der Anmut des Originals zu erhalten vermag. Er ist und bleibt allein mit seiner einmal erfolgreich in Worte gefassten Essenz.

Walter Benjamin schrieb: »Das sprachliche Wesen des Menschen ist also, daß er die Dinge benennt. Wozu benennt? Wem teilt der Mensch sich mit? – Aber ist diese Frage beim Menschen eine andere als bei anderen Mitteilungen (Sprachen)? Wem teilt die Lampe sich mit? Das Gebirge? Der Fuchs? – Hier aber lautet die Antwort: dem Menschen. Das ist kein Anthropomorphismus.« Und schließlich kommt er auf die Formel: »*Im Namen teilt das geistige Wesen des Menschen sich Gott mit.*«

Wem aber, so können wir heute fragen, teilt sich der mit, der allein für sich eine von seinen Mitmenschen ungeteilte Sprache spricht? Gibt es ein zu Gott hin bezogenes Benennen der Welt ohne den Umweg über die in die Kommunikation einbezogenen Mitmenschen? Ich hoffe es. Aber ich sehe dafür auf der Erde bislang kein beweiskräftiges Zeichen.

3

Frederic ging in meine Volksschulklasse. Er war gehörlos. Aus mir unbegreiflichen Gründen war er »ohne Sprache« gelassen worden. Niemand hatte ihm die österreichische Gebärdensprache beigebracht. Man ging wohl irgendwie davon aus, dass er sich schon von selbst so etwas wie Lippenlesen und die »normale« Stimmsprache aneignen würde. Wie weit verbreitet diese institutionelle Form von Kindesmissbrauch damals gewesen ist, weiß ich nicht. Ich bin mir aber sicher, sie geschah, ähnlich wie gewisse heutige Formen des Missbrauchs, unter dem Leitgedanken der Fürsorge.

Eines Tages fiel Frederic ohne Vorwarnung über mich her und würgte mich. Eine Weile versuchte ich, ihn abzuschütteln, aber er war stärker, vielleicht vergingen zwanzig Sekunden, dann bekam ich Tunnelblick, und ein innerer Alarm heulte, mein Herz bäumte sich in meinem Brustkorb auf, und ich sah alles in einer Mischung aus Rot und Grau. Jemand zerrte ihn von mir fort.

Das Schlimme war nicht, dass er mir wehgetan hatte, sondern dass man ihm hinterher einfach nicht begreiflich machen konnte, was überhaupt vorgefallen war, die Lehrerin hielt ihn am Arm fest und verdrehte diesen wohl auch ein wenig, und Frederic schrie und zerrte und weinte, er hatte keine Ahnung, warum man ihn bestrafte. Er hatte noch nie im Leben mit einem anderen Menschen ein Gespräch geführt. Während sie ihn festhielt, brüllte die Lehrerin auf ihn ein. Ich sehe die Szene noch heute klar vor mir. Ihre laute Stimme, ihre ermahnenden Worte, ihre eindringliche *Erklärung* seines Vergehens.

Melanie, eine andere Klassenkollegin, war ebenfalls gehörbehindert, aber sie verfügte über einen Hörrest, so nannte man das, und sie verstand zumindest ein wenig von unserer schwer greifbaren, hauptsächlich im Reich der Schallwellen vor sich gehenden Leitkultur. Sie beruhigte den verwirrten Frederic nach seiner Bestrafung, denn ihr war, unfairerweise, die Aufgabe zugefallen, auf ihn aufzupassen. Aber auch sie »verstand« ihn natürlich nicht, konnte nicht »übersetzen«, wie die gründlich sinnverwirrten Pädagogen sich das damals vielleicht gedacht hatten. Noch heute erfüllt es mich mit mörderischer Wut, wenn ich mir die wohleingenisteten Autoritäten vorstelle, die beschlossen hatten, die beiden gehörbehinderten Kinder weitgehend sprachlos zu halten. Mögen sie irgendwann denselben Schmerz erleben, den sie verursacht haben.

In Susan Schallers faszinierender Studie *A Man Without Words* begegnen wir einem in den USA lebenden gehörlosen Mexikaner namens Ildefonso, der völlig ohne Sprache aufwuchs und erst im Erwachsenenalter unter Schallers Anleitung in einem äußerst mühseligen Prozess die Gebärdensprache erlernte. Das bewegendste Kapitel findet sich ganz am Ende des Buches, wo Schaller ihren früheren Schüler nach einigen Jahren wieder besucht und daran erinnert wird, dass Ildefonso bei weitem nicht der einzige sprachenlos existierende Mensch in der Stadt ist. Da ist zum Beispiel Ildefonsos eigener Bruder, Mario. Und Ildefonsos zahlreiche Freunde. Eines Tages geht Schaller zu ihnen und erlebt »einen Raum voller sprachenloser Menschen«, die stundenlang per szenischer Pantomime miteinander kommunizieren.

Eine Aussage wie etwa »Als ich über die Grenze zwischen Mexiko und den USA kam, hatte ich große Angst« dauert buchstäblich Stunden, um mitgeteilt zu werden. Die Anwesenden verwenden keine gemeinsamen grammatikalischen Strukturen, kein Vokabular. Was immer jemand ausdrücken will, er muss es jedes Mal aus dem Nichts völlig neu erschaffen, durch geduldige pantomimische Wiederholung einzelner Sachverhalte und Szenen. Es gibt kein Reservoir vereinbarter Zeichen. Jede Äußerung ist ein Turmbau.

Was die USA und was Mexiko ist, ist den im Raum versammelten Menschen nicht klar. Dass man hier, in den USA, allerdings unerwünscht lebt, haben sie sehr wohl begriffen. Es werden Menschen deportiert, das heißt, sie fehlen eines Tages einfach. Diese unheimliche Tatsache wird ebenfalls häufig pantomimisch vorgespielt. Durch lange geduldige Beobachtung haben sie gelernt, »that little cards worked to repel green men«. Deshalb haben sie Karten zu sammeln begonnen, alle möglichen Arten. Schaller bekommt diese »like pieces of gold« gehüteten Zauberartikel gezeigt und stellt fest, dass nur ein paar wenige davon so etwas wie Ausweispapiere darstellen. Alles, was gelernt oder mitgeteilt werden muss, braucht in dieser Community enorm viel Zeit. Kleinste Unterschiede in den sich türmenden Storywiederholungen sind ausschlaggebend für Art und Richtung einer bestimmten Information. Susan Schaller wird von Ildefonso mehrmals auf diese winzigen Unterschiede hingewiesen. Doch auch ihm fallen sie nicht mehr so selbstverständlich auf wie früher. Heute muss er sich konzentrieren. Susan Schaller berichtet, dass Ildefonso selbst nach einer Weile über Verständnisschwierigkeiten klagte: Er konnte den Pantomimen nicht mehr ohne weiteres folgen. Sein Gehirn fand den Vorgang auf einmal quälend langsam, vielleicht in etwa so, als bekäme man die Einzelbilder eines Films als gesonderte Kärtchen vorgelegt.

Die Gruppe der Freunde betrachtet Ildefonso inzwischen als eine Art Genie, weil er mit »normalen« Menschen zu reden gelernt hat. Er übersetzt während des Treffens häufig zwischen den Sphären der Sprache und der Sprachenlosigkeit. – Ein sehr merkwürdiger Satz, dieser letzte. Er klingt wie Nonsens. Ich vermute, dass ich, der Sprache im klassischen Sinn besitzt, mir die Innenwelt der von Schaller besuchten Männer nicht vorstellen kann, also ist meine Wortwahl für Ildefonsos Übersetzungsarbeit nur meine ungenaue Approximation. Oder ist uns die Welt der Sprachenlosigkeit doch immer nahe und vertraut? Und woher genau rührt das Grauen, das uns aus der Vorstellung völliger Sprachenlosigkeit jedes Mal entgegenweht?

4

Noch heute laufe ich oft an dem Gebäude vorbei, das sich *Hirtenkloster* nennt, auf dem Weg zur malerisch-verwahrlosten Weinzödlbrücke im Norden von Graz. Wir befinden uns in meinem liebsten Bezirk dieser Stadt, und die meisten Nebenstraßen hier enthalten Dinge aus meiner Vergangenheit. Das *Hirtenkloster* ist der Ort, wo ich im Alter von acht oder neun Jahren zum ersten Mal einer Gruppe von mehrfach bzw. schwer behinderten Kindern begegnete. Wochenlang hatten wir in der Volksschule eine Art Theaterrevue einstudiert. Meine Rolle war die eines Fernsehansagers. Auf der Bühne saß ich in dem hohlen Gehäuse eines TV-Geräts und sagte einige auswendig gelernte Sätze. Ihren genauen Inhalt weiß ich nicht mehr, es ging irgendwie darum, dass meine Figur ein kecker Betrüger war, der die Menschen dazu bringen wollte, ihm all ihr Geld zu überlassen. Ich weiß noch: Die mir ihrem Sinn nach nicht ganz greifbaren Wörter *pfänden* und *delogieren* kamen vor. Mitten in meiner Darbietung aber geschah es, dass eines der Kinder im Zuschauerraum entsetzlich zu schreien begann. Es klang wie ein langgezogenes Krähen. Ich hatte so etwas noch nie gehört. Ich bekam wahnsinnige Angst, aber ich konnte meinen Text perfekt auswendig und schnatterte ihn fehlerlos zu Ende. Hinter der Bühne dann brach ich vor Verwirrung in Tränen aus. Ich verstand nicht, was mit dem Kind passiert war, dass es so schreien musste.

Man führte mich seitlich an der Bühne zurück in den Saal. Und da, direkt neben einem von Tageslicht erfüllten Fenster, sah ich einen Jungen, der im Rollstuhl saß. Ich glaube, selbst diese Tatsache machte mir ein wenig Angst, aber auf seinem Kopf befand sich etwas, das mich faszinierte und das die kindische Furcht zumindest für die Dauer einiger staunender Sekunden überwand: eine Einhorn-Mütze. Ein teleskopartiger Zeigestock an der Spitze der Stirn. Ja, der Anblick beruhigte mich. Ein Einhorn, das war etwas Witziges und Freundliches.

Schnell aber wurde mir klar, dass die Einhorn-Vorrichtung die Funktion eines Zeigestocks erfüllte. Man hatte sie dem Jungen wie eine Grubenlampe vor die Stirn geschnallt, und er deutete mit dem unbegreiflichen Utensil auf einem riesigen vor ihm ausgebreiteten Brett herum, das wie das Periodensystem der Elemente (in dessen herrliche Symmetrien ich mit sechs oder sieben unglücklich verliebt war) aussah, bloß mit weit mehr Kästchen und mehr Farben.

Gerade hatte ich noch den einhornhaften Stock als etwas Versöhnliches und Verkleidungsartiges wahrgenommen, doch nun, da ich ein wenig mehr von seinem Verwendungszweck begriff, kam das rätselhafte Grauen zurück: Der Junge konnte offenbar nur durch Herumdeuten auf einem Brett voller Zeichen kommunizieren! Er besaß keine Stimmsprache, er konnte nicht schreiben, er konnte vermutlich nicht mal flüstern. Wie sehr schäme ich mich heute für die sinnlose Angst, die ich empfand; in meiner dümmlichen Vorstellung stand ich vor einem unfreiwillig verkrümmten, halb in etwas Nähmaschinenartiges verwandelten Menschen, und da in allen meinen Kindheitsängsten auch immer ein Identifikations- oder Verwandlungswahn mitschwang, fürchtete ich sogar, meine eigene Mitteilungsfähigkeit augenblicklich zu verlieren, wenn ich weiter in seine Sphäre geriete. Ich weiß noch, vor ihm ausgebreitet waren diese vielen kleinen Quadrate, auf jedem von ihnen ein Bild. Ich habe seither versucht zu recherchieren, was aus dem Jungen mit dem Zeigestock in den späten achtziger Jahren im Grazer *Hirtenkloster* geworden ist, aber bislang ohne klares Ergebnis. Die Zeichen, die vor ihm ausgebreitet lagen, waren keine Buchstaben. Auch keine Bilder. Es waren Symbole, und zwar solche wie diese:

Fast dreißig Jahre später begegnete ich dem Zeichenbrett und dem Zeigestock wieder. Man nennt diese Sprache *Blissymbolics*. Sie wurde von einem Mann namens Charles Bliss erfunden. Seine Geschichte wird, so traue ich mich zu wetten, mit Sicherheit verfilmt werden. Und der Film wird, mit seinen 90 oder 100 Minuten, zweifellos entsetzlich sein. Kommen wir ihm also, solange wir noch können, zuvor.

ZWEITES KAPITEL

Die schwer verfilmbare Geschichte des Mr Bliss

In Czernowitz, am östlichen Rand des Österreichisch-Ungarischen Reichs, wurde im Jahr 1897 Karl Kasiel Blitz geboren. Im selben Jahr erhielt die Stadt ihre erste Straßenbahn. Schon damals, in den letzten Augenblicken des vorletzten Jahrhunderts, war die Weltgeschichte ein unruhiges Knäuel. Als Karl ein Jahr alt war, wurde Kaiserin Elisabeth I. am Genfer See ermordet. Karls Familie lebte in ärmlichen Verhältnissen. Der Vater war Elektriker. Der erste magische Gegenstand, dem der kleine Karl begegnete, waren die Schaltkreise und Diagramme auf den Bauplänen seines Vaters. Diese teilten sich seinem Gehirn ohne Entzifferungsmühe, ja sogar ohne inneres Verstehenwollen mit und erzeugten dort Sinn. Währenddessen hüllten in regelmäßigen Abständen eisige, von der russischen Steppe kommende Stürme die Stadt vollständig in Schnee. Die Menschen bewegten sich wenig, sprachen untereinander nur das Nötigste. Wenn Eis und Schnee tauten, kam es gelegentlich zu Pogromen. Oft zogen Kinderscharen durch die Straßen, und wenn sie Karl erspähten, riefen sie ihm zu: »Hep! Hep!«, wobei H. E. P. für *Hierosolima est perdita* stand, *Jerusalem ist verloren.* Es dauerte eine Weile, bis der Junge diese in die Buchstaben eines an sich recht harmlosen Schnapplautes eingenähte antisemitische Hassbotschaft zu entschlüsseln lernte, und womöglich wuchsen bereits da in ihm erste Zweifel an der angeblichen Unschuld aller mit dem menschlichen Stimmapparat artikulierten Sprachen heran.

Das zweite magische Ereignis seines Lebens folgte wenige

Jahre darauf. In der Stadt gab es 1908 einen Laterna-magica-Lichtbildvortrag des österreichischen Nordpolreisenden Julius Payer, der von 1872 bis 1874 zusammen mit Carl Weyprecht eine Expedition an die äußersten Ränder der bekannten Welt geleitet hatte. Der kleine Karl saß im Dunkeln, und vor ihm, begleitet nur von leisen Papiergeräuschen, erstand in dem andächtig stummen Raum etwas Unvorstellbares und nie Erahntes: die Polarnacht. Zuerst die Fahrt von Tromsø gen Norden, dann das Schiff, das im Packeis einfrieren und zusammen mit diesem zum Pol driften sollte. Dann die entbehrungsreichen und endlosen Winter in der menschenzermalmenden Kälte. Bewegte sich das Schiff? Vermutlich. Aber nach zwei Jahren, großer Gott, war das Schiff immer noch an Ort und Stelle eingefroren, und keine Aussicht auf Entkommen. Meterhohe Eistrümmer ringsum, eine »geisterbleiche Landschaft« (Payer), zusammengefügt aus nichts als dem menschlichen Leben feindlich gesinnten Elementen. Payer und Weyprecht befahlen der Mannschaft, zu Fuß übers Eis zu marschieren, mit den mitgezerrten Booten wollten sie von der Eiskante bis nach Nowaja Semlja gelangen. Und Karls Bewusstsein löste sich vollständig in dem heldenhaften Schicksal dieser Männer auf. Er war bei ihnen, in ihrer unwirklichen Mondwelt, von Skorbut befallen, erschöpft, umringt von Eisbären. Dann das allerschlimmste Bild. Nach zwei Monaten ihrer Flucht übers Eis sahen die Männer auf einmal wieder ihr eigenes Schiff! Nein, keine Luftspiegelung. Die nordwärts verlaufende Eisdrift hatte sie einfach wieder »nach Hause«, in die Nähe der »Tegetthoff« gebracht. Sie waren verloren. Sie wollten zurück aufs Schiff, wo der Tod wartete. Aber Kapitän Weyprecht erlaubte dies nicht. Payer zeigte den Gästen sein Gemälde mit dem Titel *Nie zurück!*. Auf ihm sieht man Weyprecht, wie er den Männern eine Ansprache hält, und sie alle lauschen ihm gebannt. Die Männer sollen nicht mehr zurück zum Schiff blicken!, sagt er. Er selbst ist der Einzige, der diesen ab nun geltenden Durchhaltespruch *Nie zurück!* missachtet, denn er blickt sie an – und damit auch in die Richtung des ihnen geisterhaft auf den Fersen gefolgten Schiffes. Karl erlebte dieses Bild als Offenbarung. – Ich stehe heute vor ihm. Es hängt im Heeresgeschichtlichen Museum in Wien. Es ist ein ruhiger Vormittag, außer mir ist niemand im Saal. Payer war nach seinem Todesabenteuer am Nordpol nachvollziehbarerweise Maler geworden. Für den Rest seines Lebens hielt er fest und beschrieb.[2]

Karl wurde nicht Maler, aber an jenem Tag, da er von seinem Vater zu dem Vortrag Payers und damit in die tödliche Polarnacht mitgenommen wurde, habe er begriffen, so erzählte er viele Jahrzehnte später (ich höre seine Stimme, die sich auf einer alten Audiokassette erhalten hat), dass ihm ein ganz ähnliches Schicksal auf Erden zugedacht sein würde: sein Heim zu verlassen für Abenteuer, für die Entdeckung neuer Länder und Kontinente, für die Überwindung des Unmöglichen, der allerletzten menschlichen Grenzen. Vielleicht würde auch er dereinst verlorene Menschen aus Isolation und Verdammung führen, zurück in die bekannte Welt.

1920 lernte er die fünfzehn Jahre ältere, verheiratete Claire Adler kennen. Eine erste Ehe mit der ebenfalls aus Czernowitz stammenden Rosika Kottler wird kurze Zeit später wieder geschieden. 1922 schloss er sein Ingenieurstudium an der Technischen Universität Wien ab. Für kurze Zeit arbeitete er dann in einer Firma als Chemiker, später im Patentamt, und ich glaubte lange, dass man sich diese Zeit seines Lebens als eine verhältnismäßig sichere und glückliche denken durfte. Dem war allerdings nicht so. Blitz stand kurz vor dem Selbstmord, versank immer tiefer in Depressionen und wurde zwischenzeitlich aus einer Firma entlassen, die elektrische Lampen herstellte. Im Mandolinenspiel brachte er es allerdings zu einer von vielen

2 Aus Payers in unerhört leuchtender Prosa geschriebenem Tagebuch zitiert Christoph Ransmayr sehr großzügig in seinem ersten Roman, *Die Schrecken des Eises und der Finsternis.*

Zeitgenossen gerühmten Meisterschaft. Einmal spielte er sogar mit dem Philharmonischen Orchester unter der Leitung Franz Schrekers.[3] Ab 1933 lebten Karl und Claire, deren Mann kurz zuvor gestorben war, zusammen. Karl kaufte sich eine Kamera und fing an, künstlerische Filme zu drehen. Sein erster Film hieß *Sehnsucht nach dem Süden* und wurde 1936 in der Wiener Urania gezeigt. Ein für 1938 geplanter Film mit dem Titel *Die unvollendete Symphonie* wurde allerdings niemals fertiggestellt. Denn nach dem Anschluss Österreichs an das nationalsozialistische Deutschland ging auf einmal alles sehr schnell. Am 18. März 1938, nur sechs Tage nach dem Anschluss, kam Karl in seine Firma und fand alle Räume voller tatbereiter SS-Männer. Einer seiner Mitarbeiter, ein gewisser Slavik, zeigte mit dem Finger auf Karl Blitz. Man brachte ihn in das Polizeigebäude Rossauer Lände im Alsergrund, genauer ins Schub- und Gefangenenhaus Hahngasse. Claire, zu diesem Zeitpunkt noch nicht mit ihm verheiratet, gab sich als seine Vermieterin aus (ihr Altersvorteil gegenüber Karl verlieh ihr in diesem Punkt eine gewisse Glaubwürdigkeit) und ging zu allen möglichen Behörden, um etwas über seinen Verbleib herauszufinden. Sie erwirkte, dass ihm ein Kleiderpaket ausgehändigt wurde. Karls Mutter in Czernowitz erwartete unterdessen die üblichen maschinengeschriebenen Briefe ihres Sohnes, also wurde Karls Schwager dazu überredet, Briefe in Karls Stil zu verfassen und sogar dessen Unterschrift zu fälschen, damit die Mutter nicht erfuhr, in welcher Gefahr ihr Sohn schwebte.

3   Alle biografischen Details aus C. K. Bliss' *Semantography*, aus Arika Okrents *In the Land of Invented Languages*, dem Radiolab-Podcast *Mr. Bliss* und dem Buch *The book to the film Mr. Symbol Man* sowie *Semantography Series 103: Text of the First Lecture on Semantography 1943, Semantography Series 104: Newspaper Articles and Notes 1943–1946 following the First Lectures on Semantography, Semantography Series 205: My First 23 Years, Semantography Series 206: My Life in China and Afterwards, Semantography Series 210: In Memory of Claire, Semantography Series 220: From the Cradle to the Concentration Camp.*

Während der Haft vertrieben sich die Gefangenen das endlose Warten mit Schachspielen (die Figuren wurden aus Brot geknetet) und mit dem Fragen nach der genauen Uhrzeit. Ein Häftling besaß nämlich, aufgrund eines Versehens der Wärter, noch seine Uhr, und nun fiel ihm die Aufgabe zu, alle paar Augenblicke auf Nachfrage die Zeit zu verkünden. Nach und nach zermürbte dieses Ritual den ohnehin schon zum Zerreißen angespannten Geist des Häftlings, also fertigte Karl kurzerhand aus einem Stück Karton ein Zifferblatt, sodass der Häftling mit der Uhr alle fünf Minuten die genaue Zeit darauf einstellen konnte. Karl unterrichtete seine Mithäftlinge in Geografie, Physik, Chemie und Einsteins Relativitätstheorie.

Der 15. Juni 1938 war ein Tag wie jeder andere. Jüdische Häftlinge wurden in Züge gepfercht und nach Dachau deportiert. Diesmal war Karl unter ihnen. Bis zum September blieb er in diesem Lager, dann kam er nach Buchenwald. Claire versuchte unterdessen über einen Notar, ein Visum für Karl zu erwirken. Der Notar arbeitete im Auftrag der sogenannten »Aktion Gildemeester« (Enteignung vermögender jüdischer Bürger im Tausch für eine Ausreisemöglichkeit) und traf sich mit Karl in Buchenwald. Claire hatte es (wie nur?) geschafft, ihrem Mann seine Gitarre und seine Mandoline ins Lager nachzuschicken, wo sein Spiel, wie er selbst später erzählte, die Aufseher sehr beeindruckt und amüsiert habe. Bei den abendlichen Unterhaltungen (Musik, Theater, Witze), die die Häftlinge aufführten, trug Karl Hemd und Krawatte, beides aus Karton gebastelt. Ein Blockführer, der sich besonders für Karls Unterhaltungskünste begeisterte, brüllte ihn oft an: »Blitz, spiel was auf der Mandoline, aber zweistimmig!«

Als nun der Notar ins Lager kam, hatte zufällig genau dieser Blockführer Dienst. Karl setzte alles auf eine Karte und bat den Blockführer, bitte kurz den Raum zu verlassen, man wolle vertrauliche Dinge besprechen. Ich wüsste gerne, ob er diesen über sein Leben entscheidenden Satz vielleicht in scherzhaftem Ton äußerte, um auf den Blockführer nicht frech zu wirken, oder doch in ernstem und bestimmtem, wie es dem Anlass entsprach.

Jedenfalls wirkte der Satz. Der Blockführer ging aus dem Raum. Nun konnte man die Überschreibung von Karls Vermögen im Tausch für ein Visum arrangieren.

Dann Warten.

Die Zeit geht dahin.

Dann wird es plötzlich konkret, ja offiziell: Karls Entlassung aus Buchenwald wird für den 2. Februar 1939 festgelegt. Aber am selben Tag wird ihm seine Straßenkleidung verweigert, da es im Lager eine Typhusepidemie gibt. Der neue Termin ist der 13. April.

Die Tage vergehen.

Am 13. April wird ihm mitgeteilt, dass er doch nicht entlassen wird. Karl ist verzweifelt.

Am nächsten Tag wird er entlassen. Und er steht auf dem Bahnhof, wahrhaftig, und besteigt den Zug. Und in diesem Zug, in einem gewöhnlichen Abteil, mit einem gewöhnlichen Ticket, das er kaufen durfte, fährt er zurück nach Wien und trifft dort, wenn auch nur für kurze Zeit, Claire. Sie darf ihn nicht ins englische Exil begleiten.

Claire floh von Wien nach Czernowitz, dann weiter nach Griechenland. In England fand Blitz unterdessen Arbeit in einer Fabrik. Aber 1940 begann der Bombenkrieg auf London, und nun wurde sein Nachname mehr und mehr zu einem Problem. Die Menschen zuckten vor ihm zurück, weil »Blitz« auf Englisch so viel wie »Bombardierung« bedeutet, ganz ähnlich vielleicht wie die Nationalsozialisten in Österreich Jahre davor zurückgezuckt waren, weil der Name Blitz jüdisch klang. Irgendwas stimmte nicht mit der Sprache. Nicht mit einer bestimmten Sprache, Deutsch oder Englisch, sondern mit allen. Allen, die Wörter verwendeten. Denn Wörter konnten, egal wie sie lauteten, missbraucht und pervertiert werden. Man konnte ihre Bedeutung in ihr Gegenteil verkehren. Man konnte lügen. Man konnte sogar, wie den Häftlingen in Buchenwald jeden Morgen neu aus den blechern schallenden Lautsprechern vorgeführt worden war, mit Wörtern riesige Mengen an Menschen töten. Solange die Sprache eine klangliche Oberfläche besaß, dachte Blitz, der sich fortan Charles Bliss nannte, so lange war sie anfällig und korrumpierbar, so lange stand sie, letztendlich, im Dienste des Kriegs und der Vernichtung. War der Mensch dazu verurteilt, allein weil er einen Mund besaß, eine Sprache mit klanglicher Oberfläche zu verwenden? Oder konnte man so etwas wie Sinn auch »direkt« übertragen, ohne Umweg über die Stimmlaute?

Nach der Invasion Griechenlands durch die italienischen Faschisten sah sich Claire erneut gezwungen zu fliehen. Charles versuchte 1940, in Kanada Asyl zu erhalten. Seine Bemühungen scheiterten an der undurchdringlichen Bürokratie. Die beiden emigrierten, weiterhin voneinander getrennt, umständliche, aber sichere Reiserouten über den gesamten Globus wählend, an einen der letzten Orte der Erde, der zu diesem Zeitpunkt noch Juden aufnahm: Shanghai. Dort lebte eine Cousine von Bliss, Paula, zusammen mit ihrem Ehemann. Am Weihnachtstag 1940 waren Charles und Claire endlich wieder vereint. Sie heirateten am 25. Januar 1941. Doch das Glück des Neuanfangs im politisch vorerst recht sicheren Exil hielt nur kurz. Claire steckte sich mit Typhus an und lag wochenlang in Lebensgefahr im Krankenhaus. Nachdem sie entlassen und wieder ein wenig genesen war, brach sie sich bei einem Sturz aus einer Rickshaw den Arm. Bliss pflegte seine Frau, währenddessen erlernte er eifrig das Chinesische. Eines Tages erklärte ihm sein Chinesischlehrer etwas Verblüffendes: Zwei Chinesen aus unterschiedlichen Teilen des Landes könnten, so der Lehrer, eine Tageszeitung lesen und verstehen, aber wenn man sie miteinander reden ließe, würden sie einander nicht notwendigerweise verstehen, weil sie völlig unterschiedliche Dialekte sprächen. Auch Bliss kam es später gelegentlich so vor, als könnte er die Schlagzeilen chinesischer Tageszeitungen ohne Kenntnis der Aussprache lesen, sie verwandelten sich in seinem Kopf, so wie einst die Schaltkreiszeichnungen seines Vaters, in deutschsprachige Mitteilungen. Bliss war von dieser Tatsache tief beeindruckt. Konnte das vielleicht die Lösung sein? Dieses Prinzip müsste doch, so schien ihm, auf die ganze Welt ausweitbar sein. Er begann mit ersten Entwürfen einer allein aus Symbolen bestehenden Sprache.

Bereits im Dezember 1941 wurde Shanghai von den Japanern besetzt. Die mit den Nazis verbündeten Besatzer veranlassten, dass alle Juden ins Ghetto Hongkou überführt werden sollten. Für die Umsetzung dieser Maßnahme war der deutsche SS-Mann Josef Meisinger verantwortlich. Da die Japaner vom Begriff »Juden« keinerlei Feindbild abzulesen vermochten, wurden diese im diplomatischen Austausch von Meisinger kurzerhand in »Anti-Nazis« umgetauft und zu Spionen erklärt. Diese Maßnahme erst führte zu einer großangelegten antisemitischen Raserei unter den japanischen Generälen. Nichts fürchtete die japanische Führung mehr als Spionage. Wieder einmal zeigte die Sprache ihr dämonisches Antlitz. Wörter als Munition.

Claire allerdings war Deutsche mit römisch-katholischem Bekenntnis, das bedeutete, sie hätte, um dem elenden und lebensgefährlichen Schicksal der Internierung in der *designated area* zu entgehen, einfach um Scheidung ansuchen können, so wie es in der Tat viele Frauen damals machten, aber obwohl das Ghetto mit Sicherheit Krankheit und Hunger bedeutete, begleitete sie ihren Mann 1943 dorthin. So ein Satz schreibt sich leicht.

So grauenhaft die äußere Situation für die beiden geworden war, so intensiv und hoffnungstiftend war Bliss' innere Welt. Er war, nach Julius Payers Vorbild, ausgezogen, um einen neuen

Kontinent zu entdecken, aber hatte nun, nach langem Nachgrübeln und dem Studium des Chinesischen, viel mehr entdeckt als bloß einen neuen Erdteil. Er war auf die Heilung der Menschheit gestoßen. Heilung wovon? Vom Bösen. Das heißt von der Sprache. Der Stimmsprache. Dem hinterlistigen Spiel der Wörter. Ganz ohne Sprache ging es natürlich nicht, aber man brauchte etwas Neues, in dem sich Sinn sozusagen direkt übermitteln ließ. In mönchischem Schweigen ausgetauschte Zeichen, die »reine Bedeutung« enthielten. Bliss nannte sein Konzept zuerst *New World Writing,* dann *Semantography.*

»Es könnte ein Ohr geben, für welches alle Völker nur eine Sprache redeten«, schrieb Georg Christoph Lichtenberg, und Charles Bliss subtrahierte sogar noch das Ohr aus diesem Gedanken. Was war nicht alles angerichtet und zerstört worden durch gebellte oder geflüsterte Worte! Schluss damit, ein für alle Mal! Gebt den Ohren die Freiheit, Musik und Naturlaute zu hören.

Noch vor der Verbannung ins Ghetto begann Bliss, Vorträge über sein neues System im *Shanghai Jewish Club* zu halten. Aber auch im Ghetto trat er als öffentlicher Redner auf, etwa vor der *Hongkew Medical Society,* und stieß damit auf Zustimmung und Interesse, gelegentlich sogar auf Begeisterung. Er engagierte einen Wiener Journalisten namens Kars, dessen Aufgabe es war, sein *New World Writing* zu kritisieren. Er verkaufte Kameras, bot Filmherstellungsdienste an, er erfand Wege, die Beschränkungen des Ghettos zu umgehen, und entwickelte eine an Maggisauce erinnernde Tafelwürze für Exilanten. Und er begann, ein Buch zu schreiben.

Es liegt hier vor mir auf dem Schreibtisch. Antiquarisch erworben, sauteuer, uralt und abgewetzt, mehrere hundert Seiten dick. Jede neue Auflage wurde von Charles um viele neue Kapitel und Abschweifungen ergänzt. Am Ende würde das Buch alles enthalten. Sein ganzes Leben, sein neues Sprachsystem, seine Liebe zu Claire.

Im August 1945 fallen die Atombomben auf Hiroshima und Nagasaki. Der Krieg ist zu Ende, Japan kapituliert bedingungslos. Allen japanischen und deutschsprachigen Bewohnern Shanghais droht die gewaltsame Enteignung ihres letzten bisschen Besitzes. Bevor die chinesische Regierung mit dieser Regelung durchgreift, verlässt das Ehepaar Bliss die Stadt in Richtung Australien.

Auch für seine Mutter erwirkt Charles ein Visum für Australien, aber diese stirbt am 8. März 1947. Unter ihrem Kopfpolster werden die gültigen Einreisepapiere gefunden.

Die wichtigste Unterscheidung in der Bliss'schen Sprachphilosophie ist die zwischen »logischem« und »illogischem« Gebrauch eines Wortes. Hier ein Beispiel, das den Unterschied illustriert, am Wort »gehen«:

Ich gehe in mein Zimmer – logisch.

Ich gehe drauf – unlogisch.

Heute würde man eher sagen: »wörtlich« und »idiomatisch«. Kurz gesagt: Bliss hasste alle idiomatischen Ausdrücke. Für ihn waren sie die Todeskrankheit jeder Sprache. Seine *Semantography* sollte, zumindest seiner Intention nach, keine idiomatischen Ausdrücke mehr enthalten.

Historisch und linguistisch gesehen ist das freilich Unsinn bzw. unmöglich. Was heute wörtlich gemeint ist, ist morgen ein Idiom. Außerdem wirken Bliss' Ausdrücke auf mich teilweise sehr metaphorisch, ja geradezu barock in ihrer sich türmenden Pracht, vor allem bei abstrakten Begriffen.

Manche von ihm getroffenen Unterscheidungen besitzen allerdings einen unleugbaren Charme, z. B. das Symbol für »existieren«. Man schreibt es so:

Je nachdem, wie groß man das Symbol schreibt, bezeichnet es die Existenz eines Lebewesens oder eines unbeseelten Objekts. Je größer, desto belebter. »Der Mensch existiert« – hier wird das Symbol genauso groß wie »Mensch« geschrieben. Beim Satz »Der Staat existiert« dagegen schreibt man es klein. Aber man kann auch das kleine Symbol für den Menschen verwenden – dies geschieht in Situationen, wo sein Dasein nicht die Hauptsache, das heißt nur vorübergehend ist. »Der Mensch ist gerade in diesem Haus, aber er lebt normalerweise nicht dort« – in diesem Fall verwenden wir das kleine Symbol. Was aber, wenn man das riesige Symbol für den Staat verwendet? Bliss' Lehrbuch erteilt uns für diesen Fall keinen Rat.

In der 1974 vom National Film Board of Canada gedrehten Dokumentation *Mr. Symbol Man* führt Charles Bliss außerdem sein Symbol für das Bedeutungsfeld »haben« vor. Es sieht aus wie ein Pluszeichen. Schreibt man eine horizontale Linie unterhalb des Pluszeichens, erhält man das Symbol für »besitzen«:

»Schauen Sie«, ruft Charles Bliss und tippt ein paarmal wild auf das Symbol, »es sieht wie ein Grabstein aus! Und das ist auch zutreffend, denn es sind ja all Ihre irdischen Besitztümer, die Sie nicht ins Jenseits mitnehmen können!« Er ist tief bewegt von seiner eigenen Deutung.

Bliss' romantische Sicht auf die chinesischen Schriftzeichen und, damit verbunden, auf seine eigenen Pikto- und Ideogramme steht in der Ideengeschichte freilich nicht allein da. Denken wir etwa an Ernest Fenollosa, der Chinesisch gar nicht und Japanisch nur in Ansätzen beherrschte, aber dennoch aus seiner

»Deutung« der angeblichen Poesie der Zeichen eine so attraktive Suppe kochte, dass er alle möglichen Dichter zu Beginn des 20. Jahrhunderts inspirierte, allen voran den manischen Allesversteher Ezra Pound, der keine einzige asiatische Sprache auch nur in Ansätzen beherrschte, aber dennoch jahrelang fleißig und einflussreich Konfuzius übersetzte. – Ich hab so die Vermutung, wir werden dem Herrn Pound in diesem Buch noch öfter begegnen. Vielleicht lässt es sich ja verhindern, aber wir werden sehen.

Fenollosa jedenfalls hielt die chinesische Schrift für ein »Notationssystem, das auf einer bildhaften Kurzschrift naturhafter Abläufe basiert«.[4] Die Zeichen führten demnach beim Sprecher zu einer »ursprünglicheren« und »unverstellten« Wahrnehmung der Welt: »Ein Mosaik durch die Zusammenfügung mehrerer bildhafter Elemente zu einem einzigen Zeichen.« Pound sah darin prompt das Grundwesen der neuen Poesie: ein zu einer knappen Einheit zusammengefasster Wirbel (*vortex*) aus Bedeutungen, aus »Universum-in-Bewegung«, aus ewig-dynamischen Beziehungen untereinander.

Hm.

Freilich haben bereits lange vor Bliss oder Pound immer wieder Menschen davon geträumt, solche direkten Sinn-Gebilde zu erzeugen, die sich, sozusagen ohne jede Reibungsenergie und Trägheit innerhalb eines Mediums, zwischen den Köpfen der Menschen transferieren lassen. Außerdem muss man zugeben, dass sich in bestimmten Bereichen des menschlichen Lebens ungeheure, das normale Arbeiten fast unmöglich machende Reibungsenergien innerhalb der verwendeten Wörter ergeben, zum Beispiel im Deutschen bei der Benennung von Pilzen. Ich meine, schau dir diese Namen an: Filziger Milchling, Gedrungener Wulstling, Igel-Stachelbart, Krause Glucke, Rö-

---

4   Aus *The Chinese Written Character as a Medium for Poetry* von Fenollosa, Übersetzung von Eva Hesse, aus ihrem Nachwort zu *Die Cantos* (Arche Verlag, 2012).

telnder Wüstling, Säufernase, Schleimchen, Wolliger Milchling, Ziegenlippe. Wie soll man sich als Wissenschaftler mit solchen Benennungen befassen, ohne dass einem dabei ständig das Monokel in den Tee fällt?

Im 17. Jahrhundert lebte ein Mann, der Bischof John Wilkins, der genau dieses Problem zu lösen versuchte. Ihm war der Mensch in seiner Rolle als Benenner der Ding- und Tierwelt nicht recht geheuer. Er misstraute ihm. Benennung, darum sollte sich doch eher Gott kümmern. Wilkins war mit dieser Ansicht durchaus so etwas wie ein Vorfahre von Charles Bliss. In *An Essay Towards a Real Character, and a Philosophical Language* entwarf er eine Sprache, in der man nichts benennt, indem man sich von seiner Form oder Funktion an dies oder jenes erinnern lässt, sondern ausschließlich, indem man seinen Ort innerhalb des großen Baumdiagramms der Taxonomie bestimmt und diesen dann lautlich nachbildet. Jeder Zweig eine eigene Silbe. Das klingt fürchterlich abstrakt. Hier ein Beispiel: Die Silbe »de« bezeichnet die Kategorie *Element*. Seine fünfte Spielart, *Helligkeit in der Luft*, wird durch ein »t« gekennzeichnet und die erste Spezies innerhalb dieser Kategorie durch ein »a« (entsprechend der englischen Silbe »aw«). Was aber ist die erste Spezies innerhalb *Helligkeit in der Luft*? Die aufmerksame Leserin hat es schnell erraten. Natürlich ein Regenbogen. »Deta«.[5] Die dritte Spezies innerhalb *Helligkeit in der Luft*, »dete«, ist ebenfalls schnell erraten: Nebensonnen, *parhelia, sun dogs*.

---

5 Beispiel aus Hugh Kenners *The Mechanic Muse*.

Alles so weit recht simpel. Was aber, wenn wir statt Regenbogen oder Parhelion eines Tages das etwas ausgefallenere Konzept »Hase« benennen wollen? Dann müssen wir Wilkins' Tabelle konsultieren (oder, seiner Vorstellung nach, bereits von frühester Kindheit an auswendig können), und wir entdecken den Hasen in der dritten Spielart der Kategorie *Tier*, an dritter Stelle. Die Silbe für *Tier* ist »Zi«, die dritte Spielart darin wird mit einem »g« bezeichnet und deren dritte Spezies mit einem ans Ende gehängten »e«.

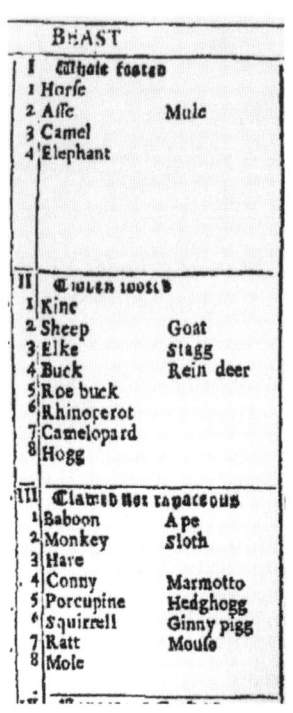

Also: »Zige«.

Mein Gott. Im Ernst? Hase spricht man als »Zige«?

Geh bitte. Okay, wie sagt man dann Ziege auf Wilkins? Ich weiß, das Prinzip ist längst erklärt, aber ich muss das noch kurz nachschauen.

Die Ziege wohnt also hier, im zweiten Kästchen:

Also: »Zi-d-a«. Allerdings auf derselben Ebene mit Schafen. Für diesen Fall der, wie Wilkins es nannte, »durch Affinität verwandten Objekte« muss man nach seiner Regel den lokalisierenden Vokal an den Wortanfang hängen. Schaf: »Zida«. Ziege: »Izida«.

Und wenn wir schon dabei sind, wie steht es mit unserem Katzenlamm? Schauen wir nach. Sein Name in Bischof Wilkins' philosophischer Sprache lautet: »Zipizida«. Alright. Fehlt nun noch das Wort »tänzelnd«. Das Konzept *Tanzen* finden wir im eigens angehängten Wörterbuch unter »Motion, V, 5«, also »cet-o«. Dann müssen wir noch »ceto«, »der Tanz«, in sein Adjektiv verwandeln, und wir haben das fertige Gefüge: »C'eto Zipizida«.[6]

Unser selig tänzelndes Katzenlamm, das emblematische Begleitertier durch die Geschichte.

Kehren wir nun zu Charles Bliss zurück. In dem Kapitel »How the Semantics of Semantography works« in *Semantography* analysiert er für uns den Satz »Deutschland über alles«. In Blissymbolics schreibt dieser sich so:

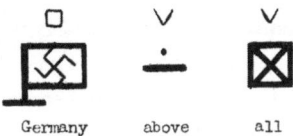

Bliss schreibt dazu:

> Wenn man Hitlers Aussagen in Semantographie übersetzt, wird man begreifen, weshalb nicht nur ein Großteil der deutschen Bevölkerung, sondern auch Hitler selbst an sie glaubte. Die relevanten Wörter gehören zu einer Klasse, die in der Semantographie MENSCHLICHE WERTUNG genannt wird.
>
> Der Leser muss entschuldigen, dass ich ihn direkt mit den Symbolen konfrontiere, dessen genauer Sinn sich erst nach einer genauen Lektüre des gesamten Buches ergeben wird. Dies ist nur ein Einführungskapitel.
>
> Die Symbole sind aber leicht erklärt: Das Symbol für *Flagge* über dem Symbol für *Erde* gibt uns das Symbol für *Staat*. Dann fügen wir das landesspezifische Flaggenbild hinzu.
>
> Die Symbole für *über* und *unter* sind selbsterklärend. Allerdings müssen wir erkennen, dass ihre Bedeutung vage und relativ ist. Alles hängt davon ab, wo man selbst die Grenze, d. h. die Linie, zieht. Wenn man diese Linie zeichnet, muss man auch angeben, in Bezug wozu sie existiert: *über dem Meeresspiegel* oder *über*

---

6 Das apostrophierte »C« ist bei Wilkins ein bisschen anders, statt des Apostrophs ein gekipptes griechisches Alpha, und es wird, wenn ich das richtig verstanden habe, wie ein »kw« mit englischem »w« ausgesprochen. Ich wusste allerdings nicht, wie man das eintippt.

dem Haus. Das *Meer* und das *Haus* sind beides chemische DIN-GE. Aber wenn wir Wörter aus der Klasse der MENSCHLICHEN WERTUNG verwenden, wie *über jeder Kritik, über-haupt, über-dies*, kann das Ergebnis absolut alles bedeuten.

Das Symbol für *alles* besteht aus dem Multiplikationszeichen (×), das in eine abgeschlossene Fläche, ein Quadrat, geschrieben wird. Es kann »viele Dinge« bedeuten, »eine Mannigfaltigkeit«, aber eine begrenzte. Dieses Symbol sollte eine semantische Wirkung haben, die an den Ausspruch von E. T. Bell denken lässt: »The wretched monosyllable *all* has caused mathematicians more trouble than all the rest of the dictionary.« Aber wir brauchen diese Interpretation gar nicht. Wir fragen uns einfach: »Weisen die Wörter *über* und *alles* auf irgendein spezielles chemisches DING oder auf einen speziellen physikalischen VORGANG hin?« Die Antwort ist Nein. Aus diesem Grund erhält das Symbol den Indikator für WERTUNG.

Hätte Hitler gesagt:

> *Deutschland über allem, gemessen vom Meeresspiegel!*

– der Unsinn seiner Aussage wäre für alle sofort klar ersichtlich gewesen. Aber eine Aussage, die Wörter aus der Klasse WER-TUNG enthält, ohne dass das genaue Verhältnis (*über* was? was *alles*?) angegeben wird, kann von jedermann anders interpretiert werden. Eine Million Mal wiederholt, wird es zu einer »Wahrheit« in den Köpfen der Menschen.

Der Sinn der Semantographie ist also, laut ihrem Erfinder, in erster Linie die Sichtbarmachung der semantischen Klassen, aus der die Wörter stammen. Sie vermeidet dadurch, so zumindest die Theorie, ähnlich wie die Wilkins'schen Wörter die Vieldeutigkeit und die Unschärfe, aus der so manche Propaganda ihre Energie bezieht. Eingängige Slogans, die man gedankenlos grölen – oder nein, grölen sowieso von vornherein nicht –, besser: die man gedankenlos im eigenen Kopf wiederholen kann, lassen sich in Blissymbolics nicht so ohne weiteres bauen.

Was aber bedeutet das für die Poesie? Müssen wir auch auf

sie verzichten? Metaphern waren Charles Bliss bekanntlich äußerst verhasst. Er sah sie als eine der größten Verirrungen der Sprache überhaupt – und entwickelte deshalb sogar ein eigenes Zeichen, mit dem man eine Metapher deutlich kennzeichnen kann, damit niemand auf ihre dunkle Zauberkraft hereinfällt.

Und doch enthält *Semantography* gegen Ende ein eigenes Kapitel über Poesie. Darin zitiert Bliss, wenig überraschend, den Professor Fenollosa. Außerdem erteilt er den Dichtern, und, soweit ich sehe, nur ihnen, ein gewisses Sonderrecht auf Erden:

> Ein Leben lang habe ich als Forscher im Bereich der industriellen Chemie gearbeitet und habe viele nützliche Dinge entwickelt, aber das allernützlichste Ding, so bin ich überzeugt, ist ein Gedicht. (…) Ebenso bin ich überzeugt, dass Dichter die empfindlichsten Wesen sind. In einem *flesh of understanding* (sic!) haben sie Tausende Jahre vor heutigen Physikern und Mathematikern die Naturgesetze erfühlt. Die Sprache der Dichter ist anders als die Sprache des Marktplatzes, aber das sei ihnen verziehen, denn sie versuchen, das Unerklärliche zu erklären, indem sie Metapher, Vergleich und Analogie verwenden.

Bliss hält die chinesische Dichtung für die schönste der Welt. In ihr sei wahre Zeitlosigkeit enthalten. Man müsse nicht einmal die Sprache beherrschen, bloß die Zeichen, und schon könne man den Sinn verstehen, auch 2500 Jahre nach der Entstehung des Gedichts. Hier eine Zeile, die diesen Gedanken illustrieren soll:

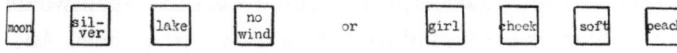

Ich habe mir die Mühe gemacht, ins Nebenzimmer zu gehen und meine Freundin, die Sinologin ist, zu bitten, ob sie mir die Schriftzeichen für diese zwei poetischen Zeilen aufschreiben könnte. Ich wollte sehen, ob ich sie tatsächlich *irgendwie*, ohne Kenntnis des Chinesischen, verstehen kann.

»Aber das ist doch so oder so kompletter Blödsinn«, sagte Sarah. »Für *girl* kann man mehrere Zeichen auswählen. Und was soll das am Ende überhaupt ergeben?«

»Schreib mir die Zeichen auf!«

»Schreib mir die Zeichen auf. Genau das geht nicht einfach so. Auf Chinesisch listet man nicht bloß irgendwelche Zeichen nebeneinander auf. Man muss die Grammatik kennen. Das klassische Chinesisch hat ja auch eine Grammatik. Das ist alles dieses dumme Fenollosa-Zeug, *girl cheek soft peach*, mein Gott.«

»Was?«

»Männer, die Frauen als Obst betrachten.«

Sie holte eine französischsprachige Ausgabe mit Gedichten aus der Tang-Zeit aus dem Regal.

»Da, wähl irgendeines aus. Dann schreib ich dir die Zeichen auf.«

»Aber ich wollte doch dieses Beispiel von Bliss hier widerlegen.«

»Das Beispiel ist Unsinn. Diese Kästchen haben überhaupt nichts mit irgendwas im Chinesischen zu tun.«

»Aber zum Beispiel da, *moon*«, sagte ich.

»Was *moon*?«

»Der Mond«, sagte ich und hüpfte ungeduldig auf meinem Stuhl. »Dafür gibt's doch ein Zeichen.«

»Ja. Und?«

»Mond silbern See windstill.«

Aber ich wusste selber nicht mehr, worauf ich hinauswollte. Also schlug ich die Anthologie auf und las ein paar Zeilen. Aber ich verstand nicht mal alle französischen Ausdrücke. *Humecter*, was heißt das?

Bliss gibt uns im selben Kapitel auch ein Beispiel für eine Gedichtzeile in Blissymbolics:

Die Leserin kann, wenn ihr der Sinn danach ist, einen Augenblick selbst überlegen und raten, was das bedeuten könnte. Die auf Englisch dazugekritzelten Begriffe »mouth« und »musical note« sind ja bereits kleine Hinweise. Das linke Symbol hätte ich selbst tatsächlich, korrekterweise, als SONNE gelesen. Die Sonne geht auf. Ja, nicht schwer. Aber dann das zweite. Ein verknautschtes X, wie das stilisierte Gesicht einer Katze, die niesen will, aber nicht kann. Und hm, das Symbol für »mehrere« darüber, wir kennen es ja bereits aus der Belehrung über den Satz *Deutschland über alles.* Also mehrere nieserte Katzen. Die Sonne geht über nieserten Katzen auf, und sie singen.

Aber das Symbol heißt »Vogel«. Hätte ich nie erraten. Schaut doch anders aus, ein Vogel. Wobei es natürlich schon Sinn ergibt, so ein flatterndes Dings. Also: Die Sonne geht auf, Vögel singen.

Bliss gibt uns dann drei verschiedene Lesarten des Satzes in verschiedenen Sprachen. Auf Deutsch lauten seine drei Varianten:

Die Sonne steigt, die Vöglein zwitschern.
Auf geht die Sonne, Vöglein singen.
Im Sang der Vögel steigt die Sonne.

Die letzte Lesart verblüfft mich ein wenig. Woraus sollen wir das »im Sang« ablesen? Nun ja. Bliss selbst sieht die Gefahr, dass man sein System im Bereich der Dichtung eher für »landscape painting« verwenden könnte anstatt für den Ausdruck höherer Ideen.

Dem stellt Bliss die folgende Bildung eines neuen Begriffs gegenüber:

Poesie: geflügelte Sprache, männchenhaft aufgestellt zwischen einem Blatt Papier und einem Herz. Als Definition durchaus akzeptabel.

Apropos *landscape painting*. Im Internet entdeckte ich vor Jahren den sehr vergnüglichen Blog eines kreativen Blissymbolics-Enthusiasten mit dem sehr amerikanisch-militärisch anmutenden Namen George F. Sutton. Dieser Mann ist der Gründer und Besitzer der Webseite symbols.net und einiger verwandter Seiten. Seit Jahren fehlt von ihm im Internet allerdings jede Spur. Sein Blog wurde gelöscht, und auch sonst findet man seine Arbeiten nur noch in den automatisch angefertigten Screenshots der *Wayback Machine*, dem Internetarchiv. Aus seiner Selbstbeschreibung dort entnehmen wir, dass Mr Sutton Pilot war, der im Alter von vierundzwanzig Jahren eine religiöse Erleuchtung erlebte, aufgrund der er – die genauen Details werden nicht genannt – ein Jahr später als bipolar diagnostiziert wurde. Er wurde in Frühpension geschickt und studiert oder studierte seither alle möglichen heiligen Schriften und wissenschaftlichen Bücher. Zwischen 1993 und 1996 begegneten ihm die Bliss-Symbole und veränderten sein Leben. Er begann, die Kabbalah in Blissymbolics zu übersetzen, und verwendete da zum ersten Mal ein bildnerisches Verfahren, das er *Visual Bliss* nennt.[7] Im

---

7   Sutton schreibt: »As I study Kabbalah, I am interpreting it into, translating it into Visual Language and Blissymbolics is strongly influencing the visual forms. It (Kab-

modernen Blissymbolics-System, also dem, das durch spätere Pädagogen entwickelt wurde, zeigt man Wortarten (Adjektiv, Hauptwort usw.) nicht mehr durch diakritische Zeichen an, sondern durch Farben. Sutton übernimmt das und stellt überdies örtliche und zeitliche Verhältnisse durch visuelle Entsprechungen dar. Hier eines seiner Beispiele für diese neuartige Form von sprachlichem *landscape painting*:

Oder hier, ein Satz über eine Frau auf einem Liegestuhl:

balah interpreted visually) seems to be strongly penetrating into a possible intuitive understanding of Quantum Physics, indicating that humanity's current escalating difficulties with chaos are related to increasing quantum dynamics erupting into our everyday atomic reality. If so, this is very dangerous, and this must be stabilized before it is too late. I'm beginning to sense the Kabbalah's purpose is to assist human consciousness in stabilizing these quantum eruptions properly without resulting in Fascism. If we can't crack open the Ark of the Covenant in time, Fascism will lockdown the mind of Man in a desperate attempt to block these quantum eruptions. But it can't succeed, only the treasure in the Ark can succeed. The eruptions are microscopic now, but are likely to intensify if we don't select a neural pattern and accept it universally. The Jews have the secret, which is why they released it in 1995.«
Keine Ahnung.

Sutton behauptet, diese »nicht-lineare« Sprache sei das einzige Beispiel (neben der brasilianischen Sprache *Pirahã*[8]), die nicht den von Noam Chomsky aufgestellten Regeln einer *Generativen Grammatik* folge. Ich habe keine Ahnung, ob das stimmt. Jedenfalls kann man in Visual Bliss recht komplexe Sachverhalte gemäldeartig darstellen, sodass alle Dinge, von denen unsere Sätze handeln, wie in einem postmodernen Epos von John Barth, gleichberechtigt und gleichzeitig nebeneinander existieren. Freilich gibt es dabei eine deutlich niedrigere Obergrenze für Komplexität als bei linearen, das heißt sich anstatt im Raum primär in der Zeit entfaltenden Äußerungen. Kafkas Kurzgeschichte vom Katzenlamm würde in Visual Bliss vermutlich so aussehen wie ein Wimmelbild aus sich aneinander reibenden und entzündenden Zeichen. Und Kriminalhandlungen würden in Visual Bliss überhaupt nicht funktionieren, da das Non-Lineare alle Plotentwicklungen von der ersten Sekunde an *spoilern* würde. Wahrscheinlich ist das Non-Lineare einfach nicht unser Zuhause.

Das letzte Lebenszeichen des verdienstvollen Mr Sutton im Internet stammt aus dem Jahr 2013. Danach finde ich nichts mehr.

1946 erhielten Claire und Charles Bliss, wie gesagt, die Einreiseerlaubnis für Australien. Sie zogen nach Coogee, einen Vorort von Sydney. Charles' weltrettende Symbolsprache fiel in dem neuen Land allerdings auf keinen fruchtbaren Boden. Gelehrte, Schulen, Politiker – sie alle wollten nichts von der Semantographie wissen.

Zwischen 1949 und 1953 verfasste und verschickte Claire für ihren Mann an die 6000 Briefe, von denen nur ein winziger Bruchteil beantwortet wurde. Und wenn eine Antwort kam, dann keine einladende, willkommen heißende oder auf-

---

8 Siehe Everett: *Don't sleep, there are snakes / Das glücklichste Volk.*

munternde. Die einzige Ausnahme scheint der um diese Zeit frisch mit dem Literaturnobelpreis gekürte Philosoph Bertrand Russell gewesen zu sein, der sich durchaus anerkennend über die neue Symbolsprache äußerte. Bliss zitierte sein Lob in jeder neuen Auflage seiner Werke.

Am 2. Oktober 1953 erlitt Claire einen Herzinfarkt. Die darauf folgenden acht Jahre lang war sie in schlechter Verfassung, sie war äußerst schwach und hinfällig. Sie konnte nicht mehr gehen, schlief viel. Nach einer Injektion erwachte sie einmal noch aus ihrem Dämmerschlaf und begann, im Gesicht einen vergnügten, jugendfrischen Ausdruck, ein altes Wienerlied zu singen: »Es wird a Wein sein, / doch mir wern nimmer sein! / 's wird schöne Mäderln geben, / doch mir wern nimmer leben!« Claires Leben endete am 14. August 1961, im Alter von 80 Jahren, und in gewisser Weise endete damit auch, zumindest vorübergehend, Charles Bliss' Leben. Seine Verzweiflung über den Tod seines »lieben Wanderkameraden« war lähmend und absolut, monatelang konnte er nichts tun, außer irgendwie die alltäglichen Notwendigkeiten hinter sich zu bringen. Das von ihm in der Beschreibung von Claires letzten Lebenstagen gebrauchte Wort »Wanderkamerad« schien Charles unübersetzbar. Also fügte er einen erklärenden Comic in das entsprechende Kapitel der *Semantography* ein.

The meaning of "Wanderkamerad", as we understood it, is most difficult to translate. It does not mean "wander comrade." It means much more than "hiking companion".

For us, it meant walking hand in hand through flowering mountain meadows up to the towering mountain peaks.

But it also meant walking hand in hand through the dark abyss of despair, and through the valley of the shadow of death.

Es widerstrebt mir, Claires Geschichte bloß als eine des stützenden oder inspirierenden Beistands zu erzählen, nur weil die zentrale Figur meiner Erzählung ihr Mann ist. Aber trotz vieler Re-

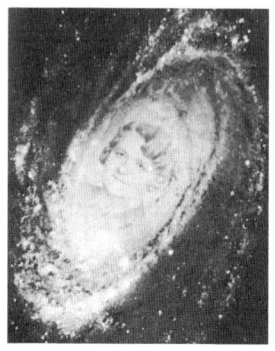

cherchebemühungen weiß ich einfach nicht genug über sie. Möge man an sie nicht leichtfertig denken, nicht als bloße Begleiterin, nicht als sich in ihrer Rolle als Ehefrau dem vermeintlich höheren Zweck, also dem Werk ihres Mannes, opfernden Menschen. Wenn ich schon sonst nicht viel tun kann, so kann ich zumindest bei all dem, was von ihrem Dasein heute noch in der Welt existiert, um Verzeihung bitten, dass ich so wenig von ihrer einstigen Existenz in Erfahrung bringen konnte.

Ich habe hier zumindest ihr Bild. Leider ist es unscharf, denn Charles, der einstige Kameraexperte und Amateur-Filmkünstler, versetzte es in eine Spiralgalaxie.

Denn ihm schien, wie er zu Beginn seiner *Semantography* schreibt, dass die »lebenden Atome, aus denen der Körper meiner guten Claire bestand, in ethischem Zusammenspiel ein Meisterwerk an Liebe, Intelligenz, Güte, Gewissen und Schönheit« gebildet hatten. »Am 14. August 1961 verließ dieses ethische Agens ihren Körper und kehrte zurück in den unsichtbaren Ozean aus ethischer Energie, von wo es wiedererscheinen wird in Claire-ähnlichen Geschöpfen und anderen Himmelskörpern.« Als nächste Approximation der Gegenwart seiner Frau erschienen Bliss nun die Bäume der Stadt. Sie waren, wie nun auch seine Frau, überall.

Charles' Trauer hielt lange an. Doch er war nicht unproduktiv. Bereits im Jahr 1965 veröffentlichte er die neue, erweiterte Ausgabe seiner *Semantography*. Er nannte sie nun zum ersten Mal, um einiges selbstbewusster, mit dem neuen Namen: *Blissymbolics*. Und einige Menschen ließen sich überzeugen, darunter der australische Politiker Douglas Everingham, der Bliss im Jahr 1969 sogar für den Friedensnobelpreis nominierte.

Aber niemand übernahm aktiv die Lehre, niemand unterrichtete die neue Sprache, man lobte Bliss bloß gelegentlich für seine Bemühungen, und er nahm jedes Lob begierig auf und bedankte sich mit enthusiastischen Briefen. Aber so richtig schien sich niemand außer ihm für die Rettung der Menschheit zu interessieren.

Schwenk in das Jahr 1971, nach Ontario, Kanada. Wäre dies (Gott bewahre) ein Film, würden wir nun dieses Gebäude von außen sehen – kühle, klinikartige Architektur, Nadelbäume im Vordergrund.

Ontario Crippled Children's Centre – 1962

Wir befinden uns vor dem OCCC, dem *Ontario Crippled Children's Centre* (ein Name, der inzwischen glücklicherweise geändert wurde). Die Filmmusik, die wir zweifellos dazu serviert bekämen, wäre ein durchgehender Drone-Sound, eine leere Quint vielleicht, jedenfalls etwas, das signalisiert: Hier fehlt etwas Wichtiges, und noch können wir es nicht erkennen. Wir sind noch nicht am Ziel. Noch liegen endlose Mühen vor uns.

Wir sehen eine junge Lehrerin, Shirley McNaughton, in einem Bibliotheksraum. Sie steht vor einem ungeheuren Problem. Sie ist Lehrerin für Kinder mit Zerebralparese. Das bedeutet, ihre Schülerinnen und Schüler können, zumindest in schwereren Fällen, kaum einen Muskel in ihrem Körper willentlich bewegen. Sie bewegen sich und sind ganz offenbar wach, aber sie können nicht oder nur ganz eingeschränkt reagieren, wenn man mit ihnen kommunizieren will.

Von manchen ihrer Kinder wird daher angenommen, dass sie kognitiv kaum entwickelt oder vielleicht überhaupt leblos seien, »vegetables«, wie man sie abfällig nennt, denn ihr Körper ist ein einziger Starrkrampf oder ein fortwährendes unkoordiniertes Sich-Winden. Aber McNaughton ist sich sicher, dass all ihre Kinder über dasselbe reich instrumentierte Innenleben verfügen wie jene mit einer bloß zum Teil eingeschränkten Muskelsteuerung.

Woran sie festgestellt habe, dass die Kinder bei klarem Bewusstsein seien, fragt sie Jad Abumrad, der Moderator des Podcasts *Radiolab*. »The twinkle in their eyes«, sagt McNaughton.

Ich erinnere mich, schon einmal in meiner Kindheit von diesem *twinkle* gehört zu haben. Es ging um den Bruder meines Klassenkameraden M. (nicht sein wirkliches Initial). Meine Mutter, die Ärztin ist, hatte von dessen Mutter vom Schicksal dieses Kindes erfahren. Der Junge sei mit Zerebralparese geboren worden und könne keinen einzigen Muskel bewegen, deshalb liege er nun da, erzählte sie mir, nicht zu Hause bei der Familie, sondern in einem Heim, er könne nichts, man interagiere nicht mit ihm, er sei einfach nur *da*. Und es sei, natürlich, ein Geheimnis, ich dürfe niemandem verraten, dass ich davon wisse. Es schauderte mich bei dieser Beschreibung. Ich konnte es mir nicht vorstellen. Eingesperrt zu sein in einen Körper, schon von Anbeginn aller Zeit. Und, so zumindest deutete ich die Situation des Jungen, verlassen von seiner eigenen Familie.

Eines Tages, mitten in einer der für gewöhnlich nirgendwo hinführenden Ethikdiskussionen im Religionsunterricht, sagte unser Lehrer, als Reaktion auf irgendein Argument von M.: »Aber nur als Beispiel, hast du Geschwister?« – und er korrigierte sich augenblicklich: »Ah nein, du bist ja ein Einzelkind.« Und die Diskussion ging weiter. Ich sehe diese kurze Szene noch heute klar vor mir. Der Religionslehrer hatte es sehr gut gemacht. Denn niemand wusste von M.s Bruder, außer offenbar dem Religionslehrer. Und mir. Ich weiß nicht, ob sonst jemand in das Geheimnis eingeweiht war. Möglicherweise hatte sich M. dem Lehrer einmal anvertraut, denn der Lehrer war ein äußerst gütiger, freundlicher Mensch, er galt als Vertrauensperson. (Um ein Haar hätte ich mich ihm auch einmal anvertraut, in völlig anderer Sache, aber bekam dann doch Angst und tat es nicht.)

Einmal waren M. und ich und noch zwei andere Schüler unseres Gymnasiums zur Mathematikolympiade im tschechischen Ostrava eingeladen. Wir fuhren hin, aber hatten keine Chance gegen die Tschechen und die Russen, ich löste die Hälfte eines halben Beispiels, und das war's. In der Ferne sah man die Kühltürme eines Atomkraftwerkes. Ich ernährte mich von Chips und Fanta. In der Matratze des Schülerheims, in dem wir übernachteten, befanden sich Lebewesen. Außerdem setzte mir die sommerliche Hitze zu, und ich meckerte die ganze Zeit vor mich hin. Dann fing auch noch der Bus, in dem wir unterwegs waren, zu brennen an (long story), und wir mussten, begleitet von unseren Mathematiklehrern, auf einer baumlosen Landstraße ewig dahingehen, im erdrückend heißen Sonnenschein dieses rundum verfluchten europäischen Landstrichs. Ich lästerte und maulte vor mich hin. Da hob M. seine Stimme und wies mich zurecht. Er habe jetzt genug, ich solle endlich die Klappe halten, andauernd dieses Gejammer. Und ich verstummte augenblicklich, beschämt. Aber mir war noch immer heiß, ich schwitzte mir selbst in die Augen, also drehte ich mich nach einer Weile zu ihm um, deutete auf ihn und wollte etwas Vernichtendes sagen, denn schließlich hatte ich da diese Munition, ich wusste, dass er aus seinem Bruder ein Geheimnis machte. Ich kam bis »Dein« – aber brach dann ab. Wer oder was auch immer mich an jenem Tag davor bewahrt hat, es zu sagen, ihm sei von Herzen gedankt.

Eines Morgens im Winter 2018 rief ich meine Mutter an, um zu fragen, ob sich meine Erinnerungen an das dunkle Brudergeheimnis meines Schulkollegen mit ihren deckten. Ja, bestätigte sie. So in etwa habe sie das alles auch im Kopf. Und sie habe gerade einen vergleichbaren Fall in der Klinik gehabt.

»Wie?«

Meine Mutter arbeitete zu dieser Zeit, kurz vor ihrer Pensionierung, auf einer Wachkomastation. Einer ihrer Patienten dort sei bei Bewusstsein, sagte sie. Aber niemand glaube es.

»Was meinst du damit, ›niemand glaubt es‹?«

»Sie haben keine Zeit dafür.«

»Aber kann man das nicht irgendwie messen?«

»Nein. Wenn er wirklich keinen Muskel bewegen kann. Wie sollst du es messen?«

»Irgend so was wie fMRT?«

»Nein. Das heißt, das ginge natürlich. Aber es ist zu aufwändig. Nicht ich sage das. Sondern sie, die Oberärzte, die Schwestern. Die haben keine Zeit, herauszufinden, ob da nicht doch jemand alles mitbekommt. Sie lehnen so eine Untersuchung ab.«

»Fuck.«

»Alle haben immer keine Zeit für irgendwas jemals.«

»Aber was genau ist bei diesem Mann denn anders?«

»Er will nicht leben. Daran merke ich es. Er sagt es oder teilt es mit. Ja, ich glaub wirklich, er ist bei Bewusstsein. Wäre er es nicht, er würde nicht nicht-leben wollen.«

»Was?«

»Er würde nicht so protestieren.«

»Aber was teilt er dir denn mit?«

»Er will einfach nicht leben. Man merkt so etwas. Er wollte ursprünglich Selbstmord begehen, aber jemand hat ihn gefunden.«

»Ah, verdammt.«

»Ja. Und jetzt steckt er immer noch im Universum fest. Und protestiert.«

»Aber wie zeigt sich das?«

»Sein Körper ist ständig infiziert. Er übergibt sich, er versucht, aus sich heraus … Und natürlich seine Augen.«

»An ihnen sieht man es?«

»Ja. Immer an den Augen. Dieses Glitzern, dieses Nicht-da-sein-Wollen.«

»Aber die Schwestern sehen das nicht?«

Meine Mutter überlegte.

»Das klingt jetzt sicher grausam«, sagte sie vorsichtig, »aber ich hab immer das Gefühl, dass die Wachkomapatienten für einige Schwestern eine Art Babyersatz darstellen. Sie zeigen einander oft, wie putzig einer dreinschaut. Gelegentlich verkleiden sie einen und machen Fotos von ihm.«

»Haben die Schwestern selber keine Kinder?«

»Nein, nein. Die meisten sind noch ganz junge Mädchen.«

Meine Mutter seufzte.

Ich musste natürlich an den Mann denken, der, gefangen in einem vollkommen reglosen Körper, bei vollem Bewusstsein war und sich nun pausenlos übergab als Protest gegen sein fortwährendes Vorhandensein im Kosmos. Das Gebäude, in dem er lag, befand sich keine zehn Gehminuten von meiner Wohnung entfernt. Ich war auch schon einige Male dort gewesen. Und egal in welcher Großstadt man sich befindet, man kann eigentlich immer relativ rasch in die Nähe eines solchen Menschen mit einem ähnlichen Schicksal gelangen. Es gibt sie überall. Sie sind nicht selten.

»Krankenschwestern sind wie eine paramilitärische Organisation«, sagte meine Mutter. »Sie haben strenge Hierarchien. Sie leben nicht gern im Widerstand zum General. Sie sind unbedingt loyal. Anteilsam nur hinterrücks.«

»Anteilsam?«

»Sagt man das nicht so? Anteilnahme, anteil…sam. Keine Ahnung. Du bist der, der Deutsch kann.«

»Nein, das Wort passt gut. Es sollte existieren.«

»Anteilsam sind sie jedenfalls nur, wenn sie sich unbeobachtet fühlen. Das ist das Entsetzliche.«

»Also spricht niemand mit ihm? Oder liest ihm was vor, oder was weiß ich.«

»Nein. Sie waschen ihn. Für mehr ist nicht Zeit.«

»Fuck. Warum liest ihm niemand vor? Ich kann ihm was vorlesen.«

»Das wird seine Frau nicht erlauben. Seit einem Jahr wartet er auf einen Kommunikationsapparat. Mit dem könnte man zumindest sehen, ob er noch irgendwie kommunizieren will. Damit könnte er theoretisch, das heißt, wenn sie in seinem Zimmer ist, mit seiner Frau Kontakt aufnehmen.«

»Ein Jahr?«

»Ja. Aber das Ding kommt einfach nicht. Keine Ahnung.«

»Was ist das für ein Apparat? Bliss-Symbole? Ist es so ein großes Feld mit farbigen Kästchen?«

»Ich weiß nicht. Ich hab noch nie einen gesehen. Die Apparate kommen nie.«

Menschen in totaler Hölle, fasste meine Mutter den Sachverhalt zusammen. Manchmal nähe man ihnen sogar die Augenlider zu, erklärte sie, damit die Hornhaut nicht austrockne. Denn das Blinzeln funktioniere ja nicht mehr, also stehe man vor der Entscheidung: Uhrglasverband oder Lider zunähen. Meist gewinne das Zweite. So liegen sie da, sagte sie, in reglosen Körpern, ohne Berührungen und ohne Sehvermögen. Und den ganzen Tag laufe auf der Station diese seelenlose Musik, Radio Steiermark. Keine andere Musik sei erlaubt. Warum das? Kein Grund, sagte meine Mutter. Einfach so eine Art Tradition. Da, wo die Menschen nichts wissen, beginnen sie eben, Mythen und Traditionen zu bilden. Man habe ihr verboten, den Patienten über die Arme zu streichen – denn nur feste Berührungen, solche, die angeblich »die Körperkontur klar nachziehen«, seien erlaubt. Denn man habe die Vermutung, dass diese Menschen nicht wüssten, wo die Grenzen ihres Körpers aufhörten. Aber das ist Unsinn?, fragte ich. Ja, natürlich, sagte meine Mutter, vollkommener Unsinn, denn es wisse ja niemand irgendetwas über ihr Körpergefühl, es seien alles nur Mythen, kodifizierte Vermutungen. Außerdem der ständige Wachheitszwang! Wachkomapatienten dürften nicht viel schlafen, dabei sei gerade Schlaf heilsam, das wisse doch jedes höhere Lebewesen, das müsse man gar nicht wissenschaftlich beweisen.

»Eine Frage«, sagte ich. »Ist je einer aufgewacht?«

»Ich hab nie davon gehört. Aber ich war auch nicht jahrzehntelang auf der Station, so wie andere.«

»Aber ist so ein Fall aus der Fachliteratur bekannt?«

»Es gibt den Fall, dass man nach Jahren entdeckt, dass jemand schon sehr lange, eigentlich schon seit dem auslösenden Unfall, bei Bewusstsein ist.«

»Passiert das oft?«

»Aber ja, natürlich, das passiert die ganze Zeit. Aber die Angehörigen irren sich natürlich auch häufig. Sie können es nicht verstehen, dass das nicht mehr da sein soll.«

»Was?«

»Naja, das, was der Mensch vorher war. Oft ist es ja wirklich für immer weg. Da ist möglicherweise tatsächlich nichts mehr in dem Menschen, aber trotzdem folgt er dir, wenn du durchs Zimmer gehst, mit seinen Augen. Und macht den Mund auf.«

»Aber wie kann da nichts mehr in ihm sein?«

»Eben«, sagte meine Mutter. »Das weiß man nie. Niemand weiß irgendwas. Es ist die Grauzone.«

Und sie erzählte mir von einem realen Fall, bei dem ein Mann nach einem Unfall zwölf Jahre lang für »Gemüse« gehalten wurde, aber dann in der funktionellen MR-Tomografie (fMRT) nach seinem Befinden befragt wurde und tatsächlich vernünftig antworten konnte. Der Computer kann kategorial verschiedene Gedanken voneinander unterscheiden lernen. Der Patient wurde gebeten, sich zwei Dinge vorzustellen: Tennis zu spielen und von einem Raum in den anderen zu gehen. An Tennisspielen zu denken bedeutete *Nein*. Von einem Raum in den anderen gehen – *Ja*.

Anschließend fragte man ihn, ob er Schmerzen habe.

Ohne Handlungsaufforderung, ohne Interaktion mit dem Patienten kann es, so scheint mir, tatsächlich schwierig sein, Bewusstsein festzustellen. Aber dann: Was, wenn die Person aufgegeben hat und einfach nicht mehr an Tennis denken will?

Auch Männer im Packeis haben bekanntlich aufgegeben, retteten sich in brüllenden Wahnsinn und verloren sich in der Polarnacht.

Der Funkspruch an Scott Routley, so der Name des Patienten, erfolgte 2011. 1999 war er verunglückt und lebte seither in der sogenannten *Grey Zone*. Seine Eltern waren der Ansicht, dass er bestimmte Musik lieber mochte als andere und dass er sogar gelegentlich mit Daumen-hoch-Geste auf angenehme Dinge reagierte. Die Ärzte blieben skeptisch. Sie zogen sich auf die sokratische Position zurück, zu wissen, dass man nichts wisse. Immerhin hatte bis vor kurzem das Land der *Grey Zone* noch gar nicht existiert, geschweige denn überhaupt Einwohner gehabt. Die Menschen starben nach einem Stammhirninfarkt oder nach einem extremen Schädelhirntrauma einfach. Doch heute, aufgrund der unendlich verfeinerten Kunst der Reanimation, befinden sich sehr viele Menschen darin, und nur Gott, der alle Geschöpfe kennt, weiß ihre Zahl.

Und nun die Frage nach den Schmerzen. Der Neurowissenschaftler Adrian Owen schreibt in einem Artikel für den *Guardian*, dass gerade diese Frage den ungeheuren Abgrund sichtbar gemacht habe, mit dem wir es hier zu tun haben. Denn was, wenn die Antwort Ja lautete? Was, wenn Scott sich tatsächlich nicht vorstellte, Tennis zu spielen. Aber dann die Erleichterung: Seine Antwort lautete Nein. Scott dachte an Tennisspielen. Alle durften aufatmen. Ich habe den allergrößten Respekt vor Scott Routley, dass er so antwortete – denn er hätte genug Grund gehabt, mit Ja zu antworten, auch wenn er keine unmittelbaren körperlichen Schmerzen fühlte. Vielleicht ist dieses Nein, dieser Gedanke ans Tennisspielen, die tapferste Handlung, die mir je untergekommen ist. Jedenfalls: alle erleichtert, nur die Mutter nicht. Sie war als Einzige nicht erleichtert. Denn sie wusste es ja bereits. »Er hätte es mir doch gesagt, wenn er Schmerzen gehabt hätte.«

Scott beantwortete in den folgenden Monaten Fragen über

seinen Alltag, über seine Helfer, über seine Familie. Er wusste alles noch, das Jahr, in dem er sich befand, er wusste, dass er in einem Hospital war, er wusste, wie seine jetzige Betreuerin hieß. Zwei Jahre nach der ersten Unterhaltung in der fMRT-Röhre starb er.

Laut Adrian Owen stellte sich bei etwa 15 bis 20 Prozent ursprünglich als »vegetativ« klassifizierter Menschen nach ähnlichen Tests heraus, dass sie vollkommen bei Bewusstsein waren.

Während meiner Zeit im Odilien-Institut in Graz, als ich, trotz meiner unleugbaren Inkompetenz, für eine oder zwei Stunden am Nachmittag ganz allein für die Betreuung eines oder zweier schwerstbehinderter Kinder zuständig war, erlebte ich einige Male, dass ich immer automatisch davon ausging, dass in dem Wesen, das mir überantwortet worden war, wenig bis nichts vorging. Woher mag dieser Reflex wohl gekommen sein? Ein Kind, das während meiner Zeit im Institut starb, konnte nur durch Einsaugen der Luft schreien. Ich glaube, ich sprach nie mit ihm. Ein anderes Kind, das alle paar Sekunden in einen epileptischen Zustand fiel, es zitterte und krampfte, selbst während es schlief, machte eines Tages, als die Anfälle für einige kostbare Minuten ausblieben, die Augen weit auf, sah mir ins Gesicht und schrie: »Aaaaaas!« Aas. Und ich glaube, ich reagierte auch darauf nicht besonders. Ein Kind biss mich in die Hand und verlor dabei einen Zahn. Von einem Jungen erzählte man mir, er habe früher normal gesprochen, mit drei oder vier Jahren, sei aber dann mehrere Wochen lang in große Unruhe verfallen, in ein fortwährendes Wehklagen und Weinen und Augenreiben, und habe sich dann mehr und mehr in sich zurückgezogen, schließlich verlor er seine bereits erworbenen Fähigkeiten und verlagerte seine Aufmerksamkeit darauf, seine sehr nahe vors Auge gehaltene Hand zu betrachten. Die Fingerknöchel berührten beinahe den Augapfel. Er starrte, als wäre dort das Schlüsselloch. Die Hand nahm, so zumindest sah es von außen aus, immer mehr von ihm Besitz, schließlich

konnte er überhaupt nichts mehr anderes. Zugegeben: Ich weiß
darüber nichts. Ich stand, mit meinen kümmerlichen achtzehn
Jahren, nur davor. Man erklärte mir irgendetwas, und ich nick-
te dazu. Innerlich war ich die meiste Zeit vollkommen still, wie
ein Mondhof. Aber es gibt solche Dinge, sie geschehen auf
der Erde, und noch kennt niemand ihr Geheimnis. Wobei es
nicht stimmte, dass der Junge gar nichts mehr konnte, er konnte durchaus noch mit den Zähnen mahlen. Ernährt wurde er
durch eine Sonde, deren Eingang ich einmal aus Versehen be-
schädigte. Ich weiß noch, einmal schrieb ich auf dem Nach-
hauseweg in der Straßenbahn ein Gedicht über ihn und seine
Hand. Es war vollkommen lächerlich, gereimt und voller Metaphern. Ein anderes Mal bot ich ihm eine Mandarinenspalte
an und träufelte ein wenig der köstlichen süßen Flüssigkeit auf
seine Lippen, und er reagierte auf den Angriff so entsetzt, dass
mir die Mandarine augenblicklich unheimlich wurde und ich
sie durch ein Gangfenster in den Garten warf.

Also fällt es mir natürlich schwer, all jene zu kritisieren, die
an der »Vegetable«-Theorie festhalten. Aber man sollte die
Theorie dennoch abstreifen, wo immer man nur kann, auch
wenn die Welt dann um vieles ungastlicher und grauenvol-
ler wird. Leb- oder Bewusstloses scheint uns ja zumindest in
Sicherheit; es kann von den täglichen und jährlichen Zumutungen nicht mehr erreicht werden.[9] Aber trotzdem, es ist keine angemessene Theorie. Wer weiß, vielleicht ist das auch der
Grund, weshalb mir das Gerede von Autorinnen und Autoren,
sie würden mit ihrem Werk »denen eine Stimme verleihen, die
selber keine haben«, in den meisten Fällen so unausstehlich
übergriffig und obszön vorkommt.

---

9   Das ist, ganz nebenbei, auch der Grund, weshalb der Turing-Test, um einmal auch
dieses Wort zu verwenden, sehr *ableist* ist. Er funktioniert prinzipiell nur in eine
Richtung, nämlich die positive.

Aber kehren wir in die Geschichte zurück. Wir sehen die junge Shirley McNaughton, Lehrerin für behinderte Kinder in Ontario. Sie war keine Anhängerin der »Vegetable«-Theorie. Ihr Hauptproblem bestand eher darin, herauszufinden, was die Kinder, die sich nicht bewegen konnten, von der Welt wussten und was nicht. Sie konnte ihnen ja keine gedruckten englischen Wörter vorzeigen und sie auf das Schriftbild deuten lassen, denn die Kinder konnten noch nicht lesen. Und wie sollten sie lesen lernen, wenn sie weder sprechen noch sich gezielt bewegen konnten?[10]

McNaughton und eine Kollegin erhielten von der Schulverwaltung eine Wäschekammer im Keller zugeteilt, in der sie mit den nonverbalen Kindern arbeiten konnten. Es funktionierte. Bloß mussten sie für alle möglichen Dinge eigenhändig und einigermaßen widerspruchsfrei Symbole erfinden, was nicht immer leicht war. Hatte nicht vielleicht schon mal jemand diese Anstrengung unternommen?

Das Buch *Semantography* ist 800 Seiten dick, aber es ist kein Wörterbuch für Bliss-Symbole, ebenso wenig ein Handbuch oder eine Grammatik. Es enthält sehr viel Theoretisches, Persönliches, lange *rants* und *ramblings*, aber man kann sich dennoch Shirley McNaughtons triumphales Entdeckergefühl vorstellen, als sie auf das wunderliche Werk stieß. Hier war ein System, vollständig und detailreich. Es war dynamisch und ausbaufähig. Es enthielt genau das, was bislang gefehlt hatte: die Vision einer vollständigen Sprachwelt.

Zum ersten Mal in ihrem Leben konnte sie mit den Kindern Dialoge führen.

Die Kinder deuteten aktiv auf die Symbole und erklärten ihr ihre Bedürfnisse, ihr Innenleben und ihre Wahrnehmung.

10 Details zu Shirley McNaughton aus *In the Land of Invented Languages* von Arika Okrent.

Ein Junge wurde gefragt, als was er sich zu Halloween verkleiden wolle. Er zeigte auf die Symbole: Kreatur – trinken – Blut – Nacht. Kombiniert und in ein neues Symbol zusammengefasst, ergab dies eines der ersten außerhalb von Charles Bliss' Kopf geborenen Symbolwörter. Das Tänzeln des Kafka'schen Katzenlamms, es war endlich möglich.

Es gibt einige Interviews mit Shirley McNaughton, auch hat sie selbst viel über Didaktik und Anwendung von Blissymbolics publiziert. Aber sehr wenig wurde bislang darüber geschrieben, wie es sich für die Kinder anfühlte, nach Jahren des angespannten Wartens endlich eigenständig Sätze formulieren zu können. Ich habe lang gesucht. In Arika Okrents *In the Land of Invented Languages* wird Kari Harrington erwähnt, eine Schülerin des OCCC, die jeden Tag glücklich vor den rings um sie ausgebreiteten Symbolkarten in ihrem Rollstuhl saß. Im Internet finden sich einige Gedichte von Kari Harrington, auf Englisch, aber möglicherweise ursprünglich auf Bliss verfasst. Eines beschreibt ihren wachsenden Mitteilungsdrang und ihre ungeheuren Anstrengungen, ihre Arme in eine bestimmte Richtung zu bewegen, um klarzumachen, was sie sagen will. Wie schwer gewisse Hindernisse in ihrem Leben wiegen, wird deutlich, wenn man das Gedicht über ihren Rollstuhl liest. Dieser soll ihr das Leben erleichtern, aber er hat eigene Pläne:

My Wheelchair's Plans

My wheelchair plans
To do something awful.
I can hear it saying,
»I'm going to make Kari and her Dad miserable.«

Its first plan is
To wait until my Dad

Has to go out
Before it squeaks and groans.
It makes sure my Dad
Stays up way past midnight
So I have a chair to go to school in.
It seems like it likes to see
My Dad get uptight.

Its next plan is
To worry me with
Its loudest noise.
I have to hear it all day
Until I go home.
When I tell Dad what it is doing,
My wheelchair says, »O. K. It's time to smarten up.«

It's common plan to do
Is run out of batteries.
There's nothing I can do
But call someone to help me
To go up a smallest ramp.
But most of all
There's nothing I hate more
Than to be plugged into the wall
And sit there until my battery charges.
(…)

Die letzten drei Zeilen. – Harrington hat außerdem eine kurze
Autobiografie verfasst, in der sie die Zeit beschreibt, als sich der
Kontakt ergab:

Als Kari sieben wurde, geschah etwas Aufregendes. Eine Lehrerin hatte eine wunderbare Art, jene Kinder zu unterrichten, die
wenig oder gar nichts sagen konnten. Das war Mrs McNaughton.
Es funktionierte großartig. Diejenigen, die auf etwas deuten
konnten, deuteten auf etwas, und diejenigen, die nicht deuten

konnten, deuteten mit ihrem Blick oder verwendeten ein elektronisches Symbolbrett[11].

Ja, Kari hatte Symbole, um zu sprechen! Als Kari ihr Symbolbrett zum ersten Mal mit nach Hause nahm, freute sich ihre Familie und war stolz auf sie.

»Was möchtest du als Erstes sagen, sweetie?«

»Gefällt sprechen.« (im Original: »Like talk.«)

»Gefällt es dir, zum ersten Mal sprechen zu können?«

Kari war aufgeregt.

»Ja?«

Im Sommer schickte Anne (Karis Adoptivmutter) Kari ins Blue Mountain Camp für behinderte Kinder. Kari war zwei Wochen lang dort und war begeistert. Also ließ Anne sie ins Sommercamp fahren, wenn Kari »Will Camp gehen« sagte.

Kari hatte noch nicht gelernt, vollständige Sätze zu bilden.

In den letzten Jahren hatte Kari Fortschritte mit den Symbolen gemacht.

»Ich möchte gerne ins Sommercamp Mutter.«

»Okay, honey.«

In einem Artikel aus dem Jahr 1977 findet sich eine etwas andere Darstellung der ersten gewechselten Sätze. Kari Harrington hatte das Bliss-System gerade erlernt, und eine der ersten Fragen an ihre Eltern lautete: »Warum sprecht ihr nie mit mir?« Ihr Vater habe sehr betroffen reagiert. Beide Eltern waren liebevolle Menschen, aber sie hatten nie daran gedacht, dass sie mit ihrer Tochter sprechen sollten, auch wenn diese nicht antworten konnte. In dem Film *Mr. Symbol Man* heißt es, einer von Ka-

---

11 Entwickelt von der damals zwölfjährigen Rachel Zimmerman. Das Mädchen programmierte ein Bliss-Programm mit Druckerfunktion für einen Atari 400 und baute ein Touchpad mit Bliss-Symbolen. Ihr Programm wandelte die berührten Symbole in englische Wörter um, die auf dem Bildschirm angezeigt oder auf Papier gedruckt wurden. So brauchte es keinen *blissymbolics*-kundigen Übersetzer mehr, der für den Bliss-Benutzer sprach. Heute arbeitet Rachel für die NASA und hat, weiß Gott, mehr Platz verdient als hier in einer kleinen Fußnote.

ris ersten Sätzen sei »Mein Meerschwein tut mir leid« gewesen. Gefragt, weshalb es ihr leid tue, habe sie geantwortet: »Weil es nicht denken kann.«

Sue Odell, eine andere Schülerin von McNaughton, verbrachte sogar zwanzig Jahre in einem zu keinerlei Antworten fähigen Körper. Mit den Symbolen konnte sie endlich kommunizieren. Anlässlich eines Gottesdienstes sagte sie: »I know symbols are good because I am a changed person. The self is not as you see on the outside. The other person has to feel with the heart inside your body.«

Ein Schüler des OCCC namens John verfügte über etwa zehn grobe Äußerungen, aber brachte es im Umgang mit den Symbolen so weit, dass er einen eigenen auf Symbolen basierenden Intelligenztest entwarf und seinen Eltern vorlegte, die noch vor kurzem nicht einmal über seine eigene Intelligenz Bescheid gewusst hatten.

Die eindrücklichste und intensivste mir bekannte Darstellung der Jahre vor und nach der Kontaktaufnahme über Blissymbolics liefert ein polnischer Film aus dem Jahr 2013 mit dem Titel *In meinem Kopf ein Universum*. Er handelt von Mateusz, einem Jungen, der an Zerebralparese leidet und den seine Familie, wie auch eine Neurologin, für »geistig zurückgeblieben«, für »Gemüse« hält. Der Film basiert auf der wahren Lebensgeschichte von Przemek Chrzanowski und dreht sich um Mateusz' missglückende Versuche, seiner Familie sein verständiges und mitdenkendes Wachsein mitzuteilen. Einmal sucht seine Mutter eine Brosche. Mateusz weiß, wo sie ist, und er will ihr den Ort zeigen – aber die Mutter, blind für alles, was die gewohnten Bahnen ihrer Liebesfürsorge verlassen könnte, missdeutet seine heftigen Bewegungen in Richtung der Brosche als sinnlose Aufregung, als Anfall, und fixiert ihren Sohn umso fester. Neben der virtuosen schauspielerischen Leistung des Hauptdarstellers Dawid Ogrodnik fällt vor allem ein Trick besonders auf: der Off-

Kommentar. Denn Mateusz kommentiert und erzählt uns, in hörbarer Stimme, den ganzen Film. Er hat Verständnis für die Irrtümer und Verbohrtheiten seiner Mitmenschen. Bliss-Symbole leiten visuell jedes neue Filmkapitel ein.

Der Höhepunkt des Films ist eine Szene, in der der inzwischen erwachsene, in einem Heim für geistig behinderte Menschen lebende Mateusz im Physiotherapieraum, wo sein Bein massiert wird, eine Logopädin mit Bliss-Symbolen arbeiten sieht. Sie bringt das System einem anderen Jungen bei, der mit ihrer Hilfe antworten kann. Mateusz erkennt, dass das sein Ausweg ist. Er versucht, robbend in die Nähe der Lehrerin zu gelangen, sich krümmend und aufbäumend. Natürlich kommen sofort Pfleger gerannt, fixieren ihn, so wie immer, und um ein Haar verpasst man ihm eine Beruhigungsspritze, da geht die Logopädin dazwischen. Sie stellt ihm eine Ja/Nein-Frage, wobei einmal Blinzeln Ja und zweimal Blinzeln Nein bedeutet. So einfach ist es, so einfach wäre es all die Jahre gewesen, mit ihm zu kommunizieren. Eine Angestellte kommt gelaufen, in der Hand Röntgenbilder seines Gehirns, und protestiert, man habe den jungen Mann doch schon so oft getestet, er könne nicht bei Bewusstsein sein! Aber er gibt verständige Antworten. Als man ihn, den interessanten Fall Mateusz, kurz darauf einigen ernst und bärtig in seinem Zimmer herumstehenden Professoren vorführt, erklärt eine der Angestellten: »Das ist unser Mateusz, sechsundzwanzig Jahre lang war keine Kontaktaufnahme möglich.« Jaja. *Möglich.* Mateusz sagt nur ein Bliss-Wort zu den Männern: »Wiedersehen.« Innerhalb kurzer Zeit hat er die Sprache erlernt und kann nun auch seiner Mutter endlich den Satz mitteilen, den er ihr schon immer sagen wollte. Nein, nicht »Ich liebe dich«, sondern: »Ich bin kein Gemüse.«

Zugegeben, ich war gerührt, als ich den Film sah. Aber wie bei vielen Dingen dieser Art hat der Film auch eine bedenkliche Seite. An etwas entlegener Stelle, in einer Kirchenzeitung, fand ich den Hinweis: »Laut einem Interview mit dem heute 35-Jährigen haben die Filmemacher seine Geschichte kommerziell ausgenutzt und zum Schluss beschönigt. Zudem hat Chrzanowski kaum etwas von den Einnahmen gesehen, kann sich für seine Gesundheit wichtige Medikamente, einen neuen Rollstuhl und einen Computer nicht leisten. Er wurde sogar erst zur Premiere eingeladen, als seine Mutter darum bat. Dabei wurde ihm angeblich zugesagt, ihn nicht zu vergessen und ihn zu unterstützen. Der Regisseur Maciej Pieprzyca dementiert die Vorwürfe und behauptet, er habe dem Jungen nichts versprochen.«

Nichts versprochen.

Motherfucker.

In der letzten Szene des Films sieht man »den Jungen«, also den echten, wie er mit dem Schauspieler Dawid Ogrodnik interagiert. Przemek spricht über Bliss-Tabelle mit Dawid. Also besteht der Film ja ausdrücklich darauf, dass dies keine von der Wirklichkeit losgelöste Geschichte ist, auch wenn der Protagonist einen anderen Namen erhielt. Was in den letzten Sekunden des Films auffällt: Przemek fehlen, im Unterschied zu Mateusz, die oberen Schneidezähne. Die werden dem jungen Mateusz in einer grauenerregenden Szene des Films zwar einmal entfernt, weil er sich ständig auf die Lippe beißt, aber im Lauf der Geschichte, als klar wird, dass er »kein Gemüse« ist, erhält er Implantate und freut sich sehr darüber. Möglich, dass Przemek in der Realität auch Implantate bekam und diese dann wieder aus irgendeinem Grund entfernt wurden. Der Zuseher hat ja nur die Bilder, die ihm vorgesetzt werden. Und hier ist eindeutig ein Bruch innerhalb der Bilder. Wenn man das reale Vorbild im Abspann vorkommen lässt, erhält alles, was davor war, nachträglich dokumentarischen Charakter. Das war die bewusste Entscheidung des Regisseurs. Dann kann er allerdings nicht mehr sagen, er habe »dem Jungen nichts versprochen«.

Ähnlich Claude Lévi-Strauss' berühmtem Diktum aus *Traurige Tropen*, dass der ursprüngliche Sinn des Schreibens im

Grunde in der Überwachung und Versklavung von Menschen bestand, könnte man behaupten, dass der Sinn von durch Kunstwerke hervorgerufenem Mitleid häufig der Übermalung der wahren Lebensverhältnisse von Behinderten dient. Denk an Breughels verstümmelte Bettler, an die Aussätzigen in der europäischen Bildkunst, an den *Idioten* von Velázquez, und so weiter. Sie werden immer viel zu sehr transformiert und weggezogen in den Winkel überschaubarer Museumsbesucheremotionen. Ich glaube sowieso, dass Kunst, gerade durch das in ihr erlebbare Mitleid, häufig die Möglichkeit eines echten imaginären Selbstversuchs unterbindet. Mitleid ist eine Art von Luxusgut, so wie das Gruseln, das Horrorfilme vermitteln; es ist eine Art *safe space*. Man hatte ja schon Emotionen, also braucht man die Erfahrung selbst nicht mehr. Selbstversuche aber wären, gerade im Bereich behinderten Lebens, um einiges dringlicher und notwendiger. In seiner Autobiografie *The Motion of Light in Water* berichtet Samuel R. Delany von einem solchen Selbstversuch, den im Grunde, natürlich mit Modifikationen, jeder anstellen kann. Delany wünschte sich sexuelle Begegnungen mit Männern und wusste nicht recht, wie er, der sich als junger Mann Mitte der Sechziger in einer Ehe mit einer Frau wiederfand, diese anbahnen sollte. Eines Tages trieb er sich bei der Staten-Island-Fähre herum und begann, aus einer Laune heraus, einen geistig behinderten jungen Mann zu spielen. Er stellte sich vor einem Blumenverkaufsstand auf, reagierte auf Ansprache nur durch Starren. Schon nach wenigen Minuten wurde er vom Blumenverkäufer in einen Winkel gezerrt und zu Dingen gezwungen, die er, Delany, sich freilich in diesem speziellen Fall auch irgendwie erhofft hatte. Allerdings war die Begegnung am Ende schmerzhaft und unangenehm. Der Blumenverkäufer überreichte dem von ihm kurzerhand vergewaltigten *stupid kid* eine Blume und verscheuchte es. Delany fragte sich, ob es nicht vielleicht allen kognitiv beeinträchtigten Menschen in New York tagtäglich so ergehen könnte. »The self is not as you see on the outside. The other person has to feel with the heart inside your body«, wie Sue Odell es ausdrückte.

Übrigens, im Odilien-Institut damals, im Oktober des Jahres 2000, mussten alle Zivildiener einen halben Tag lang zur Einschulung mit stark gesichtsfeldeinschränkender oder sehverzerrender Brille herumlaufen, einkaufen gehen, Straßenbahn fahren und so weiter. Und das war, wie zu erwarten, ein Heidenspaß, alle paar Minuten von wildfremden Leuten über Kreuzungen gezerrt zu werden, über die man gar nicht gehen wollte, oder von Leuten beleidigt und ausgeschimpft zu werden, weil man ihnen im Weg steht, und natürlich andauernd in alles Mögliche zu laufen, was absurderweise in Brusthöhe durch den Raum schwebt und nicht durch den über den Gehsteig geschwenkten Blindenstock ertastbar ist, wie zum Beispiel Briefkästen, diese saudummen Erfindungen.

2012 begann ich, einen Roman zu schreiben, in dem eine der Hauptfiguren ein Mann im Rollstuhl ist. Mein Freund F., der im Rollstuhl sitzt, versprach mir, mir den Kopf abzureißen, wenn ich so was schreibe und selbst keinerlei Erfahrungen als Rollstuhlfahrer habe. »Du schaffst nicht mal einen Vormittag«, sagte er. Er hatte insofern recht, als ich nach etwa einer Stunde (wir bewegten uns bloß auf der Straße rund um seine Wohnung) den Tränen nahe war. »So war es am Anfang jeden Tag«, sagte F. Meine Ärmel waren voller Hundescheiße, weil ich nicht darauf geachtet hatte, mit den Reifen, die sich ja drehten und mich berührten, dem ganzen Straßendreck großräumig auszuweichen. Meine Armmuskeln brüllten und ließen sich kaum mehr bewegen. Ich hatte andauernd den Schritt fremder Leute im Gesicht, und ich hasste sie dafür. Kinder blickten mich entsetzt an, und ich hasste sie dafür. F. sagte, man werde oft als Rollstuhl bezeichnet. »Möchte der Rollstuhl aussteigen«, ein klassischer Satz in Straßenbahnen. F. hat muskuläre Dystrophie und fährt in einem elektronischen Rollstuhl, ich hatte einen manuellen. Einen Vormittag lang, dann *durfte ich aufstehen,* dieses unerhörte Privileg. Wir wiederholten diese Übungsstunden noch einige Male.

Seit ich sie gelesen habe, kann ich folgende Zeilen aus Kari Harringtons großartigem Gedicht jedenfalls nicht mehr vergessen:

> There's nothing I hate more
> Than to be plugged into the wall
> And sit there until my battery charges.

Aber zurück zum Film, also den über Charles Bliss. Es wird ein Foto von Kari Harrington sein, das Charles Bliss die unerwartete frohe Botschaft seiner späten Lebensjahre überbringt. Ihr auf ein Poster gedrucktes Bild, auf dem sie strahlend lächelnd umringt von ihren Symbolen zu sehen ist, landet 1971 in einem Briefumschlag auf seinem Schreibtisch in Coogee. Begleitet wird das Bild von einem Brief, in dem ihm von dem beeindru-

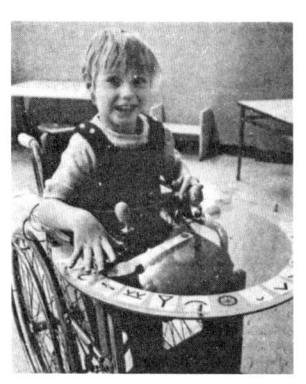

ckenden Erfolg der Blissymbolics in der Frühförderung spastisch gelähmter Kinder berichtet wird. Nun war es für Charles an der Zeit, zu tänzeln.

Er tanzte buchstäblich – bei seinem ersten Besuch im OCCC kurze Zeit später, er spielte und sprach mit den Kindern, er küsste sie, sang ihnen etwas vor, man lachte viel zusammen. Es gibt eine Tonaufnahme, in der man Charles Bliss *Freude, schöner Götterfunken* singen und sich selbst dabei auf seiner Mandoline begleiten hört. Er scherzt und lacht mit den Kindern, er lässt sich ihre Bliss-Kärtchen vorführen, er zeigt ihnen Australien auf dem Globus, er jongliert und hält sogar, high und überdreht von all der unverhofften Gnade, spontan um die Hand einer Logopädin an, nachdem er erfährt, dass sie vor kurzem ihren Ehemann verloren hat.

Nun würde alles gut werden. Die Blissymbolics würden von einer neuen Generation erlernt und damit in die Welt getragen werden. Die Saat für das Ende aller Kriege, aller Lügen, aller Gewalt war ausgestreut und würde aufgehen. Die universelle Sprache würde nach und nach die anderen, minderwertigen Sprachen verdrängen. Und die Menschheit dürfte, endlich, über die kommenden Jahrhunderte von all ihren Verirrungen ausruhen und heilen.

Aber schon von Anfang an wachte Charles, seiner Gewohnheit gemäß, streng über die Einhaltung aller von ihm ersonnenen grammatikalischen Regeln und Symbole. Denn natürlich würde die Revolution nur so richtig funktionieren.

Und wie sich herausstellte, machten alle alles falsch.

Sie führten sich auf wie Wahnsinnige. Sie erfanden andauernd neue Symbole! Oder sie schrieben *ein* simples Zeichen, um das Gegenteil eines Wortes anzuzeigen! Und sie verwendeten Begriffe wie *Hauptwort* oder *Verb,* was doch lupenrein tyrannische Begriffe waren, direkt aus der Hölle der weltgefährdenden Stimmsprachen! Außerdem erlernten die Kinder, wenn sie älter wurden, die lateinischen Buchstaben! Und der Unterricht in den Klassen geschah nicht in mönchischer Stille, sondern es wurden immer noch andauernd englische Wörter ausgesprochen, laut!

Bliss kritisierte und korrigierte, was seine Kapazitäten erlaubten. Aber es half nichts, es war nicht genug.

Da waren schon wieder, im neuesten Newsletter des OCCC, einige frisch von den kanadischen Amateuren erdachte Symbole, die nicht mit ihm abgesprochen worden waren, und sie handelten obendrein noch von Sport, o Gott, ein widerliches Thema, das er in seinen Büchern doch ausführlich gegeißelt hatte! Es war ungeheuerlich. Das machten die doch mit Absicht.

In einer Szene des Films *Mr. Symbol Man* sieht man Charles neben Kari Harrington sitzen. Das Mädchen diktiert einen Dankesbrief von »Mr. Symbol Man« (d. h. Charles Bliss) an ihre Eltern über ihr Symbolbrett. Die Eltern hatten dem Besucher aus Australien einen hübschen Brieföffner geschenkt. Würde das Mädchen wohl irgendwann Briefe auf Englisch schreiben? Aus Arika Okrents brillanter Studie *In the Land of Invented Languages* erfahren wir, dass, kurz bevor diese Szene des Dokumentarfilms gedreht wurde, der Leiter des OCCC Bliss aus seinem Büro geworfen und ihm untersagt hatte, je wieder einen Fuß in das Institut zu setzen.

Bliss war verzweifelt. Die bösen Lehrerinnen hatten seine makellose Kreation an sich gerissen und diese dann auch noch erweitert, präzisiert, vervollständigt. Entsetzlich! Sie hatten sogar, großer Gott, *neue Pronomina* hinzugefügt! Neue Pronomina. Das war das Ende der Welt.

Und, das Schlimmste: Sie hatten Blissymbolics in das exakte Gegenteil dessen pervertiert, was er im Sinn gehabt hatte: UNIVERSELL hätte sie werden sollen, seine Weltsprache, aber nun sprach jedes Kind einen leicht veränderten, *personalisierten* Dialekt, eben je nach seinen Fähigkeiten und den Erfordernissen seiner körperlichen Beeinträchtigung.

Aber das war gar nicht das Schlimmste. Das Schlimmste war, dass man ihm nicht zuhörte! Dass man ihm den Respekt vorenthielt. Wenn er Vorlesungen hielt, erschienen andauernd interessierte Lehrer und Pflegerinnen, bemühtes Fußvolk also, aber niemals Professoren und Politiker! Trotz all seiner Erfolge. Es war zum Verrücktwerden. Kein Nobelpreis weit und breit.

Aber eigentlich war auch das nicht das Schlimmste.

Nein, das Schlimmste war, dass seine Blissymbolics inzwischen verwendet wurden, um die Kinder auf das Erlernen des Englischen – oder Schwedischen, Ungarischen, denn sein System wurde inzwischen auch in anderen Ländern angewandt – vorzubereiten. *Vorzubereiten.* Als wäre die Rettung der

Menschheit nur eine Lernstufe, eine frühe Phase im Leben der Kinder, die dann selbstverständlich hinter sich gelassen wurde.

Wie hatte sich Charles Bliss das weitere Leben der Kinder vorgestellt? Nehmen wir an, alles wäre seiner Philosophie gemäß verlaufen. Man hätte den Kindern Blissymbolics beigebracht und mit ihnen fortan nur noch so kommuniziert, immerzu schweigend und deutend, und das Englische wäre niemals in ihre Existenz getreten. Sie würden dann logischerweise über keinerlei Fähigkeit verfügen, die Welt rund um sie zu begreifen. In Charles Bliss' Vorstellung wäre dadurch aber keine weitere Beeinträchtigung entstanden, sondern eine Befreiung, eine Art Erlösung. Die Kinder hätten so etwas wie eine isolierte Priesterkaste des neuen Bewusstseins gebildet. In einem Werbeflyer für einen Gastvortrag an einer Mädchenschule in Sydney aus dem Jahr 1972, den ich in meiner Ausgabe von *Semantography* entdeckt habe, skizziert Bliss eine Szene zwischen zwei Mädchen. Das eine Mädchen beleidigt das andere: »Meine Mutter ist viel schöner als deine.« Ein solch *vager* Satz wäre, so Bliss, schlichtweg nicht mehr möglich, wenn die beiden Mädchen statt Englisch nur noch Blissymbolics zur Verfügung gehabt hätten. Dann müsste man nämlich *schön* als *in Bezug worauf* definieren. Und fertig. No more bullying. Ich vermute, genau solche unscharfen Fantasien über die Beseitigung begrifflicher Unschärfe waren das utopische Endbild seiner Gedanken.

Bliss war der Papst seiner Sprache, und in dieser Funktion betrieb er eine endlose urteilsprechende Korrespondenz mit dem OCCC über die Schaffung und Anwendung neuer Symbole. Er hatte an allem etwas auszusetzen, vor allem an Shirley McNaughtons unbegreiflichen, direkt aus der täglichen Praxis kommenden Ideen für neue Wörter. »A new Babel of Symbols!«

In was für eine Hölle war er da nur geraten? Man begann mit Blissymbolics, dann lernte man Englisch. »McNaughton hat meine Arbeit pervertiert«, sagte er. Seine Briefe wurden immer wütender, anklagender. Schließlich kamen Anwaltsbriefe. Charles Bliss wollte das OCCC zwingen, die Symbole nur noch seinen Vorstellungen entsprechend zu verwenden.

Das Tänzeln, die Kontaktaufnahme mit Kindern, die Offenbarung von Innenwelten hatten ab sofort zu unterbleiben, bis die philosophischen Hauptprobleme geklärt waren.

Bliss hielt nun Vorträge in verschiedenen kanadischen Städten, genauer gesagt in anderen Fördereinrichtungen, in denen er ausdrücklich vor der Interpretation der Blissymbolics durch das OCCC warnte. Die Kinder Kanadas mussten bewahrt werden vor dieser grellen Pervertierung aller Werte. Er schrieb an Lehrer, er schrieb an Schulen, er schrieb an den Gesundheitsminister. Und man hörte ihm zu. Fördergelder für das OCCC wurden eingefroren, ahnungslose Leute schrieben Protestbriefe an die Lehrerinnen. Ein Glück, dass es damals kein Facebook und Twitter gab. Shirley McNaughton hätte zweifellos ihren Job verloren.

1975 war die World License von Charles Bliss an die von ihr initiierte Blissymbolics Communication International (BCI) erteilt worden, aber am 25. November 1977 erklärte Bliss' Anwalt die Nutzungslizenz für null und nichtig. Charles Bliss fantasierte inzwischen darüber, Shirley McNaughton »für den Rest ihres Lebens« wegzusperren. Es erschien ihm, bei aller Sympathie, als das einzig richtige Mittel. Um die Menschheit zu retten, mussten eben manchmal harte Maßnahmen ergriffen werden. Unterdessen wurde er zum Mitglied des *Order of Australia* gewählt, für sein Engagement für behinderte Kinder.

Jeden Frühling erschien er, nachdem er den Rest des Jahres mit seinen Kriegszügen und Unterstellungen gegen Shirley McNaughton und ihre Kolleginnen verbracht hatte, mit Geschenken im OCCC und verzieh allen, entschuldigte sich überschwänglich und strebte Versöhnung an. Kurze Zeit darauf warf er ihnen brieflich vor, seine Geschenke nicht ausreichend gewürdigt zu haben. Diese schwindelerregende Uneinigkeit mit sich selbst wird durch eine Episode besonders klar illustriert. Nachdem man gemeinsam den Vormittag in einem Verhandlungsraum mit knallhart argumentierenden Anwälten verbracht hatte, bat Charles Bliss seine Feindin Shirley McNaughton, mit ihm bitte in sein Hotel zu kommen und ihm zu helfen, seine Ohrentropfen einzunehmen. McNaughton tat es.

1979 wurde Charles Bliss zum *Honorary Fellow* der Linguistischen Fakultät an der Australian National University ernannt.

»Ich wollte nie mit irgendjemandem tauschen«, sagte er. »Außer mit einem: Charlie Chaplin. Denn ich wollte nie etwas anderes machen in meinem Leben, als andere Menschen zum Lachen zu bringen. Selbst im Konzentrationslager. Ich dichtete den Text des Buchenwaldliedes, eines der traurigsten Lieder überhaupt, neu – und alle lachten und lachten. (…) Jeder Komödiant will im Herzen ein Tragiker sein, will Hamlet spielen, will Philosoph werden. (…) Aber ich, ich wollte nie etwas anderes, als Komödiant werden! Und natürlich wurde ich Philosoph!«

Nach fast zehn Jahren der Kriegsführung wurde schließlich ein außergerichtlicher Vergleich erwirkt, eine große Geldsumme floss direkt aus der Tasche der Eltern behinderter Kinder. 160 000 Dollar. Es war das Jahr 1982. Charles Bliss verwendete das Geld, um sein letztes Buch zu finanzieren, *The Blissymbols Picture Book*. Das Cover gibt als Autoren an: »by Dr. Charles K. Bliss and his devoted Co-Workers«.

Jahrelang war die schulische Anwendung der Blissymbolics nun auf Eis gelegen. Das Blissymbolics-Unterrichtsprogramm an den Schulen für behinderte Kinder sollte sich von den langen erzwungenen Pausen nie wieder recht erholen. Charles Bliss starb 1985.

Über das, was er in den letzten drei Jahren seines Lebens unternommen hat, konnte ich nicht viel in Erfahrung bringen. Von Zeit zu Zeit erreichten ihn wohl noch einige kleinere Ehrungen. Seine Asche wurde, zusammen mit der von Claire, nahe dem *Coogee Surf Live Saving Club* auf dem Strand verstreut. Der Club ist ein kompaktes, festungsartig ins Meer ragendes Gebäude, ein Tempelchen aus hellem Mauerwerk, an dessen Flanke sich ein steinern umhegtes Schwimmbecken befindet. Darin erlernen Kinder das Überleben im Wasser. Eine Zone der Fürsorge und der Sicherheit unter der tobenden Sonne und dem gewaltigen Wind, der vom Meer kommt.

*

»Mustafa, wie viele Menschen verwenden heute noch Blissymbolics in Malmö bzw. in Schweden?«

»Sehr wenige. Etwa zehn in Malmö. Und in ganz Schweden werden es vielleicht dreißig sein, aber das ist nur eine ungefähre Schätzung.«

»Gibt es jemanden, mit dem du ausschließlich in Symbolen sprichst?«

»Ja, ich hatte einen Freund, mit dem ich das gemacht habe. Aber er ist vor vier Jahren gestorben.«

»Das tut mir sehr leid.«

»Naja, wir alle müssen irgendwann gehen.«

»Ja, leider. Du bist als Kind nach Schweden gekommen, als die somalische Community dort noch nicht so groß war wie heute. Heute wohnst du in Malmö, wo es eine sehr große Community gibt. Die Frage ist vielleicht etwas dumm, aber fühlst du dich als Schwede oder als Somali und wie begegnet man dir im Alltag?«

»Der Spiegel sagt mir, dass ich Somali bin. Aber ob ich mich als Somali fühle, ist eine andere Frage. Ich liebe auf jeden Fall schwedisches Essen. Ich bin bei einem Verein, und wir graben Brunnen in Somalia. Oder eigentlich Somaliland. Das ist eine wichtige Unterscheidung. Sorry, falls ich zu politisch klinge, aber das ist das, was ich studiert habe: Politikwissenschaften.«

»Ich denke, ein Dichter darf so politisch klingen, wie er möchte. Ich weiß leider nicht viel über die Situation in Somaliland, aber es erscheint mir auf jeden Fall unglückselig, dass ihm die Anerkennung als unabhängiger Staat vorenthalten wird. Ich vermute, die internationale Gemeinschaft sowie die Bevölkerung dort hätten ausschließlich Vorteile dadurch.«

»Ja.«

»Du warst oft in Somalia. Ich habe einen kurzen Clip auf YouTube gesehen, wo du dort, wenn ich das richtig verstanden habe, zu Besuch bei Menschen mit Behinderungen bist. Sind solche Reisen eigentlich schwierig für dich?«

»Mit einem Sprachsynthesizer wäre es schwierig. Aber so ist es überhaupt kein Problem.«

»Ah ja, du verwendest, wie ich sehe, ein Symbolbrett aus Karton. Blissymbolics sind bekannt für ihre Eigenschaft, die Bildung neuer Begriffe zu erleichtern. Ich habe gelesen, dass das erste durch einen *native speaker* neu geschaffene Wort das für *Vampir* gewesen sein soll. Creature that drinks blood at night. Diese Symbole schreibt man dann ineinander oder nebeneinander – und hat ein neues Wort. Wie bildest du neue Symbole mit einer fixen Symboltabelle?«

»In meinem Kopf natürlich.«

An dieser Stelle unterbrachen wir unser Gespräch, da Mustafas Bruder, der für mich übersetzte, die Wäsche vom Laundromat holen musste. Außerdem war es Zeit für das Abendgebet.

2015 hatte ich zufällig von diesem Dichter aus Malmö erfahren, von dem es hieß, dass seine Muttersprache die von Charles Bliss erschaffene Symbolsprache sei und dass er immer noch in dieser Sprache Gedichte schreibe: Mustafa Ahmed Jama.

Es dauerte eine Weile, bis ich seinen Gedichtband aufgetrieben hatte, man musste ihn über ein Lerninstitut im Internet bestellen. Das schmale Bändchen heißt *Viljan* (*Der Wille*) und enthält eine Handvoll Gedichte in Blissymbolics, mit schwedischer Übersetzung, dazu Fotos des Dichters, die ihn, der seit Geburt an schwerer Zerebralparese leidet, wodurch es ihm kaum möglich ist, sich gezielt zu bewegen, mit einer an der Stirn befestigten Antenne zeigen, mit deren Hilfe er auf die Symbole deutet. Ich weiß noch, der Tag, als ich das ungewöhnliche Büchlein las, war sonnig, der Kirschbaum im Garten knarrte und rauschte, und im Straßenbelag zeigten sich Gesichter. Seit einigen Monaten lernte ich bereits, wenn auch in Ultra-Zeitlupe, die Bliss-

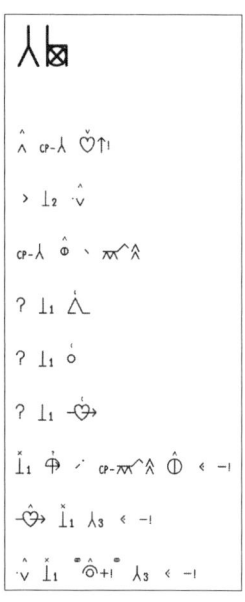

Symbolsprache, und nun las ich Mustafa Ahmed Jamas Gedichtzeilen und kontrollierte ihre jeweils von mir vermutete Bedeutung in den Übersetzungen.

Ein Gedicht mit dem Titel *Rollstuhlmann* packte mich besonders, ein schwermütiger, düsterer Text. Hier der Anfang:

Schauen wir uns zuerst das Schriftbild an. Ein Herz mit einem Pfeil kommt darin vor. Und eine Art Tier, auf vier Beinen. Fragezeichen. Stehende Nägel. All das kann man intuitiv deuten, und man kommt in etwa in die richtige Richtung.

Als wir unsere Unterhaltung fortsetzten, fragte ich Mustafa:

»Hast du eigentlich irgendwann einen Sprachsynthesizer verwendet?«

»Ja, klar, ich hatte früher so eine Maschine, mit Bliss-Symbolen und Computerstimme, aber dann entschied ich mich dafür, nicht mehr zu schweigen, wenn die Batterie ausgeht.«

I decided not to be silent when the battery dies. So wurde mir der Satz in der Übersetzung mitgeteilt. Den Original-Bliss-

Wortlaut sah ich leider nicht. Dennoch entging mir nicht die elegante Blues-Poesie dieser Zeile. Ich sprach mit einem Dichter. Das, was ich immer werden wollte.

Erinnern wir uns an Kari Harringtons Zeilen:

There's nothing I hate more
Than to be plugged into the wall
And sit there until my battery charges.

Hier meine Übersetzung von Mustafas Gedicht:

Rollstuhlmann

Mach Spastikermann froh
wenn du kannst
Spastikermann ist ein Esel
Werde ich gehen können
Werde ich sprechen
Werde ich lieben
Lassen wir diesen Spastikeresel jetzt am Leben oder nicht
Lieben wir ihn oder nicht
Können wir ihn akzeptieren oder nicht
Manche Leute sagen, Gottes Strafe
verhängt über Eltern ein Spastikerkind
weil Vater und Mutter
sündig waren
Nein, am besten wir erschießen ihn
Pang Pang Pang

Dieses, aber auch die meisten anderen Gedichte in dem Band erinnerten mich, in ihrer innovativen Form (z. B. Verwendung von Schrift als Anreicherung der reinen Symbolwelt) und in ihrer kurzatmig knappen *No-bullshit*-Brutalität, an einige von mir verehrte Avantgarde-Dichter der Weltliteratur, etwa an den slowenischen Dichter Srečko Kosovel (»Der Tod. /

Der Tod kommt uns trösten. / Und was machen die Vögel? / XYZ.«), an den Koreaner Yisang (»ein apfel fiel herab. die erde zerbrach daran. schluss. jetzt treibt keinerlei geist mehr keime.«), an Ernst Jandl und Ilse Aichinger, an Edith Södergran (»O wie herrlich die Hölle ist! (…) In der Hölle wird niemand krank und niemand ermüdet. Unverändert ist die Hölle und ewig.«), an Edmund Mach und Ernst Herbeck. Denken wir etwa an Jandls berühmtes Gedicht übers »blunzen essen«, *beisel*, oder Edmund Machs *Brauchbare Menschen*, das mit den herzzerreißenden Zeilen beginnt:

Manchmal sind brauchbare Menschen
in den Fabriken und arbeiten,
manchmal leben sie verzweifelt,
manche haben Striezel bei sich,
Striezel, die sie selbst essen.

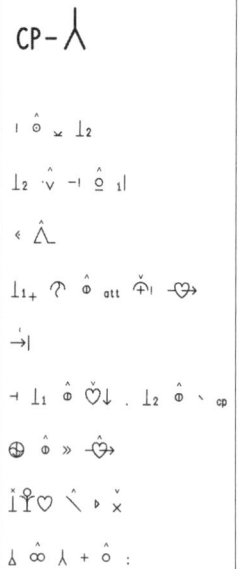

Hier noch meine Übersetzung von Mustafas Gedicht *Spastiker*. Der Beginn des Gedichts sieht im Original so aus:

In der schwedischen Übersetzung lautet der Titel *CPmannen*, also »Der CP-Mann«, wobei die Abkürzung für *cerebral palsy* steht. Ein schwedischer Bekannter versichert mir, dass der Ausdruck leicht ableist-abwertend klingt, allerdings ohne ein direktes Schimpfwort zu sein, also ungefähr auf die Art wie »Schau, der Down-Syndrom-Typ da drüben«. Ich weiß nicht, ob meine Wortwahl dasselbe leistet.

Spastiker

Schau dich an
du kannst nicht mal selber essen
oder sprechen
Ich sehne mich
nach echter Liebe
aber hey tut mir leid, du bist ein Spastiker
Das Wetter ist ideal für Liebe
und die Dichter schreiben viel
und die Frau küsst den Mann auf den Mund und sagt:
Oh mein Ehemann lässt uns laufen und laufen
der Spastiker kann nicht laufen
Nehmen wir eine Dusche zusammen im warmen Regen
Der Spastiker sitzt und schaut
während alle Leute lachen
und einander umarmen
Wer wird den Spastiker umarmen
Liebe zwischen Mann und Frau
sie schreien förmlich vor Glück
und haben vor kurzem geheiratet
Kein Mensch will den Spastiker als Ehemann
Nein, oh nein, vergiss das mit der Liebe
zwischen einer Frau und dir
Es gibt so viele starke Männer, die sich
um eine Frau kümmern können
Und du Spastiker kannst herumsitzen und
schreiben, die ganze Nacht lang
Schreiben und schreiben, hässlicher Spastiker

Mustafa selbst nannte somalische Poesie als wichtiges Vorbild. Ich war neugierig und schaute in einer der leider nicht sehr zahlreich vorhandenen Anthologien nach, B. W. & Sheila Andrzejewskis *Anthology of Somali Poetry.* Ah ja. Was ich als seltenes Avantgarde-Beispiel von *no-bullshit* und *straight-forward* in der europäischen Dichtung gewertet hatte, war hier eine selbstverständliche Haltung jedes Poeten. In ihrer Vergangenheit gab es keine albernen Jahrhunderte mit höfischer Dichtung voller realitätsferner abgehobener Kunstsprache. Die somalischen Dichter in diesem unwahrscheinlich reichen Buch besangen alles, was es gab, Männer und Frauen, Landschaft, abwesende oder aufquellende Wolken. Besonders blieb mir ein betörendes und bewegendes Gedicht von Ismaaciil Mire im Gedächtnis, eine Ode auf einen gerade das Dorf verlassenden Truck.

Zugegeben, es ist ziemlich euroweiß, neben dem erwähnten Gerald Hanley gleich noch einen weiteren weißen Abenteuerreisenden als bestätigenden Stichwortgeber für die Ansicht zu zitieren, Somalia sei das Land der Dichter, als würden solche Urteile erst durch weiße Zeugenschaft wahr, aber ich möchte dennoch, einfach nur weil das Zitat hübsch ist, kurz Richard Burton zitieren, der über Somalia schrieb: »The country teems with poets … every man has his recognized position in literature as accurately defined as though he had been reviewed in a century of magazines.«

Herrlich ist diese humorvolle metallene Klarheit in Mustafas Werk.

Übersetzt heißen die Zeilen:

Zeig mir doch bitte den Ticket-Shop
Ich will ein Ticket nach Hause kaufen

Tschüss

Ich erinnere mich daran, dass Shirley McNaughton selbst über die Bliss-Symbole in einer an Fenollosa / Pound erinnernden Weise sprach. Sie seien eine Art von »poetry in its purest form« und »beyond words«. Und Mustafa sagte genau dasselbe – eben das, was auch Charles Bliss über seine Sprache sagte. *Pure Meaning*. Mustafa: »Bliss gibt dir die Bedeutung selbst, ohne das Drumherum. Nur die Bedeutung und sonst nichts. Du siehst, was die Welt wirklich ist. Zum Beispiel das Wort für Hospital. *Haus* plus *Kranke Person*.«

Und nun die seltsame Situation: Alle klugen Gelehrten sagen oder schreiben, das sei unmöglich, ein Missverständnis, ein Widerspruch in sich usw. Aber er ist ein *native speaker*, Shirley McNaughton ist eine kompetente Sprecherin. Haben nicht die beiden mehr Ahnung von der Sprache als Experten, die von außen auf ihr System blicken? Wenn Mustafa, einer der zwei (zumindest mir) bekannten Blissymbolics-Dichter auf der Erde, die Sprache von innen missversteht, warum sollte ein Experte in seinem Kämmerchen sie von außen korrekt sehen?

»Mustafa, schreibst du heute noch jeden Tag Gedichte?«

»Ja.«

»Gott sei Dank.«

»Wenn es mich überkommt, dann schreibe ich ein Gedicht. Ich könnte nie planen, dann und dann werde ich dichten, so funktioniert das nicht. Es kommt einfach. Dann bitte ich meinen Bruder: Hol bitte ein Blatt Papier, damit das Gedicht notiert werden kann.«

»Also lässt dir deine Arbeit Zeit zum Dichten?«

»Nicht viel. Im Augenblick arbeite ich in einem Betrieb, der Bienenkästen und Honig herstellt.«

Die Firma, die Mustafa leitet, heißt Urbi (www.urbi.nu), und sie bietet Bienenstöcke für Dächer von Unternehmensgebäuden und für öffentliche Parks. Honig ist seit alten Zeiten eine Art Freund der Dichter.

DRITTES KAPITEL

Liber Pictorum

»*Laithe cach lūain   lui cath cnedach fri Fergus,*
fid cach mercūir mandrais,   mōin cach sathuirn selgus.

An jedem Montag lieferte er eine wundenreiche Schlacht
gegen Fergus; jeden Dienstag zerstörte er einen Wald;
eine Heide verwüstete er jeden Samstag.«
Kuno Meyer, Über die älteste irische Dichtung

»*Luid seom sunn,   tarclam tnū,*
sūainem Segsa   coclann cū.

Diese Strophe ist mir unverständlich.«
Kuno Meyer

1

Ich war sehr froh darüber, dass sich das Gespräch mit Mustafa
doch noch ergeben hatte, denn ich war einige Monate davor bereits einmal erfolglos nach Malmö gefahren, um ihn zu treffen.
Ich hatte den Zeitraum angegeben, in dem ich mich in der ver-
nieselten Küstenstadt aufhalten würde, und wir vereinbarten
ein Treffen, allerdings ohne genauen Zeitpunkt und Ort. Und
dann fuhr ich nach Malmö und nistete mich in einem winzigen Hotel in der Altstadt ein, in dem es überall angenehm nach
altem Reclamheft roch.

Ich schrieb an Mustafa, ich sei jetzt da, wann er Zeit für ein
Treffen hätte. Aber es kam keine Antwort.

Ich wartete einen Tag, lief um mein Hotel herum, in immer
größeren Kreisen. Ich wartete einen zweiten Tag. Ich bin ein
sehr ungeschickter Journalist.

Nachts erwachte ich einige Male, weil ich den Ziel-Laserpunkt eines Scharfschützen auf meinem Hinterkopf spürte. In der Dunkelheit liegend, beschirmt vom Gurrgeräusch des Minibarkühlschranks, wischte ich mir den lästigen Punkt immer wieder mit meiner trägen Hand fort. Am nächsten Morgen, endlich befreit von den unerträglich geometrischen Träumen, die sich im Norden ab einem gewissen Breitengrad bei mir immer einstellen, entdeckte ich den binokularen Biss einer Spinne auf meiner Schulter.

Ein weiterer Tag verging, ohne Antwort.

Ich begann mir langsam Sorgen zu machen und versuchte es bei Mustafas Firma, aber bekam auch da keine Antwort. Vielleicht war ihm ja plötzlich die Lust vergangen. Oder er war krank. Unterdessen machten sich wiederum Leute in Österreich über mich Sorgen. Sie schrieben mir über »Little Mogadishu«, eine angeblich in Malmö befindliche somalische Enklave, in der anarchistische Zustände herrschten. Ich solle auf mich aufpassen. No-go-Zone, schrieben sie. No-go-Zone.

Da ich dazu nicht viel sagen konnte, schrieb ich einfach Meldungen über das Wetter zurück. Es nieselte nämlich die ganze Zeit, und das Meer bestand aus vielen winzigen Zahnrädern.

Da ich am nächsten Tag, trotz mehrerer Nachfragen, noch immer keine Antwort von Mustafa in meiner Mailbox fand, setzte ich mich in einen winzigen Park an der Amiralsgatan. Vor meiner Abreise hatte ich, da ich wusste, dass er für einige Jahre in Malmö gewohnt hatte, *The Best of H. C. Artmann* eingesteckt, ein gründlich zerlesenes, altes Exemplar aus Familienbesitz. Ich las in den Ausschnitten aus *das suchen nach dem gestrigen tag*, Artmanns schwedischem Tagebuch. Er beklagt darin das Schicksal der Kinder von Malmö, die wohl ganz vielversprechend beginnen, aber am Ende leider doch immer Schweden werden. Insgesamt langweilt er sich sehr in dieser Stadt, in der die meisten Probleme »künstlich und vacuumverpackt« daherkommen. Das stetige Tuten der Schiffe vom

Öresund. Einziges Highlight bestimmter Tage ist es, mit dem Mietsfernrohr hinüber nach Kopenhagen zu blicken. Am meisten schien es dem großen Dichter noch der fantasievoll eingerichtete Zauberladen *Buttericks* angetan zu haben. Ich schaute nach, ob dieser heute noch existierte, und ja, da war er.

Aber anstatt in den Zauberladen ging ich zuerst noch in eine Kirche. Ich bin einer jener Menschen, die beim Anblick alter Kirchen meist das Bedürfnis fühlen, sie zu verspeisen. Für nichts als zum Verzehr scheinen die herrlichen Ornamente der Spätgotik gemacht, die hohen Fenster, der spitze Turm, appetitanregend auch die zuckerglasiert wirkenden Sitzbänke und die Engel und Heiligen über der Eingangspforte. Knusperhäuschen!, ruft meine Seele.

Es war zudem einer jener Tage, an denen die Blätter der Bäume draußen nicht vom Wind, sondern von meiner eigenen Kieferspannung bewegt wurden. Ich brauchte also unbedingt ein wenig Ruhe und Kerzenschein. Dankbar setzte ich mich in der leeren Kirche in eine der hintersten Reihen. Durch eine Glastür konnte man rückwärtig hinaus auf die Straße blicken, wo nun wieder, lauter leuchtende Wesen, die Menschen unterwegs waren. Die Kirchenbänke sahen in der Tat köstlich aus, wie frische Brotrinde. Und ein einzelnes Herbstblatt war mir ins Innere der Kirche gefolgt. Es hatte es fast bis zum Altar geschafft und bewegte sich ein wenig umher, aber es fand keine anderen, es war das einzige Blatt auf der Welt.

Lange betrachtete ich den vor mir über dem Altar hängenden Christus und schließlich, nach Ablauf einer gewissen inneren Frist, schlug ich, vielleicht als eine Art von Lockzauber, auf meiner Blissymbolics-iPhone-App das Symbol für »Agnostiker« nach. Ich hatte den Begriff ohnehin nie ganz verstanden, nun wollte ich sehen, wie er gebaut war.

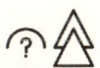

Da schau her. Agnostiker. Guten Morgen. Die Zeichen sagen bereits recht viel, allein durch ihre Gestalt. Die gewächshaft-universelle Selbstverständlichkeit dieses Weltbildes, aber auch seine kecke und etwas mummenschanzhafte Absurdität. Es gibt in der Liste der App[12] noch viele andere philosophische Begriffe, und wer weiß, warum sie in dieser nicht ursprünglich, aber inzwischen hauptsächlich für die Kommunikation mit Kindern gedachten Sprache noch immer so reich vertreten sind. »Atheismus«, »Glaubender«, sogar »Abtreibung«, gleich in mehreren Varianten.

Glaubender:

Wie ein mehrfach verarztetes Herz.

Und Atheismus:

Für den oberflächlich-assoziativen, d. h. den Fenollosa'schen Betrachter drücken die Bliss-Wörter für derlei Abstrakta allein schon durch ihre comichafte Gestalt auch eine tiefere Wahrheit aus: Atheismus, Agnostizismus, Glauben, all das sind ja wie von einem Kind gemalte und geformte Empfindungen, die bloß später ihr griechisch-lateinisches Messgewand angelegt bekommen haben.

Das Zeichen für Gott wird die Leserin gewiss schon erraten haben:

Höchstes Wesen. Das Dreieck über allen Dreiecken. Es erinnert mich an mein Lieblingsbuch damals in der Schule, *Flatland* von Edwin A. Abbott, darin geht es um die Abenteuer eines Dreiecks in der dritten Dimension. Moment, es war ein Vier-

---

12   Alle Screenshots von Symbolen der Einfachheit halber nicht aus der iPhone-Bliss-App, sondern aus der Quelle: https://globalsymbols.com/

eck, aber macht ja nichts. Lange lebte es nur in zwei Dimensionen, dann plötzlich dringt es in den Raum vor – und steht dann vor der unmöglichen Aufgabe, den anderen Bewohnern Flatlands, Dreiecken und Vierecken und Fünfecken, von dieser dritten Dimension zu berichten. Oder Spinozas berühmter Satz aus einem seiner Briefe: »Ich glaube, dass ein Dreieck, wenn es sprechen könnte, ebenso sagen würde, Gott sei hervorragend dreieckig[13], dass ein Kreis sagen würde, Gott sei hervorragend rund.« Dabei hätte das Dreieck mit seiner Vermutung vermutlich sogar recht. Welchen Sinn hätte auch ein Gott der Dreiecke, der selbst nicht dreieckig ist?

Für Engel gibt es sogar zwei verschiedene Ausdrücke, einen alten und einen neuen, mein Gott, das hätte Charles Bliss gewiss tödlich beleidigt. Die erste Version illustriert einfach das Konzept »Flügel-Person«:

Sehr schön. Dagegen der neuere Ausdruck:

Ein fürchterliches Durcheinander. Wörtlich übersetzt: »spirituelles Wesen des Friedens«. Hm. Weiß nicht.

In der auf der iPhone-App durchscrollbaren Liste ergeben sich auch, einfach weil sie aus alphabetischen Gründen direkt untereinander stehen, mitunter kleine mysteriöse Haikus:

13 Zitiert nach Fritz Mauthners Aufsatz *Spinoza*, es gibt noch andere Übersetzungen von »Deum eminenter triangularum esse«, z. B. »auffallend dreieckig«, »äußerst dreieckig«, »entschieden dreieckig«, die eigentlich auch alle großartig sind.

Kannst du erraten, Leserin, was der Dichter uns hier sagen wollte? Irgendein rechtwinkliges Tier begibt sich auf ein Skateboard und fährt eine schiefe Bahn hinunter? Nicht ganz. Das erste Zeichen heißt »Dinosaurier«, das zweite »(aus einem Vehikel) aussteigen« (engl. *to disembark*) und das dritte bedeutet »schriftliches Dokument«.

Ein Dinosaurier
entsteigt
dem schriftlichen Dokument.

Und da wir (immer noch) in einer Kirche sind, hier noch das Wort für »sterben«:

Und hier das Wort für »Nonsens«:

In der Tat verwirrend. So ähnlich! Lichtenberg schrieb: »Es ist nicht zu leugnen, daß das Wort *Nonsense*, wenn es mit gehöriger Nase und Stimme ausgesprochen wird, etwas hat, das selbst den Wörtern Chaos und Ewigkeit wenig oder nichts nachgibt. Man fühlt eine Erschütterung die wo mich meine Empfindung nicht betrügt von einer fuga vacui des menschlichen Verstandes herrührt.« Noch ungeheurer ist die Wirkung, wenn man die *gehörige Nase und Stimme* gleich ganz weglässt.

Und es wird noch verwirrender. Denn hier das Wort für »Erde«, unseren Planeten:

Alles so ähnlich. Neige den Kopf nur ein klein wenig, und anstatt des Planeten siehst du nur mehr den Tod, die Schädelstätte – oder den Nonsens.

Es gibt so viele verblüffende Bliss-Wörter, dass man ganze Nachmittage in einer dämmrigen Kirche mit ihrem Studium zubringen könnte. Hier das Wort für »Sleipnir«, das Pferd aus den altisländischen Sagen, dabei hat dieses eigentlich acht Beine (wie das Bison in den Malereien der Chauvet-Höhle):

So also sieht Sleipnir aus. Und es gibt, obwohl es eine stimmlose Sprache ist, sogar Ausrufe. Wörter wie »Wow!«:

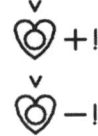

Oder »Pfui!« / »Igitt!«:

Mein Lieblings-Bliss-Wort ist allerdings jenes für Ukulele, denn es sieht überhaupt nicht aus wie eine kleine Ukulele. Das deutsche Schriftbild »Ukulele« sieht noch viel mehr wie eine Ukulele aus:

Das hier wirkt eher wie etwas, was dir nach einem Erdbeben aus dem Geschirrschrank entgegenkommt. Höchstens eine Ukulele im Traum könnte sich so darstellen, so kubistisch, fragmentiert und mysteriös. Die Stunde zwischen Form und Gitarre.

Pure meaning, pure poetry. Die Idee scheint immer wieder, durch alle Jahrhunderte, die Menschen umzutreiben und anzustacheln. Der aus Wien stammende Philosoph und Psychoanalytiker John Weilgart (1913–1981) erfand die Plansprache aUI, von ihm auch *The Language of Space* genannt. Sie ist so etwas wie eine philosophische Sprache im Stile des Bischof Wilkins. Soweit ich sehen kann, sprach nur Weilgart selbst seine Kreation. Einige Linguisten lobten seine Idee, aber dabei scheint es geblieben zu sein. Auch in aUI bestehen die einzelnen Wörter aus ihren Zutaten, aus den Elementen der Welterfahrung, aus denen sie ableitbar sind. Auch sie sind gedacht als *pure meaning*.

Die Beispielsätze in Weilgarts Lehrbuch[14] verlaufen meist in eigenartigen Bahnen:

> -a-u wav IOv fnum ybaI. yUg, a-u yc wav iUv fnum UI. a-u Uv, Uf fnum nUi cEv nEm ydrem.

> Der Spaceman kann unser Radio nicht hören. Der Spaceman kann unsere Wörter nicht verstehen. Der Spaceman findet, dass unsere Sprache sehr schwierig ist.

Und die Illustrationen, mein Gott, wie herrlich sie sind! C. G. Jung hätte an ihnen seine hellste Freude gehabt, denn sie sind, so scheint mir, ähnlich wie die von Jung in seinem Werk genauestens analysierten Illustrationen in alten alchemistischen Traktaten, eine unerhört tiefreichende Darstellung gewisser allgemeinmenschlicher Seelenvorkommnisse:

14 *aUI. The Language of Space. For the First Time Represented and Adapted to the Needs of this Planet.* (!)

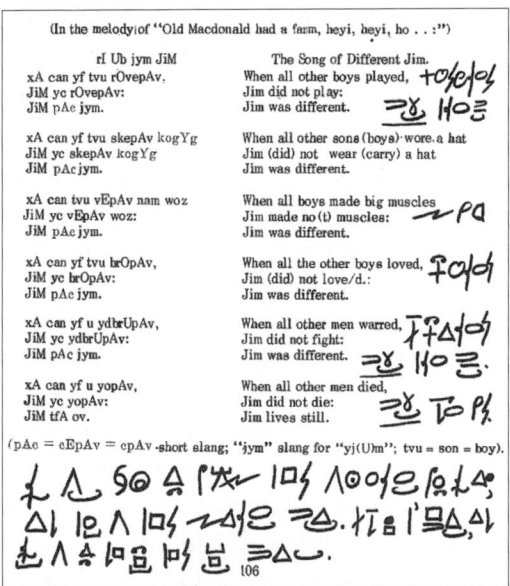

(In the melody of "Old Macdonald had a farm, heyi, heyi, ho . . :")

rI Ub jym JiM	The Song of Different Jim.
xA can yf tvu rOvepAv.	When all other boys played,
JiM yc rOvepAv:	Jim did not play:
JiM pAc jym.	Jim was different.
xA can yf tvu skepAv kogYg	When all other sons (boys) wore a hat
JiM yc skepAv kogYg	Jim did not wear (carry) a hat
JiM pAc jym.	Jim was different.
xA can tvu vEpAv nam woz	When all boys made big muscles
JiM yc vEpAv woz:	Jim made no (t) muscles:
JiM pAc jym.	Jim was different.
xA can yf tvu brOpAv,	When all the other boys loved,
JiM yc brOpAv:	Jim (did) not love/d.:
JiM pAc jym.	Jim was different.
xA can yf u ydbrUpAv,	When all other men warred,
JiM yc ydbrUpAv:	Jim did not fight:
JiM pAc jym.	Jim was different.
xA can yf u yopAv,	When all other men died,
JiM yc yopAv:	Jim did not die:
JiM tfA ov.	Jim lives still.

(pAc = cEpAv = cpAv -short slang; "jym" slang for "yj(U)m"; tvu = son = boy).

106

Traurig sein über eine Blume, die dich überragt. Ja. *I feel ya, bro.* Und hier plötzlich ein Lied, das im aUI-Original im Rhythmus von *Old MacDonald Had a Farm* zu singen ist:

Okay, danke, jetzt Ohrwurm von *Old McDonald*.

Das aUI-Wort für Banane, »ankot«, baut sich aus folgenden Bedeutungsteilchen (vertreten durch die fünf Buchstaben) zusammen: *one dimension above life vector.* Die Buchstabenfolge »ot« ist »Leben + Richtung«, also »Obst«. Ein alternativer Begriff für Banane lautet »aneikot«: *1 dimension 2 light above life instance.* Man muss zugeben, dass das einen gewissen Groove besitzt. Man kann es beinahe im aufheulenden Blueston singen. Ich werde niemals wieder Bananen mit denselben Augen betrachten, seit ich das über sie weiß: dass sie, ein bisschen exzentrisch übersetzt, Eine-Dimension-oberhalb-Lebensvektoren sind. Wunderbar.

Überhaupt Bananen. Sie sind so merkwürdig. Kennst du die

Stelle im *Buch der Unruhe* von Pessoa, die über Bananen? Der Hilfsbuchhalter Bernardo Soares geht eines Morgens ins Büro, und auf dem Weg fallen ihm Bananen auf, die vor den Marktständen zum Verkauf ausgelegt worden sind. Sie erscheinen ihm »strahlend gelb«, und sie erinnern ihn, diese komischen gelblichen Alien-Flämmchen im Freien, mit einer gewissen krummbeinig-komödiantischen Eleganz, daran, dass er nicht immer hier sein wird, auf Erden, im Universum, in der Rua da Prata. Denn siehe, sie enthalten ja schon ihre eigene Auflösung, ihren eigenen Ausgang aus dem Leben[15]: Bananen, die »gelber wirken, weil sie schwarze Flecken haben«. Ja, eines Tages wird er selbst fehlen, überlebt von den Bananen, die entlang der Straße ausgelegt sind. Er versteht zwar, dass es andere Bananen sein werden als genau diese, aber »sie dauern fort, weil sie nicht leben, auch als andere nicht; ich vergehe, weil ich lebe, auch als der Immergleiche«. *Every Coca-Cola bottle is the buddha.*

Wie ist es möglich, dass die Schreibvorschrift für ein bestimmtes Wort in einer Plansprache und ein etwa zweiseitiger Abschnitt in einem Meisterwerk der Weltliteratur haargenau dieselbe Wirkung haben können, nämlich dass die Komödie und das Mysterium einer Obstsorte offenbar werden? Das Beispiel aUI zeigt, dass man Sprachen so bauen kann, dass sie in ihren Einzelteilen nicht bloß einen ordnenden, sondern auch verzaubernden Geist transportieren. Je präziser die Kategorien werden, desto fremdartiger die Bananen.

Ein ungezogenes Kind heißt auf aUI »yrtu«. Die Bestandteile sind: y = negativ, r = gut, t = zu / hin und u = menschlich. Im Deutschen also Nicht-positive-Richtung-Mensch. Das unautorisierte, aber zumindest sehr übersichtliche *aUI-English Dictionary* von 2014, aus der Feder der etwas undurchsichti-

---

15   D. H. Lawrence: »The apples falling like great drops of dew / to bruise themselves an exit from themselves.« (aus: *The Ship of Death*).

gen »Cedargrove Mastermind Group«[16], transkribiert diesen Bedeutungsakkord als »fragmented vector human«. Wobei das Schimpfwort, das mir dadurch in den Kopf gerät, nicht mehr wegzudenken ist: »Du fragmentierter Vektormensch!«

In Weilgarts *The Language of Space* von 1975 ist das Wort für Frau »Lus«. Man schlägt die Bedeutungen nach. L = rund. Bereits hier ahnt man Ungutes. Weiter: u = menschlich. Und schließlich: s = Ding, Gegenstand. Rundes menschliches Ding. Eine alternative Bezeichnung für Frau lautet »yrus«: *non-active person thing*, nicht-aktives menschliches Ding. Im neueren Wörterbuch dagegen heißt die Frau »yvus«, was als »yin-polarity human instance«[17] wiedergegeben wird. Politisch etwas korrekter, aber trotzdem, meine Güte. Das Wort für »empfangen« heißt »yrov«, was als »yin – Leben – tun« zu lesen ist, allerdings wäre in diesem Fall die Bezeichnung »passiv« (die beim Wort für Frau beleidigend klingt) angebrachter und verständlicher. Etwas, das nur empfängt, ist sicher mehr »passiv« als »yin-polar«.

Das Wort für »küssen« ist enorm komplex. Auch der Vorgang an sich ist bekanntlich recht verwirrend. James Joyce lässt seinen Stephen Dedalus sich darüber wundern: »What did that mean, to kiss? You put your face up like that to say goodnight and then his mother put her face down. That was to kiss. His mother put her lips on his cheek; her lips were soft and they wetted his cheek; and they made a tiny little noise: kiss. Why did people do that with their two faces?« Gar nicht so leicht zu beantwor-

---

16 Mir ist es bislang trotz einiger Recherchemühe nicht gelungen, herauszufinden, was genau diese Gruppe darstellen soll. Aus ihrer Feder stammen so verschiedenartige Ratgeberwerke wie etwa ein Selbstmordpräventionsbuch namens *So you're considering suicide. How could you put it off for just two weeks? Let's Talk*, eine handliche Überlebensfibel für Obdachlose, eine Sammlung von *Quantum Power Questions*, mehrere detaillierte Fotobände über Kanus usw. Ich halte es für möglich, dass es das literarische Unternehmen eines Roboters oder eines Algorithmus darstellt.

17 Dazu parallel im Grimm-Wörterbuch: »DINGIN, f.: person weiblichen geschlechts«.

ten. Ich wäre von allein nie im Leben auf Küssen gekommen. Ich weiß noch, vor einigen Jahren, da saß ich in Graz mit dem Autor Benjamin Lebert in der Lobby des Hotels Gollner, und er fragte mich: »Sag mal, magst du eigentlich Küssen?« Nicht, ob ich *ihn* küssen möchte, sondern ob mir die Praxis des Küssens angenehm sei. Und um ehrlich zu sein, hatte ich bis zu diesem Zeitpunkt nie intensiv darüber nachgedacht. Geantwortet habe ich, glaube ich, etwas Unehrliches wie: »Naja, das mag vermutlich jeder.« Aber innerlich sagte ich mir: Es ist schon sehr merkwürdig. So Münder zusammen, dann schließen, Vakuum, loslassen, Schmatzgeräusch machen. Oder die andere Version, einander die Zungen zum Betasten geben. Ich weiß wirklich nicht.

Jedenfalls lautet das Wort für Küssen auf aUI »Ubogtav«, also ganze sieben Buchstaben, *good lord*, also sieben Einzelkonzepte, aus denen das Wort sich zusammensetzt. Diese sind:

Konzept – zusammen – Leben – innen – aufeinander zu – Raum – tun.

Genau.

Wobei Weilgart selbst das Wort manchmal auch »ubogtav« schreibt, mit kleinem »u«, was nicht »Konzept«, sondern »menschlich« bedeutet. Also:

menschlich – zusammen – Leben – innen – aufeinander zu – Raum – tun.

In deutscher Prosa: Menschen bringen ihr Innenleben miteinander in Berührung, auf räumliche Weise.

Übrigens schreibt man »Kuss« in Bliss-Symbolen wie das traditionelle Zeichen für Unendlichkeit, die liegende Acht:

Ich muss zugeben, so habe ich die Angelegenheit, bei aller von vornherein bereits in mir waltenden Irritation über das Ritual des Küssens, wirklich noch nie betrachtet. Aber ja, es ergibt doch Sinn. Ich bin übrigens einer jener Menschen, die stets die Augen offen lassen, während sie küssen. Ich betrachte dann die Welt über die Schulter desjenigen hinweg, dessen Lippen die meinen berühren: Zimmerwand, Haltestellenplakat, Menschen auf dem Fallschirmübungsplatz, und was sonst so da ist. Diese visuelle Ableitung kann entspannen, denn beim Küssen fühlt man sich nicht selten unangenehm kurzgeschlossen mit der Menschheit. Vor allem, wenn man bedenkt, dass wir alle aus demselben Material gemacht sind: aus Planet. Und nun berührt sich dieses Material an zwei feuchten, also membranartig durchlässigen Stellen. Planetare Biomasse hat sich im Raum gefaltet und versucht nun, zu verschmelzen, zu verheilen. – Oh, hier fällt mir, ein wenig lose assoziiert, aber dennoch ganz nahe an unserem Thema, Dennis Coopers Beschreibung der Technik des *rimming* ein, die er in einem Interview mit der *Paris Review* gab: »When you rim someone, you're getting to know him intimately in a way he can't know himself. You can be entirely alone with him, unwatched, his judgment unknown and abstract.« Die Magie eines mit der eigenen Zungenspitze gekitzelten Anus, jener Stelle also, an der das attraktive Äußere des Körpers direkt ins unaussprechliche Innere übergeht, wie bei einer Klein'schen Flasche, kommt in Coopers Romanwerk sehr oft vor und ist immer eng verbunden mit der Frage nach dem Inhalt eines Menschen. Was lebt in ihm? Beherbergt er Dämonen, Seelen, Vorfahren? Was findet man, wenn man ihn aufschneidet? Es ist vermutlich schwer zu glauben, aber die Beschreibungen des *rimming* bei Cooper gehören zum Zartesten und poetisch Unschuldigsten, was man in der gegenwärtigen Weltliteratur finden kann. Ich weiß, es hat mit Sex zu tun. Ich mag das auch nicht. Aber selbst in diesem, zumindest in der deutschsprachigen Literaturkritik, immer nur mit Augenrollen, Kichern und Veröffentlichen schwitzhändiger Bad-Sex-Award-Anthologien verbundenen Bezirk existieren Mysterium, Genauigkeit und Seele. Aber, zugegeben, man möchte sich, von derlei Überlegungen versöhnlich gestimmt, doch lieber nicht vorstellen, wie das Wort für *rimming* in aUI lauten mag. Schon das Deutsche hat nur das plumpe »Arschlecken« zur Verfügung, was sich zu dem englischen Fachbegriff ungefähr so verhält wie »Tanzhandlung« zu »Ballett«.

Durch die Beschäftigung mit aUI verändert sich nach und nach nicht nur der Blick auf Bananen und Kussmünder, sondern überhaupt der auf Buchstaben. Man wird regelrecht paranoid. In jeder Buchstabenfolge wohnen neuerdings Explosionen von Bedeutung, absurde Comic-Bilderfolgen aus abstrakten Begriffen, die das Wort zugleich kaputterklären und fremdverzaubern, bis man nicht nur das Wort selbst, sondern auch das von ihm Bezeichnete gern aus der Welt geschafft wüsste. Besonders deutlich wird das in einem kurzen literarischen Text, den Weilgart an einer Stelle seines Buches anführt. Der Text enthält das Wort »KOKa-KOLa«, also die Getränkemarke *Coca-Cola*, als Fremdwort bzw. Eigenname. Natürlich müsste ein aUI-Muttersprachler, der diesen Namen nicht kennt, ihn ebenfalls als aUI-Begriff lesen, der in seine analytischen Einzelteile zerfällt, nämlich in K + O + K + a + K + O + L + a, also:

oben – Gefühl – oben – Raum – oben – Gefühl – rund – Raum.

»KO« findet sich sogar im Wörterbuch, und es bedeutet, wenig überraschend, so viel wie Hochgefühl, Nobilität. Und »oben – Raum« könnte man als Himmel auslegen. Nobler Himmel, noble Rundheit. Oder vielleicht auch: nobler Himmel, noble Arena.

Und nun schau dir eine Coca-Cola-Dose an. Wie sie dasteht, buddhagleich und austauschbar. Nobler Himmel, noble Arena. Nun verneig dich vor ihr.

Weilgart wollte, ähnlich wie Bliss, die ganze Menschheit umerziehen. Ihm war nicht die Möglichkeit von Metaphern suspekt, sondern die von allzu sehr ins Ohr gehender Singbarkeit, all die Assonanzen, die Refrains, das Grölbare. Aber kein Mensch lernte jemals aUI, nur Weilgart allein schrieb darin seine Gedichte und Parabeln.

Immer noch kein Zeichen von Mustafa. Ich verließ die Kirche und schlich, wie schon an den Tagen davor, stundenlang durch die Gassen, langsam vergessend, in welcher Stadt ich mich befand. Ich geriet in ein Viertel mit gut gemeinten Geschenkläden. Ich begann, mich leer und vektorhaft zu fühlen, wie ein Hilfsverb. Ich beobachtete ein paar Krähen, die ausgeruht und gendarmenhaft auf einer Wiese hin und her schritten. An einer Kreuzung wendeten, als hätten sie von meinem Anblick in ihrer Stadt allmählich genug, gleich drei Busse hintereinander, alle schwerfällig und langsam, mit ihren riesigen Stirnen. Im diesigen Himmel hing ein Hubschrauber, rot wie eine Fahrradklingel. Und eine silbrigweiße Möwe schüttelte sich, der Engel der Verdutzten.

Ein heller Niesreiz stieg in mir auf, aber als ich mich niederbeugte, um meine aufgegangenen Schuhbänder zuzubinden, klappte der Reiz merkwürdig nach innen und explodierte, als reine Idee, in meinem Kopf. Ich richtete mich auf.

Der Hubschrauber war nur mehr ein zerronnener Blutstropfen. Ein leichter Nieselregen fiel und färbte alle Oberflächen um ein paar Photoshop-Grade dunkler.

An einer Straßenecke, gleich bei einer Apotheke, stand ein Mann, dessen Gesicht mir irgendwie bekannt vorkam. Zugegeben, ein in der Fremde ganz alltäglicher Effekt. Dennoch blieb ich stehen und betrachtete ihn eine Weile. Irgendetwas schien den Mann sehr zu stören. Er griff sich umständlich ins Gesicht, lehnte sich ein wenig zur Seite, *kletzelte* und zog herum. Unterdessen wurde der Regen stärker. Der Luftballonverkäufer vor der Apotheke begann, seine Ballone mit einem Tuch trocken zu wischen. Ich blickte zurück zu dem Mann. Er hatte endlich gefunden, was ihn gestört hatte. Er entfernte das Ding aus seinem Gesicht.

Es war seine Nase.

2

Glücklicherweise besaß der Mann noch eine zweite. Ja, sein Gesicht war unversehrt, immer noch vollständig – aber auch eine Spur vertrauter geworden. Nun erkannte ich ihn, so wie man im Traum eine Schere oder einen Hufeisen-Handschuh wiedererkennt. Schnell bedankte ich mich bei dem gütigen Schicksal, das mich hierher geführt hatte und dessen Gegenwart nun auch ringsum in den Schaufenstern der Einkaufsstraße, in den Uhren und Allergiesalben und Mannequins, deutlich wahrnehmbar wurde. Denn wie oft passiert es uns noch, dass wir in einem heutigen Gesicht verblüffend originalgetreuen Nachbildern lang vergangener Menschen begegnen? Nicht so oft, glaube ich. Häufiger werden wir noch von Blitzen erschlagen oder unter sich ungünstig bei der Landung einringelnder Fallschirmseide erstickt. Waren es vielleicht die Gedichte des blinden irischen Dichters Antoine Ó Raifteirí in meiner Tasche gewesen, die ihn angelockt hatten? *Más file tusa tá ag iarraidh sásaimh / Tá mise anseo romhat ar garda.*[18] Der Mann wurstelte nun irgendetwas an seiner Zweitnase herum – und da bemerkte ich, dass sie einfach eine Brille gewesen war. Sie wanderte, frisch geputzt, in seine Brusttasche. Dort ragte sie dann als gewöhnlicher Haarkamm hervor. *In nova fert animus mutatas dicere formas corpora.* Scheißt der Hund aufs Feuerzeug.

---

18 »Wenn du kommst, Dichter, um Satisfaktion zu erhalten, / so stehe ich hier vor dir, bereit.« (Diese Zeilen spricht ein Baum zu Antoine Ó Raifteirí.)

Ich wollte einen Schritt auf ihn zugehen. Zumindest eine kurze Begrüßung.

Aber der Mann, der dem Dichter H. C. Artmann so unerhört ähnlich sah, das heißt jenem in seinen jungen Jahren, noch ohne Schnurrbart, mit dem schneidend scharfen Blick unter den kalligrafischen Augenbrauen, den andächtig-lebensklugen Augen und dem kecken Kinnverlauf eines Drachentöters, drehte sich um und ging an mir vorbei. Da verwandelte er sich wieder und wurde ein ganz Fremder mit einem Allerweltsausdruck, irgendein Malmöer Bürger eben, auf dem Weg durch seine jeweiligen Lebensmomente.

Morgen würde ich nach Hause fliegen müssen. Ich kontrollierte mein iPhone. Noch immer keine Nachricht von Mustafa. »Spirit presence is always a good idea«, hatte W. G. Sebald seinen Studierenden an der University of East Anglia mitgeteilt. Aber nun erschien mir die kurze geisterhafte Täuschung nur als Zumutung, als eine Art von missgünstiger Rezension meiner in dieser komischen Nordstadt ertraglos zurückgelegten Wegstrecken. Zurück im Hotel baute ich mir aus Bettzeug ein notbehelfsmäßiges Nest, eine Art Sasse, und setzte mich hinein.

Auf dem Tisch stand ein Obstkorb mit unerhört hellen Bananen. Es gibt Dinge, die man einfach aushalten muss.

Nach einer Weile schlug ich das Artmannbuch auf. Die Theaterstücke, ja, die hatten mir immer so gut gefallen. *Die Fahrt zur Insel Nantucket* heißt ein ganz besonders merkwürdiges. Es trägt ein Motto, aus einer *Liber Pictorum* genannten Publikation:

»iòris acus iochanaan na muir
cellgum gan ard gan bron iar
's cirrlòn san inis sa galarn;
a thusa regillam…«
(lib. pictorum: cap. iij)

Liber Pictorum – »Bilderbuch«? Ich suchte im Internet nach diesem Werk und stellte fest, dass es nicht existiert. Der Text sah aus wie Irisch. Das hatte ich einmal gelernt, aber hier verstand ich nicht viel. Irgendwas mit Dunkelheit. Auch sonst schien mir auf einmal, beim oberflächlichen Durchblättern des Artmannbuches, mehr und mehr unverständlicher Text darin zu stehen. Ich erinnerte mich an eine neurologische Fallgeschichte aus Oliver Sacks' *The Mind's Eye*, in der ein Schriftsteller namens Howard Engel eines Morgens erwacht und feststellt, dass die vor seine Haustür gelieferte Tageszeitung in einer unverständlichen »serbokroatischen« Sprache verfasst wurde. Hat sich da irgendjemand einen Scherz erlaubt? Aber auch die Bücher in seiner Bibliothek haben sich verwandelt. Sie enthalten ähnlich schwer deutbare Buchstabenkombinationen, ja nicht einmal die Schrift selbst ist gut erkennbar. Engel hat im Schlaf einen Schlaganfall erlitten. Er hat die Fähigkeit, zu lesen, eingebüßt. Rätselhafterweise kann er immer noch problemlos schreiben. Bloß lesen, was er eben geschrieben hat, kann er nicht mehr. In seiner inneren Vorstellung schreibt er englische Sätze, aber dann, wenn er das Blatt ansieht, ist es wieder »serbocroatian«.

Und ich? Ich war in eine Stadt gefahren, wo ich niemanden kannte, hatte dort auf einen Dichter gewartet, der vielleicht nicht existierte und der in einer Sprache schrieb, die kaum noch jemand verwendete. Dann der seltsame Mann auf der Straße. Und nun zerfiel mir ein Buch in meinen Händen, seitenweise und langsam, in Unverständliches. Schnell machte ich den Howard-Engel-Test und schrieb ein paar Wörter auf den Hotel-Notizblock. Sie waren gut lesbar. Ich war erleichtert.

Aber ein Gedicht im Artmann-Buch sah immer noch so aus:

hol hen amassar am ttarffon crimm, ni:hoel littam;
han amassar tti conccro; h-ulffan ccacarchi;
cceal cconclurar aramadar ccarchi;

han ttic ettaur arbanaol ccill ttic ffriccarn raill
candur, tirnoll fachen, fachen. inccian – ac…

ccumrach hen ttic aralgan;
ti llantarae tin ccian urlar tarlan-ddo;
ccoitarlan-ddro i-oz ar chomcellir;
ffun cca rhos citta ffachae tar fanol ccoitarlan-ddo,
in cci ffonlar ccarnacc…

han tarlan ccurla, hol ffanassaur-ffiniog,
gorniol cconla ccaffassur;
han ccrui tirnoll ruillccear ccrillfean;
ffreddu rhengilchan han mir ddon a hedin caffaista olc…

nnoss ananrhe dichoe llittam nua ffilimiur;
han nnoss ananrhe ddic ffilimiur ccarrnfeor
hoellittam-druir, ac-fflinnionn galccon
itar-llan far hoellittam-for-ac…

han ccoitarlan ni:arranac ccli iriffon llittam anccuir;
fuil inccianol-tarlan ffaurccaffe-stionossach littam-han –
nua com dromor, ssindarllian-ac…
arbanaol lafarccam riar-ffirclar-ac…

taddffian hir arbanaolccettiolinn inccian inccifonllar
ccarnac ddon fflaur;
ddroidiccon etdi connassan; oz̧ddroi ddorrn arbanaol cco
l-effin: ni:arundel inccianffar hari ffahaesson!

ffaendorrn he sissei aeloddu, fachen ddoc inllianddor,
curan anidec cian dirachaffuis, ccoi llandor ffanacc lando;
amassar toiffeireit llittam ar anhaurhen cclichffailor.

Der Titel lautet: *Versuch einer kleinen Chrestomathie mit Zisternen.* Was soll das? Es hing, glücklicherweise, nicht mit irgendeinem malignen Gehirnereignis zusammen, das mir im Park

oder in der Kirche oder auf der Straße vor den wendenden Bussen zugestoßen war, aber was konnte das sonst sein? – Der Text hat ganz entfernt das Aussehen keltischer Sprachen. Aber eine Erklärung steht nicht dabei. Nicht mal das Abtippen hat besonderen Spaß gemacht.

»Chrestomathie« ist ein altes Wort für Sammlung oder Auslese von Schriften zu Lehrzwecken. Ich kann mir nicht denken, dass jemals eine Leserin oder ein Leser auf diesem Planeten existiert hat, die oder der auf Anhieb sagen konnte, was das soll. Was ist der Sinn eines solchen Textes? Sich bisschen lustig machen über irische oder walisische Wörter vielleicht, weil die bekanntlich ziemlich lang werden können und auch oft diese Doppelkonsonanten am Wortbeginn haben. Aber wenn das Gedicht bloß daraus bestünde, wäre das bestenfalls flacher Exotismus, ähnlich wie wenn ahnungslose Europäer für irgendeinen fragwürdigen Ornamentier- oder Werbezweck »chinesische« Schriftzeichen zu erfinden versuchen.

Aber in dem Prosaband *Unter der Bedeckung eines Hutes* steht, wie ich nach einer kurzen Suche im Internet entdeckte, dasselbe Gedicht, hier allerdings nicht als Gedicht, sondern als Bericht, und sogar mit Übersetzung! Und siehe da, es geht tatsächlich um Zisternen.

Versuch einer kleinen Chrestomathie mit Zisternen

Hol hen amassar am ttarffon crimm, ni:hoel littam; han amassar tti conccro; h-ulffan ccacarchi; cceal cconclurar aramadar ccarchi; han ttic ettaur arbanaol ccill ttic ffriccarn raill candur, tirnoll fachen, fachen. inccian – ac…

In alten zeiten holten die leute wasser aus flüssen und quellen, es gab noch keine zisternen; in der heißen jahreszeit war das schlimm, es gab kaum flüsse in der trockenheit, selbst die quellen der berge gaben kein wasser; in Ttic Etaur gab der häuptling

Arbanaol dreihundert zinkplatten für die hochzeit seines sohnes; dieser sohn zeugte mit seiner frau einen sohn und eine tochter.

Ccumrach hen ttic aralgan; ti llantarae tin ccian urlar tarlan-ddo; ccoitarlan-ddro i-oz ar chomcellir; ffun cca rhos citta ffachae tar fanol ccoitarlan-ddo, in cci ffonlar ccarnacc...

In *Ttic Aralgan* wuchsen sie auf, später ging das mädchen nach *Tarlan*; in den wäldern von Tarlan heiratete sie den schamanen Oz; in gestalt eines grauhaarigen wolfes kam der häuptling Arbanaol in die wälder von Tarlan, um den brautpreis einzufordern ...

Han tarlan ccurla, hol ffanassaur-ffiniog, gorniol cconla ccaffassur; han ccrui tirnoll ruillccear ccrillfean; ffreddu rhengilchan han mir ddon a hedin caffaista olc...

In Tarlan gab es die erste zisterne, die leute tranken daraus wasser, fremden aber blieb sie verschlossen; im herzen des häuptlings wuchs zorn und er befahl seinen leuten, in der nähe der stadt, in der Mitte des Waldes, eine zisterne zu graben ...

Nnoss ananrhe dichoe llittam nua ffilimiur; han nnoss ananrhe ddic ffilimiur ccarrnfeor hoellittam-druir, ac-fflinnionn galccon itar-llan far hoellittam-for-ac...

In einer einzigen nacht wurde diese zisterne gegraben; sie bauten in einer einzigen nacht rund um die zisterne eine hohe steinmauer; die blätter des waldes von Tarlan fielen auf zisterne und mauer ...

Han ccoitarlan ni:arranac ccli iriffon llittam anccuir; fuil inccianol-tarlan ffaurccaffe-stionossach littam-han – nua com dromor, ssindarllian-ac... arbanaol lafarccam riar-ffirclar-ac...

Alle leute in Tarlan kamen und sahen die schöne zisterne; alle mädchen gingen nicht mehr zur alten zisterne, sie gingen lieber zur neuen und badeten darin; die leute des Arbanaol lachten und scherzten mit ihnen …

Taddffian hir arbanaolccettiolinn inccian inccifonllar ccarnac ddon fflaur; ddroidiccon etdi connassan; oz'ddroi ddorrn arbanaol cco l-effin: ni:arundel inccianffar hari ffahaesson!

Arbanaol versuchte eine woche lang, den brautpreis für seine tochter zu bekommen; der schamane aber weigerte sich, den preis zu bezahlen; häuptling Arbanaol sagte zu dem schamanen Oz: wir geben euch die mädchen aus der zisterne nicht mehr zurück!

Ffaendorrn he sissei aeloddu, fachen ddoc inllianddor, curan anidec cian dirachaffuis, ccoi llandor ffanacc lando; amassar toiffeireit llittam ar anhaurhen cclichffailor.

Er selbst nahm eine von ihnen zur frau, eine zweite bekam sein sohn, die übrigen verteilte er unter jene leute, die mit ihm in den wäldern waren; nach dieser zeit fing man damit an, an allen orten zisternen zu graben.

Nun, als Erstes lässt sich feststellen, dass der Titel offenbar gelogen war. Denn eine Sammlung verschiedener Texte zum Thema Zisterne ist das nun wirklich nicht, sondern einfach eine zusammenhängende Erzählung. Zisternen kommen darin vor, okay. Und man kann die einzelnen Wörter und ihre Bedeutung aufspüren gehen, wenn einem danach ist. Dem Wort »Zisterne« entspricht offenbar »llittam«.

Aber hier der eigenartige Effekt: Die Zeilen in der Fantasiesprache werden, wenn ihnen die »Übertragung« in deutsche Prosa alle paar Zeilen folgt, augenblicklich unsichtbar. Man kann sie nicht mehr mit denselben Augen betrachten. Anders als bei den Bananen, die auf Bernardo Soares nur deshalb so sagenhaft gelb wirkten, weil sie schwarze Flecken besaßen. So ausgesperrt man sich möglicherweise von der unübersetzten Version dieser eigentümlichen Dichtung gefühlt haben mag, so beglückend und stirnhöhlenreinigend wirkte die neugierige, alienhaft jugendfrische Auseinandersetzung mit ihr. Denn normalerweise erinnert in der Literatur ja immer alles sofort ans Sterbenmüssen, an die vergehende Zeit, an das Nichts, das auf alle wartet. Außer eben bei Texten, die wir nicht auf Anhieb lesen können. Vor ihnen sind wir sofort Kinder, Abenteurer, Außerirdische. »Denn so geheimnisvoll der Tod sein mag, geheimnisvoller noch ist ein Leben, das nicht unser Leben ist, das nicht an uns teilnimmt und, gleichsam ohne uns zu sehen, seine Feste feiert, denen wir mit einer gewissen Verlegenheit, wie zufällig kommende Gäste, die eine andere Sprache sprechen, zusehen.«[19]

Mir scheint, der Text ist voller Ostereier für Eingeweihte. Etwa die Zeile »Ccumrach hen ttic aralgan« – das Wort »cumarach« kannte ich, es bedeutet im Irischen »zerfurcht«. In der Übersetzung wird damit allerdings »aufwachsen« bezeichnet.

Naja. Nicht das überwältigendste Osterei.

Die Zeile »tirnoll fachen, fachen. inccian – ac...« wird sehr merkwürdig übersetzt als »dieser sohn zeugte mit seiner frau einen sohn und eine tochter«.

Der Übersetzer verschweigt uns doch was. »Inccian – ac.« Google Translate, auf schottisches Gälisch gestellt, liefert nur für eine einzige Zeile eine Übersetzungsidee, belässt aber alle anderen Zeilen absolut unverändert. Aus

han tarlan ccurla, hol ffanassaur-ffiniog,
gorniol cconla ccaffassur;
han ccrui tirnoll ruillccear ccrillfean;
ffreddu rhengilchan han mir ddon a hedin caffaista olc...

19 Aus Rainer Maria Rilke: *Worpswede*.

wird

han tarlan ccurla, hol fananur-gebunden,
gorniol cconla ccaffassur;
han ccrui tirnoll ruillccear ccrillfean;
Flirten die Ranglisten eines harten Dämons und bösen
Betrug Flug …

Ich ging also in Buttericks Zauberladen. Was blieb mir sonst
übrig. Diese alteingesessene Institution Malmös ist heute ein
zwar großer und einfallsreicher, aber doch recht poesiearmer
Betrieb. Doch zu Artmanns Zeiten muss er ganz außerordentlich gewesen sein, ein Raum gewordenes Artmanngedicht. Der
Dichter berichtet uns seinen Beutegang im Tagebuch *Das suchen nach dem gestrigen tag*: Ein Katzenschwanz mit Ton findet
sich dort, eine Knechtruprechtsmaske aus Gummi, eine Zigar-
renschachtel, die eine Schreckspinne enthält, aufblasbare Furz-
kissen, Teufelsseife, unechter Hundedreck. Letzteren gibt es
auch heute noch. Ich hielt ihn lang in der Hand.

Neben mir untersuchte ein älterer Herr ein ganz ähnliches
Stück mit geduldiger Kennermiene. Er setzte es sich, ich schwöre, probeweise auf seine Schulter, wohl um zu sehen, ob es
leicht herunterrutschen würde. Dann legte er das Stück Schei-
ße, offenbar nicht überzeugt von seiner Qualität, zurück an seinen Platz.

Schließlich kaufte ich Slime, dann noch eine winzige Was-
serpistole für Kinderdetektive, und, da sie gerade in Rabatt-
aktion waren, einige neue Springbälle, da mein Vorrat zu Hause
in Wien allmählich zur Neige ging. Gegenüber unserem Gemeindebau ist vor kurzem ein Gymnasium eröffnet worden,
und jeden Morgen stehen die Schülerinnen und Schüler dort
unter den Nussbäumen bereit. Ich kaufte gleich vier Packun-
gen Springbälle.

Dann die Abreise. Ich hatte mehrere Leute angerufen, ich hatte noch einmal Mails geschrieben, aber vergeblich. Kein Mustafa. Er war verschwunden. An der Rezeption stehend bemerkte ich ein großes, deckellos dastehendes Honigglas. Die heilige Substanz in seinem Inneren besaß ein gutmütiges und inniges Leuchten, dem Abschied angemessen dunkel, ein Gemurmel aus Oktoberlicht. Warum stand es hier? Als Insektenfalle? Welch eine Verschwendung, dachte ich. Beim Auschecken dann unterschrieb ich die Kreditkartenquittung mit einem Kugelschreiber, und beinahe hätte ich ihn, sekundenweise vom Phantom eines Füllfederbenutzers besessen, in das offene Honigglas neben der Rezeptionsklingel getaucht.

3

Wien empfing mich herbstlich kalt und heimelig. Ich wohnte erst seit kurzer Zeit hier, und die meisten Wege gerieten mir umständlich und kompliziert, ich verirrte mich viel. Den Eingang zur Wienbibliothek seitlich beim Rathaus fand ich lange nicht, dabei gab es hier nichts als ebendiesen Eingang. Ich suchte in der dort 2004 aufgenommenen Nachlassbibliothek H. C. Artmanns nach möglichen Hinweisen auf seine erfundene Sprache. Ein broschürenartiges Büchlein namens *The Pictish Language* fiel mir auf. Es stellte sich heraus, dass es ein aus einem einzelnen Kapitel des Werks *The Problem of the Picts* von F. T. Wainwright gebasteltes Heftchen war, von Artmann eigenhändig verfertigt, mit zahlreichen Unterstreichungen. Es war ein eigenartiges Gefühl, dieses höchst intime Objekt in der Hand zu halten, und noch seltsamer, es kurz davor durch eine Mitarbeiterin der Bibliothek nach Abgabe meiner Leihkarte ausgehändigt zu bekommen, denn es hatte ja einmal zu einem Menschen und seiner Wohnung gehört, er hatte neben diesem Buch geschlafen, hatte sich an ihm erfreut und sich dazu seine Gedanken gemacht. Natürlich verriet es nichts Genaueres über die geheimnisvolle Strophe in *Die Fahrt zur Insel Nantucket*. Recht so, dachte ich, als ich das Buch, nach nur wenigen Minuten zerstreuten Studiums, zurückgab. Wie sagte Pablo Neruda: *Libro, cuando te cierro / abro la vida*. Buch, wenn ich dich schließe, öffne ich das Leben. Ich will ja dereinst auch nicht sozusagen auf bibliothekarischem Wege aus dem Jenseits aufgeweckt und bestöbert werden durch neugierige Bewohner der Nachwelt. Überhaupt Nachlässe. Wie seltsam sie sind. Sie tun immer so privat. Vielleicht ist es doch gut, dass es sie bald nicht mehr geben wird. In Humlebæk, beim Louisiana-Literaturfestival, erzählte mir vor ein paar Jahren ein Germanist, man könne neuerdings beim Literaturarchiv in Marbach eine Art digitalen Vorlass einrichten lassen. Alle E-Mails des Schriftstellers werden dann automatisch umgeleitet und auf den Servern in Marbach für die Nachwelt gespeichert. Meine Storyteller-Fühler entringelten sich, als ich das hörte, aber auch meine Abwehrkrallen. Sich dereinst berühmt wähnende Autoren bezahlen Geld dafür (oder bekommen sogar Geld dafür?; keine Ahnung, wie herum der Service verstanden wird), dass ihre Mails umgeleitet werden.[20]

Nachdem ich die Wienbibliothek, die im ersten Stock des Rathauses untergebracht ist, verlassen hatte, fuhr ich noch im Paternoster. Normalerweise ängstigt mich diese Art von Lift, man fühlt sich allein vom Zusehen guillotiniert, aber jetzt, nach dem frevelhaften Wühlen im Nachlass H. C. Artmanns, war es notwendig, im Paternoster zumindest eine Runde ins Unbenannte, ins *Stockwerklose* zu fahren. Unheimlich und wie der Übertritt in eine parallele Geschichtsschreibung sind jene dunklen Momente, wenn die vorne, wie vor hundert Jahren die ersten Pilotenkanzeln, stets offen bleibende Kabine in das sie seitlich übersetzende Uhrwerk gerät. Ein Schild taucht dann auf, schummrig erleuchtet an der letzten Schwelle: WEITERFAHRT UNGE-

---

20 Dies alles stellte sich als Missverständnis bzw. Fiktion heraus. *Buíochas le Dia!*

FÄHRLICH, RUHIG VERHALTEN. O Gott. Dann Finsternis. Lichtfelder in der Finsternis, angeschmiert mit Graffitibuchstaben, natürlich unlesbar, diese ewige, weltweit gleichförmige Fantasieschrift. Dann gewaltige Klapper- und Hämmergeräusche aus dem Inneren des Schaltwerks. Ich gebe ein angstvolles Quieken von mir. Aber da, die Rückkehr ins Normale, da sind wieder die Wände, der Fußboden, und Menschen steigen ein, fahren mit, sie tragen Aktentaschen, und einer, ein ganz gewitzter junger Mann, hält sogar einen Tennisball in der Hand. Und ich fahre, durch die eine Runde bereits verwandelt und angstlos, noch eine Fleißrunde durch die Unterwelt.

In Artmanns kommentierter Traumsammlung *Grünverschlossene Botschaft* aus dem Jahr 1967 findet sich unter Nummer 58 folgende Anleitung, die vielleicht das Arbeitsmotto für mein Buch ergeben könnte:

> Was wirst du sagen? – Sprich dein gesamtes vokabular von *achtundfünfzig* arawakischen begriffen. Kannst du keine, erfinde welche: *Ya, yapu, yapuruima, yapuruimaka &c. &c.* Das wäre ein wahrer jungbrunnen, vogellaute aus frischen tautropfen, wenn man so sagen darf.

Kannst du keine, erfinde welche.

In dem von Marcel Atze und Hermann Böhm herausgegebenen Sammelband *Wann ordnest Du Deine Bücher?* findet sich ein charmanter Erinnerungsessay von Barbara Wehr, die für eine gewisse Zeit Artmanns Gefährtin war. Dort erfahren wir:

> Noch kurz vor seinem Tod, sagen wir besser: seiner Reise nach Avalon, äußerte er sich am Telefon begeistert darüber, daß er, mit der Hilfe seiner Tochter Emily und ihrer Cousine Kathi, im Internet entdeckt hatte, daß das Shelta, eine Geheimsprache der irischen tinker (Kesselflicker), der letzte Rest des Piktischen sei.

Barbara Wehr zitiert außerdem aus einem Brief Artmanns an sie, aus dem Jahr 1973. Darin berichtet der Dichter, er habe soeben eine piktische Grammatik anzulegen begonnen, außerdem eine »poetisch-lyrische chrestomathie« in der imaginierten Sprache.

So also entstand das Artmann-Piktische. – Wer waren eigentlich diese Pikten? Hier einfügen: viel Wissen über Pikten, bla, Wikipedia, bla. Aber nein, das ist gar nicht notwendig, denn glücklicherweise wissen wir nicht viel über sie. Nur das:

Die Römer, die im 1. Jahrhundert die Britischen Inseln bis weit in den Norden besetzten, hatten, so viel ist sicher, Angst vor ihnen. Der Name hat durchaus mit dem lateinischen Wort *pictus* zu tun, denn die Pikten waren, zumindest laut einiger Berichte, am ganzen Körper tätowiert. Eines ihrer sieben bekannten Königreiche bzw. Provinzen hieß »Cat«. Die Römer bezeichneten verschiedene feindliche Völker generalisierend als Pikten, wussten also kaum etwas darüber, inwiefern sich die Kulturen der Piktenvölker von denen der Nicht-Piktenvölker unterschieden. Im 9. Jahrhundert verschwand ihre Kultur. Berühmt sind heute vor allem die Steine der Pikten. Ich sah ein paar von ihnen vor einigen Jahren im Schottischen Nationalmuseum in Edinburgh. Ich weiß noch, ich versuchte, wie so oft in meinem Leben, das auf der erklärenden Bildlegende beschriebene Tier auf dem realen Stein zu erkennen. Aber da war kein Elefant. Beim besten Willen nicht.

Viele Piktensteine stehen heute noch in der Landschaft, an Wiesen- und Wegrändern. Die Nachrichten und Bilder, die in sie geritzt wurden, sind noch erkennbar, aber man weiß nicht, was sie uns erzählen. Auf den Steinen aus der Zeit vor dem Eindringen des Christentums in ihre Kultur stellen die Ritzzeichnungen vor allem Tiere dar, alle möglichen Biester, geflügelt, bepfotet, bemäht. Ein heraldisch anmutendes Z-förmiges Zeichen wiederholt sich auffallend oft. Auch kornkreisartige geometrische Formen kommen vor. Das beliebteste und vermutlich wichtigste Tier, das man auf Piktensteinen findet, erinnert in seiner Form an eine Mischung aus Seepferdchen und Delfin.

Experten streiten sich seit langer Zeit über die Frage, ob Piktisch eine keltische, nicht-keltische, aber indoeuropäische oder gar, wie etwa das aus undenkbaren Vorzeiten mitten ins heutige Europa gebeamte Baskische, eine vollkommen nicht-indoeuropäische Sprache gewesen sein könnte. Belege für all diese Deutungen liegen vor. Mittlerweile scheint die Lehrmeinung eher zu der Ansicht zu tendieren, das Piktische sei eine keltische Sprache mit einigen, vor allem in Ortsnamen aufgespeicherten älteren vor-indoeuropäischen Wörtern gewesen. Macht ja nichts.

Zumindest scheint gesichert, dass die Pikten eine Variante des archaischen Irisch als zeremonielle oder überregionale Verkehrssprache verwendeten. Einen möglichen Beweis hierfür liefert der Buckquoy-Spinnwirtel, der 1970 bei Ausgrabungen auf den Orkney-Inseln entdeckt wurde. Das ist ein etwa donutförmiger Stein, auf dem sich folgender Spruch findet:

$$\rangle_\top \text{---} \text{⊪} ^{\text{II II}} \cdot {}^{\text{III III}} \text{⊪} \text{---} /_\top \langle$$

Man nennt diese schaltkreisdiagrammartige Schrift *Ogham*. Sie sieht palindromhaft aus, oder? Also nicht perfekt, aber dennoch könnte man sich diese Nachricht ohne großen Symmetrie- oder Informationsverlust um eine Mittelachse gespiegelt denken. Auf dem alten Spinnwirtel allerdings ist die Nachricht kreisförmig um das zentrale Donutloch geschrieben, sodass sie, selbst wenn keine Menschen mehr übrig sind, die sie entziffern können, zumindest dynamisch wiederholt und sozusagen von sich selbst für alle Zeiten gelesen wird, immer und immer so weiter. Was sagt sie? Die Historikerin Katherine Forsyth transkribierte den Satz als *(B)ENDDACTANIM(L)*: »Gesegnet sei die Seele von L«.

So hallt dieser Segensspruch, fast unhörbar, durch die Jahrhunderte, weitgehend invariant selbst gegenüber seiner geometrischen Spiegelung, immer im Kreis um ein leeres Zentrum, über die Äonen und Revolutionen und Supernovae hinweg die unsterbliche Seele von L lobpreisend. Vielleicht dürfen wir uns L als einen geretteten Menschen vorstellen.

H. C. Artmanns Piktisch erinnert mich an eine Episode aus meiner Kindheit. An manchen Wochenenden machten wir einen Ausflug zu einem bestimmten Wandergebiet rund um den Steinberg, westlich von Graz. Dort gab es eine Wiese vor hohen Felswänden, auf der man, wenn man rief, ein deutliches und klares Echo hören konnte. Ich war vollkommen verzaubert von diesem Phänomen und wünschte mir ein solches Echo auch für zu Hause. Aber es gab nichts dergleichen. Ich konnte gegen die Schlafzimmerwände brüllen, aber da kam nichts zurück. Ich schrie vom Balkon, ebenso wenig Echo. Nicht einmal im Keller hallte mir, trotz der dort um so vieles höheren Gespensterdichte, meine eigene Stimme entgegen. Also wählte ich einen bestimmten Gegenstand, es war, glaube ich, ein Teil eines Lampions, und nannte ihn »das Echo«. Ich trug ihn überall mit mir herum. Er konnte zwar auch keine realen akustischen Echos erzeugen, aber solange ich das nicht aktiv ausprobierte, wusste ich das ja nicht mit Sicherheit, also blieb die *Möglichkeit* sozusagen als fühlbare Gewissheit im Raum hängen. Ich wollte einfach nicht ohne Echo sein.[21] Es war das erste Mal in meinem Leben, dass sich in mir ein schmerzliches Verlangen nach etwas Unbesitzbarem bildete und mit ihm ein zu jedem magischen Denken bereites Anlockenwollen, das interessanterweise, genau wie bei Artmann, nicht den Charakter einer wissenschaftlichen oder technischen Nachbildung des ersehnten Phänomens besaß, sondern gerade dessen Gegenteil, nämlich *nonsense*. Sowohl mein kümmerliches Papierlampionstück als auch die Silbenfolgen im Artmann-Piktischen sind eher die Früchte

---

21 H. C. Artmann: »ein seemann muss sein klavier im spazierstock mit sich tragen.«

eines gedankenlosen Ins-Blaue-Improvisierens, und wer weiß, vielleicht ist es genau diese Nähe zum Zufälligen, zum ohne allzu gesteuerte Gehirnleistungen wie nebenher Entstandenen, die in uns alte alchemistische Vertrauenswerte heranbildet. Lassen wir unser eigenes bewusstes Denken weg, vielleicht durchdringen wir so die Zeit- und Raumgrenzen, die uns so hartnäckig von allem Geliebten trennen.

Artmann-Piktisch ist also eine Engführung moderner Dichtung und Nonsens-Rekonstruktion des Unwiederbringlichen. Ich stelle mir vor, wie der Philosoph Jacques Derrida, mit seinem wuchernden Aberglauben bezüglich Namen und Silben, zweifellos ein ganzes Buch hätte schreiben können über die Klangverwandtschaft zwischen dem Begriff *pictus*, dem französischen Technikausdruck *la picture* und *les pictes*, den Pikten. Er hätte über das verschwundene Volk meditiert, hätte ihm vielleicht einen rätselhaften poetischen Vergleichsbegriff zugeteilt (»mundtote Pyramide«, »Postkarte ohne Versöhnung«) und wäre dann dazu übergegangen, das Medium *Bild* selbst, »das Bild als Bild« als das Verschwundene, d. h. das für etwas Langverschwundenes den Sitzplatz Warmhaltende, zu bezeichnen. Und umgekehrt hätte er das historische Volk der Pikten als bildliche Anwesenheit des Abwesenden, als den eigentlichen Wesenskern des *Bildes an sich* definiert, also »des Mythos vom Mythos« und so weiter. Und man würde der Argumentation zu folgen versuchen, abgelenkt, irritiert und vielleicht auch beglückt von den an allen Stellen herrlich artmannesk sich aufspannenden Derridasätzen, so wie z. B. diesem, aus einem Essay über (ich glaube) Fotografie, einem jener Sätze, die man nicht verstehend niederstarren möchte, sondern einfach durch *copy and paste* aus dem drückend schwülen Sinnzusammenhang des Textes retten will: »Sokrates als ein Musikinstrument fotografieren.«

Jawohl.

Derrida: sokrates als ein musikinstrument fotografieren
Artmann: er pflegte sonntags astlöcher am revers zu tragen

Kleine Chrestomathie mit Springbällen: Einen Springball von einem Berggipfel rollen lassen. Er spürte wieder den uralten Springball unter der Zunge. Als kleines Kind, beim Anblick von Herbstlaub auf Parkwegen, dachte er manchmal daran, wie Springbälle vom Laub gewiss unlustig abgefedert würden. Der Springball, den ein Dichter auf seiner Reise ins Exil fest in seiner Faust hielt, die ganze düstere Flugreise hindurch, er lagert heute in einer kleinen Schachtel im Literaturarchiv in Marbach.

So können wir uns ganz ordentlich unterhalten, über die Zeiten und Räume hinweg. Aber gut. Kehren wir noch einmal zu dem rätselhaften Fragment aus *Die Fahrt zur Insel Nantucket* zurück.

> »iòris acus iochanaan na muir
> cellgum gan ard gan bron iar
> 's cirrlòn san inis sa galarn;
> a thusa regillam …«
> (lib. pictorum: cap. iij)

Liber Pictorum – das könnte durchaus das *Buch der Pikten* sein, und nur in der zweiten Bedeutung auch das *Buch der Bilder*. Aber die hier verwendete Sprache ist nicht Artmann-Piktisch. Artmann-Piktisch kennen wir ja schon. Das hier ist möglicherweise das imaginäre Zitat eines Schreibers, der uns über die Pikten berichtet. Ein altirisch sprechender Gelehrter vielleicht. Sehr gut. Nun müssen wir nur noch herausfinden, ob hinter den Zeilen auch ein sing- und genießbarer Inhalt verborgen ist. »Iochanaan« ist natürlich auffallend, weil mit »J« ein hebräischer Vorname, auf Deutsch Johannes. Jochanaan ist in Oscar Wildes Drama *Salome* blabla, kann man alles in Wikipedia nachschlagen. Bedeuten tut der Name jedenfalls »Gott ist gnädig«. Vielleicht nicht unwichtig. Halten wir das mal fest.

Aus meiner Irischlernzeit erkenne ich einige andere Wörter wieder: »acus«, das heißt bestimmt »und«, »bron« heißt »Trauer«. »Sa« heißt »in dem«. Google Translate kann damit arbeiten, es erkennt den Text als schottisches Gälisch und macht daraus:

Ira acus iochanaan na muir
von fast post postkolonisiert
Und es ist ein Atemzug in dieser Krankheit;
regallam du …

Huh. Wie einen dieser eine verständliche Satz in der dritten Zeile anspringt. So was hätte ich nicht erwartet. – Wenige Wochen später versuchte ich es noch einmal (denn Google Translate lernt ständig dazu und ist zudem wechselnden Stimmungen unterworfen), diesmal mit Ausgangssprache Irisch:

Obstgärten des Meeres
cellgum ohne hoch ohne fast post
und ein Pferd erzählte in der Krankheit;
und du regillam …

Obstgärten des Meeres, das klingt wie Pablo Neruda. Und bei Weglassung des Zeilenumbruchs:

Iorus und die Seezellgummiräume sind fast geräuschlos hoch und läuten die Krankheit ein; Sie regillam …[22]

---

22 Kurz vor Abgabe des Manuskripts noch einmal Google Translate versucht, diesmal mit diesem Ergebnis: »das Meer des Seezellulums ohne Hoch ohne fast einen Pfosten und ein Abschlachten in der Krankheit; und du regillam.«

Seezellgummiräume! Fucking genius.

Niemand:
Derrida: »Vom Eigennamen als Kunst des Regenschirms.«[23]
Artmann: »eine menge anmutiger frauen, vom blassen abend-
mond abgeworfen, entledigen sich ihrer fallschirme.«

Dazu fällt mir jenes eigenartige frühe Gedicht von Artmann
ein, es nennt sich *ginevra verrät sich im schlaf und der könig ar-*
tus antwortet ihr mit einem gedicht und geht so:

> yr mwyzaf gwr bmynyz
> yn rhozoz
> oed brangl y mae hi
> yn sychred
> ond cwyrlwch o gwrion:
> ynysoez attedion
> och cwcw!
> un cwpa llechlen can pen
> wele ond ni derbyn
> yn vyrz cyffeithiol
> mab bychan norphen camäel
> wr rhezeg ev i'r âl
> ynghariad dibetrws zim
> goch gilzmai lleêgorh punt
> cwymp gavaêl nodau tywb
> zim mwllwn …

Franz Josef Czernin, ein Dichter, dessen Urteil ich zwar nicht
blind vertraue, aber der doch meist weiß, wovon er spricht,
stellt in einem Essay über Artmann (*H. C. Artmann und die*
heruntergekommene Poesie) fest, dass dies ein reines Lautgedicht sei. Hm. Laut? Aber welche Laute sollen hier denn er-

---

23 Aus *Die Postkarte.*

zeugt werden? Und das ganze Gedicht sieht irgendwie nach »mehr« aus. Natürlich ist ein reines Lautgedicht für sich selbst schon etwas, es muss im Bezirk der Poesie nicht immer alles so abgekartet sinnvoll zugehen, aber Artmann konnte Walisisch und Irisch, hat manches aus diesen Sprachen übersetzt oder als Anlass für eigene Gedichte genommen, also ist es schwer vorstellbar, dass dies ein reines Pseudokeltisch darstellen soll. Ich gab das Gedicht also einer meiner Bekannten zu lesen, der wunderbaren walisischen Dichterin Catrin Dawydd, die ich vor Jahren in dem verwunschenen, nur aus Buchläden bestehenden Dörfchen Hay-on-Wye kennengelernt hatte, und sie sagte, es blitzen durchaus einige geläufige Wörter daraus hervor, aber manches sei einfach Nonsens. Google Translate ergibt Folgendes:

Der mwyzaf Mann bmynyz
in rhozoz
Sie hat im Alter von brangl
in sychred
aber cwyrlwch von gwrion:
ynysoez attedion
och Kuckuck!
Einhundert Kopf cwpa llechlen
lo, aber nicht akzeptiert
Süßwaren in vyrz
Baby-Sohn norphen Camael
Der Mann rhezeg ev al
die Liebe dibetrws zim
rot gilzmai lleêgorh Pfund
Zusammenbruch gavaêl Ziele tywb
Zim mwllwn …

Das ist doch schon mal was. Der Mann murmelmurmel, die Liebe murmelmurmel, rot murmelmurmel Pfund Zusammenbruch murmel Ziele. Reicht im Grunde schon für Kopfkino.

Man hört einen gewichtig sprechenden König auf seinem Nachtlager. Königin Guinevere wurde, so zumindest die Version der Sage bei ihrem berühmtesten Autor, Chrétien de Troyes, durch eine List entführt und vergewaltigt, Artus schickte später seinen Ritter Gawain, der Ritter Lancelot machte sich eigenmächtig auf den Weg. Dieser rettete Guinevere, begann ein Verhältnis mit ihr, aber brachte sie dennoch brav zurück zu ihrem Gatten. So irgendwie.

Was verrät Guinevere wohl im Schlaf? Dass sie Lancelots Geliebte war? *Baby-Sohn norphen Camael.*

Wenn König Artus ihr mit einem Gedicht antwortet, und nicht etwa mit einem Schwertschlag oder einer Ohrfeige, kann dies nur bedeuten, dass ihr das, was sie verrät, nicht wehtut. Wir wissen, wie instabil Könige sein können. Selbst in der epischen Dichtung, die sich seit ihrer Erfindung ja fast ausschließlich mit Königen auseinandersetzt und deshalb dazu neigt, sie mit einem Übermaß an Milde und Verständnis zu bewerten, genügen oft ein paar achtlos geäußerte Widerworte als Anstoß für ein gewaltiges Blutbad. Hier aber: nur ein Gedicht.

Was aber soll das pseudo-walisische Textbild? Wir stehen vor ihm wie der Kritiker vor Ys angeblichem Meisterwerk. Niemand kann es lesen. Aber möglicherweise hat ein Dichter seine ganze Seele, seine *vorübergehend einzigartige* Natur, in die Zeilen gesteckt. Und ein fiktiver König zeigt sich in ihnen als Mensch, als versöhnliches, erwachsenes Wesen.

Zugegeben, es überraschte mich nicht wenig, als ich schließlich doch eine Übersetzung dieses Gedichts fand, und zwar in der von Josef Donnenberg herausgegebenen Essaysammlung *Pose, Possen und Poesie. Zum Werk Hans Carl Artmanns.* Der Mediävist Ulrich Müller, vielleicht von ähnlich detektivischem Juckreiz erfasst wie ich, hatte das rätselhafte Gedicht an zwei Keltologen, Wolfgang Meid und Ulrike Roider, geschickt. »Beide kamen zu dem Ergebnis, dass es sich um eine Mischung aus

›Echt‹-Kymrischem, Verdrehungen und offenbar fehlerhaften Stellen handelt, die dennoch aber so etwas wie einen Inhalt aufweisen.« Ulrike Roider wagte sich an eine Übersetzung, wobei sie ihre Methode als »halb ›emendiert‹, halb geraten« bezeichnet. Somit sieht unser Gedicht, vielleicht das verschüttetste aller deutschen Gedichte, nach der fachkundigen Freilegung so aus:

Ich werde feucht, Mann, ich war eine Insel,
hingesetzt,
rabenweiß war sie beim Trockenlaufen;
doch Wachs-See, o Mann-Herr,
die Insel war ein fester Halt,
ach Kuckuck!
einen Becher vom Verhüllungsleintuch ohne Kopf!
Schau! doch nicht zu bekommen
das Besteigen des Schiffes zum Übersetzen;
kleiner Sohn des Norphen Krumm-Braue
Mann von Rhedeg er bei der Geburt
mein Geliebter ohne Zweifel
von rotem Gold war das tiefblaue Pfund
schön das Festhalten, töricht die Ziele
ich bin nicht heiß geworden …

Ursprünglich hielt ich H. C. Artmanns Einfall, unlesbare Gedichte in seine Sammlungen zu integrieren, für eine punkige, provokante Spielart *unfairer* Literatur; ähnlich subversiv wie die im Paternoster der Wienbibliothek von mir, unter hastig gemurmelten Stoßgebeten, betrachteten unlesbaren Buchstaben im Stil urbaner Sprayer-Tags. Doch das hier ist noch so viel mehr als das. Man lese sich dieses herrliche Gedicht von Ulrike Roider noch einmal durch.

Auch merkwürdig, dass König Artus einen Satz wie »Ich werde feucht, Mann, ich war eine Insel« spricht!

Andererseits, warum nicht. Vielleicht antwortet Artus Guinevere mit einem ähnlichen Geständnis, wie sie es im Schlaf geäußert hat. »Rabenweiß war sie beim Trockenlaufen«, was für ein schöner Vers. Man sieht eine Gestalt in der Landschaft vor sich, elsternhaft flink und symmetrisch, und sie läuft und läuft, bis sie alle Nässe überwunden hat.

Meine Lieblingsstelle aber ist »ach Kuckuck! / einen Becher vom Verhüllungsleintuch ohne Kopf!«. Elektrisierend, wie hier die Bildwelten übereinanderstürzen. Becher und Verhüllungstuch, das lässt an Christus denken, an *Dies ist mein Blut* und Grabtuch. In Graz sah ich vor vielen Jahren einmal jemanden, der im Fasching als Turiner Grabtuch ging. Er kam vom Lendplatz herunter in Richtung Annenstraße, wohl auf dem Weg zum alljährlich quer durch die Innenstadt führenden Umzug. Nie wieder habe ich etwas so Albtraumhaftes durch meine Straße laufen sehen.

Das von Josef Donnenberg herausgegebene Buch, in dem sich Ulrich Müllers Aufsatz findet, erschien 1981, also lange vor der ungeheuren sprachlichen Innovationsquelle, die Google Translate darstellt. Ich vermute, es wird sie nicht mehr lange geben. Denn *deep learning* und künstliche Übersetzerintelligenz machen immer raschere Lernfortschritte. Genießen wir, solange wir können, diese wenigen Sommer der strahlenden *Nonsense*-Übertragungen. In beeindruckend prophetischer Manier hält Frau Roider in ihrer kreativen Rekonstruktion des Artmann'schen Fantasiewalisisch sogar das textliche Erscheinungsbild der automatischen Google-Übersetzungen ein: ungewöhnliche Komposita, mitten in der Zeile unübersetzt und rätselhaft aufragende Wörter (»Norphen«), spontaner Zusammenbruch jedes hypotaktischen Satzgefüges zugunsten singbar-jazzig aneinandergereihter Phrasen von ruhig-vollkommener Vieldeutigkeit, das Orakelhafte, das unerhört Lebendige, das Wild-Befreite. Hier zum Vergleich eines meiner liebsten Beispiele: die automatischen Übersetzungen auf dem Tumblr *Der Traum des hohen Fischadlers*.

> 空空道人听如此说，思忖半晌，将这《石头记》再检阅一遍。因见上面大旨不过谈情，亦只是实录其事，绝无伤时诲淫之病，方从头至尾抄写回来，闻世传奇。
>
> Kōngkōng dàoren tīng rúcǐ shuō, sīcǔn bànshǎng, jiāng zhè "shítou jì" zài jiǎnyuè yībiàn. Yīn jiàn shàngmiàn dà zhǐ bùguò tán qíng, yì zhǐshì shílù qí shì, jué wú shāng shí huì yín zhī bìng, fāng cóngtóu zhì wěi chāoxiě huílái, wén shì chuánqí.
>
> So spricht der Leer Taoist zuhören, fragen, für eine lange Zeit, diese "Steine" und überprüfen Sie es noch einmal. Siehe oben Zweck, sondern weil die Liebe ist groß, aber auch Notieren Sie die Veranstaltung, wenn die Krankheit keine Verletzung obszön, Seite von Anfang bis Ende zu kopieren zurück, riechen Sie den Welt-Legende.

Siehe oben Zweck,
sondern weil die Liebe ist groß,
aber auch Notieren Sie die Veranstaltung,
wenn die Krankheit keine Verletzung obszön,
Seite von Anfang bis Ende zu kopieren zurück,
riechen Sie den Welt-Legende.

Für diesen Blog werden Textteile aus einem chinesischen Roman aus der Han-Zeit (3. Jahrhundert) mit dem Titel *Der Traum der Roten Kammer* (im Original *Hongloumeng*) verwendet. Und Google riet und emendierte, was das Zeug hielt:

> 见着这块鲜莹明洁的石头，且又缩成扇坠一般，甚属可爱。那僧托于掌上，笑道："形体倒也是个灵物了，只是没有实在的好处。须得再镌上几个字，使人人见了便知你是件奇物，然后携你到那昌明隆盛之邦、诗礼簪缨之族、花柳繁华地、温柔富贵乡那里去走一遭。
>
> Jiànzhe zhè kuài xiān yíng míng jié de shítou, qiě yòu suō chéng shànzhuì yībān, shèn shǔ kě'ài. Nà sēng tuō yú zhǎngshàng, xiào dào:"Xíngtǐ dào yěshì gè líng wùle, zhǐshì méiyǒu shízài de hǎochù. Xū dé zài juān shàng jǐ gè zì, shǐ rén rén jiànle biàn zhī nǐ shì jiàn qí wù, ránhòu xié nǐ dào nà chāngmíng lóngshèng zhī bāng, shī lǐ zān yīng zhī zú, huāliǔ fánhuá de, wēnróu fùguì xiāng nàlǐ qù zǒu yī zāo.
>
> Ying Ming Jie berühmten frischen Stück Stein, und da fallen im Allgemeinen und sogar Gattungen niedlich geschrumpft Ventilator. Das Mönchspflege in der Handfläche, lächelte und sagte: "sie in einer Form geistiger Dinge ist, aber es gibt keinen wirklichen Nutzen unterliegen erneut gravieren die Wörter sein, Menschen, die Sie auf einen Blick erfüllt ist eine einzigartige Sache, dann bringen Sie zu. das blühende Longsheng des Staates, der Familie Celestial Zanying die Geschlechts der Innenstadt, die sanfte reiche Gemeinde Gehen geboren wurden.

Um einige Hilfswörter ergänzt, entstehen so folgende mysteriöse Einsichten:

Die Mönchspflege
in der Handfläche
lächelte und sagte:
sie in einer Form geistiger Dinge

Und:

niedlich geschrumpft
der Ventilator
Das Geschlecht
der Innenstadt

> 又不知过了几世几劫，因有个空空道人访道求仙，从这大荒山无稽崖青埂峰
> 下经过。忽见一块大石，上面字迹分明，编述历历。
>
> Yòu bùzhīguòle jǐ shì jǐ jié, yīn yǒu gè kōngkōng dàoren fǎng dào qiú xiān, cóng zhè dà
> huāngshān wújī yá qīng gěng fēng xià jīngguò. Hū jiàn yīkuài dàshí, shàngmiàn zìjì fēnmíng,
> biān shù lìlì.
>
> Aber ich weiß nicht, ein paar Welt mehrere Raubüberfall, denn es ist leer
> Taoist Besuch Straße Unsterblichkeit, von großen kahlen Klippen der blauen
> kante Gipfel des lächerlichen Außenrist. Plötzlich ein Felsblock, vor dem
> Schreiben klar, übersetzt deutlich gesagt.

Straße Unsterblichkeit
von großen kahlen Klippen
der blauen Kante
Gipfel des lächerlichen Außen-
rist
Plötzlich ein Felsblock
vor dem Schreiben
klar
übersetzt
deutlich gesagt

Ich schwöre, das könnte genau so bei Paul Celan stehen, und alle so whoa.

Ein letztes Beispiel:

庙旁住着一家乡宦，姓甄名费字士隐，嫡妻封氏，性情贤淑，深
明礼义。家中虽不甚富贵，然本地也推他为望族了。因这甄士隐禀性恬淡，
不以功名为念，每日只以观花种竹、酌酒吟诗为乐，倒是神仙一流人物。只
是一件不足：年过半百，膝下无儿，只有一女乳名英莲，年方三岁。

Miào páng zhùzhe yī jiāxiāng huàn, xìng zhēn míng fèi zì shì yǐn, dí qī fēng shì, xìngqíng xiánshū, shēn

míng lǐ yì. Jiāzhōng suī bù shèn fùguì, rán běndì yě tuī tā wèi wàngzúle. Yīn zhè zhēnshìyǐn bǐngxìng tiándàn, bù yǐ gōngmíng wèi niàn, měi rì zhǐ yǐ guān huā zhòng zhú, zhuó jiǔ yín shī wéi lè, dàoshì shénxiān yīliú rénwù. Zhǐshì yī jiàn bùzú: Nián guòbàn bǎi, xīxià wú er, zhǐyǒu yī nǚ rǔmíng yīng lián, nián fāng sān suì.

Neben dem Tempel lebte ein Xianghuan, mit dem Beinamen Chen Shi Yin
Wortnamen Gebühr, Entropie Frau Travelog, naturliebende, tiefe
Ming Anstand. Wenn auch nicht sehr reichen Familie, und dann schob er
auch lokale Bürgermeister. Chen Shi Yin ruhigen Disposition aus diesem
Grund, nicht zu Ruhm im Kopf, nur einen Tag, um Blumen Bambusarten,
Zhuojiu Gedichte vertont, unsterbliche Zeichenklasse berührt. Nur ein Mangel
an: 50 Jahre alt, kinderlose Kinder, nur eine Frau Spitznamen Ying Lian, die
jährliche Partei drei Jahre alt.

Entropie Frau Travelog
naturliebende, tiefe
Ming-Anstand

»Entropie Frau Travelog« könnte durchaus der Titel eines Romans sein. *The Entropy-Woman's Travelogue* by David Mitchell, Summer 2024, Random House. *Der Reisebericht der Entropiefrau.* Oder: *Das Reisejournal von Mrs Velvet, Entropiefrau.* Erzählt sich im Grunde von selbst. Eines Tages werde ich diesen Roman schreiben.

Andere Perlen aus dem Poesieprojekt:

»*im letzten Jahr Angst dumm, ängstlich Unbeliebtschmerzen, alte Menschen, war das Verbot auf Krankengeld anzugreifen, tatsächlich nach und nach enthüllt die Szene in die nächste Welt*«
»*die Wohnung ist für Monat schwanger*«

»Damals war die Nachbarschaft und alle Flötenrohr«

»Ich habe Angst vor Betrug Verbrechen Laufwerk«

»Weil er in den letzten Tagen geboren, Eltern Väter Grundlage getan, Bevölkerungsrückgang Beerdigung«

»Das Mönch sagte: ›!! Immobilien Immobilien auf mich auf mich‹.«

»wenn ein genauerer Blick, sah ich den sengenden Sonne, Banane langsam, der Traum der Dinge, die sie vergessen die Hälfte.«

»Geheim aber Fitness-Wolke«

»Frucht ist lustig, nie gekannt zu haben«

»Keine Sorge, jetzt bestehenden für einige romantische Detektiv wobei das Ende der Trockenluftstrom Feind«

»Tenor und Wohnung wurden bestimmt, um das Lesen zu erinnern.«

Ich glaube, es stellt keine Übertreibung dar, diese prächtigen, vielgliedrigen Ungetüme von Sätzen, die kein Mensch, egal unter welcher Anleitung oder Inspiration, sich jemals hätte ausdenken können, als dem edlen Dichtergeist H. C. Artmanns verwandt zu betrachten, ja, mehr als verwandt: Sie sind genau seine Art von Magie, gerade weil sie nicht als solche intendiert waren. In gewissem Sinn sind sie »von ihm«. Ohne ihn wüssten wir nicht, in welcher unbeabsichtigten Tradition sie stehen.

Ist ein bestimmter Geist einmal auf der Welt gewesen, findet sich seine Spur immer wieder in ihr, eine schattenhaft durch alle Zeiten aus unerwarteten Richtungen herüberwehende Fortschreibung der beim Tod des Dichters an sich »für immer« abgebrochenen Produktion. Niemand kann sagen, ob diese Echo-Phänomene innerhalb einer Sprache allein durch Zufall und Fügung oder durch ein vielleicht noch etwas weiter reichendes, dunkleres Gesetz stattfinden; das Einzige, was über jeden Zweifel erhaben scheint, ist, dass keiner von uns mit Sicherheit anzugeben vermag, wie lange und unter welchen Bedingungen irgendetwas tot und unwiederbringlich bleibt.

Niemand:

Celan: »Spät. Ein schwammiger Fetisch beißt sich die Zapfen vom Christbaum.«[24]

Derrida: »Die Di-Rektion, die Dierektion dieses Paars, dieser alten Irren, dieser Schlingel zu Pferde, das sind wir, in jeder Weise, a priori, (sie kommen auf uns) wir liegen sur le dos im Bauch der Mähre wie in einer riesigen Bibliothek, und das rast, das rast.«[25]

Artmann: »knabe, gib dem oheim diese melone mit den fabeln.«

Nachtrag

Tagebuch, 13. Januar 2019:

Heute legte ich eine in einen roten Plastik-Feuerwerksraketenkopf platzierte und bei jeder Bewegung anmutig im Kreis trudelnde Hagebutte auf H. C. Artmanns Grab am Zentralfriedhof. Es befindet sich an abgelegen eingeschneiter Stelle auf dem Gräberfeld des Krematoriums. Rings um diese Anlage breitet sich ein eindrucksvolles Niemandsland aus, ein *terrain vague* zwischen Gstättn und Tarkowskij. Plötzlich prangt ein Pferd in einer Koppel, ein angenehm samtenes Tier, wie aus den Gemälden eines nach ebenjenen Pferden als seinen bevorzugten Sujets benannten Biedermeiermalers, »Pferde-Kapsberger« oder »Pferde-Lohmüller«. – Oder, wie Artmann gesagt hätte: »ein polizist stolperte über ein perpendikel.« Jawohl. Selbst im Winter saust hier das langmattige Peripheriegras in den sich selbst überlassenen Wiesenflächen. Dann ein winziges Wäldchen, es ist so keilförmig und dünn, man kann es von jeder Seite ganz durchblicken, als wäre man Gott. Das Gräberfeld der Urnenbestattung wird umhegt von eigenartig gestelzten Mauern, mit Türmen alle paar Meter. Hier würde selbst ich, dem es vollkommen egal wäre, nicht gern begraben sein. Erfrorene schwarze Beeren in nassen Sträuchern. Krähen vom Ordnungsamt bei

---

24 Aus *Fadensonnen*.

25 Aus *Die Postkarte*.

ihrer Arbeit, zwischen herumliegenden Blättern nach Geheimnissen stöbernd oder als Verkehrspolizist stehend an den Wegkreuzungen. Es ist ein Nieselwind, aber nur jenseits der Mauer. Es sind Glasscherben. Es sind Reste von Böllern in Eispfützen. Möge Ihnen, verehrter Meister, die Hagebuttenrakete wohltuend läuten zur Nacht.

VIERTES KAPITEL

Mein Sommer im Volapük

Der Turmalin ist dunkel, und was
da erzählt wird, ist sehr dunkel.
Adalbert Stifter

1
Tagebuch

4.5.2015

Heute Vormittag höchst seltsame Entdeckung auf dem Grazer Zentralfriedhof. Ich hatte Johann Martin Schleyers Volapük-Wörterbuch zum Studium mit, aber kam nicht zum Lesen, denn an der Wand einer Scheune, die an ein Feld mit neueren Gräbern angrenzt, hängen, teilweise schon regendurchweicht und wetterzerfetzt, angeheftete Briefe, alle adressiert an Menschen mit dem Nachnamen »Roth«. Ich habe Fotos davon gemacht. Es handelt sich ausschließlich um Werbebriefe wohltätiger Organisationen. Einer ist an einen Herrn Alfred Roth gerichtet, der, wie der Briefkopf verrät, in der Hermann-Löns-Gasse 4/6 wohnt, vom 18. März 2015. Der Brief ist von *Licht für die Welt*. Auch ein Brief der *Roten Nasen* an einen Herrn Siegfried Roth, wohnhaft Mauergasse 27/1, hängt dort (vom 23.2.2015). Diese Briefe sind mit Reißzwecken an der Holzwand befestigt und blicken sozusagen auf die Gräber. Ein Besucher kommt zwangsläufig an ihnen vorbei. Mit der Zeit werden sie von Wind und Regen unkenntlich gemacht werden.

Ich machte noch ein kurzes Video der eigenartigen Erscheinung. Alfred und Siegfried Roth wohnen unweit des Zentralfriedhofs, in benachbarten Straßen. Zu Alfred Roth existiert ein entsprechender Eintrag im Telefonbuch. Ob es Tote sind, die hier irgendwo liegen und zu denen – warum nur? – irgendjemand die Werbebriefe, die sie nun verpassen, bringen wollte? Ich suchte eine Weile unter den Gräbern der unmittelbaren Umgebung, aber konnte keines mit dem Namen Roth finden. Die nächste Approximation war der Name Cohn, ein schon etwas älteres Grab. Die Vögel lärmten in den Bäumen, und ich geriet in eine etwas geduckte, krummbeinige Stimmung. Außerdem sah ich zeitweise kaum etwas.

Menschen erscheinen zu einem Begräbnis, versammeln sich ums Grab, einer davon zieht, ebenso gramgebeugt schreitend wie die anderen, an einer Schnur einen kleinen Schlitten nach.

Wenn zu Mittag bei uns die Glocken läuten, kommt oft ein Kind im Haus gegenüber auf den Balkon und steht da, Hände am Geländer, am Bug seines Schiffes.

Menade bal püki bal. Der Volapük-Wahlspruch, »Einer Menschheit eine Sprache«.

7.5.

Alte Fotografie von Johann Martin Schleyer an der Harfe. Sein Bart ist so groß, dass es – vor allem jetzt in der Erinnerung – unweigerlich so aussieht, als würde er auf seinem eigenen Bart die vertracktesten Harfenakkorde greifen. Lernfortschritt im Volapük eher mickrig, eigentlich ganz auf der Stelle tretend. Die Grundwörter sehen alle gleich aus, immer so Dreibuchstabeneinheiten, immer Konsonant-Vokal-Konsonant, *mel böd cil mit bom bel kop mun*[26], genau wie die Figuren im Spätwerk von Beckett (z. B. *Wie es ist*). Ganzen Tag Flecken im Gesichtsfeld und allgemeine Beschwerden, Drehschwindel und Kurzatmigkeit, alles Scheiß. Schlaflose Nächte.

Die erste erfolgreiche Weltsprache der Geschichte wurde von

---

26 »Meer, Vogel, Kind, Fleisch, Knochen, Berg, Körper, Mond«

Schleyer übrigens auch durch ein nächtliches Ereignis des Jahres 1879 ersonnen. Da packte ihn die göttliche Inspiration (der »Genius«, wie er schreibt), und bumm war alles da. *Kid jön kap bim blod buk.*[27] Aber so schwer mir das Lernen fällt, ich liebe diese verwortakelten Wörter. »Lol« ist das Wort für »Rose«.

14.5.
Die Wochentage auf Volapük sind so super:

mudel
tudel
vedel
dödel
fridel
zädel
sudel

Heute ist *dödel*.

Gespräch mit einem Freund über misshandelte Tiere. Er sagte: »Du merkst es dann, wenn Hunde nur schauen, wo sie eigentlich bellen sollten.« Außerdem seine Erwähnung eines Vogels, der so lang in einem Käfig gehalten wurde, »bis ihm die Stimme um eine Oktave tiefer fiel«.

Auf der Party lagen in der Küche einige kleine Matchboxautos im Waschbecken. Jedes Mal, wenn jemand kam und den Wasserhahn betätigte, wurden sie nass und veränderten ganz leicht ihre Stellung zueinander. *Flen*, dachte ich bei ihrem Anblick seltsamerweise. *Flen, flens.* Volapük für Freund, Freunde.

21.5.
Ich gab einem Mann, der beim Hofer-Parkplatz an der Keplerbrücke mit einem Hund saß und bettelte, fünf Euro, und er er-

27 »Kuss, Schönheit, Kopf, Baum, Bruder, Buch«

zählte mir seine entsetzliche Geschichte. Er sprach sehr schnell, er entschuldigte sich zwischendurch, streifte seinen gestreiften Pullover in die Höhe und zeigte seinen künstlichen Darmausgang. Ein weißer Beutel. Auf ihm stand LOL. Ich muss darüber wohl irgendwie überrascht ausgeatmet oder geschnaubt haben, denn er packte ihn schnell wieder weg und sagte: »Ja, da lachen immer alle.« Ich schämte mich. »So viel Scherereien, obwohl der Krebs eigentlich längst weg sein sollte!«, sagte er aufgeregt. Obwohl sie ihm eigentlich versprochen, ja, »auf den Kopf zugesagt« hätten, dass der Krebs weggehen würde von der Chemotherapie und der Bestrahlung. Er hatte sogar seine Arztbriefe dabei, auf einem sah man briefmarkengroße Bilder einer Koloskopie. Da, diesen Krebsklumpen hier hätten die Ärzte weggeschnitten. Und jetzt müsse er schon wieder ins Krankenhaus, so ein Scheißdreck. Und nicht mal Geld für die Miete. Er habe früher, wie er noch Geld gehabt hätte, für die Krebshilfe gespendet. »Aber des merkst selber am End goa net, des merken nur ondare.« Er erzählte mir, dass er anfangs allein gesessen sei, aber da seien alle »gnadenlos vorbeigegangen«. Dann habe er, weil er ja nicht ständig allen seinen Bauch mit den offenen Wunden und dem künstlichen Ausgang präsentieren könne, erst recht nicht im Winter, sich angewöhnt, die Arztbriefe mitzuführen, in einer Klarsichtfolie. Aber die Leute blieben auch da nicht stehen. Deshalb jetzt die Hündin. Und der gehe das Fell aus, da, man sehe es. Er schüttelte die Hand aus, und da erst sah man das Sonnenlicht, in den schwebenden Hundehaaren. Ich hatte einen Seilknoten im Hals. »Den Popo haben's mir z'sammengnaht hinten, do is koa Loch mehr, und sitzen konn i aa net drauf, es kummt gölber Schleim aussa, sunst nix. I muass eh boid wieda ins Kronknhaus, zum Aufnahn. Es nässt olles voll.« Wir sprachen noch eine Weile darüber, wie ungerecht alles abläuft. Ein Leben lang gespendet für die Krebshilfe, und jetzt das. Während er sprach, bewegte er seine Beine, und ich sah, wie unglaublich dünn sie waren. Was ich im ersten

Augenblick für sehr große Ohren gehalten hatte, war lediglich ein Effekt der extremen Abmagerung. Am Ende zeigte er mir eine Stelle an seinem Bein, die schwarz war und seinen Worten zufolge nicht gut roch. Die müsse sich der Arzt natürlich auch anschauen, aber der habe ja immer nur ein paar Minuten Zeit für ihn, also komme man gar nicht dazu, alles anzusprechen, was einen plage. Sicher, es gebe viele Patienten, aber trotzdem. »Ja, trotzdem«, sagte ich. »Da, schau«, sagte er und zeigte mir noch einmal die Arztbriefe und Befunde. »Was wird jetzt mit mir?« Ich wusste die Antwort, er wohl auch, aber man hatte sie bislang noch nicht vor ihm laut ausgesprochen. Vielleicht saß er zum Teil auch deshalb hier. Es gab Fremde, die ihm möglicherweise die Wahrheit sagen würden. Aber ich konnte es nicht. Ich sagte irgendwas über … Nein, ich weiß gar nicht mehr, was ich gesagt habe. Ich weiß nur noch: Ich verabschiedete mich von ihm durch eine alberne Hand-aufs-Herz-Geste, die er lachend imitierte. »Ich bin so müd«, sagte er. »So, so, so müd.« – Als ich wenige Minuten später beim Marktstand mein Mittagessen kaufte, kamen mir die Tränen, und der Verkäufer merkte es und schenkte mir ein kleines Stück Kuchen. Aber er fragte nicht nach, was los sei; ein sehr guter Mann. Und ich schaffte es, mit dem Weinen sofort wieder aufzuhören, da ich merkte, dass es nur eine Schutzfunktion meines Nervensystems gewesen war, »hinterher wirst du dich besser fühlen«. Aber wozu sich besser fühlen.

Später sah ich, wie eiskalt ich innerhalb weniger Stunden abzukühlen imstande bin. Denn ich schlug, den Refrain »so, so, so müd« im Kopf wiederholend, das Wort für »müde« im Volapük-Wörterbuch nach. Ich hatte nämlich gedacht, dass es ja vermutlich »müdik« sein müsse. Viele Wörter des Volapük besitzen eindeutige deutsche Vorbilder. Und alle Adjektive haben die Endung »-ik«. So zum Beispiel heißt »gut« einfach »gudik«. Aber »müde« heißt »fenik«. Von »fen«, Müdigkeit. Jetzt erst bekam ich einen heftigen Schluckauf und war auf einmal von neuem sehr betroffen über den müden, müden Mann mit dem zerstörten Körper am Rande des Hofer-Parkplatzes. Und wenige Minuten danach dachte ich wieder ganz abstrakt, an meine Vorliebe für Adjektive auf -ig, die ich sogar andauernd neu erfinde, luchsig, aurig, knarzig, blondlöwig, maserig usw.

22.5.
»die eigenschaftswörter auf -ig tragen, besonders wenn sie, was leicht angeht, im fluss der erzählung, ihr dienen sollend, gebildet werden, wie viren unterschwellige analogien in die sätze, saftig, aber keime der täuschung, originell, daher pitzlig, eigenartige bildungen wie überreifes obst.«

(Oswald Wiener, *die verbesserung von mitteleuropa, roman*)

24.5.
Da schau, »müdik« existiert sogar als Vol.-Wort, und es bedeutet »zärtlich«. Tote Plansprachen erlernen leuchtet mir innere Höhlen aus, die ich kaum kenne.

Abends kompletter Zusammenbruch.

Mood:

25.5.
Die Bücherliste von Osama bin Laden wurde veröffentlicht. Er las offenbar, kurz bevor die Amerikaner ihn aufspürten und erschossen, Bücher über Verschwörungstheorien zu 9/11 und zu den Illuminaten. Außerdem Selbstmord-Präventionshandbücher. Bücher über Frankreich. Anleitungen für Adobe Photoshop.

Die von dem Gelehrten Franz Zorell verfasste Volapük-Hymne beginnt so: »Friede, Brudersinn zu pflegen / Eintrachtsinn – sei uns Panier!« Lol. Jetzt dreister Dauerohrwurm davon. Ich hielt einen Apfel in der Hand und dachte: Sei mir Panier.

Bereits neun Jahre nach der Erfindung von Volapük war es ein internationales Phänomen, mit 283 Volapük-Vereinen und 25 Zeitschriften. 1888 gab es mehr als 1000 fließend sprechende, diplomierte Lehrer. Ihr Erfinder sprach die Sprache allerdings nicht fließend.[28]

Als ich die Keplerstraße hinaufging, sah ich ein offenbar schon vor längerer Zeit von seinen Betreibern aufgegebenes Kunstatelier, das mir bis da nie aufgefallen war. Die Gemälde und Bilder hingen noch darin, in der Dunkelheit waren sie gerade noch auszumachen. Durch die schmutzblinden Scheiben konnte man allerdings nicht viel erkennen. Ein altes Kopiergerät sah ich und ein paar Kisten, alles verstaubt. – Wenige Meter weiter befiel mich ein eigenartiges Gefühl von schulfrei. Oder als käme ich am Freitagabend aus dem Büro, vor mir das Wochenende. Die ganze Stadt liegt als bereite Spielkonsole vor mir. Jedes Geschäft ist betretbar, jede Straße steht mir offen. Einladend leuchtet jeder Park. – Dass darin exakt dieses Daseinsgefühl eingefangen wurde, ist die große poetische Leistung des Spiels *GTA 5*. Ein Spiel, das man endlos allein durchstreifen kann, ohne es zu spielen, d. h., ohne dem Storymodus zu folgen. Ich folge dem Storymodus längst nicht mehr. – Bei diesem Gedanken stellten sich tiefe und gütige Reminiszenzen an Pessoas *Buch der Unruhe* ein. Es ist wahr, *GTA 5* atmet den Geist dieses Buches wie vielleicht kein anderes Kunstwerk. O Stadt am Abend, sei mir Panier.

Schrieb ein unbekannter Autor:

---

28 Hans-Dieter Kuhn: *Die Plansprachen Volapük und Esperanto in Konstanz.*

Volapük

und

seine Verbreitung in der Welt.

Zur Erinnerung

an den

zehnjährigen Bestand des Volapük.

Herausgegeben vom
Volapükistenvereine in Wien.

WIEN 1889.

Im Selbstverlage des Vereines.

Druck von Rollinger & Moessmer in Wien.

Zehn Jahre sind nun verflossen seitdem ein Gelehrter, der Pfarrer J.M. S c h l e y e r, die Grammatik einer von ihm selbst erfundenen Sprache in die Welt sandte. Seine Erfindung sollte das allgemeine Verständigungsmittel aller Nationen werden. Das war eine grossartige, weltbeglückende Idee! Welche Erleichterung würde doch eine allgemeine Sprache für den internationalen Verkehr bieten! Doch wie jede neue Erfindung, hatte und hat auch noch diese viele und heftige Anfeindungen zu bestehen. Zuerst regnete es von allen Seiten nur Spott und Hohn. Als Volapük (so nannte S c h l e y e r seine Erfindung – vol = Welt, pük = Sprache) aber trotzdem Wurzel zu fassen anfieng, begann der Kampf ernst zu werden. Man glaubte anfangs Schleyers Volapük wolle die Nationalsprachen verdrängen. Doch ist diese Idee dem Erfinder vollständig ferne gelegen. Volapük soll eben nur ein internationales Verständigungsmittel werden, vorerst für den schriftlichen und in weiterer Linie für den nothwendigsten mündlichen Verkehr. Die Eigenschaften hierzu hat Volapük vollkommen. Sein Hauptvorzug besteht in seiner leichten Erlernbarkeit, das heisst, es ist viel leichter erlernbar als irgend eine der lebenden Sprachen. Diese Eigenschaft ist die Ursache, dass Volapük trotz aller Anfeindung heute schon über den ganzen Erdball verbreitet ist und in allen Ländern Anhänger besitzt.

Obgleich Volapük noch thatsächliche Mängel aufweist, ist der Beweis für seine Brauchbarkeit dennoch schon gelungen.

Einen solchen Beweisversuch hat Dr. Böger in Hamburg unternommen. Die Berliner Zeitschrift »Echo«, Wochenschrift für Politik, Literatur, Kunst und Wissenschaft, enthielt in einer ihrer Nummern eine Herausforderung an die Volapükisten, mit zwei im »Echo« vorgeschlagenen Aufgaben in folgender Weise den Versuch zu machen:

Die vorgeschlagenen Texte werden von einem Volapükisten ins Volapük übertragen und diese Übersetzungen je einem ausländischen Volapükisten zur Übertragung in seine Muttersprache übermittelt. Diese Übersetzungen in die verschiedenen Landessprachen werden sodann von Sprachkundigen verglichen und aus dem Resultate dieser Untersuchung wird sich dann ergeben, ob Volapük thatsächlich für den internationalen Verkehr taugt oder nicht.

Dr. Böger übersetzte nun die Herausforderungstexte und noch ausserdem einige Aussprüche von Schopenhauer und sandte dieselben an Volapükisten folgender Länder: Bosnien, Bulgarien, Dänemark, England, Finnland, Frankreich, Italien, Kaukasien, Niederlande, Norwegen, Rumänien, Russland, Schweden, Spanien und Ungarn.

Diese übertrugen die Texte aus dem Volapük in ihre Landessprache und sandten diese Übertragungen wieder an Dr. Böger. Die verschiedenen Übersetzungen wurden nun geprüft und es ergab sich, dass Volapük den Sinn des deutschen Urtextes genau übermittelt hatte. Dr. Böger gab dann alle diese Übersetzungen sammt dem Originaltexte in einem Büchlein heraus und es steht jedermann frei sich von der Wahrheit des Gesagten selbst zu überzeugen. Das Buchlein ist unter dem Titel: »Eine Probe auf die Leistungsfähigkeit des Volapük.« (Hamburg 1889. Herold'sche Buchhandlung, Rathhausstrasse 5. 43 Seiten. Preis 30 Pfg.) erschienen.

Dasselbe habe ich auch einmal probiert, nämlich deutsche Gedichte mit Übersetzungssoftware zuerst ins Russische, dann zurück ins Deutsche usw. Manchmal auch ins Portugiesische, von dort dann ins Serbische, und noch ein paar Sprachen, und denselben Weg wieder zurück. Am Ende schaut man, was sich erhalten hat.

> Über alle Spitzen
> Wenn Stille,
> In allen Spitzen
> Wenn Sie sich fühlten
> Gewalttätigkeit eine Atmung?
> Vöglein sind im Holz still.
> Meteorologische Station nur, balde
> Wenn Sie auch still.

Über die meteorologische Station kann man kichern. Wirklich unbeschadet, nämlich schlicht und einfach unübersetzt, ist das vermutlich in keinem Online-Wörterbuch vorhandene Wort »balde« geblieben.

Sehen wir uns noch ein Beispiel an:

> Mit dem gelben Birne-Stock
> Und völlig mit wildem Rosen
> Das Land ist im See,
> Seine gnädigen Schwäne,
> Und alkoholisch vom Küssen
> Wenn Sie den Kopf tauchen
> Im Weihwasser auf einen leeren Magen.
> Mir wird schlecht, wo nehm ich, ja
> Es ist der Winter, die Blumen, und wo
> Sonnenlicht,
> Und ist der Schatten der Erde?
> Wände, um zu sein
> Verboten und kalt, im Wind
> Wenn Fahne-Geräusch.

Überraschend, wie schon bei der meteorologischen Station, wirken diese formelhaften Paraphrasen, hier vom ursprünglichen Wort »nüchtern« – »auf einen leeren Magen«. Und wie wurde das »heilig-nüchterne Wasser« zum Weihwasser. Wanderte das Wort »heilig« irgendwie nach vorn, übersprang sein Nachbarwort und schmolz dem »Wasser« an die Seite, verband sich mit ihm? Man kann es nicht wissen.

2.6.
So. Ich habe ein Tinder-Profil angelegt, mit einem Wasserbären als Profilbild. Der Wasserbär heißt auf Latein *tardigradus* und auf Volapük vermutlich *vataber*, es sind winzige Lebewesen, die sehr extreme Bedingungen aushalten. Sie sehen aus wie Staubsaugerbeutel, zumindest der Wasserbär auf dem Bild tut das. In Wirklichkeit sind sie, nehme ich an, wahrscheinlich durchsichtig oder so. Sie können im Vakuum existieren, und falls Wasserknappheit herrscht, trocknen sie einfach ein und warten, bis irgendwann wieder Wasser kommt, das sie belebt. Einige »Matches« sind entstanden, eine Frau heißt Karin, eine Vivien. Ich bedankte mich bei ihnen, dass sie mein Wasserbärenbild wohlwollend angeklickt hatten. Sie antworten alle nicht mehr. Ich schreibe ihnen Gedichtzeilen.

Heute seltsam elementares Dauerbedürfnis, mich zu ducken, ausgelöst durch weite Kornfelder, in denen ich unterwegs bin.

Perfekt auch das Vol.-Wort für »Deutscher«: *deutel*. Das werde ich jetzt immer innerlich verwenden, wenn ich nach Deutschland fahre: »Was los mit dir, Deutel? Deutel nich so an mir herum.«
Ich finde auch das Vol.-Wort für »Penis« besser als »Penis«: *koitöm*. »Reichst du mir mal das Koitöm? Ich komm grad nicht ran.« Und das Wort für »hoch« lautet passenderweise *geilik*, also ist »Hochdeutsch« vermutlich GEILIKDEUTÄNAPÜK.

Es gibt ein eigenes Präfix dafür, wenn etwas kastriert ist. Jeval = Pferd, omjeval = Wallach. Ein anderes Präfix ändert den Verbaspekt auf »… bis zum Tode«.

So programmieren wir alle unsere Psychologie in unsere Plansprachen. Bemerkenswert aus Jung'scher Sicht: Ein deutscher katholischer Priester hat Volapük erfunden, und das Wort für »christlich« lautet darin »kritik«.

Ein Freund, der früher lange Rettungsfahrer war, erzählte mir heute von einem Unfall: Eine Frau hatte sich mit dem Fahrrad überschlagen, dabei wurde ihr die Schädeldecke aufgerissen. Als die Sanitäter kamen, saß sie an eine Wand gelehnt in einer Blutlache. Sie beugten sich zu ihr hinunter, die Frau erschrak vor ihnen und sagte: »O mein Gott, was ist denn mit euch passiert? Habt ihr euch verletzt? Tut es sehr weh? Ihr solltet so schnell wie möglich ins Krankenhaus!« Sie sah, durch ihre Gehirnverletzung, die Gesichter der Retter verzerrt und entstellt. Vertauschte Rollen, sagte mein Freund und lachte. Die Frau starb wenig später.

3.6.

Auf Tinder meldete sich noch eine Frau, E., ich hielt sie zuerst für einen Bot, da sie als Erstes sagte: »I am in love.« Aber es stellte sich heraus, dass sie real ist und aus Estland kommt. Wir schrieben eine Weile hin und her, und sie dichtete sogar ein Haiku für mich, dessen dritte Zeile *grib grub grab* lautete.

Dann sprach ich mit ihr im FB-Chat. Sie könne Seelen töten, sagte sie. Sie bestand darauf, dass wir uns treffen, morgen, sofort! »You should start to adore me! I make the rules!« Ich blockte das eine Weile ab, aber dann kamen Morddrohungen. Und sie nannte, da man diese[29] leicht googeln kann, meine Adresse. Sie werde mir auflauern. »If someone runs from

---

29 Damals noch.

me, I harm them!« Sie drohte mir, mich bluten zu lassen, ich solle sterben für die Verletzungen, die die Welt ihr zugefügt hatte. Sie habe lange in Brasilien gelebt, erklärte sie, dort habe sie jeden Tag mit dem Tod gerechnet. Das sei herrlich gewesen. Nur sie und zwei »nomad russians«, das beste Leben. Und dann habe sie einen Mann in Österreich kennengelernt, der ihr angeboten habe, sie zu töten, »he was a psycho, I loved him, he was a sweetie«. Und so weiter. Sie schickte mir Bilder von sich, wo man ihre Ritznarben auf den Unterarmen sieht. Sie fotografiert sich selbst pausenlos. Sie schreibt außerdem Gedichte, auf Englisch, sehr goth und sehr durcheinander. Dann wieder Drohungen, Mord und Totschlag und Feen. Letzte Nachricht lautete: »I am on my way. You gona bled.«

Damit J. und meine Mutter, die beide in der Wohnung waren, nichts mitbekamen, hockte ich im Badezimmer und starrte die Drohung an. Wie ein Idiot betrachtete ich das Wort »bled« und dachte: Volapük für »Blatt«.

Seit gestern Gesichtsfeldausfälle, sie irrlichtern durch alles, was ich sehe. Bin müde zum Tod.

Nachdem E. blockiert war, kam nichts mehr. Wenig später löschte sie ihr FB-Profil.

Als ich am selben Abend vom Radfahren nach Hause kam, sah ich direkt vor meiner Haustür eine Frau, die exakt so aussah wie E. Sie stand eine Weile da, ging dann in Richtung Stadt davon. Und ich? Ich folgte ihr. Draußen waren schon die Abendglocken unterwegs.

Ich holte sie bei der Brücke ein. Ich sprach sie an, schon bereit, die Polizei zu holen. In meinem Kopf spielten sich Szenarien ab, in denen Polizisten die Geduld mit einer nicht deutsch sprechenden Frau aus Osteuropa verloren und ich am längeren Ast saß, nicht Hebel, hurra, super. Aber die Frau sprach Deutsch, und ich entschuldigte mich hundertmal bei ihr, sie belästigt zu haben. Sie schaute mich an mit dem korrekten

Blick: ein vollkommen kranker Mensch. Einer an der Kippe. Ich dachte an einen Satz von Scott Carrier: »I should have been shot like a rabid dog.«

Was zum Teufel mache ich.

»Dog« heißt auf Volapük »Hund«.

Nachts dann brav, fügsam und reumütig ins Studium der alten Weltsprache vertieft. Dixit Ernst Beermann, ordentlicher Gymnasiallehrer 1890: »Wie Kadmus' Drachenzahn-Männer aus der fetten Erde Böotiens, so wachsen jetzt aus dem durch Dampf und Elektrizität zubereiteten Boden des Weltverkehrs die Weltsprachen mit überraschender Schnelligkeit hervor. Seitdem Johann Martin Schleyer, früher katholischer Pfarrer in Litzelstetten am Bodensee, jetzt ausschliesslich *cifal*, Oberstvorstand, der Weltsprache zu Konstanz, im Jahre 1879 die staunende Mitwelt durch die Erfindung des Volapük überrascht hat, zeitigt jedes Jahr einige neue Weltsprächlein.« *Cifal*, genau. Volapük war eine Sprache mit Papst. Das Amt wurde mit dem Tod des alten *Cifal* weitergegeben.

Der Blick der von mir verfolgten jungen Frau heute Abend, mein Gott.

Der heutige *Cifal* des Volapük heißt Hermann Philipps. Ich bin der von ihm betreuten Lerngruppe auf FB beigetreten.

Schlaflose Nacht, Autoimmunwahnsinn. Ganzer Körper entzündet.

5.6.
Es ist der nächste Tag – und ich? Ich recherchierte über E. und fand viele Videos, Vines, Tweets usw. Warum soll das Obsessive immer nur in eine Richtung fließen? Stalker und Morddrohungen. Alles in mir sagt, ich soll mich beruhigen und aufhören. Aber nein: Ich werde herauskriegen, wie sie heißt, wo sie wohnt, wer sie ist. Ihren echten Namen habe ich schon rausbekommen. Viel Demütigung steckt in mir. Und kranke Menschen haben Zeit.

Heute fühlte ich mich paradoxerweise gepanzert und gestärkt durch die Drohungen, durch die Gefahr. Ich werde mit solchen Leuten fertig, dachte ich die ganze Zeit. Ich war innerlich bewaffnet und kampfbereit. Ihr habt keine Ahnung von der Hölle, die in mir wohnt, sagte ich schweigend zu irgendjemandem. Ich stand auf dem Balkon im Sommergewitter, im leichten Sweatshirt, und wurde herrlich nass. Meine Körperhaltung war die eines rauchenden Soldaten.

Ich habe den Film *Beau Travail* mit Denis Lavant in der Hauptrolle wieder gesehen. Ungeheurer Eindruck. Vor allem die letzte Szene, wo Lavant zögerlich und ekstatisch tanzt. Ein ganzer Film über Soldaten in der Fremdenlegion (angelehnt an Melvilles *Billy Budd*), und dann am Ende das: der verzweifelte Tanz zu *The Rhythm of the Night* von Corona. Großes Meisterwerk. In einer einzigen Choreografie all die Stadien männlichen Lebens auf der Erde zusammengefasst. Am Ende steht die Implosion, ein herumrollender Körper, unerlöst wie am Läuterungsberg steckengebliebene Seelen.

Und ich? Hab das alles noch vor mir. Staubsaugerbeutel auf Tinder. Jesus.

2

Ek, water. Ek, writer

Was nachträglich an dieser Zeit meines Lebens auffällt, ist die eigenartige Vermengung von tiefer Krise, Ressentiment, Aggressivität – und Sprachenerfindung. Von Trunkenheit im Studium des Volapük, einer alten Weltsprache, die heute keine Welt mehr besitzt, und kopflosem Anrennen gegen Scheingegner und Phantome. Woher kam das?

Noch bis in den Juli hinein stalkte ich regelmäßig online die Frau, die mir mit dem Tod und der Kenntnis meiner Anschrift gedroht hatte. Und am 20. Juni geschah ein Amoklauf in Graz, bei dem mehrere Menschen von einem durch die Fußgängerzone rasenden Auto getötet wurden. Im Tagebuch finde ich Einträge wie diesen:

21.6.
In der Stadt überall Teelichter und große Kerzen. Menschengruppen bilden sich heckenförmig um die Gedenkstätten. Von der Polizei hinterlassene grüne Sprühfarbe auf dem Asphalt. An der Schule, neben der ich wohne, hängt eine schwarze Fahne. Vor dem Rathaus stehen die meisten Kerzen, einige hat man direkt vor ein großes Werbebild gestellt, das einen Formel-1-Wagen zeigt, bizarr. Überall Kinder mit Eis, Familien beim Spazierengehen. Es ist Sonntag. Am nächsten Morgen wird berichtet, dass der Amokläufer von einem Sachverständigen für nicht vernehmungsfähig erklärt wurde. Er hatte seine Frau aus religiösen Gründen zwingen wollen, ein Kopftuch zu tragen, und war verrückt geworden, als sie sich geweigert hatte.
lö – das neutrale Gefühl unter den Fingernägeln
ga – die Atmung
gha – Schnappatmung
lhö – brennendes, klammes Gefühl unter den Nägeln

Ich hatte es schon vergessen, aber damals begann ich tatsächlich auch mit Entwürfen zu einer eigenen Sprache. Ich weiß auch nicht. Ich baute sie nach dem Vorbild des Volapük und einer anderen Sprache namens Ithkuil, die sich an Komplexität zu den meisten anderen konstruierten Sprachen verhält wie das Raumschiff Enterprise zu einem Regenschirm.

Ithkuil wurde seit den späten Siebzigern in mühevoller Kleinarbeit von einem Mann entwickelt, dessen Name genau die Verschmelzung der beiden Versionen jener unsterblichen, seinem Projekt als Vorbild dienenden Figur ist, die bürgerlich Alonso Quijano und in ihrer ritterlichen Identität Don Quijote hieß: John Quijada. Mr Quijada stattete seine unbeschreibliche Sprache mit einem besonderen Merkmal aus: Kürze.

Folgender Ithkuil-Satz

Tram-m|öi hhâsmařpţuktôx

lässt sich im Deutschen wiedergeben als: »Ganz im Gegenteil, ich denke, dass es darauf hinauslaufen könnte, dass dieser schroffe Gebirgszug ab einem gewissen Punkt auslaufen wird.«

Durch eine ungeheure Überinstrumentierung in den gedanklichen und gegenständlichen Kategorien kann ein in Ithkuil versierter Mensch hochkomplexe Sachverhalte durch sehr kurze Silbenfolgen wiedergeben. Quijada selbst bringt als Beispiel Folgendes: »Keine Sprache hat, soweit ich weiß, ein einzelnes Wort für den Augenblick, wo man, sich grübelnd am Kinn kratzend und grimassierend, ein neues Konzept beschrieben bekommt, das man noch nie gehört hat, aber in dem man nun ungeahnte Möglichkeiten erkennt. Auf Ithkuil sagt man einfach: ašţal.«

Auch beim Volapük gefiel mir die außerordentliche Kompaktheit mancher Phrasen. So heißt zum Beispiel der Satz: »Die

Kenntnis seiner selbst ist immer die beste aller Tugenden gewesen«, einfach: »Itis evam eibinom gudikün tugas valik.«

Nur halb so lang. »Pulobob« heißt »ich werde gelobt worden sein«. Und so weiter.

Könnte es eine Sprache geben, in der Konzepte, die traditionellerweise eher recht umständlich und schwierig zu beschreiben sind, die aber jeder aus seinem Alltag gut kennt, durch einen kurzen Begriff dargestellt werden können? Man muss dabei verstehen, dass es hierbei nicht darum geht, einfach ein Wort für, sagen wir, die Tendenz gewisser Menschen, mit dem interessierten Ausdruck eines Empfängers täglicher meteorologischer Funksprüche an ihrem eigenen Finger zu riechen, der vorher in ihrem Bauchnabel war, zu erfinden, denn das ist leicht, nein, vielmehr besteht die Aufgabe darin, die Sprache selbst von vornherein so zu instrumentieren, dass man *ein solches Konzept* einfach und rasch bilden kann. Dafür muss z. B. ein eigener Verbaspekt für *eine bestimmte Handlung genießend und verstehend ausführen* existieren, ein eigenes Ausdrucks-Suffix-System für olfaktorisch signifikante Körperstellen usw.

In dem eben angeführten Zitat, das ich einem Interview mit John Quijada im *New Yorker* entnommen habe, ist eine Zeile unterschlagen worden. Bevor er seinen Begriff für den besonderen Grübel-Moment nennt, wird Quijada beschrieben mit: »Er überlegt kurz, als durchsuche er ein inneres Wörterbuch.«

Whoa, dude.

Aber gut, auch das kann man theoretisch einstudieren. Mr Quijada beherrscht seine eigene Sprache nicht fließend. Bislang hat das niemand geschafft. Die grammatikalischen Kategorien sind einfach zu zahlreich. Ein Bot könnte es, aber mit wem würde sich dieser dann unterhalten? Es gibt eine theoretisch leichter erlernbare Variante, aber auch in ihr gibt es bislang, soweit ich sehe, keine Sprecher im eigentlichen Sinn. Auf *ithkuil.net* findet sich eine Übung, in der man den Inhalt des berühmten Gemäldes von Marcel Duchamp, *Nu descendant un escalier no. 2*, in einem Ithkuil-Satz beschreiben lernt. Das *back engineering*, das dafür notwendig ist, ist zu voluminös, um es hier vollständig wiederzugeben. Das Ergebnis lautet jedenfalls:

Aukkras êqutta ogvëuļa tnou'elkwa pal-lši augwaikštülnàmbu.

Dies ist nicht bloß die wörtliche Übersetzung des Gemäldetitels, *Akt, eine Treppe herabsteigend*, sondern des gesamten Inhalts des auf der Leinwand Dargestellten, seiner ästhetischen Wirkung wie seiner objektiven Malweise. Eine wörtliche Übersetzung des Ithkuil-Satzes lautet: »Eine imaginäre Repräsentation einer nackten Frau, die gerade dabei ist, eine Treppe herabzusteigen in einer Schritt-für-Schritt-Serie von eng ineinander verflochtenen spazierenden Körperbewegungen, die zusammenaddiert eine dreidimensionale Spur hinter ihr in den Raum ziehen, woraus sich ein zeitloses, emergentes Ganzes ergibt, das auf intellektueller, emotionaler und ästhetischer Ebene wahrgenommen werden kann.«

Dass diese Beschreibung eine *weibliche Figur* benennt, steht zwar im Widerspruch zu der von Duchamp gewählten neutralen Form *Nu* (*der Akt*), die grammatikalisch männlich ist, aber Quijada weist darauf hin, dass er selbst sich seit seiner Jugend beim Betrachten des Gemäldes immer eine weibliche Figur vorgestellt habe.

Welche Unmengen an Bedeutung durch die Beifügung einiger Buchstaben in einem Ithkuil-Wort transportiert werden können, sieht man an folgender Progression:

augwái-ňs-üln-amb: »by means of a tightly integrated set of ambulatory bodily movements which combine into a three-dimensional trail/wake behind her«

augwai-kšt-üln-àmb-u: »by means of a tightly integrated set of ambulatory bodily movements which combine into a three-dimensional trail/wake behind her, forming a timeless, emergent whole to be considered intellectually, emotionally and aesthetically«

Guter Gott.

Warum könnte ein Mensch dieses vertrackte Ithkuil überhaupt erlernen wollen? Die Antwort ist einfach: natürlich um zaubern zu können.

Erinnern wir uns an den im ersten Kapitel kurz erwähnten Antoni Grabowski, den persönlichen Freund des Esperanto-Erfinders Ludwik Zamenhof, der schon im Geburtsjahr der Sprache diese perfekt erlernte und hymnische Gedichte in ihr verfassen konnte. Es scheint, dass für ihn keine Sprache eine sonderliche Herausforderung darstellte. Nachdem er, kaum hatte er davon erfahren, das Volapük einfach so wegerlernt hatte, beschloss er, Johann Martin Schleyer zu besuchen. Dieser empfing ihn, konnte aber auf die komplizierten Volapük-Sätze Grabowskis nicht antworten. Die beiden unterhielten sich also auf Deutsch. Grabowski vertrat daraufhin die Ansicht, dass Volapük zu schwierig für den Alltagsgebrauch sei. Wie aber muss es sich wohl für Schleyer angefühlt haben, seine eigene Kreation in uneinholbarer Meisterschaft vorgelebt zu bekommen? Muss er nicht genau den *gegenteiligen* Eindruck erhalten haben, nämlich, dass Volapük durchaus für den Alltagsgebrauch geeignet sei, denn hier, leibhaftig vor ihm, war ja soeben der Beweis aufgetreten!

Ich sagte gerade: um zaubern zu können. Das ist in gewisser Weise ernst gemeint. Im nordaustralischen Pormpuraaw lebt ein Aboriginal-Volk, die Kuuk Thaayorre, dessen Sprache eine einzigartige Eigenschaft aufweist: Man verwendet darin bei räumlichen Beschreibungen nicht *links, rechts, vorne, hin-*

ten usw., sondern ausschließlich himmelsrichtungsspezifische Begriffe. »Da ist eine Ameise auf deinem nach Südwesten stehenden Bein« ist für sie ein ganz alltäglicher Satz. Die normale Begrüßungsformel lautet: »Wohin gehst du?«, worauf man z. B. antwortet: »Nach Südsüdosten.« Dr. Lera Boroditsky, eine Kognitionswissenschaftlerin, bemerkte in einer Studie, dass die Kuuk Thaayorre das gesamte Gebiet, in dem sie sich aufhalten, aus der Vogelperspektive sehen können, während sie sich darin bewegen. Auch ihr selbst sei dieser neuartige Körpersinn nach intensivem Studium in der Community bewusst geworden. Es sei, so Boroditsky, als schwebe eine Art Avatar über ihr, ein Kamera-Auge, das die Information, was sich rund um sie befinde, direkt ins Gehirn einspeise. Den Kuuk Thaayorre sei es dadurch vollkommen unmöglich geworden, sich zu verlaufen. Ja, der Gedanke daran sei in etwa so widersinnig wie die Vorstellung, mit den Händen den eigenen Kopf nicht mehr zu finden.

In der Linguistik gibt es die sogenannte Sapir-Whorf-Hypothese, die eine direkte Kausalität zwischen einer gesprochenen Sprache und bestimmten Denkkonzepten annimmt. In ihrer starken Form, *eine gewisse Sprache bestimmt bzw. schafft gewisse Denkkonzepte im Kopf des Sprechers*, gilt sie inzwischen als weitgehend widerlegt, aber ihre schwache Form scheint eine alltägliche Wahrheit darzustellen: Bestimmte Sprachen *fördern* oder *vereinfachen* bestimmte Konzepte. So zum Beispiel das Denken in Himmelsrichtungen. Oder, wie im folgenden Beispiel, das Denken über Farben.

Die meisten werden schon mal davon gehört haben, dass verschiedene Sprachen verschiedene Farbwörter besitzen. Man kann sich die entsprechenden Listen im Internet ansehen, sie sind sehr vergnüglich. Verschiedene Kulturen, vielleicht motiviert durch die natürlich gegebene Farbpalette ihrer Heimatlandschaften, betonen verschiedene Schattierungen von Farben. Nun gibt es allerdings einige Frauen, die mehr Farben wahrnehmen können als normale Menschen. Nur Frauen, wohlgemerkt, denn die genetische Mutation ist bei Männern, mit ihrem tragischen Y-Chromosom, leider nicht möglich. Diese sogenannten Tetrachromaten sehen zwischen den »normalen« Farbflächen häufig andere, unvorstellbare Schattierungen. Und hier das Unglaubliche: Sie wissen es meist nicht. Es existieren für sie ja nur die Sprachen der trichromatisch, also gewöhnlich sehenden Menschheit. Sie lernen niemals, die Unterschiede zu benennen, denn diese spielen keine Rolle im Alltag. Wenn man solchen Frauen den speziellen Tetrachromaten-Farbtest vorlegt, bestehen sie ihn mühelos und beweisen damit ihre Superkraft. Aber wenn man sie bittet, eine alltägliche Szenerie zu beschreiben, neigen sie dazu, es genauso zu machen wie alle anderen. Einzig durch eine Art Spezialtraining kann ihre spezielle Wahrnehmungsfähigkeit aufrechterhalten werden. Wie im Fall der Malerin Concetta Antico. Die Wissenschaftlerin Kimberley Jameson von der University of California, Irvine, hat festgestellt, dass ihre Fähigkeiten die vieler tetrachromatisch sehender Frauen übersteigen. »Antico ist ein Glücksfall für Tetrachromatie, denn durch ihre tägliche Arbeit mit Farben verfügt sie über ein außerordentlich hohes Maß an geschulter Wahrnehmung.«[30] In Berichten über die Farbsicht von Tetrachromaten wird häufig eine »rosa« Färbung zwischen blauen Flächen beschrieben. Ein durchgehend blauer Himmel erscheint von »rosa« Binnenstrukturen durchwirkt, ebenso eine blaue Wasserfläche. Ich bin mir sicher, dass dies nicht wirklich »unser« Rosa ist. Nein. Es ist die nächste Approximation, die gewöhnliche Sprachen zulassen.

Die Sapir-Whorf-Hypothese erlebte eine kurze Feier in klassischen Science-Fiction-Romanen, so etwa in Form der zauberfähigen *Old Speech* in Ursula K. Le Guins *Erdsee*-Romanen.

---

30 https://www.bbc.com/future/article/20140905-the-women-with-super-human-vision

Alle Lebewesen besitzen einen »wahren Namen« in der Alten Sprache, und wer diesen weiß, hat Macht über sie. Oder in *Babel-17* (1966), einem der frühen Geniestreiche des amerikanischen Universalgelehrten und Gentleman Samuel R. Delany, in dem die titelgebende Sprache von einer kriegführenden Nation entwickelt wird, um deren Sprecher (die gegnerische Seite) zu Verrätern zu machen. Man schleust die Sprache in kriegswichtige Kommunikation ein, die vom Feind abgehört und, da vielleicht eine Art Code, analysiert und verinnerlicht wird. Die Protagonistin bemerkt bald, wie das Virus der Babel-17-Sprachstrukturen ihre innersten Konzepte und Überzeugungen zu verändern droht.

Láadan nennt sich eine aus einem Science-Fiction-Projekt herausgewachsene Sprache, deren erklärter Daseinszweck darin besteht, besser zu strukturieren und auszudrücken, was Frauen empfinden. Überraschenderweise wurde diese Plansprache nicht von einem alten Mann erfunden, sondern tatsächlich von einer Frau, der Autorin Suzette Haden Elgin. Sie nährte ihr ungewöhnliches Projekt aus der eben schon beschriebenen Ansicht, die schwache Version der Sapir-Whorf-Hypothese sei universell wahr (Sprache strukturiert und beeinflusst *zumindest in einem gewissen Maß* die menschliche Wahrnehmung). Nun war es aber so, dass alle bestehenden Sprachen der westlichen Welt Elgin als eindeutig *männlich* geprägt erschienen. Wie genau man sich die Heranbildung eines derart absoluten Urteils denken muss, ist schwer zu sagen, aber ihre Trägerin muss sich, als es einmal gefällt war, von der gesamten Menschheitsgeschichte ziemlich ausgeschlossen vorgekommen sein. In ihrem Roman *Native Tongue* sollte es also um eine Sprache gehen, die die spezifisch weibliche Sicht auf Welt und Leben verdeutlicht. Eine solche Sprache existierte (angeblich) noch nirgends, nicht einmal weit in der Vergangenheit. Also musste Elgin sie selbst entwickeln.

Hier ein Beispielgedicht:

Bíi áya nanáal wa.	*The sunset is beautiful.*
Bíi lith háawith wa.	*The child thinks.*
Bíi elash rul wa.	*The cat plays.*
Bíi bodibodá le wa.	*I am a programmer.*
Bíi bedihá ne wa.	*You are a student.*

Das Gedicht ist, wie ich finde, richtig entzückend, aber an den kurzen Beispielsätzen, aus denen es besteht, lässt sich, glaube ich, noch nicht das spezifisch Weibliche ablesen, das Láadan ausmacht. Ich werde mich bemühen, seine Wirkungsprinzipien im Folgenden darzustellen: Elgin weist darauf hin, dass die Weltsprache Englisch und ihre linguistischen Verwandten ein gewisses Maß an Körpersprache notwendig haben, um *alle* für menschliche Kommunikation notwendigen Signale übermitteln zu können. Kurz: Um emotionale Informationen auszudrücken, fehlen ihnen die sprachlichen Mittel. In genau diesem Prinzip sei allerdings eine Möglichkeit verborgen, die es Männern leichter mache, Frauen zu demütigen und zu entrechten. Auf Englisch beispielsweise müsse man oft durch Gesten oder Stimmmelodie signalisieren, wie ein Satz gemeint sei. Elgin: »Dieses Charakteristikum (das Englisch so gut für *Business* geeignet macht) machte Frauen verwundbar für feindselige Bemerkungen, die dann von der alten Entschuldigungsformel ›Aber ich meinte doch bloß …‹ begleitet werden; und den Frauen blieb dann nur noch die größtenteils nutzlose Verteidigung ›Es geht nicht um das, was du sagst, sondern *wie* du es gesagt hast!‹«[31]

Elgin ist der Ansicht, dass Frauen von Natur aus mehr auf Emotionen achten – eine Auffassung, die gewiss nicht jede heutige Feministin teilen wird. *Frauen = Gefühl / Männer = Verstand.* Tatsächlich kenne ich niemanden in meinem Bekann-

---

31 Ruth Menzies: *Creating a »Truer« Language Within a Work of Fiction: The Example of Suzette Haden Elgin's »Native Tongue«.*

tenkreis, der dieser Ansicht zustimmt. Ich hörte sie lediglich an der Uni damals, allerdings auch nur *sort of*, und selbst da bin ich mir nicht sicher. Gelegentlich wurde gesagt, das Weibliche sei das »semantisch Fließende«, das, was nicht durch die Ordnungsprinzipien der Grammatik verstanden werden kann. Und damals, mit neunzehn, hielt ich das alles für selbstentmündigenden Unfug. Wie konnte eine Professorin vor lauter jungen Frauen stehen und ihnen erklären, sie alle seien ihrer Natur nach ungeeignet für intellektuellen Austausch, für Wissenschaft, für rationale Gedanken? Aber, wie gesagt, ich zweifle ein wenig, dass das damals wirklich die intendierte Botschaft war.

Ist Láadan also in etwa so etwas wie Blissymbolics? Ein System, das dabei helfen soll, auf einer bestimmten Ebene eindeutiger zu sprechen, nicht auf vielfach Deutbares zu vertrauen. Schauen wir uns die Sprache noch etwas genauer an.

Láadan	Description
-iyon	ecstasy
-ib	deliberately shut off to all feeling
-ihed	in a sort of shock, numb
-itha	linked empathically with others
-o	in meditation
-óo	in hypnotic trance
-imi	in bewilderment/astonishment, positive
-imilh	in bewilderment/astonishment, negative

Dies sind, laut Suzette Elgin, die vorrangigen – oder zumindest im bisherigen Weltdiskurs vernachlässigten – weiblichen Bewusstseinsarten.

Die in Láadan einprogrammierten Seinsweisen der Frau sind gewiss reale, aber wieso fehlen in ihnen solche Zustände wie »konzentriert verstehend«, »*in tune* mit der Umgebung«? Immer nur Schock, Verwirrung, inneres Verstummen, Trance, Wachtraum, Desorientierung. Ist die Wirklichkeit von Frauen tatsächlich so? Ich glaube das nicht. Falls die Gedankenwelt von Frauen unbeherrschbar stark von Emotionen oder von ineinanderfließenden, sich der sprachlichen Mitteilung entziehenden Wahrnehmungsclustern bestimmt werden würde, müsste man das ja an konkreten Verhaltensweisen ablesen können. Und was wären die Folgen von unbeherrschbar starken Emotionen und dem Verlassen sprachlicher Konventionen? Durchdrehen, Amok. Solche Dinge. Und welches Geschlecht neigt, statistisch gesehen, eher zu diesen Dingen? Hm.

Skeptisch lauschend – wäre das nicht auch eine brauchbare feministische Kategorie, die man in eigenen Verb-Endungen verankern könnte?

Der Bereich, in dem Láadan unübertrefflich brillant ist, ist der der Neologismen. Diese stellen für mich eine der übernehmenswertesten Eigenschaften dieser Sprache dar. Im Grunde sind sie, würde man sie als Liste publizieren, ein großer, luzider Roman über das Leben, vor allem jenes von Frauen, zu allen Zeiten. Hier einige der zahlreichen Beispiele:

lowitheláad: Schmerz/Trauer/Überraschung/Freude/Wut eines anderen so spüren, als geschehe es direkt

radíidin: »Un-Feiertag«, eine Zeit, die angeblich ein Feiertag ist, aber in Wahrheit aufgrund der vielen Arbeit und Vorbereitung eine Last darstellt, so sehr, dass man sich davor fürchtet; besonders dann, wenn zu viele Gäste da sind und keiner von ihnen mithilft

rathóo: »Un-Gast«, jemand, der auf Besuch kommt, im vollen Bewusstsein dessen, dass er sich aufdrängt und Schwierigkeiten verursacht

wonewith: dyslexisch in sozialer Hinsicht; unfähig, die sozialen Signale der anderen zu verstehen *widazhad:* hochschwanger sein und es allmählich wirklich satt-haben; sich nach dem Ende der Schwangerschaft sehnen

rathom: »Un-Polster«, jemand, der sich um dein Vertrauen be-müht, aber keinerlei Intention hat, dieses auch zu verdienen; ein »Lean on me so I can step aside and let you fall«-Mensch

lometha: ein Lied, das einer Frau seit ihrer Geburt gehört

ramimelh: nicht nachfragen, mit böser Absicht; vor allem wenn klar ist, dass der andere sich nach mitfühlender Nachfrage sehnt

halehadihahal: andauernd von allen Seiten unterbrochene Arbeit

bala: sinnvolle, alles andere als zwecklose Wut auf jemand Be-stimmten, mit gutem Grund

bina: sinnvolle, alles andere als zwecklose Wut auf niemand Be-stimmten, ohne Grund

ab: Liebe für jemanden, der gemocht, aber nicht respektiert wird

háawithéthe: »kind-sauber«, das Maß an Sauberkeit, das ein Kind für sein eigenes Zimmer als »sauber« definiert hat

doóledosh: Schmerz oder Verlust, der erleichternd wirkt, wenn er eintritt, da er die quälende Wartezeit beendet

Viele Láadan-Wörter sind von perfekt in sich ruhender Gestalt.

odithámála: etwas oder jemanden mit der Zunge streicheln

óol: Mond

Und davon abgeleitet:

óolewil: Menstruationsblut [Mond + Fluss]

Oder wie Elgin im Original schreibt: *Moon River.*

Die Motte heißt auf Láadan *óoloó.* Die Bildung dieses Begriffs ist ein eigenes kleines Origami-Kunstwerk. Danke heißt *áala.* Schmetterling heißt *áalaá.* Es sei bemerkt, dass apostrophierte Vokale einfach einen höheren Stimmton bezeichnen. Der Schmetterling ist seiner zweiflügeligen symmetrischen Form nach im Schriftbild nachgebildet: *áalaá* (die Aussprache ist die Melodie hoch-tief-tief-hoch: -_ _-), und dieses Wort verschmilzt nun mit dem Wort für Mond. Mond-Schmetterling: *óoloó.*

yo: Raumschiff

we: Evidenzmorphem für »in einem Traum gelernt / erfahren«

Davon abgeleitet, in Verbindung mit dem Wort *osháana,* »menstruieren«, zu *wesháana,* was so viel wie »verspätet menstruieren« bedeutet. Die Verbindung mit »Traum« ist mir nicht eindeutig klar, aber sie verweist auf interessante gedankliche Spielfelder.

azháadin: »to menopause uneventfully«

Die Definition des Láadan-Wortes *doroledim* ist gleich eine ganze Kurzgeschichte:

Stell dir eine durchschnittliche Frau vor. Sie hat keine Kontrolle über ihr Leben. Sie verfügt über wenige oder über gar keine Ressourcen, um sich selbst etwas Gutes zu tun, selbst dann nicht, wenn es notwendig wäre. Sie hat eine Familie und Tiere und Freunde und Kollegen, die von ihr auf vielfältige Weise abhängig sind. Nur selten kommt sie zu ausreichend Schlaf oder Ruhe; sie hat keine Zeit für sich selbst, keinen eigenen Ort, wenig oder überhaupt kein Geld, um sich Dinge zu kaufen, sie kommt nicht einmal dazu, über ihre eigenen emotionalen Bedürfnisse nachzudenken. Sie existiert auf Abruf. Sie hat Pflichten und Verantwortung, die sie nicht ablegen kann oder will. Für diese Frau gibt es nur eine Sache, in der sie sich selbst gehen lassen kann: ESSEN. Und wenn sich diese Frau überfrisst, ist das Verb für diese Handlung »doroledim«. (Und ja, sie fühlt sich schuldig, denn es gibt Frauen, deren Kinder verhungern und die nicht einmal über DIESE letzte Option verfügen.)[32]

Auch hier geschah die Bildung dieser Definitionen nicht durch eine schlichte Erfindung irgendeines Wortes, sondern durch behutsame Vorformung allgemeinerer Kategorien in der Grammatik von Láadan selbst, wodurch dann das *Fassen* des gedanklichen Konzepts »doroledim« einfacher und *natürlicher* möglich wurde.

Oh, übrigens, hier noch ein wichtiger Láadan-Begriff:

lol: ein Gefühl von Community, Zusammengehörigkeit, Schwesternschaft, Kameradschaft, Zugehörigkeit, Zusammenhalt; eine Gruppe von Leuten, die sich mit der Intention versammelt, diese innere Zusammengehörigkeit zu erzeugen; zu unterscheiden von einer Stadt oder einer allgemeinen Ansammlung von Menschen, denn »lol« impliziert die ausdrückliche Intention des Zusammentreffens, die Kohäsivität der Gruppe zu erzeugen

Also wäre *lollometha* ein Lied über den inneren Zusammenhalt, über *Sisterhood*, das einer Frau schon von Geburt an zugehörig ist.

Was für ein herrliches Begriffs-Minecraft man in Láadan spielen kann!

---

32 Ein vollständiges Wörterbuch findet sich auf: https://laadanlanguage.wordpress.com

Gelegentlich reichen natürlich auch die Grundbausteine gewöhnlicher Sprachen aus, um so etwas wie Láadan-Begriffe zu bilden. Das sieht man etwa an dem berühmt gewordenen Konzept *mansplaining*. Und man kann, wenn man will, dasselbe Spiel auch mit universellen, nicht nur auf das Schicksal von Frauen bezogenen Vorkommnissen anstellen, die bislang kein Wort zugeteilt bekommen haben. Ich sage zum Beispiel oft »Was?«, obwohl ich genau verstanden habe, was jemand zu mir gesagt hat. Lässt sich dafür ein eigenes Wort bilden? Im Deutschen nicht so ohne weiteres.

In meinem Beispiel ist zudem nicht klar, was die Motivation für das unnütze »Was?« sein könnte. Um Zeit zu gewinnen? Oder weil ich einfach einen kleinen Loop in der Wirklichkeit erzeugen möchte? Oder aus einer ganz zweckfreien Laune heraus? Wenn etwa eine eigene Verb-Endung für »um Zeit zu gewinnen« existierte, wäre es einfach.

Wenn ich im Dunkeln durch meine eigene Wohnung gehe, werde ich oft von einem unsichtbaren Irgendwas verfolgt. Jeder kennt das. Aber finden wir dafür ein eigenes Wort? Welche Kategorien müssten dafür existieren? *Verfolgung*, dieses Konzept haben wir bereits. Und von etwas Unsichtbarem verfolgt werden … Manchmal kann man diese gefühlten Löcher, die eine Sprache besitzt, auch durch logisch-abstrakte Begriffe abzudecken versuchen. Hier könnte man es möglicherweise mit einem attraktiven Kompositum versuchen, wie *Phantomverfolgung* oder *Phantomverfolgungsjagd*.

Hier noch einige Beispiele von Dingen, die jeder macht, aber für die sich aus den Bausteinen des Deutschen kaum ein eigenes Wort bilden lässt. Die Leserin ist eingeladen, ihre eigenen Berechnungen anzustellen.

- Ich mache alberne, überhaupt nicht zum Gesprächsthema passende Tänze und repetitive Bewegungen, während ich telefoniere.

- ....

- Wenn jemand ein Wort falsch ausspricht, wiederhole ich es, in richtiger Aussprache, in meinem Kopf, damit das Gewebe der Wirklichkeit kein Loch bekommt.

- ....

Jetzt habe ich relativ gut abgelenkt von der entsetzlichen Krise, in der ich 2015 steckte. Mir ist der Mensch, der ich damals war, zwar nicht peinlicher als der Mensch, der ich heute bin, aber dennoch war ich in diesem Sommer sehr nahe daran, irgendeine unheilbare Dummheit zu begehen.

Meine These wäre, dass sich Menschen in solchen Krisen, in selbst verursachten Höllen, besonders danach sehnen, die Sapir-Whorf-Hypothese wäre 100 % wahr und durch einen Neustart der Sprache ließe sich auch die Wirklichkeit neu starten in ein glorreiches Zeitalter vor dem Sündenfall. Vielleicht hantiere ich einfach in meinem Kopf mit den falschen Wörtern. Gäbe es die richtigen, ich würde mich in einen guten Menschen verwandeln.

Ich bin der Frau, die ich auf der Brücke ansprach, noch so oft begegnet, und mehrere Male entschuldigte ich mich, bis ich bemerkte, dass ich ihr auch durch meine wiederholten Entschuldigungen ein wenig Angst einzujagen begann. Sie konnte überhaupt nichts für irgendwas. Also versteckte ich mich vor ihr, wich ungeschickt in den Garten aus, wenn sie durchs Treppenhaus ging.

Gmail-Account der Morddroherin geknackt. Jetzt überwache ich sie, am besten für ein paar Wochen. Viel Belangloses.
Hatte eine Kunstwerk-Idee: ASMR-Kornkreise. Kornkreise untertiteln.

In meinem Traum lautete die Mehrzahl des englischen Begriffs »man« nicht »men«, sondern »blyce«.

Es gibt später noch einige Einträge im Tagebuch, wo ich fantasiereich Rache plane, bis weit in den Herbst desselben Jahres. Was für ein Arschloch. Rache wofür? Dafür, dass ich schwer depressiv war, autoimmunkrank, vereinsamt und anschlusslos? Ja.

Ich suchte, wie alle, die Gründe in meiner Umwelt. Und zugleich, in dieser finsteren Zeit, habe ich brav und fleißig meine eigene kleine Sprache weiterentwickelt. Und weiter Volapük gelernt. Das alte Tagebuch heute wieder in die Hand zu nehmen ist mit einem schwer beschreibbaren Gefühl verbunden. Ich möchte es ganz gerne unter den Strahl einer Wasserleitung halten. Aber stattdessen zitiere ich hier großzügig daraus. Muss man nicht verstehen.

Hier eine weitere Sequenz von Einträgen:

5.7.
Heute schrieb ich E. über ihren eigenen Gmail-Account eine Mail »von ihr selbst« (haha!), und der Inhalt der Mail waren lauter sinnlose Wörter, wie bdo bdd af dff art ad. Dann erhielt ich natürlich selbst die Mail – und da fiel mir ein, dass sie ja gar keinen Zugang mehr zu ihrem Account besitzt, seit ich das Passwort geändert habe. Perfektes Bild für den autistisch eingekapselten Wahnsinn, in dem ich mich befinde.

J. angebellt, dann aus der Wohnung gestürmt, wie ein Idiot, dann auf dem Supermarktparkplatz bis zum Abend, wie ein Idiot. Dann noch wie ein Idiot herumgelaufen. Blätter aufgehoben, gegen das Licht gehalten, wie ein Idiot.

Den Schatten ihrer Kopfhörerkabel auf ihrem Dekolleté hielt ich für bläuliche Venen und atmete tief und »lebenskennerisch« ein. (Kassiererin im Supermarkt)

Im Traum beschimpfte ich einige rauschende Bäume als »Claqueure«!

Spammails »schwereren Herzens« löschen, die bestimmte Stunde am Abend.

Nirgends schneide ich mir solche Gesichter wie in der Flugzeugtoilette, in 11 km Höhe.

Was, wenn allein durch die Nichtänderbarkeit meines röhrenden Luftholens nach dem Lachen eigentlich schon alles über mich gesagt ist?

Ich fuhr im Süden von Graz mit dem Rad herum und hörte mir im iPhone-Kopfhörer den Sound eines Fisting-Videos an. Dazu der Anblick der Nordicwalker und Jogger. Sonnenuntergang. Hinterher breitete sich ein paradoxer Frieden in mir aus.

gdu: der lauschende Ausdruck eines Hasen

ghubra: der Geruch des eigenen Bauchnabels

Eine Frau, die unbedingt schwanger werden will von einem Mann, um ihm zu zeigen, wie sehr er sie quält – »ich will es ihm bildlich vor Augen führen«.

zubra: der Geruch eines unbekannten Tieres

Das Treppenhaus meines Internisten mit diesen entmutigend zärtlich gestalteten Halbstöcken.

rachefantasien … irr und geistesgestört muss (?)

2.8.

Die Frau, der ich damals, in meiner Meltdown-Nacht, nachlief bis zur Brücke und sie belästigte, weil ich sie für E. hielt, wohnt hier im Haus! Ich sah sie heute aus dem Lift kommen, und sie sperrte einen der Postkästen auf. Und ich, auf einmal ungeheuer dreidimensional, grüßte sie entsetzt.

[Ein paar Zeilen unlesbar] saß ein Rabe, sehr groß und hübsch, aber er flog dann weg, also machte ich mir für einige Zeit selbst meine Rabengedanken. Dann lief ich weiter die Straße entlang, und da war ein Haus voller Satellitenschüsseln. Der größten Satellitenschüssel fehlte ein kleines Eck, als hätte sie sich mit anderen Katzen im Revier geprügelt.

Neben mir surrte eine Gegensprechanlage, obwohl niemand sonst davor stand. Offenbar wollte das Haus, dass ich es betrat, aber nein, nicht mit mir, Junge, ich hab genug Grimm-Märchen gelesen in meinem Leben.

Später, außerhalb der Stadt, Andritzbach hinauf, bis da, wo die Pferde stehen. Dort auf einer Bank ausgeruht, Rucksack unterm Kopf. Drinnen knistert das Plastikbesteck. Nach einer Weile, sehr witzig, waren aus den Pferden Kühe geworden. Also ruhte ich neben den Kühen auf dem Feld aus, auf meiner Bank. Ich fühlte mich unabhängig und lebendig, wie ein Verb. Über mir bildeten sich Sterne, überraschend früh. Mein Rad und der Ameisenhaufen daneben.

ulb ulb ulb: das Geräusch ferner Glocken von hinter den summenden Hecken

Heute, einige Jahre später, mehrere Male von Grund auf verwandelt und immer noch derselbe Mensch mit demselben Namen, wundere ich mich über die meisten Dinge, die damals meinen Alltag ausfüllten, und erkenne sie gleichzeitig auf eine hautnahe Art und Weise wieder, die mir eine für Sekunden sehr reale Rückverwandlungsfurcht verursacht. In Bezug auf das Thema dieses Buches fällt uns besonders die Verbindung zwischen spontaner Wörter- und Spracherfindung und tiefer existenzieller Krise auf.

Gehen wir diesem Mysterium noch ein wenig nach.

Samuel R. Delany ist, das kann man mir ruhig glauben, der größte lebende Autor Amerikas. Seinen Roman *Babel-17* habe ich in Zusammenhang mit der Sapir-Whorf-Hypothese eben schon kurz erwähnt. Anfang der sechziger Jahre fing Delany (damals zarte neunzehn Jahre alt und frisch verheiratet mit der Dichterin Marilyn Hacker) an, Science-Fiction-Romane zu publizieren. Die junge Ehe stand allerdings unter einem seltsamen Stern, denn beide Partner waren offen homosexuell und hatten wechselnde Affären, versuchten aber dennoch, zur gleichen Zeit als traditionelle Ehegatten zu leben, ein Experiment, das einige Jahre ganz gut funktionierte, aber dann von beiden in Freundschaft abgebrochen wurde. Delany hatte schon während seiner Ehe, in den frühen Sechzigern, begonnen, aus dem großen Angebot an *public sex*, das in New York für homosexuelle Männer vorhanden war, zu wählen: öffentliche Toiletten, Pornokinos am Times Square[33], Trucks, Badehäuser, Parks um vier Uhr früh. Ein typischer Arbeitstag sah, wie der Autor in Fred B. Taylors höchst unterhaltsamer Dokumentation *The Polymath, or The Life and Opinions of Samuel R. Delany, Gentleman* aus dem Jahr 2007[34] erzählt, folgendermaßen aus: Aufstehen gegen vier Uhr und Beginn der Schreibarbeit, dann zu Mittag Spaziergang zur Toilette der U-Bahn-Station an der 2nd Avenue, dort Sex mit einigen Männern, zurück nach Hause, weiter schreiben, am frühen Nachmittag Spaziergang zur öffentlichen Toilette am Tompkins Square, Sex mit fünf, sechs

---

33 Über diese schrieb er ein berührendes Erinnerungsbuch, *Times Square Red, Times Square Blue* (1999).

34 Ich habe diese Dokumentation inzwischen so oft gesehen, dass ich weite Teile auswendig mitsprechen kann, wie bei den Kinderdetektiv-Hörspielkassetten meiner Kindheit.

weiteren Männern, einkaufen im Supermarkt, Zubereitung des Abendessens für seine Frau, die von der Arbeit nach Hause kam, danach lesen, Gespräche und ein letzter Spaziergang zur Williamsburg Bridge, dort wieder Sex mit einem halben Dutzend Männern. »Der Sex machte die Arbeit erträglich und die Tage genussvoll anstelle von schwierig und monoton. Er erforderte ein gewisses Grundmaß an Sozialkontakt, man traf ständig neue Leute, also kam ich zu der Ansicht, dass ich ein ziemlich interessantes Leben führte«, so Delany. In seinen frühen Sci-Fi-Romanen ist die Auseinandersetzung mit diesem interessanten Leben noch wenig vorhanden, doch das änderte sich Mitte der siebziger Jahre, als Delany anfing, eine erstaunliche Folge von Büchern zu publizieren, die eine schwindelerregende Verbindung von Poesie, intellektueller Schärfe, transgressiver Tabuverletzung und teils barock ausufernder Plot-Zauberkunst aufweisen. Mit Delany haben wir den höchst ungewöhnlichen Fall, dass ein einziger Autor mehrere bislang unerreichte Höhepunkte verschiedener Genres in sich vereint: Aus seiner Feder stammt das komplexeste, reichste Science-Fiction-Werk überhaupt, sozusagen der *Ulysses* der Sci-Fi, der enigmatische, in mehreren Möbiusschleifen angelegte Roman *Dhalgren* aus dem Jahr 1975 (der immer noch, *o tempora!*, auf eine kompetente Neu-Übersetzung ins Deutsche wartet) – und der meines Wissens extremste, provokanteste Roman über die absolute Hölle menschlicher Übergriffigkeit, den es gibt: *Hogg*[35]. Er war der erste Romancier in den USA, der einen Roman über die AIDS-Epidemie publizierte, *The Tale of Plagues and Carnival* (1984).

---

35 Delany vollendete diesen Roman bereits 1973, aber er konnte erst 1995 erscheinen, nachdem er bei vielen Verlagen abgelehnt worden war. Selbst die berühmte *Olympia Press* in Paris, die die Erstausgabe von Nabokovs *Lolita* (und auch von William Burroughs' *Naked Lunch* und Georges Batailles *Die Geschichte des Auges*) veröffentlichte, weigerte sich, *Hogg* zu drucken, und erklärte, dies sei das erste Werk, das nicht aufgrund der literarischen Qualität, die zweifellos außerordentlich hoch sei, sondern tatsächlich nur aufgrund seines extremen Inhalts abgelehnt werde.

Anfang 2017 erschien der erste Band seiner Journale, *In Search of Silence*. Darin entdeckte ich seitenlange Listen mit Wörtern.

nam
nas
nan
nat – nal
nast
nant

ek = writer

Später lernen wir, überraschenderweise:

ek = water

Wir sind im Jahr 1964, und Samuel Delany erfindet eine eigene Sprache.

Wie bei Johann Martin Schleyer scheint auch sie einen Minimalbuchstaben-Grundwortschatz zu verwenden. »Om« bedeutet Person, »oh« Haus, »ex« Stuhl usw.

ob = book
ur = teacher

Lustig:

oho = oho

Nomen beginnen immer mit Vokalen, Verben enden immer in Vokalen. »At« bedeutet Tisch und »omp« Elternteil.

na = walk
ke = write
po = make, do
do = sleep
ru = run

Dem folgt direkt ein Eintrag über den Selbstmord eines Mädchens namens Deirdre, am 6. Juli 1964. Aus der Einleitung zu diesem Kapitel weiß der Leser, dass Delany genau zu dieser Zeit Patient der psychiatrischen Abteilung des Mount Sinai Hospital war. Er war in den Wochen davor von einer fixen Idee befallen worden: sich vor einen in die Station einfahrenden U-Bahn-Zug werfen zu müssen. Wenn er die U-Bahn-Station betrat, erfasste ihn ein fast unwiderstehlicher Rückenwind, der ihn Richtung Gleise schob. Jeden Tag pflegte er, wie er in verblüffender Ausführlichkeit in der Dokumentation *The Polymath* berichtet, am Geländer der Haltestelle zu sitzen und sich mit den Fingern in die Gitter zu krallen, um sich selbst aktiv von seinem dunklen Drang abzuhalten. Die Frage eines misstrauisch gewordenen Polizisten, wieso er denn jeden Tag hier herumlungere, wenn er doch Angst vor der U-Bahn habe, konnte Delany nicht beantworten, worauf er vom Polizisten vertrieben wurde. Am nächsten Tag ging er, vielleicht durch die Begegnung ein wenig ernüchtert, unverzüglich zu einem Arzt, der ihn an das Krankenhaus weiterverwies.

Delany begann also mit seinen Spracherfindungsübungen während seiner Zeit in der Psychiatrie. Er hörte Stimmen, er sprach in der Gruppentherapie zum ersten Mal über seine Homosexualität (die damals, Mitte der Sechziger, noch als therapierbare *mental disorder* galt). Er beschrieb diese Episode seines Lebens später als »Nervenzusammenbruch, verursacht durch zu viel Arbeit«.

Wie aussagekräftig ist das alles? Ich weiß es nicht. Es war das, was am Punkt seines Zusammenbruchs kam. Im darauf folgenden Notizbuch, begonnen Mitte August 1964, geht die Entwicklung der Sprache weiter.

Nun bildet er bereits erste Sätze wie »ten ø ə c fy wodt ent« – Wörtlich: Er lutscht Schwänze für hölzerne Groschen.[36]

Oder: »D'erg û gelbt eft ont oyûm ejt.« – Und auf meinen Knien, ein Schauer gelber Blätter.

»Punalt Jakobû anup s'du ə st oy erd.« – Wir klettern die Jakobsleiter empor, aber du bist unten auf der Erde.

Umgeben sind diese Geburtsübungen der neuen Sprache von Masturbationsfantasien (Männer mit abgebissenen Fingernägeln) und ambitionierten Projektbeschreibungen. Wenige Seiten danach, in einem Briefentwurf, beschreibt Delany den Beginn seiner Sprache als ein harmloses Spiel, erfunden mit seiner Frau, »auf dem Rückweg eines Campingtrips«.

Hm.

Als Schriftsteller habe ich Respekt vor der Diskontinuität und Parallelität des Lebens. Möge also beides wahr sein, Psychiatrie und Campingtrip. Und ich muss meine Beobachtung, das spontane Erfinden von Sprachen geschehe auffallend oft in Augenblicken der äußersten Bedrängnis, auch nicht in eine handfeste Theorie verwandeln. Eine Sprache zu erfinden ist ganz bestimmt kein Hilferuf. Eine Ablenkung vielleicht, ein Neustart. Oder, wie die folgenden beiden Geschichten beweisen, eine Art Verschwindetrick, ein Sich-Wegzaubern, *in plain sight*.

---

36 »For wooden nickels« – ein gebräuchlicher Ausdruck, der so viel wie »ohne faire Gegenleistung / Bezahlung« bedeutet. »Don't take any wooden nickels« – Lass dich nicht übers Ohr hauen.

3

Die Einwohner
des Landes Prashad

James Keilty starb am 27. Januar 1978. Er war Bauingenieur und Hobbylinguist gewesen. Nach seiner Krebsdiagnose lebte er noch genau zehn Tage. In diesen zehn Tagen brachte er Ordnung in ein gigantisches Papierkonvolut, das sich mit einer von ihm selbst erfundenen Sprache namens Prashad befasste. Der Radiosender KPFA erhielt einige Manuskripte, der Rest landete (laut Samuel Delany, der Keilty kannte) in einem Archiv an der State University in Buffalo, New York.[37]

Der Kunstkritiker Knute Stiles[38] erinnerte sich, dass Keilty mehrere Sprachen fließend sprach, im Italienischen sogar verschiedene Dialekte fehlerfrei. Keilty war brillant, exzentrisch, homosexuell. Stiles wurde von Keilty oft durch San Francisco geführt und in die offen daliegenden, aber dennoch für die meisten vollkommen unsichtbaren Mysterien der Städteplanung eingeführt. Keilty lebte in einem winzigen Apartment auf dem Telegraph Hill.

Eines Tages begann er, ein Alphabet zu erfinden, das zuerst als phonetische Hilfsnotation beim Übersetzen gedacht war. Dann bildete sich, nach und nach, eine eigene Sprache zu der Schrift. Dann eine Kultur. Dann einige Geschichten über diese Kultur. Und immer mehr.

Da er genug Geld gespart hatte, beschloss Keilty, sich ganz seiner eigenen Arbeit zu widmen, und saß jeden Vormittag an seinen Manuskripten. Er verwandelte sich in eine Art Emp-

---

37 Details aus Samuel R. Delanys *About Writing.*

38 Details im Folgenden aus dem Radioprogramm 6 KPFA FOLIO, November 1979, *Remembered: James Keilty* (Transkription der Radiosendung auf archive.org).

fangsantenne für die Prashad-Kultur, die ihm von einem riesenhaften Reservoir in seinem Inneren mitgeteilt wurde. Er musste lediglich mitschreiben, festhalten. Er sprach Prashad täglich mit Freude und Erfüllung, allein, in seinem Kopf. So wie er die Stadt San Francisco einst Straße für Straße und Häuserblock für Häuserblock erlernt hatte, so erlernte er nun die Details des Planeten Prashad. Er übersetzte die Werke von Rilke in Prashad, später auch den ersten Teil von Prousts *Recherche*, dann den *Hamlet* und Sophokles. Er fragte Knute Stiles, welches das wichtigste Buch der Menschheit sei. Stiles überlegte nicht lange. »Das *Daodejing*«, sagte Stiles. Keilty war entzückt. Denn Chinesisch beherrschte er noch nicht. Er machte sich sofort an die Arbeit, es zu erlernen.

Seine Übersetzungen sind auffallend in ihrer fehlerhaften Schlichtheit. Ihm ging es immer um runde, verblüffende Einsichten, die allerdings am Sinn des Originals vorbeigingen. Genau wie Ezra Pound. Eine Zeile des Originals, die in der klassischen deutschen Übersetzung von Richard Wilhelm »Wenn der SINN herrscht auf Erden, so tut man die Rennpferde ab zum Dungführen« lautet, hieß bei Keilty sinngemäß: »Wenn das Tao auf Erden herrscht, sind die Pferde nur noch gewohnt, zu scheißen.«

Die Vormittage verbrachte Keilty also mit Weltenbau. Die Prashad-Kultur wurde immer klarer, er zeichnete Landkarten und schrieb auf Prashad. Abends trieb er sich in Bars herum und suchte intellektuellen oder erotischen Kontakt, was allerdings häufig an seiner großen Strenge und Ungeduld mit den Eigenheiten seiner Mitmenschen scheiterte. Gelegentlich konnte man ihn dabei beobachten, wie er seinem verdutzten Gegenüber durch präzise Imitation dessen sprachliche oder gestische Unzulänglichkeiten vorhielt.

Aber die meisten, die Keilty näher kannten, liebten ihn. Eines Tages begann er, Theaterstücke zu schreiben, natürlich auf Prashad. Er fand Schauspieler, die zu einer Aufführung in der Originalsprache bereit waren. Er brachte ihnen einen Großteil der Sprache bei und verlangte sogar ein gewisses Maß an fließender Konversationsfähigkeit in derselben, bevor sie sich an das Erlernen des Textes selbst machen durften. Meist kam es nicht zu mehr als zwei oder drei Aufführungen. Samuel Delany und Knute Stiles waren mehrere Male unter den Zuschauern, und beide berichten unabhängig voneinander von der außergewöhnlichen Begeisterung des Publikums, das freilich nicht ein einziges gesprochenes Wort verstand.[39]

Eine Prashad-Publikation, die Keilty zu Lebzeiten erwirkte, findet sich in einer vergriffenen Sci-Fi-Anthologie namens *Quark/2*, herausgegeben von Marilyn Hacker und Samuel Delany. Ganz ehrlich, wäre da nicht der lange Bericht von Knute Stiles, ich würde Keilty inzwischen für eine Erfindung von Delany halten.

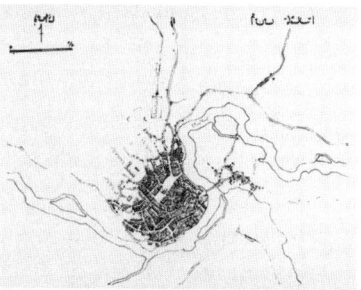

Der Text, der dieser Karte von Prashad folgt, ist eine lange schmucklose Erzählung über das Leben dort. Dem folgt wiederum eine kurze Einführung in die Sprache. Wir hören einen typischen Dialog der merkwürdig überspannten Prashadsim:

[39] »In the early seventies, I got a chance to attend a performance of three of Keilty's one-act plays in Prashad, where the actors were rehearsed and schooled in the meaning of the somewhat Slavic-sounding lines. Prashad had been constructed with euphony uppermost in Keilty's mind. It was quite an experience – and quite beautiful!« (Samuel R. Delany: *About Writing*)

Nyod dai bli? – Was willst du?

Dai fi antulitel forfaiid? – Hast du etwas zu trinken?

Kai menida an faisil sishilisio. – Hier ist ein Glas Wasser.

Sha bal irda nyod ablijhamum. – Das meinte ich nicht.

Keilty versorgt uns mit einem Block dichtester grammatikalischer Belehrung, im Folgenden als Monolith wiedergegeben:

The final sentence reads literally: That not is what I meant. The root *ir* means, for one thing, being in a state or condition as contrasted with *menid*, being in a place. The verb *irid*, to be, as is often the case with this verb in other languages, is slightly irregular, but *ir* also means »god« or »wrong« (for reasons best known to the Prashadsim); *sha ira* would mean »that is wrong« or »that is god.« This also illustrates that any root word can be made into a verb. *Sha irtumia* means »that is difficult,« or literally »that difficults.« The pronoun *a*, meaning »I,« is never separated from the verb, thus *ablijhamum* means »I meant,« *Al* or »me« is used where there is no verb to support the *a*. The normal conjugation of a verb in the present tense goes as follows: *akhebilo* – I give *dai khebili* you give; *si, se, su khebila* – he, she, it gives; *ami khebilon* – we give; *dai'l khebilin* – you give (plural); *sei khebilan* – they give. This pattern of *o, i, a, on, in, an* endings carries through all but the imperative and the past tenses, thus: *akhebilvo*, I am giving; *akhebilo'*, I will give; *akhebilo'n*, I would give; *akhebilido*, I may, might give; but *khebilami*, let us give. *Akhebilum* is »I gave« and the *um* ending is the same for all persons. The same applies for *akhebilu'm*, I was giving, used to give; *akhebilum'*, I will have given; *akhebilu'n*, I would have given; *akhebilum'n*, I had given; *akhebilidum*, I may, might have given. The root word (*drukhpadi*), as distinguished from the auxiliary or helping word (*kthirpadi*), has a very versatile character. By itself it is always a noun or word idea; *goimi* sight, scene; *goimidam* is the noun gerund, seeing; *goim'l*, sights, scenes; *goimid*, to see (the root serves as the stem for all verb endings); *semgoimid*, to be seen; *goimin*, a person who sees; *goimida*, a place where one sees; *goimsim*, an extrinsic quality, seen; *goimsum*, an intrinsic quality, »the seeing eye«; *goimibi*, a capability or potential quality visible; the adverbs *goimsimi* and *goimsumi* have no exact equivalents in English, but *goimbai* means »visibly«; *goimo*, more seeing (*mo* is the comparative ending); *goimul*, most seeing (*mul* is the superlative ending). In writing the Prashadsim alphabet (see plates 1 and 3), the vowels are placed between the consonants close to their tops and linked with them where possible or, in printed form, above and separate from the consonants.

Muss man sich auch mal trauen, einfach so, bumm, scheiß auf komplett alles, mitten in einer Erzählung. Da, Grammatik.

Keiltys Theaterstücke sind alle verloren. Es scheint, als hätte er an ihrem Fortleben auch kein besonderes Interesse gehabt. Prashad war für ihn selbst da, er allein kannte die Kultur aus tiefster Innenschau und Meditation. Er war die Antenne, die anderen Menschen konnten nicht zu Bürgern Prashads werden. Sie konnten sie *verkörpern*, im Kontext eines Theaterstücks, und genügten ihm bereits als Erinnerung an die ferne Heimatkultur, von der er, sozusagen seit seiner Geburt, im Exil lebte. In James Keiltys Nachlass sind einige wenige Schriften auf Prashad enthalten, das Verzeichnis nennt an Originaltexten lediglich »a couple of songs« und Wörterbücher, Grammatik und allgemeine kulturelle Schriften über die Prashad-Kultur.

Einen Text in Prashad-Schriftzeichen habe ich gefunden, aber ich kann ihn, selbst nach einigem Studium, leider nicht übersetzen.

Ein weiterer Monolith.

Übrig geblieben aus der einst so reich auf Erden, nämlich in Kopf

172

und Wohnung von James Keilty, vorhandenen Kultur derer von Prashad scheint einzig das folgende kurze Gedicht[40]:

> *Esram,*
> *tam so tali so tudam*
> *dai telpilshami?*
> *Atelpilshamo dil,*
> *diliam.*

> *Junger Mann,*
> *was wählst du,*
> *die Kunst oder das Leben oder beides?*
> *Ich wähle dich,*
> *kleiner Herr.*

Es ist schwer zu sagen, ob dieses trotz seiner Kürze einen so charmanten homoerotischen Glanz ausstrahlende Gedicht einen Dialog zwischen zwei Männern oder nur die anschlusslos vieldeutige Aussage eines Einzelnen festhält. Je nach Deutung ist der Sinn vollkommen verschieden, aber in beiden Fällen zart und gütig. Keilty war das absolute Gegenteil von Sprachenerfindern wie Schleyer oder Bliss. Er gehört zu denen, die nicht zum Missionar ihrer Sprache wurden, sondern zu deren *Figur*.

Und könnte nicht genau dieser Aspekt ein Hinweis sein auf das von mir umschlichene Mysterium der Verbindung zwischen Sprachenerfindung und Lebenskrise? Man erfindet kein neues Betriebssystem, man erfindet einen neuen Rahmen, *den* Rahmen. Und wird dann, indem man den Inhalt dieses Rahmens erlernt und verkörpert, selbst zu einer untergeordneten, d. h. angeleiteten, sprachlich ferngelenkten Struktur, also zu einer literarischen Figur im eigentlichen Sinn. Nicht alle Sprecher des Klingonischen werden Klingonen, aber sie verkör-

---

40 In *Quark/2* usw.

pern sie doch sehr häufig. Sie verkleiden sich und erscheinen so auf Star-Trek-Conventions. Was aber nun, wenn einer, unerkannt wie der verkleidet inmitten seiner Untertanen wandelnde König im Märchen, als Figur seiner eigenen Sprachkultur, getragen nur von der allergeringsten Verkleidung, vielleicht einer schlichten Änderung des Kinn-Hals-Winkels oder dem neuartigen Spiel einer Augenbraue, sich zwischen uns bewegt? Könnten es am Ende viele sein, ein jeder mit seinem eigenen Prashad unterm Hut, in dem er, wie der Mann namens Y in dem verhängnisvollen Kapitänspersisch, die innersten Geschehnisse seiner Seele festhält? Sieh dir die Leute an, auf der Straße oder in einem öffentlichen Gebäude. Schau, wie sie gehen.

Nicht wahr?

4

Childhood Bedroom Dream:
Eine Parabel

1979 saß ein vierzehnjähriger Junge in Milwaukee in seinem Schlafzimmer. Er hatte wenige Freunde. Jeder Tag fühlte sich leer an. Vor kurzem war seine Mutter gestorben. Es war, als wäre er gestrandet, als letzter Lebensrest einer früheren Zivilisation, mit Erinnerungen an ferne Feste, an Körperkontakt und Austausch, an Lebensinhalt und Mission. Er hatte sich entschieden, diesem Lebensgefühl eine Form zu verleihen. Er erklärte sein Schlafzimmer zu einer von den USA unabhängigen Mikronation. Der Junge hieß Robert Ben Madison. Sein Königreich erhielt den Namen TALOSSA, was auf Finnisch so viel wie »im Inneren des Hauses« bedeutet.

Er erzählte seiner Familie davon. Sie erfreute sich an der Idee und trat dem Schlafzimmerkönigreich bei. Die Mikronation Talossa wuchs in den Jahren darauf durch reine Mund-propaganda zu einer aufgeweckten kleinen Community an, die sich alljährlich zu einem Fest in einem Park in Milwaukee traf. Man spann die gemeinsame Staatsfantasie einer konstitutionellen Monarchie weiter, gründete Parteien für die unterschiedlichen politischen Temperamente, schrieb Zeitungen auf Talossa und ergänzte und baute an der offiziellen Geschichte des Landes.

Zeitungen auf Talossa? Ja, denn die Nation besaß eine eigene Sprache. Madison hatte sie nach dem Vorbild einiger romanischer Sprachen gebastelt. Es ist eine der umfangreichsten erfundenen Sprachen der Welt. Im Unterschied zu den allermeisten in meinem Buch behandelten Sprachen verfügt sie über Ausnahmen und irreguläre Verben. Hier ein Gedicht auf Talossa aus dem Internet, geschrieben im Jahr 1997 von einem unbekannten Poeten des Talossischen, der lediglich unter seinem Pseudonym »el Metrefieir Mac'hind«, »der Ungezogene Dichter«, bekannt ist:

Queglhas

Noi demandent voastra
capitulaziun imediada es uncondiziunal
àl num dels þervuschlas din dels tavac'hosts
es dals beschciolas da toct i pläts!
Oc'h, es veleveu zemandarh-te
come grülts sint voschtri citaxhiens?
Undereveu quançeux da lor
povadréu descharh ainciün va basint da vagnha.
Blah blah blah, c'hor c'hor c'hor.

.

.

.

¡SPLAT!

Wir fordern Eure
augenblickliche und bedingungslose Kapitulation
im Namen aller Topfpflanzen
und Kleintiere überall!
Oh, und außerdem wollte ich gern wissen:
Wie groß sind eure Bürger?
Ich dachte nur gerade, wie viele von ihnen
wohl in meine Badewanne passen würden.
Bla bla bla, jammer jammer jammer.
.
.
.
PLATSCH!

Dies sieht wie ein halblustiges, irgendwie satirisches Kinder-
gedicht aus. Aber wer die seltsame Geschichte der Talossischen
Nation kennt, der weiß, dass es zugleich auch ein tragisches
Gedicht ist. Eine bittere Parabel auf das, was später kam: die
Entthronung und Vertreibung des Kaisers Robert Ben Madison I., die Sezessionskriege von 2004 und 2005, die Jahre des
Exils, der Aufstieg der Usurpatoren, die Neuschreibung der Talossischen Geschichte. Kurz: Es ist die Geschichte des 20. und
21. Jahrhunderts, auf Mikrogröße eingedampft und glattpoliert
wie ein Kieselstein.

Ich verbrachte mehrere Tage auf der wiki.talossa.com, völlig
besoffen von den dort dokumentierten ungeheuren Ereignissen.

Die Jahre des seligen Zusammenhalts der Community
dauerten etwa bis 1996. Dann kam, wie so oft, das Internet.
Ein, wie der amerikanische Autor Tao Lin schreibt, »metaphy-
sischer Raum, der stillschweigend an Millionen von Haushal-
te angebaut worden war«[41]. Es war plötzlich da – und ebenso

---

41 Tao Lin: *When I Moved Online.*

plötzlich normal, alltäglich. GeoCities wuchsen aus der metaphysischen Erde. Auch Madison richtete eine Webseite ein. Sie informierte über die Talossische Sprache und bot interessierten Besuchern die Möglichkeit einer Mitgliedschaft in der Mikronation an.

Hunderte Menschen meldeten sich. Sie alle wollten gern Bürger des *childhood bedroom dream* eines 14-Jährigen werden. Und sie wurden es. Neue Vereine bildeten sich. Staatliche Strukturen. Juristische Instanzen. Man spielte begeistert die Monarchie durch.

Mit jedem neuen Jahr wurden die Onlinebürger zahlreicher, organisierter, talossatreuer – aber auch misstrauischer. Denn sie fragten sich: Wie sah diese angeblich am Beginn der glorreichen Geschichte unseres Landes stehende Ur-Community in Milwaukee überhaupt aus? Gab es sie wirklich? Oder war sie lediglich eine Art Leitmythos, ein *governing archetype*, eine Geschichte, ausgedacht und designt von Robert Madison, um das Verhalten der Onlinebürger einzugrenzen und zu gängeln? Sie begannen zu revoltieren, sie beschuldigten König Robert I., seinen Staat insgesamt zu sehr zu kontrollieren – und vor allem auf die ihm körperlich oder geografisch nahen Staatsbürger einen sektenanführerartigen Einfluss auszuüben. Wenige der besorgten Onlinebürger (»cybercits«) hatten Kontakt zu der physischen Community in Milwaukee. Es war ja auch nur ein Kreis von Freunden mit einem gemeinsamen Hobby. Aber in den Vorstellungswelten der Onlinebürger wuchs dieser zu einem unterdrückerischen Regime.

Einer der Onlinebürger, ein gewisser John Woolley, hatte durch Zufall die Webseite des Königreichs Talossa entdeckt und war 2005 Mitglied geworden. Er war Student der Geschichte, spezialisiert auf die Monarchie Großbritanniens, und äußerte schon früh seinen Unmut.

Woolley, dessen Talossischer Name Ian Lupul lautet, engagierte sich in der konservativen Partei des Landes. König Robert I., so Woolley, neige viel zu offen, viel zu deutlich einer bestimmten politischen Richtung zu. Dies sei eines Königs nicht würdig.

Wir dürfen dabei nicht vergessen: Das alles spielte sich unter Männern vor Computerbildschirmen ab. Ihre Emotionen waren real, nur ihr Staat nicht.

Die Unruhen zogen immer weitere Kreise. Man kann einige der historischen Staatskorrespondenzen auf wiki.talossa.com nachlesen. Ein vortreffliches *rabbit hole*, geeignet für stundenlanges nächtliches Versinken, begleitet von auf Loop geschalteten frühen Alben von Can oder Tangerine Dream.

Im August 2005 war es schließlich so weit. König Robert I., der die Mikronation Talossa einst in seinem eigenen Schlafzimmer gegründet hatte, dankte ab, auf Druck der zornigen Onlinebürger. In einem letzten verzweifelten Akt übertrug er das Königsamt auf seinen damals achtjährigen Enkel, Prinz Louis Adam. In einem Artikel über Talossa heißt es: »Prince Louis remained the de facto ruler until his mother requested that the Talossans select a new king because she was uncomfortable with a bunch of grown men talking about her child on the internet.«[42]

Ein allgemein beliebter User namens Baron Hooligan war einer der ersten Kandidaten, die für das nun verwaiste Königsamt in Betracht gezogen wurden. Seine demutsvolle E-Mail, in der er auf dieses Amt verzichtet, ist uns erhalten. Schließlich fiel die Wahl auf John Woolley selbst, den Programmierer und Geschichtsstudenten, der sich sehr wohl der Aufgabe gewachsen sah, nächtelang übers Internet die Staatsgeschäfte Talossas zu regeln. Sein vollständiger Name lautet seither: *John by the Grace of God, King of Talossa and of all its Realms and Regions,*

---

42 Daniel Oberhaus: *The Strange History of Talossa, a Bedroom That Was Also a Country* (https://www.vice.com/en_us/article/ezx7a4/la-historia-de-tolossa-un-pais-dentro-de-una-habitacion).

King of Cézembre, Sovereign Lord and Protector of Péngöpäts
and the New Falklands, Defender of the Faith, Leader of the Ar-
med Forces, Viceroy of Hoxha and Vicar of Atatürk. Er hat fünf
Kinder, und von seinen beiden Hunden ist einer der offizielle
Nationalhund Talossas.

Madison erhielt, laut eigenen Angaben, regelmäßig Drohungen. Seine Computer wurden gehackt, seiner Familie Angst
eingejagt.

Schauen wir uns nun, da wir über ein breiteres Geschichts-
wissen verfügen, noch einmal das Gedicht des Metrefieir
Mac' hind an:

Insekten

Wir fordern Eure
augenblickliche und bedingungslose Kapitulation
im Namen aller Topfpflanzen
und Kleintiere überall!
Oh, und außerdem wollte ich gern wissen:
Wie groß sind eure Bürger?
Ich dachte nur gerade, wie viele von ihnen
wohl in meine Badewanne passen würden.
Bla bla bla, jammer jammer jammer.

.

.

.

PLATSCH!

»Insekten«. Ein abwertender Begriff. Immer spielt eine Kom-
ponente des Insektologischen eine Rolle in der Abwertung bestimmter Menschen. Die Geschichte rassischer Diskrimini-
rung ist eine Geschichte der Kontaminationspsychosen, der
Reinheits-Ideologien.

»Wir fordern Eure augenblickliche und bedingungslose Kapitulation«. Das würde auch, nach dem Schicksalsjahr 1997, in

dem auch dieses Gedicht entstand, König Robert I. zustoßen. Seine Geschichte verläuft hier also, wie bekanntlich sehr vieles in unserer Epoche, in exakter Umkehrung der berühmten von Karl Marx in *Der achtzehnte Brumaire des Louis Bonaparte* geäußerten Vermutung, dass alle »weltgeschichtlichen Tatsachen und Personen sich sozusagen zweimal ereignen«, und zwar »das eine Mal als Tragödie, das andere Mal als Farce«. Hier kommt die Farce, ja sogar ihre Steigerungsform, der harmlose Nonsens, zuerst: ein lustiges Insektengedicht auf einem nerdigen Onlineforum, das dann als reale Schlacht unter zu immer leidenschaftlicheren Erzfeinden anschwellenden Menschengruppen imitiert wird, in einem geradezu ferngelenkten Maße originalgetreu bis in die letzten Zeilen hinein, »bla bla bla, jammer jammer jammer«. Angesichts solcher Wirkungsweisen und -richtungen fragt man sich natürlich, ob nicht die meisten augenscheinlich zuerst als Tragödie auf den weltgeschichtlichen Plan tretenden Ereignisse präfiguriert wurden in lächerlichen und ephemeren Werken des Nonsens und der kindischen Spielerei und ob nicht die von Marx als rein sekundäre Folgestufe angesehene Farce lediglich eine Rückbesinnung der weltgeschichtlich wirkenden Kräfte auf ihr eigentliches Element, ihr eigentliches Baumaterial darstellen könnte.

In dem VICE-Artikel von Daniel Oberhaus aus dem Jahr 2016 über die Talossischen Erbfolgekriege wird Madison zitiert mit seinem innigen Wunsch, wieder zur heutigen Inkarnation der Talossischen Nation zu gehören. Er lebt immer noch in Milwaukee, seiner Heimatstadt, und arbeitet als Florist. Es sei, so Madison, trotz aller bizarren Verwandlungen, doch immer noch sein Kindheitsschlafzimmertraum, das alte Talossa, der nah-ferne Heimatplanet. Die Amtsverdrängung Anfang des neuen Jahrtausends sei die traumatischste Erfahrung seines Lebens gewesen, schlimmer noch als der Tod eines Familienmitglieds. Er habe sich davon nie wieder erholt. Er überlege ernsthaft, neu beizutreten. Man fragt sich natürlich, ob er dieses Ziel in diesem Leben, nach all den politischen Wirren und Kämpfen innerhalb der von ihm selbst erträumten, nun aber von lauter neuen Menschen bevölkerten Parallelwelt, noch erreichen kann. Es ist ihm auf jeden Fall zu wünschen.

Die wenigen Bilder, die man von ihm im Internet findet, zeigen ihn als jungen Mann, in Talossischer Staatstracht, vor einer Fantasieflagge salutierend. Auf seiner Brust büscheln sich Orden. Sein Gesicht strahlt Verantwortungsgefühl und Stolz aus. Auf YouTube finden sich außerdem zehn Jahre alte Videos, in denen man Madison als älteren Mann sieht. Er verliest einige fest entschlossen klingende Ansprachen an das Talossische Volk. Er spricht fließend Talossa. Er wirkt ungeheuer traurig. Sein Enkelsohn wird als regierender König vorgestellt. Damals waren die Fronten verhärtet, das Exil des alten Königs absolut.

Doch nun, im Juni 2019, reichte Madison schließlich tatsächlich sein Gesuch ein, um, nach rund vierzehn Jahren, wieder Mitglied seines *childhood bedroom dream* zu werden. Im Folgenden einige Auszüge aus seiner langen Mail:

Als der Erfinder und Begründer Talossas möchte ich wieder zu Talossa gehören, einfach aufgrund der Freude der Zugehörigkeit. Ich habe einige Ideen für die Revitalisierung der Provinzpolitik, aber um ehrlich zu sein, werde ich kein besonders aktiver Bürger sein.

Ich brauchte lange, um zu begreifen, dass, nach der Entscheidung Talossas im Jahr 1996, auch Onlinebürger zuzulassen, das Ergebnis – euer Aufstieg, mein Niedergang – unausweichlich war. Keine Talossische Regierung könnte jemals die Besitzer privater Webseiten, Server und Domainnamen lenken. (…) Ich war es, der das System zerstörte. (…) Wenn ich mir heute eure Webseiten ansehe, überkommt mich ein tiefes Gefühl von Stolz und Glück angesichts der Tatsache, wie gut ihr diesen Ort verwaltet habt, und ich staune darüber, wie wenig er sich verändert, als wären Teile des Talossa, in dem ich aufgewachsen bin, in Bernstein konserviert worden.

Im weiteren Verlauf der Mail bietet Robert Ben Madison seine archivierten Dokumente der ersten sechsundzwanzig Jahre Talossischer Geschichte als Gegenleistung für eine zugestandene Wiederaufnahme an, außerdem eine ganze Kiste voller Autoaufkleber aus alten Zeiten, auf die das Wappen der *Republic of Talossa* gedruckt ist. Außerdem, so schreibt er, habe er gelesen, dass König John niemals auf Talossischer Erde gekrönt worden sei. Er stehe in Kontakt mit den Besitzern von *Vuode Palace*, dort könne, hoffentlich schon in naher Zukunft, eine solche Krönung auf altem Staatsgebiet stattfinden. Er werde bei dieser Gelegenheit auch die authentische *Crown of Talossa* mitbringen, die er 1979 getragen habe.

Vuode Palace?

Auf wiki.talossa.com findet sich ein Eintrag dazu.

Der erklärende Text zu *Vuode* besagt, *Vuode* sei die ursprüngliche und älteste Provinz des Königreichs. Zu Beginn seiner Geschichte habe ganz Talossa allein aus dem Schlafzimmer dieses Hauses (bzw. Palastes) bestanden. Ah, ja. Da ist es also. Von diesem kleinen Gebäude, das sich all die Jahre als Haus der Erdenstadt Milwaukee getarnt hat und das seit dem Tod von Roberts Vater 2006 offenbar von anderen Menschen bewohnt wird, strahlt immer noch die Bannkraft der Historie auf eine Handvoll verstreut über die USA wohnender Männer aus. 1998 war dort zum letzten Mal das offizielle Talossa-Fest begangen worden. Und 1980 war die Garage des Palastes ein Kriegsschauplatz gewesen (siehe den Eintrag über die *Cone Wars* von 1980). Natürlich ist vieles auf wiki.talossa.com eindeutig augenzwinkernd, die üppige Ernte eines jahrzehntelang betriebenen Fantasierollenspiels. Aber echt und groß ist der Schmerz von Robert Ben Madison in den alten YouTube-Videos.

Mich rührt dieser schneebedeckte Blumentopf im Video rechts unten. Er lässt natürlich an den Blumentopf in dem unbeabsichtigt gleichnishaften Gedicht von 1997 denken.

Conlanging, das Erfinden von Sprachen, ist eine schöne Freizeitübung. Das heißt, sie beginnt meist als solche. Aber sie hat auch mit äußerster Bedrängtheit, mit grauenvollen Traumata zu tun, mit Verstricktheit in autistischen Schmerz, mit Rachefantasien an der Welt, mit Solipsismus, mit dem rettenden Aufplatzen innerer Paläste, wenn die äußeren Räume, und vor allem deren Kontrollierbarkeit – erinnern wir uns an das große Láadan-Wort *doroledim* –, auf die Größe eines Schlafzimmers oder eines einzelnen menschlichen Kopfes zusammenschrumpfen.

Und sie vergehen auch schnell. Wer weiß, wie lange Talossa noch existieren wird. Die Sprache von Samuel Delany blühte überhaupt nur einen Sommer.

Auch für das Volapük, das in seinen ersten Jahrzehnten über eine Million Sprecher generierte und eine Vielzahl an Konferenzen gebar, bei denen laut Berichten sogar die Saalkellner fließend Volapük sprachen, finden sich heute nur mehr die fernsten Echos der einstmals riesigen Bewegung, eine Art Anti-Schmetterlingseffekt. Staunend lese ich in den neueren Monografien zu diesem Thema Sätze wie: »In Oberschwaben südlich von Biberach an der nördlichen Zufahrtsstraße von Fischbach steht ein als Fischrumpf gestalteter Findling. Ihn hat der damalige Kriegerverein als Gedenkstein zum 100. Geburtstag Kaiser Wilhelms I. aufgestellt. Darin ist auf Volapük die Jahreszahl 1897 eingemeißelt: balmil jöltum zülsevel.«[43] Der Satz hat wirklich alles. Er wäre ein idealer Anfang für einen Roman. Aber er steht natürlich am Ende, *weit* am Ende.

Die Talossischen Kriege der Neunziger gleichen auffallend deutlich den Streitigkeiten innerhalb der Volapük-Welt um die Jahrhundertwende. Die Mitglieder verbrachten die meiste Zeit damit, einander Reformen vorzuschlagen, mit ihren Vorhaben reihenweise an Johann Schleyers Papstnatur abzuprallen und schließlich jeweils ihre eigenen Versionen der Weltsprache zu ersinnen, der sie neue Namen gaben: Idiom Neutral, Nal Bino, Balta, Bopal, Spelin, Dil, Orba. Die Volapük-Akademie wandte sich gegen den Erfinder. Der gründete sofort eine Gegenakademie. Volapük war nicht nur eine Sprache mit Papst (wie z. B. Blissymbolics), sondern sogar eine mit Gegenpäpsten, mit Schismata und Häretikerprozessen. Nach und nach begannen die innersprachlichen Rivalitäten die Abonnenten allerdings zu langweilen. Man wandte sich anderen Dingen zu. Vereinsamt starb Johann Martin Schleyer 1912 in Konstanz, an einem Nierenleiden.

Es gibt auf Volapük ein eigenes Wort für »unerwünschtes Wachsen«: *luglof.* Und großartig ist auch das Wort für »Schlaganfall«: *breiniflap.*

---

43 Aus Hans-Dieter Kuhns *Esperanto und Volapük in Konstanz.*

Aber dauernd kommt man durcheinander:

nos – Nichts
nun – Nachricht
nud – Nase
nul – Neues

Wobei ich erst nach einer Weile gemerkt habe, dass ich Alt-Volapük lernte. Es gab ja einige Modernisierungsvarianten, die bekannteste stammt von Arie de Jong. Schleyer hatte ursprünglich den Buchstaben R entfernt, de Jong führte ihn wieder ein und verbannte dafür ein wenig das L. Aber gut, warum auch nicht Alt-Volapük lernen? Ist schließlich noch toter als Neu-Volapük. Der große Isaac Bashevis Singer sagte in seiner Nobelpreis-Bankettrede 1978, als Erklärung, warum er seine Romane in einer sterbenden Sprache (Jiddisch) schreibe: »Firstly, I like to write ghost stories and nothing fits a ghost better than a dying language. The deader the language the more alive is the ghost.«

Und Gespenster sind bekanntlich immer eine gute Idee.

Es ist übrigens gut möglich, dass mir gerade das Grimmig-Päpstliche an Schleyer insgeheim sehr gefiel. Mir scheint, ich war damals auf dem Weg zu genau so einer Geisteshaltung. Ich hatte Angst, zu erblinden, ich führte mich tyrannisch oder stalkerisch auf. Ich lag tagelang in dunklen Räumen, ich bellte Befehle, quälte alle Menschen in meinem Umfeld.

Ein typischer Google-Suchverlauf über Volapükisten der Jahrhundertwende: *Thaddäus Devidé, österreichischer Volapükist. Freimaurer und Verfasser der Schrift »Die Nase als Ausgangspunkt von Gesundheitsstörungen«. Am 18. Mai 1907 in Wien gestorben, der Nachruf bezeichnet ihn als Dichter.*

Von ihm stammt ein Gedicht namens *Minut bal*, »Eine Minute«. Mehr habe ich von ihm nicht auftreiben können.

Minut bal
kömom, fugom nen sem veged;
vo, men vedom in bal minut,
gonom, kudom e vo lifom
            minut te bal!

Eine Minute
kommt und vergeht ganz ohne Spur;
in einer Minute entsteht der Mensch,
er läuft, er sorgt sich und lebt fürwahr
            nur eine Minute!

Minut bal
ofeno motom vipi sembal
kel i deilom in bal minut;
ab ofeno dukom al läb
            minut te bal

Eine Minute
gebiert oftmalig einen Wunsch,
der auch in einer Minute stirbt;
aber oftmals führt zum Glück
            nur eine Minute.

Minut bal
sätom tifön ole ladi
täno minut binom vonik
ye dol lonedikum sukom
            minut ate.

Eine Minute
reicht aus, um dir das Herz zu stehlen,
dann ist eine Minute heiter,
jedoch der Schmerz folgt länger
            dieser Minute.

Und so geht es weiter für ein paar Strophen, derselbe Gedanke, endlos variiert. Und schließlich:

> *Minut bal*
> *kömom tädöl finön obis,*
> *ab dledolöd leno ati,*
> *e tikolöd: deil dulom*
> > *minut te bal!*

> Eine Minute
> kommt drohend uns zu beenden,
> aber du sollst diese ablehnen
> und denken: der Tod dauert
> > ja nur eine Minute!

Dledolöd heißt eigentlich »du sollst dich fürchten«. Glaub ich zumindest.

Auf meine Frage nach anderen guten Volapük-Dichtern empfahl mir Hermann Philipps, der heutige Cifal der Sprache Volapük, in der offiziellen Facebook-Lerngruppe den Dichter Johann Schmidt. Ich fand seine Werke auf Wikisource. Zugegeben, meine Kenntnisse des Volapük beschränken sich immer noch auf einige grammatikalische Regeln und ein Vokabular von vielleicht hundert Wörtern. Aber selbst mit dieser geringen Kompetenz hörte ich sofort die außergewöhnlich schöne Klangmelodie, die Schmidts Gedichte besitzen. Hier ist eines. Um es phonetisch richtig zu lesen, muss man als deutschsprachiger Mensch lediglich wissen, dass Volapükwörter stets auf der letzten Silbe betont werden und dass Doppelvokale wie z. B. das »ei« in »rein« (Regen) getrennt, also im Grunde wie zwei Silben, »e-i«, ausgesprochen werden. Obwohl das auch von Person zu Person zu variieren scheint. Und das »j« wird als stimmhaftes oder stimmloses »sch« ausgesprochen.

Viol floron in jad e dag,
ti no logon deli,
toä glofon dis bled e stag,
gevon benosmeli.

Koveniko us in kein
lifon in mük e stil,
ga i pro on vam e rein
padosedons de sil.

Für meine Übersetzung brauchte ich lange. Ich weiß gar nicht, ob sie richtig ist:

Ein Veilchen blüht im Schatten und Dunkel,
fast sieht es nicht den Tag,
obwohl es unter Blättern und Stängel wächst,
gibt es Wohlgeruch von sich.

Bequem in seinem Zauber
lebt es in Stille und Demut,
selbst Wärme und Regen kommen für es
als Gaben des Himmels.

Padosedons? pado = Seite, sedön = senden? Keine Ahnung. Ich muss nachfragen.

Okay, ich hab nachgefragt.

Hermann Philipps klärte in der Volapük-FB-Gruppe auf: pa = passiv, Gegenwart; do = herab. »Selbst Wärme und Regen werden vom Himmel herabgesandt.«

Oh, okay.

Johann Schmidt lebte von 1895 bis 1977. Geboren ist er in Weißkirchen am Taunus. Eines seiner Werke nennt sich *Vom Zenith zum Nadir oder Wie Volapük spurlos verschwand. Eine Betrachtung.*

Die Volapükliteratur ist in einer wirklich merkwürdigen Situation. Es gibt noch einige Nerds, die sie lesen können. Es gibt Hermann Philipps, den Cifal. Er lebt in Bad Godesberg. Von Zeit zu Zeit erlässt er, wie die anderen Cifals vor ihm, Edikte. Man kann sie online nachlesen. Er wirkt außergewöhnlich freundlich, geduldig und hilfsbereit.

Die anmutigen Gedichte von Johann Schmidt werden vermutlich von niemandem mehr gelesen. Schmidt selbst schrieb ja bereits ein Buch darüber, warum Volapük spurlos verschwand. Es war ein kurzer Traum, diese wunderliche, aber doch betörend eigenwillige Sprache. All diese Gedichte werden vielleicht bald vollkommen unverständlich sein, noch seltener besucht als die Chauvet-Höhle. Es scheint, als wäre Volapük der kurzlebigste Glanz der Literatur- und Sprachgeschichte beschert.

Hermann Philipps schrieb mir auf Facebook: »Die Sprache ist nicht leicht zu lernen. Als Volapük Ende des 19. Jahrhunderts Furore machte, war es eher eine Spielerei für die vornehmen Salons. (…) Wir betrachten Volapük keinesfalls als brauchbare Möglichkeit einer Universalsprache. Mehr sehe ich auch für Esperanto nicht, aber immerhin können Europäer es viel leichter lernen als Volapük.«

Stimmt, schwer ist sie tatsächlich.

Mit Volapük angebandelt habe ich in der finstersten Zeit, in der ich aufgrund einer mysteriösen Autoimmunerkrankung kaum mehr mit den Augen lesen konnte und, wie man sagen muss, allmählich wahnsinnig wurde. Im Grunde fehlen drei ganze Jahre in meinem Leben, 2013 bis 2016. Es ging am Ende alles gut aus. Aber das ist eine Geschichte für ein anderes Buch. *Eat Meat and Save the Planet.*

Wir haben jedenfalls festgestellt, dass Volapük sauschwer ist. Selbst unser gegenwärtiger Cifal gibt das zu. Umso glücklicher war ich, als ich feststellte, dass ich einige Sätze in folgendem

Bildgedicht von Johann Schmidt auf Anhieb verstehen konnte.
Sie sind direkt im Schriftbild gekennzeichnet.

Trod

Nif
in zif
e länäd
äsä tapäd
su glun seaton,
su bel, fälid e fon.
Glidob oli, o nifüp!
tegol tali fenik dü tüp
nesofik semik me nif e glad;
ye dis kold, nif e glad – o
menalad!
ekö! glof nulik dönu eprimon,
si! ebo dub stil glof pafödon.

Demü atos glidob oli,	Worauf dieses, ich grüße dich,
o nifüp! ibä soli	o Winter, denn sie wird die Sonnen
no obevikodol;	nicht besiegen (so irgendwie)
ed oreigon	
sus bel e fon.	
sus fälid	
ko nid.	
Yö!	

Aber fangen wir am Anfang an:

Schnee
in Stadt
und Land
wie ein

Ja, was heißt *tapäd*? Sehr merkwürdiges Wort. Ich finde es in meinem uralten Wörterbuch nicht. Ich weiß, dass »ta-« als Vorsilbe »gegen« bedeutet. Und »päd« ist, laut meinem uralten Wörterbuch, »Pfarre, Priestertum, Hochamt«. What?

Gegenpfarre.

Okay, das ist mit Sicherheit falsch, aber ich übersetze das mal genau so, weil einfach geil, bitte hör dir die Zeilen an:

Der Schnee
liegt auf Stadt
und Land
wie eine Gegenpfarre

Sorry, Hermann Philipps. Oder wer immer von euch da draußen noch fließend Volapük spricht. Ich bin für fünf Sekunden der Gegenpapst des Volapük.

Aber Augenblick. Könnte das Wort vielleicht einfach »Tapete« heißen? Klanglich erinnern die Volapükwörter ja oft an deutsche.

Nein, es heißt Teppich. Laut neuem Wörterbuch.

Der Schnee
liegt auf Stadt
und Land
wie ein Teppich

Ja, das ist es.

Außerdem die Reime. Die haben wir ganz vergessen.

Platt
liegt in der Stadt
und auf dem Land der Schnee herum
ganz wie ein Gegenpriestertum

Lol.

Stimmt von den Silben her noch nicht, aber groovt. Ich ignoriere den Teppich fürs Erste.

Wie bleiben Übersetzer von Poesie eigentlich bei Verstand?

Aber es war eben das, dieses detailverliebt-zaunlose Übersetzen der all-entlegensten Poesie, die ich auftreiben konnte, was ich damals noch zu bewerkstelligen wusste, als sonst kaum noch was ging. Depression und Panik und Ende des Lebens und, oh, fast zu erwähnen vergessen, ein langsam immer unbeweglicher werdender, gefühlloser rechter Arm. Und Sprechstörungen. Mein Gesichtsfeld war voller blinder Stellen, aber fürs Übersetzen muss man glücklicherweise nicht stundenlang auf eine Buchseite starren. »Nase hoch beim Übersetzen«, sagte schon die große Dostojewski-Übersetzerin Swetlana Geier.

Heute kann ich wieder lesen, stundenlang, sogar konzentriert, wie mit siebzehn. Es ist total unglaublich. Und geh mal durch eine Wohnsiedlung und schau dir die ganzen Balkone an. Alles wieder vollständig da, ohne blinde Stellen. Ich werd das nie vergessen. Ich weiß, es geht um Volapük hier, aber mein Gott.

Der Schnee als Teppich, so was Salonfähiges, ein Satz mit Stehkragen. Ich möchte wirklich nicht andauernd auf diese Ezra-Pound-Art alles so lang missverstehen, bis am Ende Poesie rauskommt, aber: Vorerst bleibt es bei meinem *Gegenpriestertum*. Was willst du machen. Ich komm auf deine Weltsprachen-Konferenz und deut dir deine Silben um, Junge. Nimm dein Harfe aus dein Vollbart, wenn ich mit dir rede. Außerdem schau dir, realtalk, bitte den ganzen Schnee an, der überall liegt. Wie er uns in seine ewige Gegenrichtung priestert. Word.

Das wäre übrigens beinahe der Titel dieses Buches geworden: *DER SCHNEE ALS GEGENPRIESTERTUM*. Aber hatte irgendwie zu viel Mysterium und zu wenig Jazz. Ein anderer Alternativtitel war *ENTROPIE FRAU TRAVELOG*, aber vertritt mal ein Buch, das so heißt. *LOL* wäre auch schön – mit dem Bild einer Rose, umgeben von ihren kohäsiven Schwestern.

Die Verse »ed oreigon / sus bel e fon« schallen mir noch heute, Jahre nachdem ich sie zum ersten Mal hörte, regelmäßig irr im Ohr herum. Inzwischen haben sie sich sogar durch die häufige Wiederholung abgeschliffen zu »Ed Oregon, sus Belefon«. Und ich denke an einen Mann aus Oregon, der ein bellendes Telefon besitzt, oder so. Ich hab schon alles ausprobiert, um den Poesie-Ohrwurm wegzubekommen, aber immer, wenn ich ihn für überwunden halte, plärrt er ohne Vorwarnung wieder durch mein Gedächtnis. Ich habe natürlich auch versucht, ihn zu übersetzen. Oreigon bedeutet: »es wird regieren«. Also: »Und es wird regieren / über Berg und Quellwasser«. Ed Oregon aus Bellefon, Nebraska. Yö!

pulöfob: ich werde geliebt worden sein

Hundert Jahre alte Zeitungen versichern uns: Die Grazer Volapükisten waren alles Frauen.

Und auf Volapük ist *jiedön* das Wort für »scheißen«, es hat extra die weibliche Vorsilbe, *ji-edön,* sozusagen »auf weibliche Art ausscheiden«. Und aufgrund seiner an gespreizte Beine erinnernden Form ist das Wort für Schere *jim.* Johann Schmidt belehrt uns in seinem eigenen Volapük-Kurs:

> Die Vorsilbe *ji* bestimmt weibliche Begriffe; *jifit* = Fischweibchen, *fit* = Fisch – *jigok* = Henne, *gok* = Huhn – *jireg* = Königin, *reg* = König.
> Die Vorsilbe *ho* bezeichnet kastrierte männliche Lebewesen; *hogok* = Kapaun, *gok* = Huhn – *hojip* = Hammel, *jip* = Schaf.
> Die Vorsilbe *jo* bezeichnet (wie *ho*) weibliche Lebewesen; *jogok* = geschnittene Henne, *gok* = Huhn.[44]

---

44 Aus *LEHRBUCH DER WELTSPRACHE VOLAPÜK für Deutschland und die deutschsprachigen Länder* (1933), aufbereitet für das Internet von Hermann Philipps: http://www.hephi.de/volapuk.

Überhaupt war das alte Volapük, bei all seinen Schönheiten, eine gerade in der Geschlechtertrennung äußerst strenge Sprache. So streng in der Tat, dass nicht einmal das Wort »Katze« in Schleyers originalem Volapük-Wörterbuch aus dem Jahr 1880 zu finden ist. Man findet lediglich »Kater«, *kat*, und »Kätzchen«, *katil*, also nur Vater und Sohn sozusagen, das Muttertier wird, wie auch in der katholischen Dreifaltigkeitsidee, nicht erwähnt. Vermutlich muss man für »weibliche Katze« dann *jikat* sagen.

Die neuere Version der Sprache ist in diesem Punkt viel entspannter. Aber gut, Plansprachen sind immer Autobiografien (und in ihnen verfasste Poesie ist, zumindest in Ansätzen, immer so etwas wie Fan-Fiction). Aber eine Sprache ohne das Wort »Katze«, mein Gott. Und dann sich wundern, wenn aus deinem Volapük kein Meme geworden ist.

Auf Láadan heißt Katze einfach *rul*.

5

Tagebuch,
Monate später

7. 11. 2015

Mit Sarah bei der Ernst-Herbeck-Ausstellung in Gugging. Sehr bewegt. Eine Postkarte von W. G. Sebald an Herbeck. Altes Video einer öffentlichen Lesung, die man, sitzend unter einer Art Papierschirm, anhören konnte. Die samtweiche, fast konsonantenlose Stimme Herbecks, der sich, trotz der Sprechschwierigkeiten, die er hatte, in gemächlichem Fahrradtempo durch seine Gedichtzeilen bewegt.

Einige Meter vom Museum entfernt sah ich einen Kanaldeckel, daneben ein Schild mit der Aufschrift: »Achtung! Fluchtdeckel freihalten«. Das Leben in der Anstalt war alles andere als angenehm oder romantisch-künstlerisch, wie man in der TV-Dokumentation *Zur Besserung der Person* sehr gut sehen kann. Ein Großteil des Tages wurde wartend zugebracht. Man stand in Korridoren, beschäftigte sich irgendwie, man lag im Bett, solange man es aushielt. Regelmäßige und tief genossene Highlights des Tages: die gerauchten Zigaretten.

Als wir zurückgingen, entdeckten wir einen Baum, der völlig kahl war bis auf die Blätter, die direkt neben einer hell leuchtenden Straßenlaterne hingen. Mein Kopf randvoll mit seltsamen Sätzen wie »Wieder bewegt der Baukran seine Schallnadel hin und her« und »Am Mond da liegen zwei Golfbälle, und hier gibt es Löwen«, keine Ahnung, woher sie kommen. Auch durchklappern mich alle möglichen Volapük-Wörter, ich murmele sie vor mich hin. *Esepülobs libi*, eine Zeile aus einem Gedicht von Johann Schmidt.

Schrieben Herbeck und Edmund Mach auch in erfundenen Sprachen? Teilweise vielleicht. Nicht absichtlich.

Dann weiter zur Nachtführung im Schloss Schönbrunn mit Samantha und Sarah. Mit nasenrückenbelastenden Nachtsichtgeräten wurden wir durch den stockfinsteren Zoo geführt. Lemuren kuschelten sich in ihre eigenen Schweife und schliefen, ein großer Affe stützte sein Kinn auf seine Knie und betrachtete uns, diese seltsame nächtliche Vision vor seinem Gehege. Das Löwengebrüll fuhr mir stollentief in die Nerven, sofortiger Alarmzustand, uralt und elementar. Ah, deshalb vorhin der Satz, dachte ich. Und auch das *Esepülobs libi* – denn es bedeutet »wir haben die Freiheit begraben«. Ich bemerkte dann bei der Führung durch die freiheitsberaubte Tierwelt auch, wie vollständig blind ich im zentralen Gesichtsfeld bin, wenn es dämmerig ist. Ich muss immer knapp vorbeisehen an allen Dingen, die mich interessieren, wie die *custodia oculorum* haltenden Jesuiten. Gespenstisch das eine Mal, als ich Sarah anblickte, und ihr Gesicht war einfach nur eine Art riesiger Daumen, mit Haaren drumrum – und erst, als ich ihr Ohr anblickte, waren da wieder ihre Gesichtszüge.

Esepülobs, esepülobs
us älilobs smili.

Verrückt, wie diese narrenkappenhaft getingelten Silben, dieses bliblüblö bibups, dieses wie von einem Baby erfundene Englischdeutschvolapük, blub blub bilööö, doch anrührend und aufrichtig poetisch wirken kann, wenn man es nur ein paar Zentimeter weit erlernt hat und auf Anhieb zumindest 10 % der Wörter in einer Gedichtzeile erkennen kann. Wie geht das?

Am nächsten Tag zeigte mir Sarah *sun dogs* (*parhelia*) am Himmel, während wir am Grinzinger Friedhof das Grab Thomas Bernhards suchten. Sogar einen oberhalb der *parhelia* schwimmenden Nebenbogen spürte sie auf. Ich hatte die Vermutung, dass sie möglicherweise eine jener Frauen ist, die tetrachromatisch sehen. Oder ich sehe Farben einfach nicht so gut, keine Ahnung. Wir sahen außerdem eine alte Insektenvertilgungsmittelfabrik (Zacherl), die ein bisschen wie eine Moschee gebaut ist. Ein prächtiges Grab auf dem Grinzinger Friedhof hatte den Namen eines Freiherrn Dumreicher von Österreicher getragen. Dumreicher Österreicher. Hihihi. Löfobbb. Pulöfob, bitte.

6

Nachtrag

Das in diesem Tagebucheintrag – meinem allerletzten, in dem Volapük noch vorkommt – zitierte Gedicht von Johann Schmidt geht so:

Esepülobs libi
dü dag e tep vemik;
no elogobs strali
lita zü sark blägik.

Esepülobs libi,
e komanef smalik
no älogon meni
votik ko dol legik.

Mens äcogons in doms,
us älilobs smili,
du ün neit ko toms
esepülobs libi.

Wir haben die Freiheit begraben,
der Sturmwind wehte stark;
vor lauter Dunkel sahn wir nicht
das überstrahlend helle Licht
rund um den schwarzen Sarg.

Wir haben die Freiheit begraben,
und die kleine Gruppe
sah nicht, dass andre Menschen
auch echte Schmerzen haben.

Die Menschen scherzten in Häusern,
wir hörten von dort Gelächter,
während einer Leidensnacht
haben wir die Freiheit ins Grab gebracht.

Johann Schmidt war Musiker, er hatte schon als Kind das Violinspiel erlernt. Im Spätherbst 1915 wurde er, als Soldat im Ersten Weltkrieg, an beiden Armen verwundet und konnte fortan nur mehr Klavier spielen. In Straßburg begleitete er an manchen Nachmittagen in einem kleinen Kino die Stummfilme auf dem Piano. Später baute er in den Frankfurter Veifa-Werken Röntgenapparate. Eines Tages entdeckte er beim Stöbern nach Musiknoten in einem Antiquariat ein Buch über die Weltsprache Volapük. In seinem in hohem Alter verfassten Aufsatz

»Mein Lebenslauf« schreibt Schmidt: »Dann suchte ich in Zeitungen alte Anhänger der um 1895 verschwundenen Sprache. Es vergingen 2–3 Jahre ehe ich die ersten fand, mit Hilfe dieser ging es immer schneller; bis schließlich ca. 20 in Deutschland, der Schweiz und Österreich gefunden waren.« Schmidt übersetzte zahlreiche Werke und erweiterte den Volapük-Wortschatz um über 10 000 Wörter. 1933 verlor er durch die Einführung des Tonfilms seinen Beruf. Sein Weltsprachenengagement war ohnehin verdächtig geworden. Er fand nirgends mehr Arbeit. Nicht einmal Musikschüler kamen mehr zu ihm. Ein gut vernetzter Beamter, der insgeheim eine Schwäche für das Volapük hegte, hielt eine schützende Hand über ihn. Schmidt stellt fest: »Ich merkte bei meinen Besuchen, dass er manche damals Verfolgte mit Brot usw. versorgte.« In dieser Zeit starb sein erster Sohn Robert. Schmidt wurde als Kriegsarbeiter nach Weißkirchen am Taunus versetzt. In der menschenleeren Fabrik, in der er seinen Dienst abzusitzen hatte und auf die immer wieder die Bomben fielen, schrieb er nachts weitere Lehrmanuskripte für die inzwischen weitgehend unerreichbar gewordenen Freunde. Die späteren Jahrzehnte seines Lebens widmete Schmidt der Arbeit an einer umfassenden Chronik seines Heimatortes Weißkirchen. »Wie es auch kommt, ich glaube, dass sich mein Leben gelohnt hat«, schreibt er, »nicht nur in familiärer Hinsicht, sondern auch im Dienste für die Allgemeinheit. Es war mir vergönnt, manches aus der Vergangenheit festzuhalten.«

In diesem Sinne, aber nicht nur in diesem, möchte ich ein weiteres Gedicht von Johann Schmidt zitieren, es ist vielleicht sein schönstes. Wenn man den Inhalt übersetzt, verliert es viel von seiner – hat man sich einmal mit dem wunderlichen und etwas neckischen Klang des Volapük angefreundet – zum Teil fast an Keats oder Heine heranreichenden melodischen Leichtigkeit. Das Wort *fogastrips* gefiel mir besonders. Es springt einen richtig an, in seiner halbernsten Strammheit. *Fogastrips*

e breiniflaps. Nebelschwaden und Schlaganfälle. Wäre auch ein
guter Buchtitel, irgendwie. Aber eben nur auf Volapük.

Fluküp

Fogastrips lunik vebons sus glun,
böds emoikons sa solaglut.
Teps rorons sovadiko ön zun,
letuigs dremons in tepavut.

Bleds lätik edofalons de bims,
valöpo tegons gluni gedik.
Nu binos fluküp. Adyö! o drims!
– ag! – adyö! o hitüp lejönik!

Ta fenäts reinatofs falons.
Seadob soaliko in cem
e tikods glumülik davedons,
lif oba beivegon in mem.

Flens obik takädons in sepüls.
Senälob osi de düp lü düp
das binob bäldik; e dü flapüls
lad obik spikon: »Binos fluküp.«

Und hier meine so nah wie möglich über dem Original schwe-
bende Nachdichtung:

Herbst

Schau wie lang der Nebelstreifen quillt.
Vögel waren hier, samt Sonnenglut.
Stürme tosen aufgepeitscht und wild,
und lassen Äste schwirrn in ihrer Wut.

Späte Blätter fielen um die Bäume
und säumen graue Erde weit und breit.
Nun ist es wieder Herbst. Adieu! O Träume!
Adieu du Sommer, schön're Jahreszeit!

Der Regen dringt ans Fenster wie ein Tier.
Ich bin zu Hause und mein Geist wird trüber.
Nur traurige Gedanken kommen mir
und in mir zieht ein Lebenslauf vorüber.

Und meine Freunde ruhen in der Erde.
Ich denke Tag für Tag auf meinen Wegen,
dass ich auch bald im Grabe liegen werde.
Und unser Herz spricht zwischen seinen Schlägen:
»Es ist jetzt Herbst. Kein Grund sich zu bewegen.«

Zugegeben: Die letzte Zeile ist hinzugedichtet. Im Original steht bloß: »Es ist Herbst.« Aber sie gefiel mir, so als Gegenpriestertum am Ende. Ohne das Gedicht und den Ellbogenstoß der Reime wäre sie mir nie eingefallen. Auch beim Rest habe ich zum Teil ein wenig freier übersetzt, aus Zuneigung zu diesem mir trotz der Kenntnis einiger Lebensstationen noch immer so unbekannten Mann, der seine weltgeschichtliche Unsichtbarkeit bis heute mit so viel Würde trägt, Tag für Tag und Jahr für Jahr, dass man darüber fast wieder den Glauben an noch kommende Zeitalter des Menschen zurückgewinnen möchte.

7

Das Ende

Der Linguist Alexander John Ellis erwähnt in seinen Schriften ein Mädchen aus Chicago, das mit Volapük als Muttersprache aufwuchs: Corinne Cohn. Ihr Vater war der berühmte Volapük-Professor Henry Cohn, und er hatte seine Tochter von klein auf *weltsprachlich* erzogen. Corinne wurde 1882 geboren. Ihr Talent für Sprachen wird in einigen ihr gewidmeten Zeitungsartikeln erwähnt, die meisten Artikel bestehen allerdings nur aus ein paar Zeilen, gütiges, zerstreutes Allerweltslob aus der Nische der »Vermischten Nachrichten«.

Der *New York Herald* berichtet am 29. Januar 1888 von einem Besuch seines Korrespondenten im Haus der Cohns in der Cass Street. Die Zeit seines Besuchs sei acht Uhr abends gewesen, »the proper hour«, wie der Korrespondent vermerkt. Corinne sei ein aufgewecktes Mädchen von sechs Jahren, etwas klein für ihr Alter, aber sehr gesprächig. Sie habe ihm sofort ihre Puppe präsentiert: »Das ist meine jüngste Puppe. Obwohl sie die größte ist.« Dies sei, so der Korrespondent, dem Mädchen reichlich widersinnig vorgekommen, aber sie habe mit dem Widerspruch leben gelernt. Sie könne Gedichte von Hugo, Heine, Longfellow und vielen anderen auswendig und in der Originalsprache hersagen, und ihre Eltern würden zu Hause »nearly all the Continental languages« sprechen.

1909 heiratete Corinne einen gewissen Leo L. Half. Am 18. Oktober 1916 wurde ein Sohn geboren, den sie nach ihrem Vater Henry nannte. Corinne arbeitete als Lehrerin an der Northwestern University. Sie bekam zwei weitere Kinder, Madeleine und Helen. Lange Zeit lebte sie mit ihrem Mann und den drei Kindern in Allegheny, Pennsylvania. Es muss der Familie nicht schlecht gegangen sein, denn in einem Register wird eine Hausangestellte erwähnt, Victoria Sidwin, eine polnische Immigrantin. Am 22. Januar 1932 hielt Corinne, inzwischen Präsidentin des Pittsburgher Zweigs des *Council of Jewish Women* einen Vortrag über die Evaluation von Zusammenhalt und Teamgeist innerhalb einer Organisation, ergänzt von »a very inspiring group of poems«.

Am 11. Juli 1965 starb Corinne im Alter von 83 Jahren in Oakland, Pittsburgh. Ihren Mann hatte sie um 19 Jahre überlebt. »Corinne Cohn Half (!), of the Webster Hall Hotel, died«, lautet die Meldung. Ich weiß nicht genau, was »of the Webster Hall Hotel« heißt. Vermutlich, dass sie dort wohnte. Oder gehörte es ihr? Nein, das sicher nicht. Das hier ist es:

WEBSTER HALL MOTOR HOTEL — PITTSBURGH, PA.

In einem dieser vielen Zimmer starb die vermutlich einzige Volapük-Muttersprachlerin, die je auf Erden gelebt hat. In jungen Jahren hatte sie mit ihrem Vater – und vermutlich, hin und wieder, mit einer Reihe anderer erwachsener Volapük-Begeisterten – in dieser seltsamen Sprache fließend kommuniziert, wir wissen nur nicht, ob sie es gern tat. Wir wissen auch nicht, worüber man mit ihr sprach. Vermutlich stellte man ihr höfliche Fragen, wie sie Zylinderhut, Monokel und weiße Handschuhe tragende Erwachsene für gewöhnlich an Kinder richten. Mit hoher Wahrscheinlichkeit war sie damals das weltweit einzige

Kind in dieser Situation, und als solches stellte sie den Beginn einer strahlenden Sprachzukunft dar, die dann allerdings doch nicht eintrat, oder eben nur flüchtig und punktuell, in ihr und sonst nirgends. Auch bestimmte sehr kurze Momente dauern bekanntlich ewig.

Nach einigen Tagen des Herumsuchens in Volkszählungsregistern und alten digitalisierten Zeitungen habe ich ein mysteriöses Vertrauen zu Corinne gefasst: Ich bin mir sicher, dass sie Volapük später nicht mehr gesprochen hat. Zumindest wünsche ich ihr das, fast ein Jahrhundert im Nachhinein. Ich weiß nicht, ob man das verstehen kann. Natürlich werden Schleyers Grammatik und das Vokabular noch irgendwie in ihr angelegt gewesen sein, selbst in der 83-jährigen Dame, deren Kinder glücklicherweise alle längst erwachsen waren, als der Tod zu ihr kam, aber ich hoffe, dass sich die wunderlichen Silbenfolgen schon früh in etwas Fernes und Heiteres aufgelöst hatten, in eine Melodie, die in der Kindheit gesungen worden war, aber später an nichts mehr anschloss, was von Bedeutung war. In diesen Silben und in dieser Melodie hatte sie als kleines Kind mit ihrem Vater gesprochen, vielleicht in ihrem winzigen *childhood bedroom* in Chicago.

Ihr Vater hat, das Monokel, durch das er die Welt betrachtet, stets im Auge, einige Mühe, ihren blitzschnell geäußerten Sätzen zu folgen. Sie spricht inzwischen über alle möglichen Dinge, nicht nur zur Demonstration, als Beweis für die Weltsprachentauglichkeit von Cifal Schleyers Vision, nein, sie hat ganz andere, sie hat reale Probleme zu berichten. Vielleicht ist eine Katze der Nachbarn schwanger geworden, und es gibt nicht mal ein gutes Wort für Katze … *Jikat. She-cat.* Sie lässt die weibliche Silbe immer öfter weg, wenn sie von ihr erzählt, und wird vom Vater korrigiert, denn das kann er. Ihm fallen Fehler auf, überall. Wenn er ihr auf ihre Sorgen antwortet, braucht er meist ziemlich lange. Und will am Ende, das sieht man ihm an, von irgendwem für den fehlerlos geäußerten Weltsprachensatz gelobt werden. Aber der Papst, von dem das Lob kommen könnte, ist fern, in Europa. Das liegt überm Meer. Corinne weiß über ihn nicht viel. Ob die Kätzchen, die unter der Veranda geboren wurden, die kalten Tage überleben? Jetzt ist es schon Herbst. *Nu binos fluküp.* Armer kleiner Veranda-Wurf. Es gibt so viel zu sagen. Für jeden neuen Gedanken und jedes neue Vorkommnis muss man, wenn bislang noch keins existiert, ein neues Wort erfinden. Und die Erwachsenen stehen immer nur da, halten ihre Hutränder fest und nicken. Alles muss man selber machen.

FÜNFTES KAPITEL

Umzaka.
Die Nonsens-Dichtung
und ihr Double

Er denkt offenbar an eine Welt, die vom Sinn frei wäre
(so wie man vom Militärdienst freigestellt ist).
Roland Barthes

1

Unter Ausschluss
der Zuhörerschaft

Einige Lieder und Gedichte der historisch in der Region der
Great Lakes in Nordamerika beheimateten, heute allerdings
nur noch wenige tausend Mitglieder zählenden Meskwaki, deren veralteter Name Fox lautet, wurden in den siebziger Jahren
in dem Buch *Shaking the Pumpkin: Traditional Poetry of the In-
dian North Americans* versammelt. Folgendes Gedicht begleitet
ritualistisch den Besuch einer Schwitzhütte:

A gi ya ni a gi yan ni i
A gi ya ni a gi yan ni i
A gi ya ni a gi yan ni i
A gi ya ni agi ya ni
Himmel
A gi ya ni i a gi yan ni
A gi ya ni i a gi yan ni
A gi ya ni

Merken Sie das, wie man sich sofort an dem einen verständlichen Wort festhält? Wie es in der Mitte thront und regiert. HIMMEL. Fast überbrüllt es, mit seinen zwei kümmerlichen Silben, alle anderen im Gedicht beherbergten Silben, deren »Sinn« einem nicht sofort klar ist. Aber waren diese *anderen* Silben nicht mit hoher Wahrscheinlichkeit die Hauptsache? Ohne sie läuft das Gedicht ja nicht, es hätte weder Haut noch Augen noch Motor. »Himmel« – warum krallt sich unser Blick so sehr in dieses bekannte Wort? Der Magnetismus der ihrer Bedeutung nach klaren Wörter in einem Text – wie sehr macht er wohl blind für weite Kontinente von Poesie, deren regelmäßiger Besuch uns trotz allem sehr gut täte?

Kann man über dieses Gedicht sagen, dass es Nonsens-Verse enthält? Wohl eher nicht. Aber wie weit ist es davon entfernt? Kann man die offenbar nicht leicht übersetzbaren Silben überhaupt »verstehen«, wenn man selbst nicht Meskwaki spricht?

Der hierzulande noch immer sträflich unbekannte amerikanische Dichter Ron Silliman[45] schrieb in seinem Aufsatz *Disappearance of the Word, Appearance of the World* über das Schwitzhüttengedicht: »Abgesehen von spezifisch anthropologischen Erklärungsversuchen gibt es praktisch keinen Platz in der gegenwärtigen Literaturtheorie für eine solche Art von Poesie, keinen verfügbaren Mechanismus der Einordnung des Gedichts neben dem Werk von Dante, Li Bai oder Tzara.« Er beklagt das Fehlen solcher Dichtungen in den Curricula der Komparatistik, für das nicht einmal Rassismus eine ausreichende Erklärung bieten könne. »Die Abwesenheit äußerer Bezugspunkte wird als eine Abwesenheit von Bedeutung allgemein missverstanden.«

---

45 Sein frühes Gedicht *Ketjak* ist für mich eine der ewig besuchbaren Kraftquellen der Weltliteratur.

Über die sogenannte Nonsens-Dichtung und ihre Randbezirke ist schon sehr viel geschrieben und nachgedacht worden. Spontan erfundene, regellos improvisierte Sprachen sind etwas völlig anderes als konstruierte, aber für das ungeschulte Auge sehen beide auf den ersten Blick oft gleich aus. Ähnlich wie John Cage in seinem Tagebuch bemerkte: »They say totally determined music and indeterminate music sound the same.«

Der Sinn von sinnentleerter Sprache kann es sein, die Zuhörerschaft auf fruchtbare, illuminierende und storyteller-hafte Weise von den direkten Bahnverläufen des Verstehens auszuschließen. Ein erstes modernes und gut fassbares Beispiel hierfür stellen die Grammelot-Stücke des italienischen Dramatikers Dario Fo dar. Ich erinnere mich noch, wie ich im Jahr 2003 zum ersten Mal im Leben nach Venedig fuhr, mit meiner damaligen Freundin J., und wir verbrachten, bis auf eine beim Betreten des ersten Vaporetto-Wasserbusses am Bahnhof erlebte mysteriöse Ohnmachtsattacke, von der ich mich allerdings rasch erholte, einige angenehme Tage. Jahrelang hatte ich gegenüber allen möglichen Menschen behauptet, schon einmal in Venedig gewesen zu sein, und nun war ich verblüffenderweise wirklich an diesem Ort, und alles war genau so, wie ich es mir zuvor, aus welchen inneren Unreifezwängen auch immer, erlogen hatte. Ich unterhielt mich mit den Leuten in einem selbstbewussten Baby-Italienisch, das aus lauter Fehlern bestand, die sich allerdings teilweise gegenseitig aufhoben und zu verblüffenden Momenten lupenreiner Verständigung führten, und bekam nach einer Weile das illusorische Gefühl, bestimmt bald in dieser Sprache heimisch werden zu können. Einmal kaufte ich sogar, einfach weil ich zufällig das Wort dafür wusste, einen Spazierstock. Dann lief ich durch die Gassen und deutete wie ein verrückt gewordener Baron mit dem Stock auf alle möglichen Dinge. Wenn man sich derart entgrenzt durch die Welt bewegt, kann es leicht vorkommen, dass man schon nach kurzer Zeit vor einen Zerrspiegel oder gar in die Arme eines Zerrdoppelgängers rennt, was dann auch geschah. In einer Buchhandlung, in der zufällig der Strom ausgefallen war, fand ich im Theaterregal eine VHS-Kassette (es waren damals die allerletzten aktiven Lebensjahre dieses Speichermediums) von Dario Fos *Mistero Buffo*, einer Aufnahme von RAI (Radiotelevisione Italiana) aus den siebziger Jahren. Auf dem Cover war Fo selbst zu sehen, als Cartoon-Figur, mit übermenschlich breitem Grinsen. Das Stück ist eine Revue mittelalterlicher Mysterienspiele, teilweise adaptiert und in Details verändert für die heutige Zeit, jede Szene allein von Dario Fo gespielt und bis auf das an die Brust geklebte riesige Mikrofon vollkommen requisitenlos. Einige der Szenen verstand ich perfekt, andere kaum. Es stellte sich heraus, dass letztere einfach die Szenen waren, die in Italienisch gespielt wurden. Aber die, die ich wie im Traum verstanden hatte, waren Grammelot.

Dieses eigenartige Wort bezeichnet eine Sprechtechnik, bei der man so tut, als würde man eine bestimmte Sprache sprechen, mit typischer Melodie und Aussprache, aber in Wahrheit sagt man nur sinnlose Silben. Oder hm. Nein. »Sinnlos« ist bereits falsch. Denn ich verstand ja den *Sinn* der Szenen und war tief berührt, manchmal auch amüsiert. Der »Schtonk!«-Monolog von Charlie Chaplin in *Der Große Diktator* ist ein Beispiel für einen Grammelot des Deutschen. Aber auch dieser Rede wird man schwer attestieren können, dass sie vollkommen sinnlos sei. – Ein interessantes Phänomen dabei ist übrigens, dass die meisten Menschen, ähnlich wie bei der berühmten *Unfähigkeit, sich selbst zu kitzeln*[46], in der Regel die allergrößten Schwierigkeiten haben, Grammelot in der eigenen Muttersprache zu machen. Bei Fo gibt es Grammelot-Szenen über Vertreter verschiedener (altertümlich intonierter) italienischer Dialekte, aber auch über englisch- und französischsprachige Protagonisten.

---

46 Abgesehen natürlich von Zungenspitze-auf-Gaumen. Versuchen Sie es.

Eines der Grammelot-Kurzstücke in *Mistero Buffo* ist »Der Hunger des Zanni«, die Geschichte eines unsäglich hungrigen Mannes, der sich ein spektakuläres Festmahl aus verschiedensten Zutaten zusammenbraut und sogar sich selbst verschlingt, indem er seinen eben noch verdauenden Darm aus seinem Schlund hervorzieht und diesen immer weiter verspeist. Am Ende isst er sogar eine winzige Fliege, die sich in die Küche verirrt hat, und sie scheint seinen weltumspannenden Hunger am wirksamsten zu stillen. Der Zanni ist eine kanonische Figur der Commedia dell'Arte, vielleicht ein wenig vergleichbar mit dem Hanswurst oder ähnlichen Clownsfiguren. Fo mischt in dem Monolog des Zanni Italienisch mit lautmalerischem, perkussivem Grammelot, was im gedruckten Text des *Mistero Buffo* (mit meiner Übersetzung der Regieanweisungen) so aussieht:

FRUUOOOH … SPROH … FESCIOUAAAH … TRIFIHIEE!
Er schüttelt seinen imaginären Darm wie eine Stange, beginnt ihn zu kauen und zu schlucken wie eine endlose Wurst. Er kaut und kommentiert dabei voller Glück:
SGNAGUI QUE BROSSOLO SMAGNASENT LÜGANEGOSA…
GNE, GNA GNITRAGUÍ.
Ein letzter, sehr zufriedener Rülpser. Er reibt sich den Bauch bis zum Hals. Dann, enttäuscht und verzweifelt:
Ohi, la fame che tégno! Me magnarèsse i monti, le valàde, le nívule.

Die letzten Sätze sind wieder gut verständlich: »Ach, was für einen Hunger ich habe! Ich könnte die Berge, die Täler, die Wolken verschlingen.«

Hier also eine erste wichtige Eigenschaft des Phänomens, das wir untersuchen wollen: explosiv missglückende Imitation. Vor der Zuhörerschaft entsteht ein Simulakrum, das allerdings den klassischen Verständnisverlauf, den die von ihm imitierte Sache selbst sofort einleiten würde, beim besten Willen nicht mehr zulässt. Man bleibt außen, wird ausgeschlossen – und sieht scharf, sieht andere Dinge. Aber welche? Sieht man das Vertraute »mit den Augen eines Fremden«? Aber was bedeutet »fremd« in diesem Kontext? Nein, das klingt alles nicht richtig. Sehen wir uns, um das Mysterium etwas besser fassen zu können, ein anderes Beispiel für spontan erfundene sprachähnliche Zeichen an, die hier allerdings das genaue Gegenteil von Grammelot ergeben – bis heute.

2

Die Sphinx von Soweto

Am 10. Dezember 2013 fand im südafrikanischen Soweto, einer Township von Johannesburg, die Trauerfeier für Nelson Mandela statt. Auf der Rednertribüne, direkt neben den internationalen Gästen, stand ein Mann, der aussah wie ein Simultandolmetscher für Gebärdensprache. Er blieb während der ganzen vier Stunden dauernden Veranstaltung an seiner Stelle und machte seine Gebärden, mit ernster, konzentrierter Miene. Ich erinnere mich noch, wie ich auf Twitter, der einzigen praktikablen und flächendeckenden *augmented reality*, die wir momentan besitzen, sozusagen live mitverfolgte, wie Gehörlosen auf der ganzen Welt während der Übertragung aufzufallen begann, dass seine Gesten nicht den geringsten Sinn ergaben. Es war kompletter Unsinn, eine Verhöhnung gehörloser Menschen, ein Skandal.

Die steinerne Miene des Mannes illustrierte einen der wesentlichen Unterschiede: Keine Gebärdensprache der Welt wird mit vollkommenem Pokerface gesprochen, nein, das Mienenspiel und die Bewegungen des Mundes gehören unbedingt mit zu den Gebärden. Außerdem wiederholte der Mann immer nur fünf, sechs verschiedene Handbewegungen.

Wer war dieser Mann? Und was glaubte er, dort zu tun? Nach den äußeren Maßstäben seines Auftritts war er natürlich ein Hochstapler. Er könnte freilich auch ein Verrückter gewesen sein, der trotz seiner offensichtlichen Inkompetenz restlos davon überzeugt war, echte SASL (South African Sign Language) zu sprechen. Oder war es vielleicht ein echter Gebärdendolmetscher, der einen Schlaganfall erlitten hatte?

(Ich erinnere mich noch, dass meine Volksschullehrerin, wenn sie sich unverstanden fühlte, mit dem in unserer Integrationsklasse sprachenlos dahinexistierenden Frederic[47] gelegentlich in ähnlich unsinnigen improvisierten Gesten, die sie selbst freilich für eindeutig und selbsterklärend hielt, zu kommunizieren versuchte, und ich sehe noch heute den hungrigen Blick des Jungen vor mir, der sich, zumindest für einige Sekunden, aufrichtig bemühte dahinterzukommen, was sie von ihm wollte.)

Am Tag des Dolmetscherskandals wurde auf Facebook stundenlang über den mysteriösen Mann diskutiert. Der heute in Princeton lehrende Germanist Johannes Wankhammer wies mich auf eine Stelle bei Wittgenstein hin:

Ein Mensch kann sich selbst ermutigen, sich selbst befehlen, gehorchen, tadeln, bestrafen, eine Frage vorlegen und auf sie antworten. Man könnte sich also Menschen denken, die nur monologisch sprächen. Ihre Tätigkeiten mit Selbstgesprächen begleiteten. – Einem Forscher, der sie beobachtet und ihre Reden belauscht, könnte es gelingen, ihre Sprache in die unsre zu übersetzen. (…) Wäre aber auch eine Sprache denkbar, in der Einer seine inneren Erlebnisse – seine Gefühle, Stimmungen, etc. – für den eigenen Gebrauch aufschreiben, oder aussprechen könnte? – Können wir denn das in unserer gewöhnlichen Sprache nicht tun? – Aber so meine ich's nicht. Die Wörter dieser Sprache sollen sich auf das beziehen, wovon nur der Sprechende wis-

---

47 Siehe erstes Kapitel.

sen kann; auf seine unmittelbaren, privaten, Empfindungen. Ein Anderer kann diese Sprache also nicht verstehen.[48]

Das Gesicht des Mannes besaß tatsächlich die unergründliche Entschlossenheit eines Menschen, der nur in seiner eigenen Welt Sinn produziert. Der Rest der Menschheit *muss* ihn ratlos anstarren, sonst spricht er seine Privatsprache »nicht richtig«.

Es war aber auch gut möglich, dass es sich bei diesem Mann um eine Art Performancekünstler handelte. Vielleicht war er ein professioneller Fotobomber, von schwindelerregenden Andy-Kaufman-Dimensionen. Einer, der sich gern in die Sphäre berühmter, von Sicherheitskräften umgebener Menschen schleicht und dort seinen Schabernack treibt. Immerhin stand er gute vier Stunden auf der Rednertribüne und nur einen Meter vom damaligen amerikanischen Präsidenten Barack Obama entfernt. War er vielleicht einer, der beweisen wollte, dass die Sicherheit des amerikanischen Präsidenten nicht so vollkommen ist, wie man immer glaubt? Er bewies jedenfalls, dass man sich ohne die geringsten Qualifikationen neben ihn stellen und dort einen Tanz sinnloser Gebärden aufführen konnte.

Und wir saßen vor unseren Laptops und analysierten. Guy Debords *Situationistische Internationale* wurde als Referenz angeführt oder auch Hakim Beys *Temporäre Autonome Zone*, zwei philosophische Konzepte, die sich mit den Möglichkeiten der Neuverzauberung an sich bereits totregierter und entseelter Lebensräume befassen. War es ein Akt von, wie Hakim Bey es nennt, »poetischem Terrorismus«? Denn das besonders Elektrisierende an dem Auftritt in Soweto war, dass es tatsächlich nur Pseudo-Gebärden waren, keine eindeutig aggressive Sabotage, keine Attacke, kein Schuh-Wurf, keine Splitterbombenweste. Denn man darf annehmen, dass, wenn man diesen Mann an dieser Stelle einschleusen konnte, es selbstverständ-

---

48 *Philosophische Untersuchungen*, § 243.

lich auch möglich gewesen wäre, jemanden hinzustellen, der irgendetwas Kritisches oder gar ganz und gar Unangebrachtes und Obszönes in SASL erzählt hätte. Vielleicht eine Verlesung aller Namen der in einem rechtlichen Limbus gefangenen Freigesprochenen von Guantanamo. Es wundert mich fast, dass das nie geschieht.

Man stelle sich vor, wie Hunderttausende Gehörlose vor dem Fernseher sitzen und erfahren, wie Barack Obama, zumindest nach den simultanübersetzten Gebärden des Mannes neben ihm, einmal an einem heißen Sommertag in Pretoria zusammen mit Nelson Mandela Luftballone mit Urin vollgefüllt und auf ein paar Jurastudenten geworfen hat. Tausende gehörlose Menschen hätten in diesem Augenblick ihre Getränke auf den Fernseher gespuckt. Aber stattdessen kam nur Nonsens. Dies war auch der Grund, warum ich hoffte, dass sich der Fall niemals aufklären würde. Denn wenn der Pseudo-Dolmetscher sich nach der Veranstaltung einfach in Luft auflösen würde, bliebe ein vollkommenes Kunstwerk zurück. Erinnern wir uns an Lichtenbergs Einsicht: »Es ist nicht zu leugnen, daß das Wort *Nonsense*, wenn es mit gehöriger Nase und Stimme ausgesprochen wird, etwas hat, das selbst den Wörtern Chaos und Ewigkeit wenig oder nichts nachgibt. Man fühlt eine Erschütterung die wo mich meine Empfindung nicht betrügt von einer fuga vacui des menschlichen Verstandes herrührt.«

Die »fuga vacui«, die Flucht vor der Leere – aber welche Leere ist es hier eigentlich, die uns so anpacken und erschüttern kann? »We have now had a week of unrelenting beatification of Nelson Mandela by exactly the kind of people who stood behind his jailers under apartheid«, schrieb Seumas Milne am Tag nach der Trauerfeier im *Guardian*. Die Heuchelei der westlichen Staaten, die ursprünglich lange entschieden und aktiv für die Apartheid waren, sei unerträglich. Der frühere Premierminister Großbritanniens David Cameron wurde genannt, der sich als junger Politiker von der Pro-Apartheid-Lobby eine Reise nach Südafrika hatte bezahlen lassen. War es möglich, dass der Pseudo-Dolmetscher dieser Heuchelei, wenn man sie denn als solche bezeichnen darf, eine Art Zerrspiegel vorhielt?

Und doch pendelten meine Interpretationsvermutungen allmählich wieder zurück zu der Theorie, dass er möglicherweise doch glaubte, echte Gebärdensprache zu sprechen. So wie der blinde Greg in einer von Oliver Sacks aufgezeichneten Fallgeschichten, der fest davon überzeugt war, er könne noch sehen. Greg hatte in einem Tempel gelebt und einen allmählichen Verlust seiner Sehkraft wahrgenommen. Als er schließlich erblindete, wurde er gleichzeitig innerlich vollkommen ruhig und gelassen. Später untersuchte man ihn in einem Krankenhaus und dabei fiel auf, dass ein riesiger, an sich gutartiger, aber doch viel Raum einnehmender Tumor Teile seines Gehirns zerstört hatte. »Überhaupt schien er sich nicht im Geringsten bewusst zu sein, dass er irgendwelche Probleme hatte: dass er blind war, dass er unter Bewegungsausfällen litt, dass eine schwere Erkrankung

sein Leben zerstört hatte. Nicht bewusst – und völlig gleichmütig. Greg wirkte stumpf, ruhiggestellt, gefühlsleer. Diese unnatürliche Gelassenheit hatten seine Glaubensgefährten für ›Seligkeit‹ gehalten.«[49]

Es war vor allem das beeindruckende Pokerface des Pseudo-Dolmetschers, das mich an diese Geschichte erinnerte. Es gleicht allerdings weniger einem entrückten, gelösten Zustand, nein, im Gegenteil, es wirkt eher inhaltslos, innerlich leer.

---

49 Aus Oliver Sacks' *Eine Anthropologin auf dem Mars. Sieben paradoxe Geschichten.*

Genau der Gesichtsausdruck von Buster Keaton auf der Lokomotive. Ein Mensch als Abgrund, ein Mensch im Nichts, der noch ein wenig mit seinen Armen rudert, um sich in Balance zu halten.

Ich gebe zu, ich hätte ihm stundenlang zuschauen können.

In einem anderen Fallgeschichtenbuch von Oliver Sacks findet sich eine kurze Notiz über eine live im Fernsehen übertragene Rede von Ronald Reagan. Patienten, die an teilweiser oder völliger Aphasie litten, also der Unfähigkeit, Sprache zu verstehen, saßen in einem Aufenthaltsraum der Klinik vor dem Fernseher und amüsierten sich köstlich über die Rede des Präsidenten. Der Grund dafür war, dass sie durch ihre Krankheit eine besondere Sensibilität und, in manchen Fällen, ein unfehlbares Ohr für Tonfälle, Sprechkadenzen und andere nonverbale Sprachanteile entwickelt hatten. Wenn man mit diesen Patienten »normal« sprach, verstanden sie, so Sacks, fast alles, was verblüffte, da sie, wenn derselbe Redetext von einem tonlosen Sprachsynthesizer gesprochen wurde, nicht das Geringste begreifen konnten. Aber dieser Präsident hier sprach alles andere als normal. »Folglich waren es die Mimik, die schauspielerischen Übertreibungen, die aufgesetzten Gesten und vor allem der falsche Tonfall, die falsche Satzmelodie des Redners, die diesen sprachlosen, aber ungeheuer sensiblen Patienten heuchlerisch erschienen. Auf solche (für sie) höchst offenkundigen, ja grotesken Widersinnigkeiten und Ungereimtheiten reagierten diese Patienten, die sich durch Worte nicht täuschen ließen, weil sie durch Worte nicht zu täuschen waren.«[50] – Der Mann in Soweto verwandelte uns alle, in gewissem Sinn, in Aphasie-Patienten, die den »Vorteil« besaßen, hinter das Gewebe der nonverbalen Umstände zu blicken. Nelson Mandela sei »der letzte große Befreier des 20. Jahrhunderts« gewesen, so Barack Obama in seiner Rede, und die Sphinx neben ihm verwandelte

---

50 Oliver Sacks: *Der Mann, der seine Frau mit einem Hut verwechselte.*

diese Aussage in drei oder vier vollkommen nichtssagende Mückenverscheuchbewegungen.

Thamsanqa Jantjie heißt der Mann. Einige Zeit nach dem skandalösen Auftritt verschwand er von der Bildfläche, vermutlich wurde er in die Psychiatrie eingewiesen, wo er schon früher in seinem Leben einige Male gewesen war. Er hatte einige Interviews gegeben, in denen er beteuerte, einen schizophrenen Anfall erlitten zu haben. Er sei ein kompetenter Gebärdendolmetscher, aber dummerweise seien ihm gerade im unpassendsten Augenblick im Stadion Engel erschienen. Vom Himmel seien sie herabgeschwebt. Da habe er all seine Kraft zusammennehmen müssen, um nicht die Nerven zu verlieren. Schließlich war er von schwerbewaffnetem Sicherheitspersonal umgeben. Jantjie musste sich mehrfach vor Gericht verantworten, unter anderem wegen Diebstahls und wegen versuchten Mordes, überhaupt häufen sich, je mehr man über ihn liest, was Journalisten zusammengetragen haben, die ihm angelasteten Gewaltdelikte, die vermutlich sogar bis zu Mord und Entführung reichen. Ich sah noch Jahre später immer wieder Leute mit seinem auf ein T-Shirt gedruckten Kopf durch die Welt gehen. Zuletzt auf einem Flughafen in Deutschland. Was drücken diese Menschen wohl damit aus? Ich weiß es nicht.

3
Drei Versuche

Oft macht es nichts, wenn eine bestimmte, in einem Kunstwerk verwendete Sprache von niemandem im Publikum verstanden werden kann. Ich erinnere mich an den Film *Der Mann aus dem Eis*, der durchgehend eine hypothetische Ur-Form der rätischen Sprache verwendet, ohne Untertitel. Der Film erzählt die Geschichte jenes Mannes, dem das eigenartige Schicksal zukam, Jahrtausende nach seinem Tod als Gletschermumie Ötzi berühmt zu werden. Er liegt heute in einem Spezialbehälter im Archäologischen Museum in Bozen und löst sich langsam auf. Zeugnisse des Rätischen sind uns allerdings erst Jahrtausende nach Ötzis Zeitalter bekannt.[51] Es ist also ein loses und zufälliges Ratespiel, die Figuren in diesem Film ausgerechnet einige rätische Wörter sagen zu lassen. Man hätte sie im Grunde alles sagen lassen können, denn man versteht die Handlung so oder so, unabhängig von allen Wortmeldungen. Der kleine linguistische Stunt geschah hier, vermute ich, allein aus Zwecken vollständigerer Zeitreise-Erfahrung.

Ein Problem von mehr oder weniger gedankenlos erfundenen Sprachen ist aber die Nähe einiger Wörter zu wichtigen, auffälligen Wörtern anderer Sprachen. *Der Mann aus dem Eis* ist dafür ein besonders kurioses Beispiel. Kelab, wie der von Jürgen Vogel recht sinnlich und anschaulich verkörperte Ötzi im Film heißt, hat die Funktion eines Schamanen oder Heilers inne. Für diese Darstellung gibt es zwar keine eindeutigen archäologischen Anhaltspunkte, aber hey, warum nicht. Eine erste Quelle von Humor ist der religiöse Kultgegenstand, den Kelab in einer Holzschatulle aufbewahrt und der bis zum Ende, à la *Pulp Fiction*, nie direkt gezeigt wird, nur immer der Widerschein seiner ungeheuren Wirkung im Gesicht jener, die die Schatulle öffnen. Ich hoffte sehr, dass es dabei bleiben würde. Denn wenn der Gegenstand doch am Ende gezeigt werden würde, was könnte er schon sein?

Eines Tages wird das Dorf von Plünderern überfallen, und Ötzis, ich meine Kelabs, Familie wird getötet. Wehklagend ruft er seinen Gott in der Höhe an: *Vitamos!* Oder so ähnlich. Auch in seinen noch zu Friedenszeiten durchgeführten Zeremonien

---

51 Wie ich einem freundlichen Hinweis von Stefan Schumacher, Linguistik-Professor an der Uni Wien, entnehme.

kommt dieses Wort vor: *Vitame, vitamos*, eine Art Litanei. Und die Gemeinde spricht, für jungsteinzeitliche Verhältnisse auffallend katholisch, im Chor ihre Responsorien. Aber *Vítáme* – das heißt auf Tschechisch »willkommen«. Es wirkt ein wenig komisch, Ötzi ein herzlich böhmisches Willkommen in die Landschaft raunen zu sehen.[52] Und der Name seiner Frau ist auch ein Problem. Denn er lautet Kisis, klingt aber in seinem Mund wie das englische *Jesus*. Im Drehbuch selbst steht kein spezieller Wortlaut für seine Beschwörungs- und Klageformeln, nur: »Er murmelt ein Gebet.« Überhaupt finden sich im Drehbuch kaum Beispiele für direkte Rede, nur gerufene Namen und ein bestimmtes Wort, *Tineka*, das die Angreifer verwenden, als sie nach dem Kultgegenstand in der Schatulle suchen. Das *Tineka*, der wertvolle Gegenstand in der Schatulle, entpuppt sich am Ende übrigens als eine Art Spiegel.[53]

Andererseits, via urbandictionary.com:

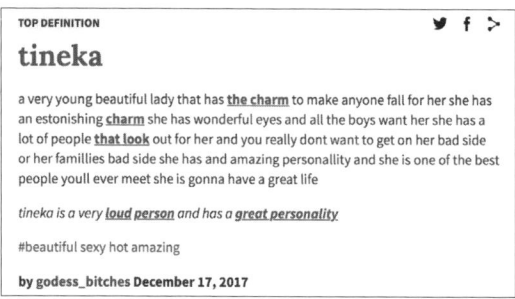

Nice.

Das im Film verwendete Fantasie-Rätisch verletzt also eine Hauptregel moderner Sprachenerfindungskunst, die man so formulieren könnte: Wenn nur ganz wenige Wörter der er-

---

52 Ein Irrtum meinerseits, denn das Wort im Film lautet tatsächlich *ritame* (bzw. *ritamos*).

53 Geh bitte.

fundenen Sprache vorkommen, wähle sie sehr weise, lass dich nicht von irgendwelchen bestehenden rätischen Wortlisten hypnotisieren, sondern achte auf den Effekt, den du erzeugen willst.[54] Gut, man kann so einen zufällig entstandenen Gleichklang natürlich nicht vollkommen vermeiden, und man soll es auch gar nicht, immerhin kann es auch eine Quelle der Freude sein, dass z. B. das Volapük-Wort für *Taschengeld* ausgerechnet *pokamon* lautet.

Der Erfinder der in der TV-Serie *Game of Thrones* gesprochenen Sprachen Dothraki und Valyrisch (Low Valyrian und High Valyrian), David J. Peterson, berichtet in seinem vergnüglichen und lehrreichen Handbuch *The Art of Language Invention*, die Produzenten der Serie hätten ihm im Fall des Dothraki keine besonderen Vorgaben gemacht, bloß eine harsch/rau/schroff klingende Sprache sollte es werden. Was aber soll das sein? Der Eindruck »harsch klingend« bemisst sich in jedem sprachlichen Koordinatensystem neu. Wenn man das Englische als Ausgangspunkt wählt, werden, so Peterson, wahrscheinlich Sprachen wie Russisch, Arabisch oder auch Deutsch hart und rau klingen, vor allem wegen der Fauchlaute. Aber aus der Sicht des Russischen – was klingt da rau und hart? Man betritt unweigerlich die Sphäre der Stereotype, der Politik. Die Frage nach dem Fremden bildet auf einmal den Rahmen der Erfindung.

54 Im vorliegenden Fall vermutlich einfach ein harter und rauer Klang. Der mächtige Theodor Mommsen schrieb in seiner *Römischen Geschichte*: »Durch Abwerfen der vokalischen und konsonantischen Endungen und durch Abschwächen oder Ausstoßen der Vokale ward dies weiche und klangvolle Idiom allmählich in eine unerträglich harte und rauhe Sprache verwandelt; so machte man zum Beispiel ramϑa aus ramϑas, Tarchnas aus Tarquinius, Menrva aus Minerva, Menle, Pultuke, Elchsentre aus Menelaos, Polydeukes, Alexandros. Wie dumpf und rauh die Aussprache war, zeigt am deutlichsten, daß o und u, b und p, c und g, d und t den Etruskern schon in sehr früher Zeit zusammenfielen.« Und zwischen dem Etruskischen und dem Rätischen gibt es wohl einige Berührungspunkte.

Peterson übernahm einige von George R. R. Martin in den Romanen verwendete Phrasen, um von ihnen ausgehend ein Sprachsystem zu bauen, in das diese Phrasen sozusagen natürlich hineinpassten. Das eindeutig Ohrwurmqualität besitzende *valar morghulis*, ein in den Büchern Martins wiederkehrender Refrain, der im Hochvalyrischen *Alle Männer müssen sterben* bedeutet, schuf etwa den Anlass für eine »All-Mehrzahl« für Hauptwörter, die durch Anhängen der Silbe »-ar« gebildet wird. *Valar morghulis* – es wäre Unsinn gewesen, diese eingängige Formel nicht zu verwenden, denn sie ist als *sound byte* so vollkommen und wohlklingend wie *cellar door*, was, nach Ansicht J. R. R. Tolkiens, eine von allen englischsprachigen Menschen gleichermaßen als besonders »schön« empfundene Silbenfolge darstellt, *selador*.[55] Ein Hersteller von Bio-Seifenprodukten nennt sich *C'est l'adore*. Und vielleicht ist *Selador* auch ein geeigneter Name für einen selektiven Serotonin-Wiederaufnahmehemmer.

Es gibt auch eine Gegengeschichte zum Eismann-Film und seiner untertitellosen Fantasiesprache, und zwar die der allerersten Kinovorführung eines serbischen Films in Kroatien nach dem Krieg. Es war der Film *Rane* (*Die Verletzungen*) von Srđan Dragojević. Er behandelt die Lebensgeschichten zweier Jungen in den Kriegsjahren 1991 bis 1995. Die Vorführung in der traditionsreichen Zagreber *Kinoteka* fand nur wenige Tage vor dem NATO-Bombardement im Frühjahr 1999 auf Jugoslawien statt, das damals nur mehr aus Serbien und Montenegro bestand. Aufgrund der politischen Entscheidung, Serbisch

---

55 Tolkien: »Most English-speaking people … will admit that cellar door is ›beautiful‹, especially if dissociated from its sense (and from its spelling). More beautiful than, say, sky, and far more beautiful than beautiful. Well then, in Welsh for me cellar doors are extraordinarily frequent, and moving to the higher dimension, the words in which there is pleasure in the contemplation of the association of form and sense are abundant.« (Aus dem Vortrag *English and Welsh*.)

und Kroatisch in Zukunft als zwei getrennte Sprachen anzusehen, blieb den Veranstaltern keine Wahl, als den »fremdsprachigen« Film mit kroatischen Untertiteln zu zeigen. Die allermeisten Sätze blieben dabei identisch, »Kako si?« (Wie geht's dir?) wurde zu »Kako si?«, »Lud je« (Er ist verrückt) wurde zu »Lud je« usw., Szene für Szene, bloß hin und wieder zeigte sich ein kroatischer Ausdruck für ein serbisches Wort – und das Publikum reagierte. *Rane* wurde in den Jahren nach seiner Veröffentlichung zwar zu einem besonders unter Jugendlichen beliebten Underground-Erfolg und Kultfilm, aber an dem Abend im *Kinoteka* hatte das zahlreich erschienene Publikum einige Mühe, der Story des Films überhaupt zu folgen, weil es andauernd von den weitgehend identischen Sätzen abgelenkt wurde. Durch die von nichts als feinen Unterschieden durchzogene Doppelung der Filmdialoge wurden gerade diese feinen Unterschiede auf einmal die Hauptsache. Niemand achtete *nur mehr* auf den Film, und eine heitere Stimmung von Absurdität verbreitete sich im Saal. Freud spricht in *Das Unbehagen in der Kultur* vom »Narzissmus der kleinen Differenzen«, und es ist bemerkenswert, wie dieser Narzissmus es in seiner traurigsten Verkleidung zustande brachte, selbst das vollkommen Verständliche für die im Kinosaal versammelten Leute stellenweise unentzifferbar und beinahe zu so etwas wie Nonsens oder zu einer Fremdsprache zu machen. Man könnte auch, etwas überspitzt, vermuten, dass die Vorführung von *Rane* (oder *Ozljede*, wie der Film auf Kroatisch hieß) die Zuschauer in eine Art von vorübergehenden Aphasikern verwandelt hatte, ähnlich wie es die große Sphinx von Soweto vermochte, bloß sahen die Zuschauer hier dadurch nicht das Hohle in gewissen politischen Phrasen deutlicher, sondern möglicherweise eher das Grauen der angeblichen Unterschiede zwischen zwei Völkern.[56]

---

56 Details über *Rane* aus *Post-Yugoslav Literature and Film: Fires, Foundations, Flourishes* von Gordana P. Crnkovic.

Meine Lieblingsfolge der an großartigen Folgen wahrlich reichen Serie *Star Trek. The Next Generation* ist die 102., genannt »Darmok«. Die Enterprise gerät mit einem fremdartigen Volk in Kontakt, den Tamarianern, die in scheinbar sinnlosen Bemerkungen miteinander – und auch mit der Mannschaft der Enterprise – zu kommunizieren scheinen. Man fragt sie etwas und erhält als Antwort: »Darmok und Jalad – auf Tanagra«, oder: »Shaka, als die Mauern fielen.« Dann wird vielleicht noch hinzugefügt: »Im Winter.« In anderen Situationen sagt ein Tamarianer: »Temba, seine Arme weit.«[57] Durch all die sprachlichen Missverständnisse schaukelt sich die Lage gefährlich hoch, man gerät nah an den Rand eines Krieges, Captain Picard muss zusammen mit dem Captain des Tamarianerschiffes ein Monster besiegen. Dabei beginnt er zu verstehen: Die Äußerungen der Tamarianer sind kein Nonsens, sondern bestehen aus Mythologemen. Wenn jemand sagen will: »Hier, nimm dieses Messer«, verweist er auf einen Helden aus der Sagenwelt, der eine Gabe annahm. Es ist also vergleichbar mit einer Bemerkung wie: »Achilles vor Patroklos, in Troja«, wenn man die Trauer eines Mannes um einen lieben Gefährten ausdrücken will. Durch geduldige Wiederholung lernt Picard, dass die oft wiederholte Formel »Darmok und Jalad auf Tanagra« das Ende einer Legende bezeichnet, da die beiden ursprünglich allein durch die Welt reisenden Helden sich auf einer Insel, Tanagra, verbündeten, um, ganz wie Picard und der Tamarianer-Captain jetzt, ein Monster zu besiegen. Picard erzählt dem verletzten Tamarianer daraufhin im Gegenzug die Erdensage vom König Gilgamesch. Schließlich gelingt es Picard, ein wenig in tamarianischer Sprache zu kommunizieren und die brenzlige Situation zu entschärfen. Er übermittelt, indem er die mythologischen Einheiten neu zusammenbaut, die

---

57 Der klassische Wittgenstein-Satz über den Löwen, den wir, könnte er Sätze formen, nicht verstehen würden, kommt einem in den Sinn.

Information, der Tamarianer-Captain sei gestorben. Diese Szene rührte mich tief.[58]

Das vom Tamarianer-Captain hinterlassene Logbuch, auf dem ihr gemeinsames Abenteuer verzeichnet wurde, wird am Ende zum neuen Referenz-Mythologem der Tamarianer. In Zukunft werden sie, so zumindest darf es sich der Zuschauer erträumen, auf »Picard und Dathon« – erst jetzt haben wir den Namen des Tamarianer-Captains erfahren – verweisen können, wenn sie etwas ausdrücken wollen, das seinem Inhalt nach nahe an der eben erlebten Episode steht.[59] Übrigens ist es auffallend schwer, nicht den ganzen Tag in tamarianischen Begriffen zu sprechen, nachdem man die Folge gesehen hat.

58 Sie ist vergleichbar mit jenem ungeheuren Augenblick in Michel Fabers *The Book of Strange New Things*, als der auf einem fremden Planeten stationierte christliche Missionar Peter, nach all den fürchterlichen Dingen, die geschehen sind, eine Predigt in der Sprache der Aliens hält und man als Leser nur einen Block fremdartiger Zeichen vor sich sieht, aber durch die Situation davor dennoch ganz genau weiß, in welch verzweifelter, gottverlassener Wärme und Wertschätzung er zu ihnen spricht. – Es war die bislang einzige Predigt in meinem Leben, die mich zu Tränen rührte.

59 Nebenbei sei bemerkt, dass gerade diese *tamarianische* Kommunikationsart der verdichteten mythologischen Referenzen, die jede »normale« Satzgrammatik überblendet, die exakteste Darstellung des Lese-Eindrucks der *Cantos* von Ezra Pound ist. Pound schrieb vor allem seine späten, stellenweise atemberaubend komplexen Cantos so, dass man beinahe jede Zeile im Lexikon nachschlagen muss. Wenn man aber einmal die von ihm verwendeten Namen und Begriffe (»Sagetrieb«, »Aurunculeia«, »Leucothea«, »Tethnike«, »Kuanon« usw.) erlernt und im Schlaf herleiten kann, dann wird die Lektüre zu einem mehrdimensionalen Leseerlebnis, wie es kein zweites gibt. Ezra Pound war, wenn er auch zu gewissen Gelegenheiten ein verbissener Hassprediger und gefährlicher Sturschädel war, der letzte große Tamarianer der Weltliteratur. (Und oh: »Tanagra mia, Ambracia / for the delicacy / for the kindness« – Ezra Pound: *Canto CXIV*.)

4
Walla, Herbeck, Mach –
die *Linguae Ignotae* von Gugging

Das Museum Gugging liegt bei Klosterneuburg. Ich besuchte es Ende 2019 für eine Ausstellung der Sammlung Prinzhorn, die sich vor allem mit der, wie der Sprachgebrauch der damaligen Zeit es formulierte, »Bildnerei der Geisteskranken« befasst. Auf dem Gelände des Museums befand sich früher die Niederösterreichische Landesnervenklinik, in der durch das Wirken des Psychiaters Dr. Leo Navratil so etwas wie eine Künstlerkolonie entstand. Am bekanntesten von all den dort ansässigen, ursprünglich allein aufgrund ihrer psychischen Erkrankungen hierhin versetzten Menschen war der bildende Künstler August Walla (1936–2001). Die meisten werden seine buchstaben- und emblembesessenen Werke vermutlich schon einmal gesehen haben. Er lebte seit den frühen achtziger Jahren zusammen mit seiner betagten Mutter, mit der er seit frühester Kindheit ein eigenartig symbiotisches Verhältnis hatte, in dem sogenannten *Haus der Künstler*, einer von Navratil eingerichteten Institution.

Es war später Herbst, als ich nach Gugging kam. Das Licht hatte bereits den schweren rauen Honig beigemischt, und im Wald nebenan wurde geschossen; in Niederösterreich war die Hasenjagd ausgebrochen. So schlich ich mit hochgeklapptem Kragen, immer im Schutz von Hausmauern und Fahrzeugen, auf die ehemalige Heilanstalt zu. Ringsum wollene Landschaft mit saubunten Baumkronen, und überall spannten sich die weiten Tyndall-Effekt-Lichtstreifen als geisterhafte Wäscheleinen über die wiesigen Hügel.

In der Ausstellung suchte ich zuerst die Werke von Walla auf. Sie sind beleidigend, zart, provokant, autistisch, visionär, witzig, absurd, das ganze Programm. Sie überlasten augenblicklich. Nach wenigen Sekunden hat man schon alles gesehen, hat genug, aber steht doch weiter besoffen davor.

Nach dem Besuch der Ausstellung war jeder Vorgarten Klosterneuburgs natürlich lupenreine *Art brut*: herrlich, all die grob angemalten Froschskulpturen und besessen zugestutzten Hecken. Ein Zierbrunnen als Totem. Ein kümmerliches, seitwärts gekentert in seinen Seilen hängendes Schaukelbrettchen. Zwerge, Rosenkugeln, Wurzelseppfiguren. Eine Pfeife, auskühlend auf einem Fensterbrett. Uralte Sonnenuhrenmuster auf dunkelgelben Hausmauern. Der Stadtrand des Universums. Es war genau die Stunde, in der alle Liebespärchen einander loslassen und als Einzelglocken weiter durchs Dasein rollen. Wenige Minuten von hier entfernt starb vor fast hundert Jahren Franz Kafka, im Sanatorium in Kierling.

August Walla beschriftete alles, was ihm in die Finger geriet, Wände und Bänke, Bäume und Bücher und Steine, auch sich selbst. Er hinterließ Tausende lesbare und auch unlesbare Texte, und wer sich einmal länger in seinem Buchstabenland aufhält, dem vergeht jedes verständige Hören und Sehen.

Walla schrieb Hunderte Texte, und viele davon sehen in etwa so aus:

Ctabinoh Goabwonmatl Goabwonmatbcmet
Goabwonmatbcmeptl in Ajhanmecto.?
GROSSMUTTERS TODGESPRÄCH. GOABWON-
MATBPAEROBOP.?

Hitlerkpancpah.

Man kann so was schnell als Buchstabensuppe abtun. Aber natürlich leuchtet danach nur umso insistierender die Phrase *Großmutters Todgespräch* heraus. Links und rechts wird sie bewacht von den merkwürdig innigen Goabwonmat-Variationen und der beunruhigenden Unterschrift.

Walla wuchs bei seiner Mutter und Großmutter auf, seine ersten Lebensjahre lebte er, auf Wunsch der Mutter, als Mädchen. So wollte sie dem Sohn den Kriegsdienst ersparen. In seiner Adoleszenz war Walla davon besessen, Löcher zu graben. Er füllte diese mit Wasser und nannte sie seine Deichgraben. Überall in der Wohnung, selbst in die Mauern des Hauses, bohrte er Löcher. Nach gewalttätigen Ausbrüchen wurde er in die Psychiatrie gebracht, später allerdings als geheilt wieder in die Obhut seiner Mutter übergeben. Zunehmend bildeten sich bei ihm komplexe Halluzinationen und Zwangshandlungen. So begann er, alles Mögliche zu beschriften, und entwickelte dabei nach und nach eine unübersichtliche Privatmythologie, aus der einige sich wiederholende Wesen und Konzepte, wie z. B. die oft beschworene Gottgestalt SARARILLH, herausleuchten.

/ Gebetlied gegen Klopfen am Gange. / ! /
Armeseelegebetlied für Frau
Jelinek, und Weiker, des Türerüt
teln.! / Verabschiedungsgebet. Latei=
nisch.! Corporos Corboror Jelinek
et Corboror Iscrix, Corproror Sararillhs
Sararillhcorporor. Sararillhsancto
Sanctotuo Jelinek et Tuo Weiker,
Sancto / Corborsancto. / Corbororsancto,
Caelesexillentia Caeles Sararillh. / ? /
corporeus Stückler / Corbor. / Corproror
Stückler, cöpis cöpis Sararillh. Coro=
natio Sararillhcoronatio saecu Co=
ronatio, Interprätätiö Cosmosnätü

rainterprätätö Polusinterprätä
tiö Caelesinterprätätiö.![60]

Bei all dem Chaos und den Wiederholungen ist ein möglicher
Inhalt dieser Zeilen doch erstaunlich leicht auszumachen. Es
ist ein Gebet um Ruhe. Auf die Krönung (*coronatio*) des Gottes Sararillh wird mehrmals mit Inbrunst verwiesen, während
sich als höhnisches Gemecker die *Interprätätiö* hineinschleicht,
vielleicht das elende Verstehenwollen, das dem Künstler schon
seit langem suspekt geworden war und in seinem Werk keine
eindeutige Heimat mehr finden würde.

Ähnlich mysteriös, aber in ihrer Wortwahl viel zugänglicher ist
die Poesie des Dichters Edmund Mach, der ebenfalls für eine
gewisse Zeit im *Haus der Künstler* in Gugging wohnte:

Im Herbst da welken die Blätter
im Umzaka allen Getriebes.[61]

Ein perfekter, makelloser Vers. Was ein »Umzaka« ist? Nein,
nichts Österreichisches. Ich kann das Wort auch nicht erklären.
Aber man versteht die Zeilen ja auch so. Umzaka, umzaka, so
macht wahrscheinlich die Nähmaschinenseele der Erde, wenn
es Herbst wird. Es ist vielleicht eine Art Grammelot, allerdings
unbeabsichtigt als solches, stattdessen einfach aus einem poetischen Schwung heraus geschaffen. Solche unmittelbar versteh-
baren grammelotartigen Wörter finden sich überall in Edmund
Machs Werk. Etwa im Gedicht *The Harlems*[62]:

---

60 Textbeispiele und biografische Angaben zu Walla aus Leo Navratil: *a+b leuchten im Klee. Psychopathologische Texte* (Hanser 1971).

61 »Der Herbst (1)« in Edmund Mach: *Meine abenteuerlichen Schriften*.

62 Edmund Mach: *Triumph des Schockens* (Verlag G. Grasl, herausgegeben von Manfred Chobot, Band 19).

tief in Dornbirn
steigen die Mädchen herab.
Die »Schwarzen« umgeiern
und umgängeln sie
zu mir sagten sie der Dürre
und wir gaben uns die Hand.
Durch Gänseblümchen gefeit
und nicht geweiht, schnuderln
sie die Ackerbälle
zum fälischen Deodemal
Gedicht aus seiner Zeit.

Was ist ein »fälisches Deodemal«? Man kann es nicht sagen,
aber man kann zumindest mit den deutschsprachigen Eigen-
fühlern hineinzoomen in diese Silbenfolge und schauen, welche Resonanz entsteht. Deodemal klingt wie etwas Hohes, Ed-
les, ein Gelehrtenwort vielleicht, ein chemischer Fachausdruck,
oder ein theologischer. Es ist nicht ganz Deutsch-Grammelot,
nicht ganz Glossolalie, aber auf dem Weg dorthin – oder von
dort zurückkommend in unsere Richtung.

Und »fälisch«?

Es gibt ja das Wort »westfälisch«, also muss »fälisch« auch
alleinstehend existieren. Mal schauen, was Google entdeckt.

Fuck.

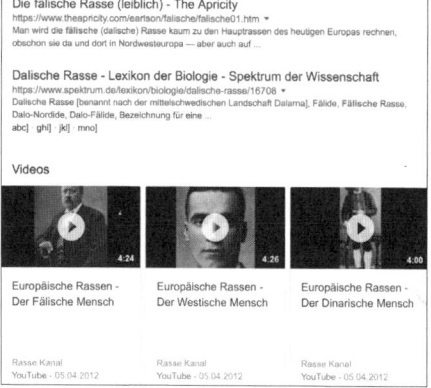

Mein Gott. Rasse, Rasse, Rasse. Schädelabmessungen. »Nein, wir schaffen das nicht, Merkel.« White European Pride. »Fälische Größe.« Seitenlang.

Wrch.

Geh scheißen, Internet.

Hier noch ein Beispiel, aus Machs Gedicht *Computer*, mit einer verblüffenden, in den letzten Zeilen gemachten Feststellung:

(Der Computer) setzt zusammen und
ist allen anderen, ein
Festigkeitswerk der in
Sassanitischen Zweigen
Ruhe und Friede ausstrahlt

Kann man tatsächlich nicht anders ausdrücken. Sassaniden gab es, das war ein persisches Volk. Aber »Sassanitisch«? Es gibt keine Verbindung zwischen dem Assoziationsfeld *Computer* und diesem Wort, und gerade deshalb liegt das, was wir uns beim Wort Computer denken, plötzlich in anderem Licht da. Es wird sozusagen metaphysisch aufgewertet.

Gewiss wird sich die Anschauung halten, dass Mach mit diesen Worten doch bestimmt etwas *gemeint* und dies nur fehlerhaft ausgedrückt habe. Denn rings um das rätselhafte Wort stehen tatsächlich lauter wenn nicht ihrer Funktion, so doch ihrer lexikalischen Definition nach verständliche Wörter. Ihre Nähe färbt auf »Umzaka« und »sassanitisch« und »Deodemal« ebenfalls ab, so wie das Wort HIMMEL auf die Schwitzhüttenbesuchssilben *Ah gi ya ni* etc.

In einem Gedicht, in dem er sich an seine Jugendzeit in der SS erinnert, beschreibt Mach das Land, in dem er mit anderen marschieren musste:

                                    Das Ge-
         lände war eben. Mach meint
         das Gelände wäre rechteckig
         im Squader zu sakropharben

Sakropharben. Und zwar rechteckig *und* sakropharben. Ohne
die vorher festgestellte Rechteckigkeit wäre dieser Blick in die
eigene Vergangenheit nicht so gespenstisch: Sarkophag – sa-
krosankt – sackfarben.
    Aber über die genauen Interaktionen zwischen derart ver-
mengten Sinnbereichen wissen wir, glaube ich, trotz allem fast
nichts.

Auch die Dichtung von Ernst Herbeck, dem dritten der bekannteren Gugginger Poeten, enthält ureigenste Ausdrücke, für die
das Deutsche lediglich die Blumenerde darstellt, aus der sie gewachsen sind. Ähnlich wie das Englische in James Joyce' *Finnegans Wake* auch einigermaßen als solches erkennbar bleibt und
nur die Trampolinfläche für all das ungeheure Neue bildet.
    Herbeck ist einer der größten deutschsprachigen Dichter des
20. Jahrhunderts.
    Seine Gedichte sind an Erkenntnissen reich wie etwa: »Die
Erde, der Vulkan und das sum- / men der Bienen ist das ewige Schreiben / auch der Zugvögel. Das vibrieren der Ameisen.«
Oder diese Beschreibung der Depression:

    Die Depression ist ein Augenleid
    kommt vom vielen Leid der
    Tiere Schwein und Tiger.
    Traurigkeit. Mehr essen.

Gelegentlich verstand Herbeck ein gelerntes Wort nicht gleich,
oder er hatte es einfach falsch in Erinnerung. So im Folgenden,
als er einen Embryo beschreiben wollte, aber daraus ein durch

die Wandlung ins Neutrum umso kläglicheres und vereinzeltes *Empyrum* machte:

Das Empyrum.

Heil unserer Mutter! Ein werdendes
Kind im Leibe der Mutter. Als ich
ein Empyrum war, hat sie mich
operiert. Ich kann meine Nase
nicht vergessen. Armes Empyrum. –
Die Zeit des Lebens. Die Zeit der
Vernunft. Die Zeit des Wiedersehens
auf Erden.

Das Gedicht reißt mir jedes Mal das Herz heraus. Diese silbergeäderte Trauer um die eigene Nase[63], die drei »Zeit«-Feststellungen am Ende. Wie es schwebt, wie es dich scannt, wie es dem Empyrum den Weg in Richtung Wiedersehen auf Erden weist. Viele von Herbecks Gedichten sind nur ihrer Seele nach, nicht aber in ihren Einzelwörtern rätselhaft. Das, was wir, notgedrungen, mit »Allgemeinverständlichkeit« bezeichnen wollen, hing außerdem von der Intensität seiner psychischen Leiden ab.

In einer Phase der deutlichen Verschlechterung seines Zustands neigte Herbeck dazu, sich die Taschen mit allen möglichen »unbrauchbaren Gegenständen« vollzustopfen. Er sei ein anderer, sagte er dann, nicht Ernst Herbeck, sondern »ein eigenwilliger Gymnasiast«. Er unterhielt sich nachts mit seinen Stimmen, schlug sich bei Tag häufig ins Gesicht, war in der ihm als Arbeitsort zugeteilten Säckekleberei niedergeschlagen und interesselos und auf Fragen nach seinen Wünschen antwortete

---

63 Von Geburt an litt Herbeck an einer schweren Gaumenkieferspalte, die mehrmals chirurgisch korrigiert wurde.

er zum Beispiel mit: »Bootfahren und Märchenbücher von der Seerose lesen« oder »Bootfahren und turnen«.[64] In dieser Zeit schrieb er einen Brief an einen Bekannten, der uns erhalten ist. Früher war seine Sprache in Briefen und anderen schriftlichen Mitteilungen noch weitgehend intakt gewesen, nun aber hatte sich ein eindeutiger Wandel vollzogen:

Lieber Dart!
Es geht mir gut
möchtc wicder laufen
aber im Barth. Bach,
komme bald heim.
(…)
Augenblick Liebe Es er
und weg geht durch den
Bkock gerade aus zu der
Dir. Eh'es magy ich lesen
seim. da di chere not … –

Gurke möreder mich nie
mict de Gewehr da sie
gelt sind. geladen lob
auch imém. loben St.
mache. in deine Miart.
eher 5 Minuten zu bar.
Bad rauche nicht. Da
keime Ort. Auch keime
Bohmen«. Da Deutscher
Tagje Örfall im mopped.
Parppe. inder Art frech
ist. send ich nicht keine
Panne habe. Sie holt. – W.
mit Tags sehr darauf.

---

64 Alle biografischen Details und auch das »Brief-Gedicht« aus Leo Navratil: *Schizophrenie und Sprache* (1966).

(…)
gelt gabe es keines Besatz
Spatzgelt. A. Aber gilt.
Bad. da webt der wind.
schilling. Österreich alles in
Ordnung ist. dort auf
hier nicht da. Echter neu
ich neid kann es sein.
(…)

Leo Navratil, der diese bemerkenswerte Schrift in seinem Buch *Schizophrenie und Sprache* wiedergibt, geht nicht genauer auf deren Inhalt ein. Möglicherweise erschien ihm die Deutbarkeit der entstandenen Sätze zu weitreichend, oder sie galt ihm lediglich als ein für die beunruhigenden neurologischen Veränderungen seines Patienten beweiskräftiges Symptom.

Und diesen Brief zuerst einmal als Symptom zu lesen ist sicher richtig und angebracht, denn er war nicht aus eigenem Antrieb des Patienten Herbeck entstanden, sondern auf Aufforderung – wobei, das trifft auf praktisch alle Schriften dieses Mannes zu, also … Ja, schwierig.

Ebenso schwierig ist die Frage: Was genau tue ich, wenn ich mich an den Zeilen »Da Deutscher / Tagje Örfall im mopped. / Parppe. inder Art frech / ist.« erfreue? Wo geht in einem solchen Fall das ästhetische Urteil hin? Ist es angebracht? Ist es vielleicht kalt und dekadent? Ist es abwertend? Und was *macht* diese Begeisterung, die ich angesichts gewisser Phrasen und Bilder und Wortfolgen empfinde, mit mir selber? Grenzt sie aus – oder erweitert sie den Kreis der Zugelassenen?

Oder sind all diese Überlegungen letztendlich Blödsinn?

Die Verse »da webt der wind / schilling. Österreich alles in / Ordnung ist« sind jedenfalls anmutig wie nur wenige Dinge. Sie sind irreduzibel, man kann sie nicht nacherzählen oder umschreiben. Und das »Spatzgelt« – ist es *Spatz-Geld*? Oder eine

Art Dialektverb, *spatzgeln*, das »sich wie ein Spatz bewegen« bedeuten könnte?

Teilweise wirkt der Brief fast wie fehlerhafte OCR-Texterkennung, ähnlich wie wenn Google Books irgendwo *modem* liest, wo eigentlich in einem Werk des 17. Jahrhunderts *modern* stand.

Leo Navratil neigte in seinen frühen Publikationen noch dazu, das Leben seines dichtenden Patienten ein wenig zu mythologisieren, und er nannte ihn nur Alexander, aber das geschah wahrscheinlich aus Gründen des Schutzes jenes Rests an Privatsphäre, der Herbeck geblieben war. Dennoch konnte Navratil nicht verhindern, dass Herbeck mit der Zeit berühmt wurde, ja nicht nur das, er wurde geliebt. André Heller sah ihn als größten lebenden Dichter. Ernst Jandl, Friederike Mayröcker und Gerhard Roth besuchten ihn. W. G. Sebald verfasste mehrere Aufsätze über sein Werk und besuchte den Dichter 1980 ebenfalls in der Heilanstalt Gugging und ging mit ihm, wie man in der Erzählung *All'estero* nachlesen kann, bis nach Kritzendorf spazieren, einer beunruhigend geistlosen Ortschaft an der Donau, durch die ich vor kurzem selber, zwei alarmbereite Fahrradklingeln in den Manteltaschen, gewandert bin und dabei große Mühe hatte, nicht die Beherrschung zu verlieren. In einem Essay, der sich der auffallend zentralen Gestalt des Hasen im Werk Herbecks widmet[65], erwähnt Sebald »den Glanz, der ausging von den offenbar aufs Geratewohl zusammengefügten Wort- und Rätselbildern dieses ärmsten Poeten. Wortreihen wie ›Firn der Schnee das Eis gefriert‹ oder ›Blau. Die Rote Farbe. Die Gelbe Farbe. Die Dunkelgrüne. Der Himmel ELLENO.‹ grenzen für mich heute noch an eine atemlose andere Welt.«

Im ursprünglichen Zeilenumbruch sieht das von ihm zitierte Gedicht so aus:

65 Yes.

Blau.

Die Rote Farbe.
Die Gelbe Farbe.
Die Dunkelgrüne
Der Himmel ELLENO
Der Patentender
Das Sockerl, Das Schiff.
Der Regenbogen.
Das Meer
Die Auenblätter
Das Wasser
Die Blattnarbe
Der Schlüßesl (R) »r.«
Die Schloß + Das Schloß.

Zugegeben: Viel Glossolalie oder Geheimsprache ist nicht darin, nur ein Wort, »ELLENO«. Und ähnlich wie im Gedicht von Edmund Mach, in dem es auch nur ein einziges (freilich magisch platziertes) Privatwort gibt (»Umzaka«), meint man auf einer eigensinnig-subkutanen Ebene sofort zu verstehen, was das Wort hier bedeuten soll. Es macht etwas, es erzählt vom Aufplatzen der Wahrnehmung. Farben wurden aufgezählt, und der Blick fand schließlich zum Himmel, da kommt es über uns: ELLENO – ein Relais im Kopf leuchtet auf, ein heiliger Rausch. Oder ein Funke springt über. Ich weiß nicht, wie man sagen soll. »Ein Rachen öffnet sich.« Irgendwie so. Jedenfalls ein kurzes Durchbrechen der Schallmauer, aber innerlich, wie ein plötzlicher Schluckreflex. Aber genug Vergleiche.

Und wenn sich dann dieses Wort, dessen Gebrauch man durch die eine Gedichtzeile vorgeführt bekommen hat, bleibend im Gedächtnis des Lesers verankert, stellt es sich als überraschend gut verwendbar heraus. Alle möglichen Alltagsepiphanien kann man nun mit dieser Signatur versehen.

Versuchen Sie es selbst.

Ein einzelner Handschuh in einem Fahrstuhl ELLENO. Ein roter Luftballon und ein Fasan neben Rosenkugeln ELLENO. Ein minutenlang Augenkontakt haltender Fisch im Restaurant-Aquarium ELLENO. Frühmorgens hat die Kassiererin noch Abdrücke ihres Kopfpolsterbezugs im Gesicht ELLENO. Flüstern in stehenden Zügen ELLENO. Die letzte zyklopisch starrende Sonnenblume in einem Feld in Kritzendorf ELLENO.

Der bedeutendste Dichter der Gegenwart, der eine dem *ELLENO* und dem *Umzaka* und dem *Deodemal* verwandte Zaubertechnik verwendet, ist der Südtiroler Oswald Egger. Zu lange schon hat ihn die Büchner-Preis-Jury übergangen. So wird das nie was.

Egger schreibt wort- und zeilenweise eine Art Deutsch-Grammelot, das aber doch standhaft und innerlich beseelt bleibt wie das druckfesteste Dichterdeutsch. Es sind meist botanische oder geologische Hilfsbegriffe, die so entstehen und uns Botschaften aus dem prachtvollen Kopf dieses Poeten bringen. Wie bei Mach oder Herbeck ist keines dieser Wörter uns wirklich fremd, keines »macht« etwas anderes als ihre geläufigen deutschen Geschwister aus dem Duden, und doch rühren seine mysteriösen Neuschöpfungen, wie etwa das »Rogeis« (also Eis aus dem Rog?) oder die »Wirrgnist-Larven« oder die »Irlhut-Wiesen«, an uralte Zustände, in die man als naturmüder Alltagsmensch nur höchst selten gerät. Ich erinnere mich an einen Moment, als ich einen Kollegen, der sich im Facebook-Chat endlos über irgendeine lächerliche Lebenskrise verbreitete, mit den Worten ermahnte: »Du bist so ein Tranbug«, *as in* Bug eines Schiffes und Tran *as in* Lebertran. Schwer, nachträglich aufzuschlüsseln, aber es war doch das Einzige, was man auf seine durchtraurigte Dauerklage antworten konnte. Auch habe ich schon Menschen innerlich als »Mühmel-Äcker« bezeichnet, was ein liebevoller Begriff ist, der, glaube ich, so etwas wie das geduldige Hinarbeiten auf freundlichere Verhältnisse darstellen soll (»mühmeln«). Und im Globenmuseum in Wien stand ich unlängst versunken vor einer vollkommen schwarzen Weltkugel und hörte plötzlich Geschrei, das so klang, als käme es direkt aus der Kugel. Aber es war ein Baby, das von einer schlafentzogen und ausgemergelt aussehenden Mutter durch die Räume getragen wurde, und in meinem Kopf nannte ich ihr Aussehen augenblicklich »hagäugig«: Schau dir diese hagäugige Frau an, bestimmt will sie ihr Kind in einer der Weltkugeln verstecken und weggehen etc.

Worin genau besteht die beseelende Schönheit und Sprengwucht unverständlicher Wörter inmitten gewöhnlicher Rede? In einem Gespräch mit Ettore Settanni sagte James Joyce, er habe die Technik der Deformation, der veränderten Wörter, von einem Dante-Vers übernommen: »Pape Satàn, pape Satàn aleppe!« Er sei, so Joyce, von dieser Technik ausgegangen, »um eine Harmonie zu erreichen, die unsere Intelligenz erobert, ähnlich wie Musik«. Aber warum gerade dieser seltsame Nonsens-Vers? Zugegeben, man vergisst die Zeile nicht mehr, nachdem man sie einmal gelesen hat. Und vollkommen *nonsense* ist sie auch nicht, denn Pape Satan, das könnte alles Mögliche heißen. Einige Interpreten lasen sie als »pas paix Satan«. Sie ist auf jeden Fall in einem auffallend *gehirnfreundlichen* Klang verfasst. Die Zeile wird am Anfang des siebenten Gesangs des Infernos in der *Göttlichen Komödie* gerufen, und zwar von Pluto. Vermutlich wird der Satan selbst damit angeredet. Es könnte aber auch einfach ein Fluch sein: *Aleppe!* Wir wissen es nicht. Und doch, wie unvergesslich leuchten uns immer noch die Herbstblätter, allein weil sie im Umzaka allen Getriebes fielen.

5

The Ballad
of Austin Creek

But this was in the twelfth century and it was a dream …
Peter Handke bei seiner Nobelpreis-Bankettrede
am 10. Dezember 2019 in Stockholm

Das Rückverzaubern des alltäglich Bekannten in Gebilde von geradezu außerirdischer Leuchtkraft ist eine der ersten und unersetzlichsten Funktionen der Poesie. Der Nonsens vermag dies auch, aber auf eine viel konfrontativere und chaotisch-ungestümere Weise. Poesie geht doch meist behutsam vor, auf Spinnenpfoten, während der Nonsens beim Umfallen alle Kleiderständer mit sich reißt. Bisweilen erfüllt sogar simple Müdigkeit ein ähnliches Amt. Ernst Jandl beschreibt diesen Effekt am schönsten, in seinem Gedicht *von schlafkunst*, das von seinen vielen Versuchen handelt, abends zur Ruhe zu kommen:

> hab dann an bettlektüre wiederhol-genuß;
> les mehrfach wort und satz, eh ich erfaß,
> daß ich sie nicht versteh, verwandle so
> jegliches buch in eins von gertrude stein.[66]

Wenn die Müdigkeit groß genug ist, werden für gewöhnlich zuerst die schwierigen oder seltenen Wörter zu totalem Nonsens, zu Grammelot, und strahlen nach und nach auch auf die geläufigeren Umgebungswörter aus. Oder es ist gar nicht Müdigkeit, sondern Ekstase. Auch dieser Zustand hat bekanntlich keine Verwendung für abstrakte, komplexe oder gar philoso-

---

66 Ernst Jandl: *Werke in sechs Bänden. Band 3 – Die Bearbeitung der Mütze.*

phische Begriffe. Eine Frucht solcher ekstatischer Sprachstiftung ist die *Lingua Ignota* der Nonne Hildegard von Bingen, die mir, bei jedem meiner Besuche in den uns davon überlieferten Wortlisten, wie ein Werk genau am Mittelpunkt zwischen Verzauberung und Kleiderständerumreißen vorkommt. Es handelt sich nicht um eine vollständig entwickelte Sprache, sondern nur um eine ausführliche Sammlung von Ersatzwörtern für bereits bestehende Begriffe aus verschiedenen thematisch gruppierten Gebieten wie Kirche, Körperteile, Natur usw. *Aigonz* für Gott, *Inimois* für Mensch, *Ranzgia* für Zunge oder Sprache usw. Dem strengen Wilhelm Grimm, der eine der ersten Editionen des rätselhaften Glossars herausgab, war die Angelegenheit höchst suspekt. Er hielt nicht viel von der leuchtenden Wortpoesie dieser Frau und nannte sie »eine eigenmächtige, grundlose Erfindung«[67]. Auch später versuchten Gelehrte immer wieder nachzuvollziehen, aus welchen bestehenden Wortverzeichnissen sich die ungezogene Nonne bedient haben könnte.[68] Ein einziger Text in *Lingua Ignota* ist überliefert und er lautet: »O orzchis Ecclesia, armis divinis praecincta, et hyacinto ornata, tu es caldemia stigmatum loifolum et urbs scienciarum. O, o tu es etiam crizanta in alto sono, et es chorzta gemma.« Dummerweise findet sich im Glossar selbst nur die Erklärung für *loifol*, es ist das Wort für »Leute«. Abgesehen von vier weiteren Worten ist der Rest normales Latein und der Text selbst unschwer erkennbar ein Lobpreis der christlichen Kirche. »Du bist die caldemigen Wunden der Menschheit und die Stätte der Wissenschaft.«

---

67 Siehe Sarah Higley: *Hildegard of Bingen's Unknown Language.*

68 So z. B. Michael Embach, *Die Schriften Hildegards von Bingen*, er geht davon aus, dass Hildegard von Bingen sich bei ihren lateinischen und deutschen Begriffen aus dem *Summarium Heinrici* bedient habe, und gibt die Kalkulation von Reiner Hildebrandt mit 95 % *Übereinstimmung* wieder.

Im Dezember 2019 hatte ich dann Gelegenheit zu erfahren, wie das aussehen kann, wenn einem das eigene Deutsch mithilfe moderner Alltagstechnologie unverständlich gemacht und zugleich rückverzaubert wird in etwas Vor-Verständliches, Traumartig-Vertrautes. Ich schaute mir da nämlich, während ich auf der Straße unterwegs war, auf dem iPhone die Nobelpreis-Vorlesung von Peter Handke an, die auf der Webseite der Schwedischen Akademie live übertragen wurde. Es liegt mir im Folgenden gar nichts daran, Handkes zweifellos von Herzen kommende Rede irgendwie ins Lächerliche zu ziehen. Aber es war da etwas mit meinem iPhone geschehen: Es übersetzte mir ständig alle gesprochenen Sätze ins Englische, allerdings rein phonetisch und ohne den geringsten Respekt, Sinn und Verstand.

Der in der Rede vorkommende Schnipsel »aus dem Krieg. Die Person war« etwa wurde so zu »Austin Creek depends on what«, das Fragment »jünglings, vor der Familie verschwiegen« wurde zu »younglings for the familiar fresh vegan«, und schließlich wurde aus »Blütenkelchen. Die Verneigung vor der Blume ist möglich« ein bizarres »Great Britain collection if an icon for the bloomer is moogly«. Und es wurde immer schlimmer:

Hier verlor ich schließlich die Beherrschung:

Das musste ich nachsingen, auf offener Straße, als gewaltige Blues-Zeile gegen den dämmrigen Abendhimmel. Und ich verstand nach einer Weile die deutschen Sätze wirklich nicht mehr, sondern befand mich im Nebel einer vorübergehend in mir erblühenden *Lingua Ignota*. Jedes Wort wurde mir von einer höheren Intelligenz ersetzt.

Bloomer is moogly, bloomer is moogly, eierte es in mir. *Bloomer is moogly. Anger hootenanny hootenanny hootenanny secret home family blues. Oh lord.*

Und vor mir auf dem winzigen Display des iPhones ergab sich ein strahlendes Haiku nach dem anderen.

system of the zygon
a dwarf star star goddess
abend im spätherbst

»Zygon« und »moogly« sind nur *beinahe* Nonsens oder Herbeck-Mach-Wörter. »Zygons« sind irgendwas im Gehirn und außerdem, laut Internet, ein außerirdisches Volk im fiktiven *Doctor-Who*-Universum, okay, und »moogly« nennt sich ein beliebtes Online-Forum für Häkelmuster. Schon sehr, sehr geil.

Immer wieder intonierte ich, im Rhythmus meiner Schritte, die Zeilen:

Austin Creek depends on what
Austin Creek depends on what
Austin Creek depends on what

Und gab mir schließlich selber die Antwort:

The Moravian Knot!
The Moravian Knot!

Ich weiß auch nicht. Gut möglich, dass der Stockholm-Kontext des Livestreams meinem high und frei assoziierenden Unbewussten nahegelegt hatte, aus der *Morawischen Nacht* zuerst das schwedische *Natt* zu formen und es dann, halb-homophon, zurück in das an jenem Abend ohnehin die ganze Zeit extrem magnetisch wirkende Englisch zu tauchen: *knot*.

System of the zygon star. Hootenanny secret home. THE BALLAD OF AUSTIN CREEK.

Jedenfalls kam ich am Ende völlig zeilentrunken an meinem Ziel an und zeigte allen Anwesenden, ein begeistertes Johlen unterdrückend, die vielen Screenshots, die ich gemacht hatte. Es waren fast sechzig.

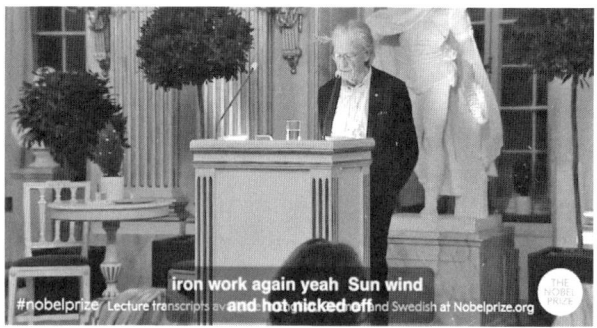

you're honest and say
in the tundra
in Hilton
tote
ash pond
and indicted them
were David in Africa house
iron work again yeah
Sun wind
and hot nicked off
as an underground dwarf
those activities

6

Gifts from God

Viele werden das, was man als Glossolalie bezeichnet, bestimmt schon einmal selbst unternommen haben. Vier- bis fünfmal am Tag scheint ein normales und gesundes Maß zu sein; aber einige strenge, selbstbeherrschte Menschen scheinen auch mit deutlich weniger auszukommen. Ich lalle gern beim Kochen vor mich hin, an Ampeln, im Wald.

Die deutsche Dichtung ist insgesamt nicht unbedingt reich an Glossolalie (oder Grammelot), aber sie kennt das Phänomen immerhin und verwahrt es an einigen kostbaren Stellen. Hugo Balls Lautgedichte fallen einem natürlich ein oder auch Christian Morgensterns berühmtes *Großes Lalula*, dazu einiges von Oskar Pastior und Ernst Jandl und Gerhard Rühm oder auch manche Verse meines liebsten Barockdichters, Johann Klaj.

Nonsens und Glossolalie werden gelegentlich als eine Art Teesud behandelt, aus dem man etwas ablesen kann, das sich sonst niemals zu erkennen gibt, die eigene Seele, die Zukunft,

Botschaften aus der »atemlosen Welt« usw. Man kann den Text nicht verstehen, also sieht man ihn als offeriertes Gesellschaftsspiel, zu dem man die Regeln selbst erfindet.

Ein Lautgedicht von Paul Scheerbart, erschienen 1897 in seinem »Eisenbahn-Roman« *Ich liebe dich*, geht so:

Kikakokú! Ekoraláps!

Wîso kollipánda opolôsa.
Ipasátta îh fûo.
Kikakokú proklínthe petêh.
Nikifilí mopaléxio intipáschi benakáffro – própsa
pî! própsa pî!
Jasóllu nosaressa flípsei.
Aukarótto passakrússar Kikakokú.
Núpsa púsch?
Kikakokú bulurú?
Futupúkke – própsa pî!
Jasóllu …

Zugegeben, ein ziemlich stumpfsinniges Gebilde. Hat weder Charme noch Jazz. Eigentlich eine Frechheit. Es ist so dermaßen kreuzbrave Glossolalie, mein Gott, wie leidenschaftslos manche Dichter auf ihre selbstgewählte Freiheit reagieren! Da lässt man einmal das Meerschweinchen aus dem Tornister, und dann darf es bloß solche langweiligen Minimalrunden laufen. Und dann auch noch die aufdringlichen Akzente auf den Vokalen! Schämen soll er sich. Das Gedicht erinnert an das nervtötende Verhalten gewisser Hauskatzen, sich lange um die Öffnung einer Tür zu bemühen, durch Scharren und Miauen, und dann, wenn die Tür geöffnet wird, mit Pokerface vor der offenen Tür stehen zu bleiben, ohne hindurchzugehen, und schließlich einfach umzusinken, seitlich, auf den Hintern.

Doch selbst aus mittelmäßigem Material können Genies oft Erstaunliches herausholen, in diesem Fall Oskar Pastior. Er wurde 1927 in Hermannstadt in Siebenbürgen geboren und ist leider 2006 verstorben. Ich hätte ihn so gern einmal live gehört oder gar kennengelernt. Aber leider kam es nie dazu, und ich kann mich nur noch auf den üblichen metaphysischen Wegen, über Bücher und Bilder und Tonaufzeichnungen, mit ihm unterhalten.

Pastior nahm die unelegante Glossolalie Scheerbarts einfach ernst, als Mitteilung in einer bekannten Sprache, genau wie es mein iPhone an jenem denkwürdigen Tag im Dezember tat.

Heraus kam eine Oberflächenübersetzung:

Bison, Kolibri, Pandas – in die Opposition!
Passat-Winde, ich flüchte.
Pinakothek: Korinthen deklinieren Pepita.
Nekrophilie-Mob im Lexikon, Ostern marsch in die
                    Luxus-Cafés – Grenzwert π, Grenzwert π!
Ja soll ich da nicht besser ausflippen, Beinhaus?
Au, Karotten, au Möhring-Panzerkreuzer Kikakokú!
Hochzeit im Busch?
Kinkerlitzchen Bülbül?
Fick dich, Puck – Grenzwert π!
Jawollust, ich soll.

»Luxus-Cafés – Grenzwert π, Grenzwert π!« Sehr gut. In genau diesem Luxus-Café habe ich jahrelang zu Mittag gegessen. Merken wir uns das. Es ist die Technik, die uns im Folgenden begleiten wird.

Jürgen H. Petersen bringt in seiner Studie *Absolute Lyrik: Die Entwicklung poetischer Sprachautonomie im deutschen Gedicht vom 18. Jahrhundert bis zur Gegenwart* das Prinzip auf den Punkt: »Auch ein sprachautonomer Text kann nicht immer verhindern, dass mitunter ein konstruiertes Wort auftaucht, welches in irgendeiner Nationalsprache ebenfalls vorkommt.« Absolut. *Tineka. Tanagra mia.* Der Deutungsvorgang als Aberkennung von Autonomie. Du bist nicht allein, sagt er. Du denkst, du klingst nur wie du. Ich aber höre dich, Junge.

Doch lassen wir die Theorie. Es braucht ein bisschen Groove, ein bisschen Raunz. Eines meiner liebsten Gedichte in deutscher, nein, Unsinn – eines meiner liebsten Gedichte in *folgender* Sprache ist Oskar Pastiors *Ballade vom defekten Kabel*. Es wohnt in dem 1978 erschienenen Band *Der krimgotische Fächer*. Krimgotisch, so nannte Pastior ein Hybridsprachgebilde, das eigentlich weder mit dem realen Krimgotischen noch mit dem Gotischen viel zu tun hat.

Adafactas
Cowlbl
Ed rumplnz kataraktasch-lych

Uotrfawls
aachabrawnkts Brambl
aachr dohts …

Schlochtehz ihm
schlochtehz ihm
ehs klaren Zohn

Ihn Uotrfawls

Humrem hä?
Do humrem
Nodo humrem
kaineschfawls

Ehs istolt ain däfäktäs
rumpltsch
traktaz
ä nedderschtilchz
Rompl-Grompt

Cowlbl o Cowlbl wottä
Cowlbl-gotz!

Gehbät uns ain
adakuats Ch-bell
ntmr hiechffn
so-trumpltsch Bvchuelltr
aasm
Naawbl

Ein erstaunliches und jungbrunnenhaft wirkendes Gedicht. Ich suche es seit Jahren immer wieder auf und verstehe es nie ganz. Ich habe irgendwo die Behauptung gelesen, man müsse es in »siebenbürgisch-sächsischer« Mischmundart lesen, dann sei alles klar. Unglückliche, denen diese beiden weit voneinander existierenden Mundarten tatsächlich als Hybrid-Idiom geläufig sind! Ich möchte nicht zu euch gehören! Nein, nehmt mir mein herrliches »Cowlbl« nicht weg. Dass das defekte Kabel ein Kälbel, ein Kälbchen wird, begreife ich. Auch der (für mein Ohr) sehr heimatlich tönende Ruf nach Schlachtung desselben: »Schlochtehz ihm«. Und die »kataraktasch-lichen« Wasserfälle (»Uotrfawls«) geistern für immer unheimlich und unverständlich durch die Welt. Immer wenn man kurz eintaucht ins glasklare Verstehen, stauben einem in den nächsten Versen die verrußtesten Rätsellaute entgegen. Wohnen wir einer nur verzerrt im Funk weitergeleiteten Opferung bei? Geht es um Religion? Nedderschtilchz – niederstechen? Rumpl-Stilzchen? Gebet uns ein adäquates [»chch«-Rauschen aus dem Funkgerät]-bel? So trumplt es Wörter (?) (oder Behälter?) ausm Nabel (?).
What?
Es ist wirklich wunderbar. Dass so was geht! Schau nur, wie *ewig* dieses Gedicht ist. Man kann es behutsam mit dem Stethoskop lesen oder es stockbesoffen aufsagen vorm offenen Badezimmerfenster, es ist *news that stays news* (Ezra Pound). Es gibt

übrigens einige in Büchern gedruckte Interpretationen dieser Ballade, die alle sehr klug und naheliegend und einleuchtend sind.[69] Frechheit.

Lustigerweise ist das Hervorbringen scheinbar sinnloser Silben ein Betätigungsfeld, das sowohl die niedrigsten wie auch die höchsten Stufen geistiger Entwicklung umspannt, allerdings niemals die Bereiche dazwischen, das laue Mittelfeld. Man schreibt es Kleinkindern und von Geburt an schwer kognitiv beeinträchtigten Menschen ebenso zu wie in göttliche Ekstase geratenen Heiligen und unter Drogeneinfluss der Geisterwelt ihre Geheimnisse ablauschenden Schamanen. Glossolalie war – man könnte sagen: von alters her – die Disziplin dieser beiden Extrembereiche menschlicher Meisterschaft. Nur das Mittelfeld gab stets vor, sie nicht zu kennen, oder lehnte sie als nutzlos und wesensfremd ab.

Aber vielleicht stimmt auch das nicht ganz, denn aus dem Elend der Monotonie, der Druckverhältnisse modern-urbaner Langeweile, erheben sich, wenngleich auch selten, unter gewissen Umständen solche Äußerungen auch bei ganz durchschnittlichen und in keiner der beiden oben erwähnten Richtungen illuminierten Menschen, wie etwa hier, in dem nachahmenswerten und zweifellos sehr realistischen Beispiel der »Ü-Sprache« aus Martin Kessels 1932 erschienenem Roman *Herrn Brechers Fiasko*:

Ja, man hatte begriffen, daß vor der Öde eines leeren Stuhles nichts angebrachter sei als eine Zäsur, ein glücklicher Hiatus, und so hatte sich diese Sprache herausgebildet. »Ü?« pflegten sie nun zu sagen. Es war ein Laut, wie ihn Hühner hervorbringen, und er wurde gut nachgeahmt. Da nicht bekannt war, wie die neue Platzanwärterin aussehen würde, bot die ü-Sprache genug an bo-

---

69 Siehe etwa Renate Kühn in *Der poetische Imperativ*.

denloser Form der Unterhaltung. Den Höhepunkt erklomm die allseitig genährte Erwartung jedoch am Montag, als ein Kollege darauf verfiel, über kommende Dinge überhaupt nicht mehr vernünftig zu reden. Man sagte nun nicht mehr: »Haben Sie einen Bleistift?« – sondern man sagte: »awa en bleie, ü?« Die absolute Unverständlichkeit dieser Sprache bedurfte nicht der Befürwortung, weshalb sie auch vorm Chef geheimgehalten wurde, dem höchstens ein »ü?« folgte, sobald er das Zimmer verließ.

Liebespärchen kennen solche Ü-Sprachen sehr gut. Wann immer sie auftreten, werden sie, fälschlicherweise, gern mit Babysprache oder gedankenlosem Lallen verglichen. In Wahrheit sind sie der vornehmste Ausdruck geglückter Intimität, die, weil wir uns als Tierart inzwischen so verkompliziert haben, oft nur noch hergestellt werden kann, indem man alle möglichen Regeln verletzt. Wo wäre sonst das ungeheuer zärtlich besungene und beleidigte Leben des *Cowlbls* und seiner *Uotrfawls*?

Als Kind neigte ich zu exzessiver Glossolalie. Ich hatte starke synästhetische Neigungen und brauchte zum Beispiel nur ein ursprünglich aus Schweden stammendes, eine große Gruppe heimkehrender Jäger darstellendes Gemälde im Haus meiner Großmutter anzusehen, und schon bildeten sich in mir für jedes einzelne Gesicht die passenden Silbenfolgen. Ich taufte selbst die Gewehre und die Wasserbehälter und die Hunde mit Fantasienamen. Und dann, im darauffolgenden Sommer, wenn ich, damals noch schnell wachsend und neue Körperformen annehmend, wieder in das alte Haus in Ferlach trat und, obwohl längst ein anderer, die alten vertrauten Feriengegenstände wieder begrüßte, denn ich würde ja für ein paar Wochen mit ihnen in Frieden koexistieren müssen, fand ich sofort die Silbenfolgen wieder, genau dieselben wie vor einem Jahr, jeder der pittoresken *jägarna* erhielt seinen eigentlichen Namen zurück, seine in mir verwaltete Identität, und in diesen Sommern, als meine Erdenzeit am langsamsten verrann, bildete sich in mir wohl zum ersten Mal so etwas wie ein ungebührlich gesteigertes Vertrauen in das eigene Gelall.

Vielleicht hätte es mich als fleißig jägerbenennendes Kind sehr beeindruckt, zu erfahren, dass das Erfinden von Fantasiewörtern gelegentlich in die Nähe des Göttlichen gerückt wird, dass es in christlichen Erweckungskirchen oder auch in Sekten wie den »Shakers« als *gifts from god* gefeiert, dass es in mehreren Religionen als eine Art Vorstufe der Erleuchtung gesehen wird.

Ich habe mich lange darüber gewundert. Warum sollte ausgerechnet sinnloses Silbensprechen so nahe an Gott sein? Es ist ja »keine Leistung«, dachte ich immer, es geht so leicht. – Glücklicherweise aber hat sich Thomas von Aquin genau dieser Frage ausführlich in seiner *Summa Theologica* gewidmet. Ich verfüge selbst über keinerlei Religion, aber Thomas von Aquin ist für mich trotzdem einer der unentbehrlichsten Schreiber der Geschichte, denn sein Werk liest sich, gottlob, wie das einer riesigen Künstlichen Intelligenz. Es ist eines der größten Beispiele für einen Bot *avant la lettre,* für ausgelagertes Denken. Thomas von Aquin denkt *mit* Bibel und Kirchenvätern und nicht so sehr mit dem eigenen Verstand. Das heißt, sein Verstand hat allein zu kombinieren, nicht zu erfinden, er ist im Grunde die mnemonisch perfektionierte Volltextsuche. Er sucht innerlich Belegstellen und verschmilzt diese, nachdem er sie aufgespürt hat, anhand einer Handvoll Algorithmen.

In Zungen reden. Es existieren zwei kanonische Beispiele dafür aus der Heiligen Schrift. Erstens das Pfingstwunder und eine kurze Beschreibung des Phänomens im 1. Korintherbrief als »Gabe Gottes«.

Hans Urs von Balthasar, der Kommentator meiner Thomas-Ausgabe, fasst das Ganze folgendermaßen zusammen:

Prophetie und Glossolalie erscheinen in einer untrennbaren, ursprünglichen Einheit von Inhalt und Ausdruck, von neuer, übernatürlicher Wahrheit und neuer, übernatürlicher Sprache oder wenigstens Sprechform. Anders in Korinth: hier redet der Glossolale »nicht zu den Menschen, sondern zu Gott« (1 Kor 14, 2), ja er betet nur im Pneuma, nicht im Nous, so daß sein eigener Verstand »ohne Furcht« bleibt, er in seinem natürlichen Bewußtsein nicht versteht, was er betet und sagt (1 Kor 14, 14), und vor allem die Hörer nichts verstehen; soll daher die Kirche erbaut werden, so ist ein eigener »Ausleger« vonnöten, der die unverständliche Sprache versteht und übersetzen kann.

Die Herleitung des Zungenredens ist also daraus erklärbar, dass das Bewusstsein der Menschen ausgeschaltet werden musste, sozusagen durch einen Bypass aus Nonsens-Silben, nur so konnten die bedeutsamen Ebenen ungefiltert miteinander interagieren: Seele und Gott. Der heilige Thomas selbst deutete es als vorübergehende Verleihung von Superkräften, als eine Art Über-Sprache, ähnlich wie der universelle Bedeutungen in die jeweilige Gehirnsprache des Trägers übertragende Communicator in *Star Trek*. Justinus Kerner hält in *Seherin von Prevorst* ähnliche Überlegungen fest:

Wir finden schon, nicht nur bei Menschen, die durch schlafwachen Zustand in ihr Innerstes geführt wurden, sondern auch bei anderen Gottbegeisterten (z. B. bei Jakob Böhme und andern Sehern), daß sie für das, was sie in ihrem Innersten fühlten und ausdrücken wollten, keine Worte fanden, sie mühten sich ab, selbst Worte zu erfinden, die aber auch wohl noch weit nicht ausdrückten, was sie fühlten, was sich ihnen offenbarte, und die uns oft auch nur halbverständlich blieben. So erfand Jakob Böhme eine ganze Reihe eigener Worte. Auch im Kinde gehen oft für seine Empfindungen eigene Worte auf, die es oft nur spät und ungern mit erlernten äußern vertauscht.

Dieses Unbehagen in der bestehenden Sprache setzt sich auch in den wachen Zustand fort, wodurch es der Seherin sogar unmöglich erscheint, bestimmte Dinge bei ihrem Namen zu nennen (»Ich möchte es so gerne anders heißen«), und man könnte, angeregt durch diese nackte, heimatlose Sicht auf die Verhältnisse, diesen Schwund an Weltvertrauen, vielleicht sogar zu der Ansicht gelangen, dass unser Geist, oder unser Gehirn, wenn es sein müsste, auch jenseits der Sprachen existieren und gedeihen könnte.[70]

In der Deutung einiger Gelehrter ist das Zungenreden überhaupt nichts Menschliches, sondern nur der Interferenzeffekt, der entsteht, wenn man die Heilige-Geist-Sprache auf dem niederen Betriebssystem des menschlichen Gehirns laufen lässt. Als solches ist es eine Art von Einwegkamera-Sprechakt, es enthält keine Regeln, die sich erkennbar wiederholen und die man erlernen könnte, es ist vollkommen neu und uneinordenbar in jedem begonnenen Laut.

Eine damit verwandte Theorie besagt, dass das Zungenreden dadurch entsteht, dass Gott dem pfingstlich auserwählten Menschen alle menschlichen Sprachen zugleich zukommen lässt, wodurch sich so etwas wie ein prismatisches Weiß ergibt.

Aber halten wir uns, anstatt selbst weiterzudenken, kurz noch an einer zweiten großen Autorität fest: Friedrich Schlegel. Von ihm stammt eine der glänzendsten Perlen deutscher Essaykunst des ausgehenden 18. Jahrhunderts, der Aufsatz *Über die Unverständlichkeit*. Vorwürfe, dass das von ihm herausgegebe-

---

70 Der Kunstkritiker Tom Lubbock, der an einem unheilbaren Glioblastom erkrankte, das sein Sprachzentrum angriff, wunderte sich über die grenzenlose Weite seiner Gedanken, die bestehen blieb, obwohl sein Vokabular immer weiter schrumpfte: »I can still voice words. But I am now pre-computer again – no thesaurus, no email, no newspapers, no radio, not now even a pen. But I find my brain is still busy, moving, thinking. I am surprised. My language to describe things in the world is very small, limited. My thoughts when I look at the world are vast, limitless and normal, same as they ever were. My experience of the world is not made less by lack of language but is essentially unchanged. This is curious.«

ne *Athenaeum* viel Unverständliches enthalte, drängten ihn zu dieser Verteidigungsschrift.

Aber ist denn die Unverständlichkeit etwas so durchaus Verwerfliches und Schlechtes? – Mich dünkt das Heil der Familien und der Nationen beruhet auf ihr; wenn mich nicht alles trügt, Staaten und Systeme, die künstlichsten Werke der Menschen, oft so künstlich, daß man die Weisheit des Schöpfers nicht genug darin bewundern kann. Eine unglaublich kleine Portion ist zureichend, wenn sie nur unverbrüchlich treu und rein bewahrt wird, und kein frevelnder Verstand es wagen darf, sich der heiligen Gränze zu nähern. Ja das Köstlichste was der Mensch hat, die innere Zufriedenheit selbst hängt, wie jeder leicht wissen kann, irgendwo zuletzt an einem solchen Punkte, der im Dunkeln gelassen werden muß, dafür aber auch das Ganze trägt und hält, und diese Kraft in demselben Augenblicke verlieren würde, wo man ihn in Verstand auflösen wollte. Wahrlich, es würde euch bange werden, wenn die ganze Welt, wie ihr es fodert, einmal im Ernst durchaus verständlich würde.

Man braucht Undeutbares in sich, sonst ist man gar nichts. Und vielleicht nährt man es durch regelmäßige Glossolalie. Man braucht etwas, das man inmitten seiner Umwelt still im Inneren oder halblaut wiederholen kann, ohne dass diese es je an sich reißen oder korrumpieren könnte.

7

Sadasa Ulna

Vielleicht also drückt Glossolalie so etwas wie den Unversehrt-
heitswillen des Innenlebens aus und vielleicht auch eine Art
Heimweh nach einem pfingstartig übertragungsbereiten Zustand. Der Science-Fiction-Schriftsteller Philip K. Dick verfasste in seinen letzten Lebensjahren ein umfangreiches
religiös-philosophisches Werk, *Exegesis* genannt, in dem er eine
Folge unerklärlicher Ereignisse, die ihm im Februar und März
des Jahres 1974 widerfahren waren, zu ordnen und besser zu verstehen versuchte. Nur ein kleiner Teil dieses im Original vermutlich um die achttausend Seiten umfassenden Konvoluts ist
veröffentlicht worden. Alles begann damit, dass Dick für einen
Augenblick »das Universum, wie es wirklich ist«, enthüllt wurde.
Er nahm Dinge plötzlich aus der Zukunft wahr, die sich später
als korrekt herausstellten – unter anderem, sehr dramatisch, die
gefährliche Hernie seines Sohnes, die erst entdeckt worden war,
als Dick mit ihm aufgrund eines »beam of pink light« ins Krankenhaus fuhr, was dem Jungen tatsächlich das Leben rettete.

Dick hörte nachts oder auch gelegentlich tagsüber in seinem
Kopf einen Livestream aus unverständlichen Begriffen. Am
Anfang hielt er sich noch an einigermaßen wissenschaftliche
Überlegungen. Einer seiner frühesten Erklärungsversuche war
das Konzept der Tachyonen, so nennt man eine Klasse hypo-
thetischer Elementarteilchen, die sich, zumindest der Theorie nach, schneller als in Lichtgeschwindigkeit bewegen und
so möglicherweise Informationen von der Zukunft in die Vergangenheit tragen können. Ich verstehe das Konzept nicht, und
auch Philip K. Dick hatte, glaube ich, seine Mühe damit. Aber
die Tachyonen waren für ihn zumindest ein gewisser Anhalts-
punkt. Dick nahm sich selbst als Empfänger eines neuartigen

Datenstroms wahr. Jemand aus der Zukunft schickte ihm offenbar seit einiger Zeit, vor allem während seiner unerhört luziden Träume, unaufhörlich sinnlose Namen und Daten. Er brauchte nur einmal nicht aufzupassen oder in einem zerstreuten Augenblick sein Bewusstsein in einem bestimmten Winkel zu halten, und schon prasselten die unverständlichen Datenbestände auf ihn ein. In einem Brief an Peter Fitting vom 28. Juni 1974 zählt er einige dieser unbegreiflichen Mitteilungen auf:

832
835
5 412 960
Eleanor
Mr. Arensky
Mrs. Aramchek
Sadasa Ulna
17
Command-Odd
G-12
5 242 681
P-13

Was zum Teufel sollte das? Wer oder was war mit diesen Koordinaten und Wörtern gemeint? Wer oder was war »Sadasa Ulna«? Dick war ratlos. Vielleicht waren es »the various ›Names of God‹«, die hier durchvariiert wurden?

Sinnlose Wörter begannen ihn zu beschäftigen. Er schrieb an Fitting:

Erinnere dich an das seltsame Wort, das auf der verlassenen Insel Roanoke im Jahr 1591 gefunden wurde, es lautete CTOSYOAN und war in die Rinde eines Baums geritzt, nachdem die ganze Kolonie unter mysteriösen Umständen spurlos verschwunden war. – Und schau, da ist es mir gerade passiert; ich hatte meine Finger um eine Taste nach rechts verschoben auf der Tastatur der Schreib maschine liegen: Das Wort lautet eigentlich CROATOAN; ich hab es aus meinem Buch abgelesen und dabei beim Tippen nicht auf meine Hände geschaut. Und so ist mein Argument perfekt bewiesen. Seit Jahrhunderten versuchen Gelehrte herauszufinden, was »Croatoan« bedeuten soll. Wahrscheinlich bedeutet es nichts; die verängstigten Kolonisten, die sich einer oder mehreren Gefahren gegenübersahen (Hungersnot, Indianer, Pest usw.), hatten einen Geistesblitz und verließen die Insel, um zu einem anderen, sichereren Ort zu gelangen, im Glauben, dass diese Buchstaben etwas Sinnvolles hinterließen. Möglicherweise hat der »Cosmic Teletype Operator« für einen kurzen Moment nicht aufgepasst, so wie ich vorhin, und so kam der Fehler zustande.

Das verwortakelte Wort CTOSYOAN erinnerte mich an den sogenannten YOGTZE-Fall, einen ungeklärten Todesfall aus Deutschland. 1984 kam ein Mann namens Günther Stoll unter mysteriösen Umständen ums Leben, nachdem er an paranoiden Zuständen gelitten hatte. In seiner Todesnacht schrieb er plötzlich das Wort YOGTZE auf einen Zettel und sagte ein »fürchterliches Ereignis« voraus. Später fand man ihn in seinem Wagen neben der Autobahn, nackt und schwer verletzt. Er war an einem anderen Ort nackt von einem unbekannten Fahrzeug überfahren und dann irgendwie zurück in sein Auto gebracht worden. Mit geradezu kühner Nüchternheit schreibt Wikipedia: »Die Polizei weiß nicht einmal mit Sicherheit, ob ›YOGTZE‹ überhaupt ›YOGTZE‹ bedeuten soll (…). Die Polizei fand lediglich heraus, dass ein solches Wort in keiner Sprache der Welt existiert.«

Philip K. Dick versuchte auch, den ihm nachts eingeflüsterten Begriff »Sadasa Ulna« zu deuten. In einem Brief an seine Bekannte Claudia Bush berichtet er, er habe »ulna« nachgeschlagen, es sei das lateinische Wort für »Ellbogen«. Die früheste Belegstelle finde sich im dritten Buch der *Aeneis*. Sein Bewusstsein weise ihn also offenbar immer wieder auf eine Zeit vor zweitausend Jahren hin. Vielleicht sei es der Grieche Asklepios, der mit ihm in Kontakt zu treten versuche. Oder, wie Dick später an Ursula K. Le Guin schrieb, vielleicht der Prophet Elias.

In einem späteren Abschnitt der *Exegesis* kam Dick schließlich auf die Idee, dass es weder zukünftige noch vergangene, sondern überhaupt zeitlose, sozusagen wie Hintergrundstrahlung vorhandene Wissensbestände sein mussten; oder eine vergangene Epoche stand vielleicht »in rechtem Winkel« zu der Epoche, in der er lebte. Aber vielleicht versuchten auch einfach mal wieder die Toten, sich in das Bewusstsein der Lebenden zu mischen. Dick hatte eine Zwillingsschwester gehabt, die kurz nach der Geburt gestorben war. Mit den Jahren lenkte sich dieser letzte, von zaghafter Rührung begleitete Verdacht immer mehr auf dieses Wesen, das ihm Zeit seines Lebens gefehlt hatte: Jane. Auf den allerletzten Seiten der *Exegesis*, die kurz vor seinem Tod verfasst wurden, spricht er sie direkt an, ruhig, gefasst und voller Zuversicht. Vielleicht steht es einem Leser nicht immer zu, bei allem und jedem mit dabei zu sein. Ich habe diese Seiten einmal gelesen, aber möchte sie nicht mehr öffnen und auch nicht zitieren.

Der psychedelische Philosoph Terence McKenna vermutet, dass Glossolalie die früheste Unterhaltungsform der Menschheit darstellte. Die sinnlosen Silben, der *data stream* selbst, seien zuerst dagewesen. Bei DMT- oder Psilocybin-Trips komme es, so McKenna, heute ganz selbstverständlich und unaufhaltsam zu Glossolalie, und sie besitze eindeutig so etwas wie innere Regeln, aber eben keinen Sinn. Syntax, aber keine Morphologie. Sprache sei also Jahrtausende vor der Erfindung von Bedeutung und Sinn entwickelt worden, und zwar als eine Form von »melodielosem Singen«. Menschen seien um ein Lagerfeuer gesessen und hätten einander durch lustige Geräusche, die sie mit dem Mund machten, aufgemuntert.[71]

---

71 Man denke an die im ersten Kapitel beschriebene, quälend langsame Pantomime bei den sprachlos kommunizierenden Freunden von Ildefonso.

Als Kind habe McKenna das andauernd gemacht. Man antworte ihm heute meist: »Aber du erfindest das einfach.« Doch seine Erfahrung sei eher die, dass er selbst innerlich »beiseitetrete« und diesen variablen Datenstrom aus seinem Mund kommen lasse. Dieser müsse etwas Tiefes über ihn aussagen, irgendeine Art Signal über seine innere Situation, auf einer anderen Ebene als eine Aussage wie »Ich bin heute müde, gestern hatte ich leichte Migräne« usw., und vielleicht wäre in einer Welt, wo dieser Datenstrom besser und freundlicher im Alltag implementiert wärc, die Übersicht über die inneren Verhältnisse unserer Mitmenschen leichter zu erlangen und besser mitteilbar. Ich stelle mir diese Welt in etwa so vor wie das Gezwitscher von Vögeln am frühen Morgen im Baum: Man zwitschert, damit die anderen wissen, wo man ist und wie man innerlich klingt, in welcher Tonart man aus dem Bett gestiegen ist. Sozial akzeptierte und von dem Stigma kindlichen oder besoffenen Lallens befreite Glossolalie wäre, möglicherweise, der Königsweg zu einer solchen Welt. Nur in einigen kühnen Augenblicken bestimmter literarischer Werke sehen wir, wie das aussehen könnte:

> Bereits nach zwanzig Minuten Arbeitszeit, aus Ungeduld, daß sie noch nichts von der Neuen erblickte, sagte Fräulein Perdelwitz drinnen: »Etsch em o beske, ü?« – worauf Fräulein Frieske, Sacks Sekretärin, erwiderte: »All männe usja, ü?« – Und niemand hätte zu erfahren vermocht, was damit gemeint war.[72]

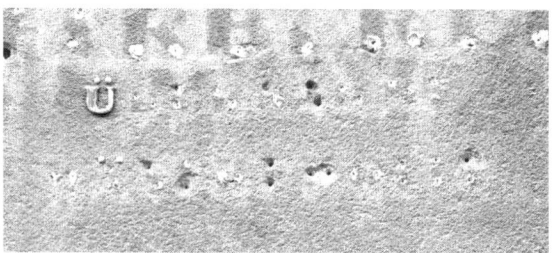

72 Martin Kessel: *Herrn Brechers Fiasko.*

8

Arli's Poems

do war

d do vvar
ulll
at ded ddd
eer nd dnli
ar arrli
a amn ad art
at g
l   fp
guogg o go
nr not
ali ali
at ee
aae ar ar
ar dee er car
rnog no
bad bed

Dieses Gedicht wurde am 25. März 1965 verfasst, von einem
Setter namens Arli. Er gehörte der jüngsten Tochter Thomas
Manns, Elisabeth Mann Borgese. Sie hatte, bevor sie sich ganz
auf Arli konzentrierte, zunächst allen ihrer vier Hunde das
Schreiben beibringen wollen. Nicht eigentlich das Schreiben,
bloß das Tippen. Sie sprach ein (meist kurzes) englisches Wort
aus, und der Hund musste die korrekte Folge der Laute phonetisch erfassen und dann auf den seiner Schnauzengröße ange-
passten Tasten der Schreibmaschine wiedergeben.

Sie sagte zum Beispiel »Arli«, und Arli tippte: A L I. Oder sie
sagte »Bad«, und Arli tippte: B E D. Oder B D. Oder B A D D.
Rechtschreibung spielte keine besondere Rolle für den Hund,

obwohl er auch darin mit der Zeit besser und besser wurde. Mann Borgese ließ ihn, als ihr Vertrauen in seine Verständnisfähigkeiten groß genug war, sogar ihre Weihnachtspostkarten schreiben: »good g feast and nice time«, tippte Arli auf ihr Diktat.

Arli litt, ähnlich wie Mann Borgeses berühmter Vater, an einer extrem empfindlichen und störungsanfälligen Verdauung. Nicht selten kam es vor, dass der Hund sich, trotz in Aussicht gestellter Belohnungen, völlig außerstande fühlte, das tägliche Schreibhandwerk voranzutreiben. Mann Borgese:

> Seine Verdauungsbeschwerden wollten gar nicht mehr aufhören. Sie trübten auch seine Aufmerksamkeit bei der Arbeit. Eines Tages rief ich ihn an die Schreibmaschine, aber er streckte sich und gähnte, dann legte er sich auf den Boden und ignorierte mein Diktat. »Steh auf, Arli, komm her«, sagte ich. Er kam zu mir. »G-o-o-d d-o-g g-e-t b-o-n-e«, diktierte ich. Es war ihm ganz gleichgültig. Schließlich legte er seine Schnauze auf das A. Ich hatte gar kein A diktiert, aber ich beschloss, ihn dennoch machen zu lassen. Und er schrieb, ohne irgendeine Aufforderung und mit allen Leerzeichen am rechten Platz: *a bad a bad doog.*[73]

Mann Borgese war verblüfft. Meinte der Hund, was er da schrieb? Und wenn ja, was bedeutete »meinen« in diesem Fall überhaupt? Arli hatte bereits gelernt, mit bestimmten Buchstabenfolgen bestimmte Vorgänge oder Ereignisse in Verbindung zu bringen. In einem Video, das man auf YouTube findet, sagt Mann Borgese, das reine Diktat sei einfach. Im Grunde könne jeder Hund es erlernen. Es sei eine Übung bar jeder tieferen Bedeutung oder Seelenoffenbarung. Allerdings gebe es gewisse Augenblicke, in denen der Hund doch etwas Eigenes über diesen neu erlernten Kanal ausdrücke, etwa seine Antwort auf die Frage, wohin er ausgehen wolle. Da laute, so Mann Borgese,

---

73 Elisabeth Mann Borgese: *The White Snake.*

seine schnauzengetippte Antwort häufig fehlerlos »car«, da er Ausflüge im Auto am meisten liebe. Auch das Konzept »b-a-d« vs. »g-o-o-d« war dem Hund einigermaßen geläufig. Hatte er an diesem Tag also einen inneren Zustand ausgedrückt, zum Beispiel sein körperliches Unwohlsein?

Der Vorfall brachte Mann Borgese auf eine Idee. Was würde herauskommen, wenn sie Arli ohne vorhergehendes Diktat an der Schreibmaschine arbeiten ließ?

Das Ergebnis war eine Reihe von »Gedichten«. Mann Borgese reagierte auf die entstandenen Texte, wenn man mir diese etwas schnoddrige Deutung erlauben mag, in fast ferngesteuertem Maße orthodox im Sinne ihrer Familientradition. Geschriebenes war sofort etwas wert, man musste es herzeigen und veröffentlichen. So erschienen *Arli's Poems* in der angesehenen kanadischen Literaturzeitschrift *BRICK*.[74]

Angebliche Texte aus der Feder von Tieren bilden eine besonders eigenartige Nische der Fantastik. Immer wieder fiel es Autorinnen und Autoren ein, innerhalb ihres geschaffenen Universums anstelle eines Menschen etwa eine Katze oder einen Hund oder einen Affen Schriften verfassen zu lassen. Fast jedes Mal kommt dabei etwas Spannendes und allgemein Verständliches heraus. Selbst in der Kurzgeschichte *The Author of the Acacia Seeds And Other Extracts from the Journal of the Association of Therolinguistics* von Ursula K. Le Guin, in der schriftliche Nachrichten von Ameisen dechiffriert werden, funktioniert die Übersetzung reibungsfrei und ergibt leuchtende Einsichten folgender Art:

> *Long are the tunnels. Longer is the untunneled. No tunnel reaches the end of the untunneled. The untunneled goes on farther than we can go in ten days [i. e., forever]. Praise!*

---

74 In der Ausgabe Nr. 76, Winter 2005, neben Beiträgen von u. a. Donna Tartt, Geoff Dyer, Oliver Sacks, Colm Toíbín und David Sedaris.

Man glaubt es keine Sekunde.

Ameisen, die sich ausgerechnet über ihre Tunnel Gedanken machen?

Aber sehen wir uns noch ein weiteres Beispiel von Arlis Gedichten an:

bad a baf
bdd af dff
art ad
abd ad arrli
bed a ccat

Bed a cat – bette eine Katze. Oder böse Katze. Oder vielleicht ein verfehltes *car*. Und immer wieder blitzt der eigene Name, dieser bedeutungsvolle Bewegungsablauf A-R-L-I, aus dem diktatlosen Tippspiel hervor. Mann Borgese liefert zu den Gedichten sogar die angebliche Rückmeldung eines namenlos bleibenden »well-known critic of modern poetry«, dem sie die Gedichte gezeigt habe. Sie seien entzückend, habe der Kritiker geantwortet, sie hätten auffallende Ähnlichkeit mit Konkreter Poesie aus Brasilien, Schottland und Deutschland. Außerdem falle einem sofort der Name eines gewissen amerikanischen Lyrikers ein, der *exakt* so schreibe wie der Hund.

Ich gebe zu, Mann Borgeses betont Mann'scher Umgang mit den poetischen Tippspielen ihres Hundes ist mir fast etwas zu viel. Es scheint, als habe sie wenig Sinn dafür gehabt, sie als das zu sehen, was sie waren: der innere Monolog eines hochtrainierten Tieres. Damit irgendein Wissen, eine Handlungsabfolge oder ein »Wort« im Gehirn bestehen bleibt, muss es dort wiederholt werden. Und in den Gedichten von Arli geschieht genau das: Er zeigt die unermüdlichen Wiederholungen der erlernten Wörter, die in seinem Gehirn ablaufen. Er war ein Hund, der, ohne sein eigenes Zutun, nun mal in die sonderbare Situation gekommen war, alle möglichen Buchstabenfolgen memorieren zu müssen. Sie brachten ihm Belohnung und Aufmerksamkeit und sogar, gelegentlich, eine Fahrt im geliebten Auto. In den Wiederholungen und Fehlern und Variationen derselben vier, fünf Begriffe sehen wir also seinen Geist bei der täglichen Instandhaltungsarbeit und Festigung genau jener bedeutsamen Strukturen. Hätte er etwas vollkommen Zufälliges getippt und nicht immer wieder *dog doog dg dgg bad bed badd bdd good god dog good goodd doog*, wir könnten ihn vielleicht als freien Hund betrachten. Aber so, mit dem in Gestalt und Form recht eindeutigen Ertrag seiner anleitungslos verbrachten Stunden, tritt er uns, wie alle hochtrainierten Schreibenden, als gebundenes Geschöpf entgegen.

Mein liebster bildender Künstler des 20. Jahrhunderts, Joseph Cornell, war, als ihm die *Bad-dog*-Episode zu Ohren kam, so gerührt, dass er fortan die Menschheit in zwei Gruppen einteilte: jene, denen »Borgese's dog« ein Begriff war, und die Unwürdigen. Für ihn war die Vorstellung eines Hundes, der *bad dog* tippt, eines der zentralen Ereignisse der Epoche. Dummerweise aber verwechselte er den Namen »Borgese« nach einer Weile mit »Pergolesi«, und danach fanden sich auf der ganzen Welt nur noch Unwürdige, denn niemand, nicht einmal der gebildetste seiner Kollegen, hatte je von »Pergolesi's dog« gehört.[75]

Immer wieder ist bemerkt worden, es sei doch eine unübersehbare Ironie, dass ausgerechnet die Tochter Thomas Manns ihrem Hund das Maschineschreiben beigebracht habe. Oberflächlich ist diese Beobachtung nachvollziehbar, aber sie ist doch unvollständig und eigentlich falsch. Denn die Schreibmaschine, das war *Katia*, nicht Thomas. Der große Zauberer schrieb alle seine Werke mit der Hand, weggesperrt von der Familie in seinem Zimmer, gebeugt über ein Heft. Die Schreibmaschine war im Hause Mann jener mechanische Geist, der al-

75 Guy Davenport, »Pergolesı's Dog«, in: *The Geography of the Imagination.*

les aufrechterhalten half, sie bediente nicht das Dichtende, das Kreative, das künstlerisch Gequälte und tragisch Geniale, nein, sie war das Instrument der selbstverständlichen und kaum bedankten Aufopferung einer Ehefrau, die nächtelang, vor diesen kleinen klappernden Pflug gespannt, ohne Lohn abtippte und abtippte und abtippte und damit für andere sichtbar machte, was ihr Mann ersonnen hatte, und vielleicht war gerade deshalb die Schreibmaschine das Naheliegende, das Elisabeth Mann Borgese für ihren quirligen Hund einfiel, es kann sein, dass es gar keine andere Möglichkeit gab, um die alten Dämonen aus dieser Apparatur zu treiben, als den Hund auf ihr seine Lehrgedichte tippen zu lassen.

Die große Befreiung:
Esperanto

The Tamarian was willing to risk all of us,
just for the hope of communication.
Jean-Luc Picard, Star Trek. The Next Generation,
Folge 102 »Darmok«

1

Die Reise

Tra-ta-ta-ta.

Tra-ta-ta-ta. Tra-ta-ta-ta.

Was war das? Es klang riesig, unmenschlich, aber zugleich einladend, dann pfiff es plötzlich, wurde langsamer, geschmeidiger, zugleich ließ es den Boden des Bahnsteigs erzittern, schaltete die lebendigen Stimmen und Koffergeräusche der ringsum versammelten Menschen aus, es gab nur noch das langgezogene Quietschen, dann schnaufte es kurz und war still. Das musste der Zug sein.

Der junge Mann, der zum ersten Mal in seinem Leben allein auf dem Moskauer Bahnhof war, lehnte sich immer wieder leicht nach vor, um an der veränderlichen Wärme abzulesen, wie weit der eingefahrene Zug von ihm entfernt war. Die frisch belebte Luft wölbte sich gegen seine Stirn. Den Stock zum Tasten auszustrecken, traute er sich im Augenblick noch nicht, denn wer konnte sagen, wie gefräßig so ein Zug war. Er nahm immerhin Menschen in sich auf, massenhaft, da schnappte er vielleicht auch Stöcke weg. Manchmal half ein helles klapperndes oder schnalzendes Geräusch, dann konnte man am Echo abschätzen, wo das nächste größere Hindernis war.

Leute rempelten ihn an, drängten sich an ihm vorbei.

Nach einer Weile erschien jemand, der ihn von der Seite ansprach. Ein Fremder. Ob der junge Mann in den Zug einsteigen wolle? Noch bevor Vasilij ja sagen konnte, ergriff der Fremde, wie es fast immer geschah, seinen Arm und zog kräftig daran. Man helfe ihm gerne, hier lang.

»Danke«, sagte Vasilij.

Seine Stimme war – zum letzten Mal in seinem Leben, wie er im selben Augenblick beschloss – piepsend und zaghaft, fast unhörbar.

So, jetzt das Bein etwas anheben. Ja, so.

Ach, es gab Treppenstufen! Interessant. Eins, zwei, drei, fertig.

Vasilij tastete sich zurecht. Er stand gut und sicher, er war im Zug. Menschen, Kanten und Ecken in Hüfthöhe drängten an ihm vorbei. Von hier an sollte es gehen, ein Schaffner würde ihm schon den Weg zeigen.

»Vielen Dank, mein Herr.«

Aber der Fremde war bereits verschwunden.

Noch unbekannter als der Zug war das Reiseziel des jungen Mannes. Der Westen. Dieser lag in weiter Ferne, ein ordentliches Stück weit auf der Weltkugel. Man hatte ihm die Distanz im Institut gezeigt, mit Finger und Handfläche. Fast drei Finger breit auf dem Globus in diese Richtung. Kaum vorstellbar. Dort liefen die Uhren vollkommen anders als in Russland.

Zu Anfang saß Vasilij allein im Abteil. Ein Ruck, dann fuhr der Zug los, man wurde ganz leicht in den Sitz gepresst. Ein wenig unheimlich war es doch. Später im Leben würde er es zu schätzen wissen, ohne Begleitung zu reisen, wann immer es ging, als blinder Mensch rasch voranzukommen, ohne sich ständig in seinen wohlmeinenden Helfern zu verheddern.

Nach einer Weile gesellte sich ein älteres Schwesternpaar zu ihm, das ihm Teigtaschen anbot, die ein wenig nach Lavendelparfüm rochen, aber köstlich schmeckten.

Die üblichen Bemerkungen zu Beginn des Gesprächs.

Vollkommen blind?

Ja, leider.

Seit der Geburt?

Nein, nicht seit der Geburt.

Ach herrje! Also ein Unfall?

Sozusagen. Eine Krankheit in frühester Kindheit. Ein Versagen der heilkräftigen Ikonen.

Darauf lachten die Damen. Sie schienen mit seinem leicht ukrainisch gefärbten Dialekt keine Probleme zu haben, obwohl sie ein gepflegtes Moskauer Russisch sprachen. Nach einer Weile wechselte Vasilij in ihre Sprechweise, und die Damen reagierten verzaubert. Nun wollten sie noch mehr über den interessanten jungen Mann erfahren.

Er sei also ganz allein unterwegs?

Im Augenblick ja.

Es gebe gar kein Wärter auf ihn acht?

Nein, sagte Vasilij, einen Wärter beschäftige er nicht.

Und der grüne Stern da an seinem Mantel?

Ja, das, erklärte Vasilij, nein, das sei auch kein Wärter.

Man lachte.

Aber ein Abzeichen vielleicht, zu wem er gehöre?

Nein, sagte Vasilij, kein Blindenabzeichen. Es sei etwas ganz anderes. Der *Stelo*.

Stella?

La stelo, wiederholte Vasilij. Das Abzeichen von Esperantujo.

Wieder lachten die Damen und ließen sich das drollige Wort mehrmals wiederholen. Sie versuchten sogar, es nachzusprechen, stellten sich dabei aber absichtlich ungeschickt an, ihre Stimmen kullerten ständig übereinander, und schließlich gaben sie auf. Der Name einer Blindenschule?

Nein, antwortete Vasilij. Der Name eines Landes.

Aha?

Die Damen hatten noch nie davon gehört. Man sei sich sicher, dass …

Vasilij nahm es ihnen nicht übel. Streng genommen war es auch für ihn etwas Neues.

Aber wo anfangen? Da ihm nichts sonst einfiel, rezitierte er ihnen aus dem Gedächtnis einige Verse des großen Dichters Grabowski:

La tago malvarma, malgaja, sensuna;
Ne haltas la ventoj kaj pluvo aŭtuna;
Vinujo je l' muro putranta sin tenas,
Sed ĉiu ekblovo foliojn deprenas,
Kaj la tago – malvarma, sensuna.

Beeindruckt applaudierten die Schwestern. Italienisch!, schwärmte die eine, deren Stimme dunkel und baumrindenhaft klang. Ja, das sei wahrlich die Sprache des Herzens, ganz wunderbar!

Es ist Esperanto, sagte Vasilij. Diese Sprache sei, erklärte er, zufällig genau in der Stadt geboren worden, in die der Zug fuhr.

Ach tatsächlich? In Warschau?

Ja.

So was.

Vasilij wurde gebeten, die Verse zu wiederholen, was er gerne tat. Es sei, erklärte er, die Esperanto-Version eines ursprünglich auf Englisch verfassten Gedichts, von dem Dichter Longfellow. Vasilij sprach den Namen des Dichters dabei absichtlich russisch, mit hörbarem w am Ende aus, *Langfjelov*, um die Damen nicht allzu vielen fremdländischen Tonfällen zugleich auszusetzen. Er wusste: Man musste in solchen Dingen behutsam und mit Geduld vorgehen. Sehende Menschen hatten eine rätselhafte und beizeiten geradezu komische Scheu davor, Stimmlagen und Sprachen zu wechseln. Aber was soll's, dachte er.

The day is cold, and dark, and dreary;
It rains, and the wind is never weary;
The vine still clings to the mouldering wall,
But at every gust the dead leaves fall,
And the day is dark and dreary.

So das Original.

Sehr schön, sehr schön, lobten die Damen. Aber man hörte, dass sie nicht mehr recht bei der Sache waren.

Das ursprüngliche Gedicht sei leider unvollkommen, sagte Vasilij. Die Esperanto-Version hingegen sei perfekt geglückt. Zum Beispiel in der zweiten Zeile – er wiederholte sie –, da störe ihn ein wenig dieses »and the wind«, denn es mache so kleine Trippelschritte, mitten im Rhythmus. Er machte es vor. Die innere Musik des Gedichts komme dadurch aus dem Gleichgewicht. Und auch bei der Zeile »But at every gust the dead leaves fall«, da komme die Betonung entweder auf das »at«, was etwas unnatürlich und gestelzt wirke, oder aber man lasse »but at« unbetont und setze den Akzent erst auf »every«, »but at évery gúst the déad leaves fáll«. Beides nicht ganz sauber, nicht wirklich anmutig.

Hingegen bei Grabowski: »Ne haltas la ventoj kaj pluvo aŭtuna.« Derselbe Sinn, aber ohne Trippelschritte. Ein durchgängiger glatter Takt. Und mit vollkommen harmonischer Gleichverteilung der Vokale. In der neuen Sprache liege einem das Gedicht auf einmal so anschmiegsam im Munde. Und es gebe noch tausend andere solcher Beispiele.

Eine Weile schwiegen die Damen.

Dann sagte die mit der helleren, türklinkenhaft kühlen Stimme: Also ist der junge Mann wohl Musiker?

Ja.

Wusste ich's doch.

Man packte etwas zu trinken aus. Vasilij wurde davon angeboten, aber er lehnte ab. Er musste konzentriert bleiben.

Und nun sei also Warschau sein Ziel? Um dort … diese interessante halbitalienische Sprache zu studieren?

Nein, sagte Vasilij. In Warschau würde er bloß umsteigen. Er habe noch einen weiten Weg vor sich. Bis nach England.

England!

Davon hatten die Damen schon gehört.

Ob er denn Hilfe brauche beim Umsteigen?

Nein, vielen Dank, sagte Vasilij. In Esperantujo seien glücklicherweise alle Menschen miteinander befreundet. Man würde ihn abholen kommen.

Ja, aber Warschau sei in Polen, sagte die Dame mit der dunkleren Stimme, nicht in Espertujo. Wo er sich dieses sagenhafte Land vorstelle?

Überall natürlich.

Überall?

Ja, antwortete Vasilij, natürlich überall. Es müsse überall sein, sonst wäre es ja nirgends. Jedes Land auf der Weltkarte sei bereits belegt, also müsse man es überall aufteilen.

Die Dame mit der eigenartig dunklen, nach innen gewandten Stimme schenkte ihm beim Aussteigen am Warschauer Bahnhof einen Apfel. Er lag kalt und saftig in der Hand und fühlte sich an wie Zuversicht.

Karon dankon, sagte Vasilij.

2

Herkunft

Der Protagonist dieser romanhaften Rekonstruktion, Vasilij Eroschenko, wurde 1890 in dem russischen Städtchen Obuchowka geboren, an der ukrainischen Grenze. Mit vier Jahren erkrankte er schwer an Masern. Man gab ihm alle Hausmittel. Bloß Ikonen gab es dummerweise keine im Haus, denn die Familie war arm, aber gleich gegenüber, da lag die Kirche. Die Tante erklärte sich bereit, dem schwer atmenden Jungen zu helfen. Sie hob ihn aus dem Bett, wickelte ihn in Decken und trug ihn über die Straße zur Kirche. Gewiss würden die dort beheimateten Heiligen dem Jungen bei der Genesung beistehen.

Der kleine Vasilij musste stark abgenommen haben. Der Tante war, als trüge sie einen Säugling.

Der Tag war eiskalt und wolkenverhangen. Der messerscharfe, schneehaltige Wind stürzte durch die Gasse. Egal, wie man sich drehte, er fuhr einem ins Gesicht. Der Junge schrie. Dass er sich auf einem derart kurzen Weg verkühlen könnte, war dennoch schwer vorstellbar. Außerdem die Heiligen. So zumindest verteidigte sich die Tante hinterher, wenn auch meist leise und für sich, gegen die Vorwürfe der Familie. Denn Vasilijs Krankheit schien am selben Abend um einiges schlimmer geworden zu sein. Die Mutter saß bei ihm und hielt seine Hand, die manchmal eiskalt war, dann wieder fiebrig zu glühen begann. Vasilij bat oft um Licht, dann wieder tat ihm das leichteste Glimmen im Kopf weh. Schließlich verlor er das Bewusstsein und begann zu murmeln. Tagelang lag er im Delirium, und als er erwachte und auf die ängstlichen Fragen seiner Familie, ob er wisse, wo und wer er sei, weitgehend korrekte Antworten gab, fiel man einander um den Hals und dankte den Heiligen von gegenüber. Selbst die Tante traute sich hervor, sie stand scheu in der Tür und jubelte mit. Aber da bat der Junge wieder um Licht. Er lag mit offenen Augen im Bett, und seine Arme bewegten sich. Man trug ihn ins Freie. Man hielt sein Gesicht direkt in die Sonne. Aber seine Augen leiteten nicht ein einziges Signal weiter. Er sah keine Dunkelheit, sondern etwas Schlimmeres. Eine bizarre Dauerfarbe, die keinen Sinn ergab, die nicht einmal eine Farbe war. Nur wenn er die Finger direkt gegen die Augen drückte, sah er so etwas wie Blitze.

Später beschrieb Vasilij Eroschenko in seinem Werk immer wieder diese frühe Zeit seines Lebens. Mit geradezu anthropologischer Faszination erzählt er, wie die plötzliche Erblindung ihn anfangs in ein wildes, fast wolfskindähnliches Geschöpf verwandelte. Alle Anzeichen von Sozialisation waren getilgt worden. Ich glaube, man kann sagen, dass ihn dieses Grundgefühl des Vertrauensverlusts, des sich auflehnenden Zorns und der durch nichts linderbaren Schwermut in seinem weiteren Leben niemals mehr ganz verlassen hat.

Der Junge kauerte den ganzen Tag in einem finsteren Winkel, und wenn jemand das Wort an ihn richtete, brach er sofort in Tränen aus oder, auch das kam vor, schlug und trat nach dem anderen. Er wippte stundenlang vor und zurück oder lag in verdrehter Stellung auf dem Boden. Die Eltern wussten nicht weiter. Einmal überraschte ihn seine Mutter, packte ihn und führte ihn, in dem hilflosen Versuch, ihm zu beweisen, dass die Welt, die er verloren zu haben glaubte, im Prinzip ja noch vollständig vorhanden war, hinaus aus dem Haus und auf die Straße. Und für einen Moment schien es, als würde der Junge auf die gewaltsame Lektion eingehen. Er stand erstarrt auf der Erde, durchschossen von Lichtstrahlen wie eine kleine Engelsfigur. Sein Kopf sank ihm auf die Brust, als würde er lauschen. Aber als er sich plötzlich bewegte und gegen etwas Unerwartetes stieß, geriet er völlig außer sich, schrie und stolperte zurück in seinen Elendswinkel.

»Vasenjka …«

Die Mutter stupste ihn sanft mit der Fußspitze an. Es war nicht abwertend gemeint, aber der Junge neigte neuerdings dazu, um sich zu beißen. Besser ein Biss in die Wade als einer in die Hand.

Schnell atmend saß Vasilij da, und nur an seinem Gesichtsausdruck konnte man sehen, dass er, seiner heftigen Fluchtreaktion zum Trotz, nachzudenken begonnen hatte. Seine Augenbrauen waren zusammengezogen. Denkerfalte.

Auch der Mutter war seine magnetnadelhafte Orientierungsgabe auf der Flucht zurück ins Haus aufgefallen.

»Es tut mir leid«, sagte sie. »Ich wollte dich nicht erschrecken.«

Keine Antwort.

»Aber wie schnell du hierher gefunden hast, Vasenjka«, sagte die Mutter, wie nebenbei. »Das ist gut. Hier ist dein sicherer Ort. Hier sollst du bleiben, für immer.«

Da: eine schnelle, ungestüme Wendung seines Kopfes. Und etwas wie ein Schnauben, ein Schnappen nach Luft. Die Mutter ahnte, was es war, und es freute sie. Ihr Sohn war empört.

»So schnell hast du hierher gefunden«, sprach sie leise weiter, als bedaure sie einen Misserfolg. »Ganz ohne irgendwo anzustoßen. Ach herrje! Armer Vasenjka.«

Ein ganzer Tag verging.

Es wurde nicht viel gesprochen.

Dann kam Vasilij hervor und bat darum, noch einmal den Weg zurück zu seinem Elendswinkel laufen zu dürfen. Aber diesmal von einer anderen Stelle.

Sein Gesicht war auffallend gerötet. Nicht an den üblichen Stellen, rund um die verheulten Augen, und auch nicht an den Wangen, wo er sich in seiner Schreckstarre oft die Fingernägel hineingrub. Nein, ebenmäßig gerötet, durchblutet, fast sah man ihm den erwachten Pulsschlag an.

»Von einer anderen Stelle?«

Die Mutter bemühte sich, verständnislose zu klingen.

»Ja.«

»Aber von wo denn?«

»Egal«, sagte der Junge. »Überall.«

Wie ein kampfbereiter Soldat stand er da. Also nahm sie ihn an der Hand und zog ihn fort, bis zur Kirche.

Ich bin schon einigen plötzlich erblindeten Menschen begegnet. Manchen war es ein Anliegen, mir genau darzustellen, wie ungeheuerlich man von der Welt angebrandet wird, wenn man das elementarste Schutzelement, über das ein Mensch verfügen kann, nicht mehr besitzt: den aktiven Blick. Andere hatten es aufgegeben, davon zu erzählen, oder empfanden die Angelegenheit anders. G., ein älterer Mann, nahm sich eines frühen Morgens durch einen Sprung aus dem Fenster des betreuten Wohnheims das Leben. Wie sehr man sich mit dem Blick die Zumutungen der Erde vom Leib hält, wer weiß es besser als ein plötzlich unrettbar Erblindeter? Die Orientierungslosigkeit ist, angeblich, nichts dagegen.

In seiner Erinnerungsschrift *Unu paĝeto en mia lerneja vivo* (*Ein Kapitelchen aus meiner Schulzeit*) weist Eroschenko auf eine weitere Dimension hin. Er zitiert zunächst Clarence Hawkes' Buch *Hitting the Dark Trail*, in dem der ebenfalls früh erblindete Gelehrte und Naturdichter schreibt:

Obwohl mich die Nacht zur Mittagszeit überwältigt hat, habe ich bereits die Schönheit der Nacht entdeckt. Die Sonne zur Mittagszeit zeigte mir die Welt und all ihre Wunder, aber die Nacht zeigte mir das Universum, die unzähligen Sterne und den grenzenlosen Raum, die Weite und das Geheimnis allen Lebens. Der perfekte Tag brachte mir nur die Welt des Menschen näher, aber die Nacht die Welt Gottes. Und obwohl mir die Nacht oft Schmerz und Entmutigung beschert hat, so habe ich in ihr doch die Sterne singen gehört …

Mit seinem jeder Verklärung feindlichen Humor fügt Eroschenko hinzu, das sei bestimmt wahr, wenn man, so wie Hawkes, in herrlicher Natur auf dem Lande wohnt, aber in der Stadt, in Shanghai, in London, in Moskau? Überall Lärm. Da müssten die Sterne schon gewaltig brüllen, um gehört zu werden.

Gute Wendungen oder wohlmeinende Deutungen beeindruckten ihn nicht. Er vertraute eher, so scheint es, auf die unerwarteten, elementarteilchenartigen Fluktuationen der eigenen Biografie, kurz: das Chaos. Und so dramatisch Vasilijs Erstarrung gewesen war, so schnell und leicht verflog sie wieder. Bald begann er mit Nachbarskindern durch den Wald zu streifen, auch schwamm er im Fluss und jagte Krebse. Aber die frühe Starre und die Gewalttätigkeit blieben in ihm, allerdings wusste er sie auf geschickte Weise neu zu bündeln. Sie wurden zum Reservoir seiner glänzenden Sturheit und seines Erfindungsreichtums. Er lernte, kilometerlange Strecken zu Fuß zu gehen, er spielte Ballspiele, und er lernte massenhaft Texte, Vokabeln und Musik auswendig. Es dürfte keine Übertreibung sein, zu behaupten, dass er über ein beinahe perfektes Gedächtnis verfügte. Etwas einmal Gehörtes blieb für gewöhnlich für immer in ihm. In seinem Leben erlernte er viele Sprachen, unter anderem Turkmenisch, Japanisch, Chinesisch, Englisch und Esperanto, zum Teil so gut, dass er sie unterrichten konnte. Er spielte Violine, Gitarre und Balalaika.

1899, also im Alter von neun Jahren, kam Vasilij Eroschenko nach Moskau in eine Blindenschule. Es war Juli, drückend heiß, die schwitzenden Finger der Kinder klebten an den Braille-Buchseiten, und manche Schulbücher lösten sich auf.

Auch dieses Detail triggert, man verzeihe mir die Wichtigtuerei, eine lebhafte Erinnerung an meine Zeit im Odilien-Institut. Ich reparierte dort in der Bibliothek Braille-Bücher, die von den Ausleihern in gründlich zerlesenem Zustand zurückgegeben worden waren. Nie wieder habe ich die physische Freude des Durchlesens so plastisch vor mir gesehen wie an diesen herrlich zerfallenden Bänden. Die Brailleschrift selbst war meist noch intakt, aber oftmaliges Darüberfahren mit den lesenden Fingerkuppen hatte die Seiten selbst gelockert.

Vasilij musste jedenfalls vom ersten Tag an in der Moskauer Schule Verse auswendig lernen. Außerdem wurde den Schülern Korbflechten beigebracht.

Ganz so wie damals im Odilien-Institut, ergänzt mein Gehirn. Nur dass es dort Menschen mit Mehrfachbehinderung waren, visuell, körperlich, geistig. Ich kann den Geruch der Körbe noch immer wahrnehmen, sie wurden in einem Raum neben dem Portiershäuschen gelagert, wo ich während der Sommermonate meinen Dienst absaß, und dieser stechende und doch anheimelnde Geruch erinnert mich daran, wie vollständig die Zukunft einiger Menschen vorausgezeichnet wird: Deine Zukunft ist jetzt Korbflechten und Sitzflächen-Reparieren.

In der Moskauer Blindenschule schlug man die Kinder nicht, aber die Strafen waren dennoch hart und erniedrigend. So musste man zum Beispiel für ein Vergehen »aufrecht wie ein Fahnenmast« in der Empfangshalle stehen, am nächsten Tag gab es kein Mittagessen. Vasilij wurde häufig bestraft. Wie zu erwarten, ging ihm die Ausbildung zum Korbflechter und Besenbinder gewaltig gegen den Strich. Er geriet ständig mit allen Betreuern aneinander.

Ein anderer Mitschüler jedoch mit dem schönen Namen Lapin wurde fast täglich gemaßregelt, weil er Fragen stellte, die der Lehrer noch nie im Leben erwogen hatte. Die Welt sei groß und jeder finde darin seinen Platz, sagte der Lehrer eines Tages. Lapin aber wandte ein, sein Vater habe keinen Platz auf der Erde, denn er müsse jedes kleinste Stückchen Erde beim Grafen Orlov pachten. Der Lehrer nannte Lapin einen Dummkopf und schickte ihn in die Ecke. Ein andermal lernten die Kinder über Hautfarben. Die hellste sei die Farbe der edelsten Rasse der Menschheit, die dunkelste die der unzivilisiertesten. Lapin fragte, was geschehe, wenn ein weißer Mensch unter Sonneneinstrahlung dunkler werde. Werde er da auch dümmer? Der Lehrer schrie. Lapin musste in der Ecke stehen.[76]

In vielen Kindern, auch in Vasilij, gab es eine uneinnehmbare Festung. Er selbst, so schreibt er später, verfügte über vier Dinge, die er sich noch visuell vorstellen konnte: Das waren 1) der Himmel, 2) einige Tauben, 3) der Kirchturm, in dem die Tauben nisteten, und 4) das Gesicht seiner Mutter. Dieser unveränderliche Quaternio war ihm eine Art von Anleitung, reine Gedanken zu denken und für diese stets den einfachsten Ausdruck zu finden. Selbst die härtesten und borniertesten Strafen seiner Lehrer konnten ihm keine dieser vier visuellen Erinnerungen nehmen.

Als eines Tages Li Hongzhang, ein chinesischer Diplomat[77], die Blindenschule besuchte, durften die Kinder seine Hand und seine Kleidung berühren. Der Lehrer hatte ihnen vor dem Besuch erklärt, der Herr gehöre einer minderen Rasse, nämlich der »gelben« asiatischen an. Von den Kindern wussten allerdings nur wenige, was »gelb« bedeutete. Sie sagten dem Lehrer, sie hätten keinen Unterschied in der Haut des Besuchers feststellen können. Aber sehr wohl in der Kleidung. Sie sei feiner und viel angenehmer zu berühren gewesen. Außerdem sei er viel freundlicher als die Lehrer des Instituts gewesen. Der Lehrer bestrafte die Kinder für diese Einsicht hart.

Eines Tages wurde die Schule von dem Onkel des Zaren, Sergei Alexandrowitsch Romanow, besucht. Polizei und Soldaten bewachten die Korridore. Man hatte Angst vor einem Attentat

---

76 Alle Schulanekdoten aus Vasilij Eroschenkos *Lumo kaj Ombro* (Japana Esperanta Librokooperativo, 1979).

77 Es ist unklar, ob Eroschenko den Namen korrekt wiedergibt, denn es finden sich widersprüchliche Angaben über den Besuch dieses Mannes in der Moskauer Schule.

durch Anarchisten. Die Kinder drängten sich in der Empfangs-halle zusammen. Vasilij war allerdings ein wenig länger in sei-ner Kammer geblieben, da ihm das Gedränge zuwider war. Erst einige Minuten nach dem Läuten der Signalglocke machte er sich in Richtung Halle auf. Im Gang wurde er von einem Unbe-kannten angesprochen. Der Mann wollte wissen, ob Vasilij ger-ne in die Schule gehe. Ja, ganz gern. Und wie schmecke ihm das Essen hier? Nicht besonders. Ob er gerne ein besseres Essen haben wolle? Ja, natürlich, ob der Fremde es ihm persönlich geben wolle. Der Fremde lachte und wollte wissen, ob Vasilij ihn sympathisch finde. Vasilij sagte, er kenne den Herrn ja gar nicht. Und selbst wenn er ihn kennenlernen könnte, würde er ihn vermutlich nicht sympathisch finden, denn er halte ihn auf durch unnötige Fragen. Stille trat ein. Vasilij wurde von Leh-rern, die plötzlich erschienen waren, weggezerrt und für den Rest des Tages in eine Kammer gesperrt. Der Fremde war der Großfürst Sergei Alexandrowitsch selbst gewesen.

»Warum hast du das getan?«, brüllte der Lehrer ihn an.

»Ich wusste ja nicht, dass es der Fürst ist.«

»Aber wie kann man das nicht wissen! Klar, du siehst seine feine Kleidung nicht, aber hast du denn nicht seine Vornehm-heit, seine Majestät *gespürt*?«

»Nein«, sagte Vasilij, »gespürt habe ich nichts. Ich hab ge-dacht, es ist einer der Polizisten, die seit Tagen hier herumste-hen. Die sind auch so unhöflich.«[78]

Wenig später begegneten Vasilij und sein Freund Lapin einem Unbekannten auf der Straße. Sie waren auf dem alle zwei Wochen stattfindenden Gang zur Banja etwas vom Weg abgekommen. Der Mann war ungemein höflich und fragte sie über ihr Leben aus. Der Lehrer riss die Jungen grob mit sich

[78] Nur zwei Jahre danach, fügt Eroschenko seinen Erinnerungen hinzu, wurde Ser-gei Alexandrowitsch Romanow tatsächlich durch einen anarchistischen Bomben-anschlag ermordet.

und verprügelte sie im Schwitzbad. Was denn zum Teufel in sie gefahren sei, wollte der Lehrer wissen. Sich mit einem Bettler unterhalten! Am helllichten Tag, direkt vor der Schule! Wenn das jemand sieht!

»Wir haben nicht gewusst, dass es ein Bettler war«, jammerte der sich unter den Schlägen krümmende Lapin.

»Wer soll es denn gewesen sein, du verdammter blinder Teufel?«

»Wir dachten, es ist vielleicht ein Prinz.«

Nein, die ewige Nacht habe ihm nicht den Gesang der Sterne gezeigt. Es sei auch nicht wirklich sicher, wofür der Gesang der Sterne überhaupt gut sei. Gottes Mysterium und das Universum und der Gesang der Sterne. Keine Ahnung. Nein, die Nacht habe ihn bloß eines gelehrt: Misstrauen vor Leuten, die genau sagen konnten, was ein anderer Mensch war.

Mit fünfzehn verließ Vasilij Eroschenko die Schule und begann ein eigenständiges Leben. Sieben Jahre arbeitete er als Musiker im Moskauer Blindenorchester, das 1911 eine Tournee durch den Kaukasus machte. Über dieses Orchester kam der Kontakt zu der zweifellos wichtigsten Person seines frühen Lebens zustande: Anna Scharapowa, Esperanto-Lehrerin und Übersetzerin Lew Tolstojs, Lermontows und anderer Autoren. Sie gab dem Jungen zwei Ratschläge. Es ist schwer zu sagen, welcher der beiden ihm merkwürdiger anmutete. Aber Eroschenko beherzigte beide, als wären es Urteilssprüche Gottes gewesen. Die beiden Ratschläge lauteten: 1) Er solle unverzüglich Esperanto erlernen und 2) unbedingt nach England gehen. Von allein wäre Eroschenko gewiss nie auf diese Ideen gekommen, aber sie waren, wie sich herausstellte, die zentralen Entscheidungen seines Lebens. Als Erstes erlernte er Esperanto. Wie lange er dafür brauchte, ist nicht genau überliefert. Es werden wohl einige Tage oder Wochen gewesen sein.

3

Wie man Esperanto lernt

la domo – das Haus
la viro – der Mann
la virino, la ino – die Frau
la onklo – der Onkel
la onklino – die Tante

la verkisto – der Schriftsteller
la kato – die Katze

mia libro – mein Buch
pri poezio – über Poesie
verkita – geschrieben, verfasst
en planlingvoj – in Plansprachen

kuri – laufen
helpi – helfen
pafi – schießen
legi – lesen

Kiel vi fartas? – Wie geht es dir?

Esperanto lernt man, anders als Volapük, am besten in einer Periode des Lebens, in der ein wenig Frieden und Ruhe eingekehrt ist und man den herzzerreißenden Humor der Dinge, den man schon vergessen hatte, allmählich wieder wahrzunehmen beginnt.

Man wundert sich, staunt, macht Fehler und freut sich.

la krokodilo – das Krokodil
krokodili – in einer Situation, wo es eigentlich verpflichtend wäre,
Esperanto zu sprechen (wie z. B. auf dem Kongress), schändlicher-
weise eine andere Sprache sprechen

fingrumi – befingern, begrabschen
dika – dick
la dikfingro – der Daumen
dikfingrumi – per Anhalter fahren

In meinem Garten wachsen drei Bäume, von denen einer eines Nachts vom Blitz getroffen worden ist. Seither bringt er manches durcheinander. An stürmischen Tagen steht er unbeweglich, wie mit zusammengebissenen Zähnen da. Und wenn es völlig windstill ist, rauscht das Dummerle vor sich hin. Vögel wissen mit ihm nichts anzufangen, stehen lieber im Gras um ihn herum, als auf seinen Ästen zu sitzen, und nur einmal habe ich einen tapferen Specht gesehen, vermutlich neu im Bezirk, der seitlich auf ihm hockte wie ein Hörgerät, aber dann, ohne zu klopfen, gleich wieder wegflog. Auch mit dem Schnee hat der Baum seine Probleme, aber egal – was ich eigentlich sagen will: Wann immer ich an ihm vorbeigehe, nehme ich eine innere Haltung an, als müsste ich ihn, den verwirrt im Weg Stehenden, sanft beiseitedrängen. Ich bin mir sicher, dass nichts mehr in ihm vorgeht. Seine Gegenwart ist mir ein wenig unangenehm, denn sie erinnert daran, dass man jederzeit, vollkommen ohne Vorwarnung, aus der bekannten Welt und ihren geordneten Verhältnissen kippen kann, während man zum Teil, etwa der äußeren Form nach, noch in der alten Ordnung stehen bleibt und Uneingeweihten gegenüber völlig intakt wirkt. Man kann die Sprache verlieren, die Sinne, den Körper, und dennoch am Leben bleiben.

Eines Tages las ich ein Gedicht in einer mir vollkommen unbekannten Sprache, Esperanto. Ich weiß nicht mehr, wo ich es entdeckte. Internet eben, irgendwo.

Ich las die Zeilen und verstand fast jedes Wort.

Lante falanta
flava foli'
takte baraktas
en agoni';

kaj la emajla
flava mort-farb'
ŝminkos la ringan
piedon de l' arb'.[79]

Ich erinnere mich noch gut an die Situation. Mein Gehirn sprach ganz von selbst mit, tief innen: *langsam fallend / gelb laub / takt (keine Ahnung) / in agonie / und die email / gelb todfarbe / schminken ring / bein von baum.* Romanische Sprache, mit ein paar germanischen Wörtern. Geht doch.

Das Gedicht wurde vor einem halben Jahrhundert von dem schottischen Dichter William Auld verfasst. Auld dichtete ausschließlich auf Esperanto. Er wurde 1924 geboren und starb 2006. Er erlernte Dr. Zamenhofs Weltsprache als Kind bei den Pfadfindern. Später dann, als junger Mann, wurde er, wie viele zu dieser Zeit, sehr aktiv in der Verbreitung der neuen Sprache, verfasste einflussreiche Lehrbücher und übersetzte sogar eine Reihe von Klassikern in Esperanto wie J. R. R. Tolkiens *Herr der Ringe*, Werke von Shakespeare und Oscar Wilde, aber auch das leicht durchgedrehte, von einem Raumschiff handelnde Versepos *Aniara* des bei uns eher wenig bekannten schwedischen Nobelpreisträgers Harry Martinson. Auld selbst wurde 1999, 2004 und 2006 für den Literaturnobelpreis nominiert – eine Tatsache, die im Rest der Welt erstaunte Reaktionen hervorrief.

Aulds Ruhm innerhalb der Esperanto-Welt gründet sich vor allem auf sein Werk *La Infana Raso* aus dem Jahr 1956. Der Titel

---

79 Aus: *En barko senpilota. Plena originala poemaro* (Edistudio, Pisa 1987).

bedeutet »Die kindliche Rasse«, womit die Menschheit gemeint ist – allgemein das Lieblingsthema der Esperanto-Dichter. Über kaum etwas haben sie so viel gedichtet wie über *La Homaro*.

Hier ist meine Übersetzung seines Gedichts:

EIN STERBENDES BLATT

Ein langsam fallendes
gelbliches Blatt
das leidend und heftig
gezittert hat

trägt die emailgelbe
Sterbfarbe bald
rund um den Baum auf
wie Make-up im Wald

Ein bisschen frei, am Ende, das »schminken« habe ich in ein etwas derberes »Make-up« verwandelt.

Ich übersetzte also das Gedicht, d. h., mein Gehirn übersetzte es automatisch, und im nächsten Augenblick blickte ich aus dem Fenster und sah dessen Inhalt im Garten dargestellt. Unser kleiner dummer, blitzgeschädigter Baum hatte rund um seinen Stamm einen Ring aus gelben Blättern fallen lassen. Ja, das konnte er noch. Die anderen Bäume, jene mit intaktem Betriebssystem, bildeten ebenfalls fleißig ihre Laubringe. Einmal im Jahr also wusste er mitzureden, sprach dieselbe Sprache wie seine Kollegen. Solange noch jedes Jahr Blätter auf ihm starben und abfielen, so lange lebte der Baum noch, und es war dumm von mir gewesen, so streng mit ihm zu sein. Erst durch dieses zufällig entdeckte Gedicht, mein allererstes auf Esperanto, hatte ich das erkennen können.

Albern, oder? Nein. Der Baum besitzt übrigens seit dem Blitzeinschlag einen riesigen Auswuchs. Dieser sieht, zumindest in meinem Kopf, genauso aus wie der gespenstische Fingernagel, der einem Strahlenopfer der Atombombe von Hiroshima wuchs. Blutgefäße hatten sich in dem mutierten Horngewebe gebildet. Wenn man den jahrzehntelang schwarz wuchernden Nagel beschnitt, blutete er. Auch fühlte ich mich bei seinem Anblick erinnert an die Beschreibung der eigenartigen verwachsenen Kühe in V. S. Naipauls magischem Roman *Das Rätsel der Ankunft*, dessen Wesen und Inhalt schwer zu beschreiben sind. An einer Stelle erwähnt der, wie der Autor, in Trinidad geborene Erzähler die Kühe, die in der englischen Grafschaft, in der er seinen Wohnsitz gefunden hat, auf den Weiden gehalten werden und die ihn ein wenig an die heiligen, verehrten Kühe seiner Kindheit erinnern.

»Diese Tiere«, schreibt er, »hatten trotz ihrer Schönheit nichts Heiliges, genossen nicht die ständige Aufmerksamkeit von Menschen, nach der sich, wie ich als Kind meinte, die Kühe sehnten. Diesen Kühen auf den eingezäunten Weiden oder Wiesen waren Nummern ins Hinterteil gebrannt worden.«

Die Brandnarbe des wunderlichen Blitzbaums ist etwa einen Meter lang.

»Nichts Heiliges bei der Geburt oder beim Tod; nur der geschlossene Lastwagen. Und manchmal erinnerte, wie früher in dem verfallenen, moosbewachsenen Hof hinter Jacks Häuschen, etwas an eine misslungene künstliche Besamung oder Befruchtung: wenn für einige Tage, isoliert von den Tieren, die gesund geboren worden waren, merkwürdig geratene Rinder hier eingepfercht waren, denen ein extra Stück Fleisch und Fell (mit schwarzweißem Friesenmuster) in der Mitte herunterhing, als sei aus den zwei Hälften der Kuhform Kuhsubstanz ausgelaufen.«

Und doch konnte der Baum noch das prächtigste Herbstlaub produzieren, seinen in der Herbstsonne leuchtenden Saturnring im Gras. Wie oft war ich blind über ihn hinmarschiert. Aber nicht nur der Baum konnte Herbstlaub ziemlich gut, auch die Esperanto-Dichter konnten Herbstlaub. Oh mein Gott, sie beherrschten Herbstlaub fast so gut wie *Menschheit*.

Hier ein Beispiel aus dem Werk von Julio Baghy (1891–1967), einem Esperanto-Dichter der »klassischen« Periode, der auch heute noch einer der beliebtesten Lyriker in dieser Sprache ist:

Aŭtuna foliaro

Foliaro, flirte danca,
en koloroj centnuanca,
prujnmordite ventpelate
ŝvebas ĉie: kampe, strate;
jen kuniĝas, jen dissaltas,
tie sinkas, tie haltas
por susuri, sible plendi,
jen funebre por silenti,
poste supren, ek pro blovo,
sed sencele kaj sen povo
ĝis ĝi ĉesas kirle krozi
kaj ariĝas por ripozi,
kuŝi kiel morta garbo
sub soleca seka arbo.

Und hier meine Übersetzung:

Herbstlaub

Herbstlaub, flatternd tanzendes,
sich kunterbunt verpflanzendes,
frostverpuppt und windgetrieben,
bleibt auf Feld und Straßen liegen,
sammelt sich und plustert, flirrt,
rieselt nieder, schwillt und schwirrt,

kommt zum Stehen, um zu flüstern,
um zu trauern mit Geschwistern,
dann vom Wind gebraucht im Spiel,
ohne Sinn und ohne Ziel,
aber irgendwann ist's gut,
da verrinnt es, sinnt und ruht
wie ein bleicher Trauerstrauß
rund um alte Bäume aus.

Es gibt so viele Dichter in Esperanto. Über den berühmtesten, den Schotten William Auld, habe ich bereits ein eigenes kleines Büchlein verfasst, mit Übersetzungen seiner Gedichte.[80] Auld war ein Meister der Formenvielfalt und der magischen, hyperrealen Bilder:

Kartonajn siluetojn de uzinoj
ĉe l' horizonto iluminas suno.
Ĉi aŭtobuso glisas tra l' scenejo
kun plena ŝarĝ' de plusrolantoj fuŝaj.

Papierne Silhouetten der Fabriken,
am Horizont beleuchtet von der Sonne.
Und hier fährt durch die Szenerie ein Bus,
randvoll mit lauter falschen Nebenrollen.

In einem anderen, *Novembra Spleno* betitelten Gedicht heißt es:

En la ĝardeno, klerika merlo promenas
kun manoj subbasken ŝovitaj.

Im Garten spaziert eine geistliche Amsel,
die Hände in ihre Rockschöße gesteckt.

80 Clemens J. Setz: *Ein Meister der alten Weltsprache. William Auld* (Verlag Das Wunderhorn, 2018).

Auld blieb ein Leben lang bei Esperanto als Sprache seines Ausdrucks, auch als deren internationale Wirkung und Beliebtheit allmählich abnahmen. Ich erinnere mich, irgendwann in den Neunzigern ein Album der deutschen Rapgruppe Freundeskreis gekauft zu haben, das *Esperanto* hieß. Die Lyrics waren sehr optimistisch:

> Wir besetzen Botschaften in totgesagten Wortschätzen.
> Esperanto hält Einzug in bundesdeutschen Vorstädten.
> Freundeskreis wird zu Amikaro,
> der 2Pac Amaru des Stuttgarter Barrios.

Daraufhin hatte ich im Internet, das damals schon einigermaßen bei Bewusstsein war, sogar einen kleinen Esperanto-Kurs gefunden, besaß aber leider nicht die Geduld, ihn ganz durchzuspielen.

Aber mich beeindruckte schon da die Idee einer konstruierten Verkehrssprache oder einer Interlingua, die das Beste aus einem Pool verschiedener Sprachen nimmt und ihre Grammatik leicht und klar hält, ohne Ausnahmen und ohne den Ballast historischer Verwinkelung.

Manche behaupten, das Deutsch aus Martin Luthers Bibelübersetzung sei auch eine Art Plansprache gewesen, ein Esperanto der verschiedenen deutschen Dialekte. Und das moderne Griechisch erlebte sogar die Erfindung einer eigenartig rückwärtsgewandten Hybridsprache, Katharevousa, entwickelt vom Dichter Adamantios Korais als antikisierende, fremdeinflussfeindlich-puristische Gegensprache zur Dimotiki, der normalen Umgangssprache. Sie war bis in die Siebziger hinein die offizielle Amtssprache Griechenlands, eine wichtige Tageszeitung erschien noch bis ans Ende des Jahrtausends in Katharevousa. So absurd eine solche künstliche Alt-Sprache wirken mag, so fruchtbar war doch, zumindest punktuell, ihre Wirkung auf die Dichtung. So bezog etwa der größte Lyriker des modernen

Griechisch, Konstantinos Kavafis, seine Besonderheiten im Ton und manche poetischen Effekte oft aus der bewussten Verwendung der Katharevousa. Die gerade in höchst modernen Szenen, wie etwa Beschreibungen verbotener homoerotischer Begegnungen im Alexandria der Jahrhundertwende, so kraftvoll und tragisch wirkenden Katharevousa-Wörter im Werk Kavafis' seien, so der Reiseschriftsteller Patrick Leigh Fermor, wie »geschickt platzierte Fragmente von Walknochen in dem sehnigeren Fleisch der Umgangssprache. Es ist aufwändig und abschreckend, aber es ist präzise.«

2019 erschien ein ganzer Spielfilm in Interslawisch, einer vereinfachten slawischen Plansprache: *Der bemalte Vogel*, nach dem grauenerregenden Roman von Jerzy Kosiński. Das Buch besteht fast nur aus entsetzlichen Folterszenen. Ich las es vor einigen Jahren bis zu genau der Szene, wo einer Frau von anderen Frauen aus dem Dorf eine Flasche voller Tierkot in die Vagina gestopft und diese dann durch Tritte zum Zerbrechen gebracht wird. Da dachte ich, fuck you, lass mich in Ruhe, und warf das Buch weg. Das Interslawische wurde in der Verfilmung dieses unerträglichen Wahnsinns deshalb verwendet, damit kein spezifisches Volk als das schuldige, brutale dargestellt wird. (Das Buch wurde im Original auf Englisch geschrieben.) Der Film ist auf jeden Fall weniger schlimm als das Buch, aber ich überlegte auch mehrere Male, aus dem Saal zu gehen. Kriegspornografie, mit manischer Intensität gefilmt. Ich blieb dennoch bis zum Ende, »für Plansprachen-Recherche«, wie ich mir sagte, aber dann fühlte ich mich nur leergerupft und ausgeschimpft, ähnlich wie damals nach dem unmöglichen *Antichrist* von Lars von Trier. Vielleicht bin ich zu alt für so Schmarrn.

In James Joyce' *Finnegans Wake* gibt es nur einige wenige Stellen, wo die rundum verwortatzelte Traumsprache verlassen wird. Eine davon ist in ziemlich gut verständlichem Latein verfasst und beschreibt eine etwas obszöne Tintenherstellungsfantasie. Eine andere ist ein kurzer Abschnitt im dritten Teil. Der Sohn des mythischen Ehepaars Humphrey Chimpden Earwicker und Anna Livia Plurabelle ist erwacht, und ein Dialog in beinahe korrektem Esperanto erblüht mitten in einer der sprachlich dichtverquirltesten Passagen des ganzen Werks:

> – *Li ne dormis?*
> – *S! Malbone dormas.*
> – *Kia li krias nikte?*
> – *Parolas infanetes. S!*

Nach dem, was vorher kam, ist das fast eine Erleichterung. Wenn man die eine oder andere von den Regeln abweichende Silbe sozusagen aufrundet, ergibt das in etwa folgenden Dialog:

> – *Schlief er nicht?*
> – *Sch! Er schläft schlecht.*
> – *Was schrie er nachts?*
> – *Er spricht wie ein Kleinkind. Sch!*

Natürlich müsste es »nokte« und nicht »nikte« heißen, und »infane« oder »infanete« (infaneto = Kindlein, infanete = nach Art eines Kleinkindes) statt »infanetes«, aber hey, es ist *Finnegans Wake*.

In seiner Studie *Dante ... Bruno. Vico ... Joyce.* macht sich Samuel Beckett einige Gedanken über den Plan- oder sogar Hilfssprachenaspekt der von Joyce wie von Dante kreierten Kunstidiome:

> [Dante] schrieb ebensowenig in florentinisch wie in neapolitanisch. Er schrieb in einer Volkssprache, die von einem idealen Italiener hätte gesprochen werden *können*, der das jeweils Beste aus jedem Dialekt seines Landes assimiliert hätte, die aber in

Wirklichkeit bestimmt nicht gesprochen wurde und auch nie gesprochen worden war. Was den Haupteinwand widerlegt, der gegen diese reizvolle Parallele zwischen Dante und Joyce in der Frage der Sprache ins Feld geführt werden kann, nämlich daß Dante wenigstens so geschrieben habe, wie in den Straßen seiner eigenen Stadt gesprochen wurde, während kein Geschöpf im Himmel und auf Erden jemals die Sprache von [*Finnegans Wake*] gesprochen habe. Man muß vernünftigerweise zugeben, daß ein internationales Phänomen in der Lage sein könnte, sie zu sprechen, ebenso wie 1300 niemand außer einem interregionalen Phänomen die Sprache der Göttlichen Komödie gesprochen haben konnte.

Freilich ist die Traumsprache in *Finnegans Wake* an keinerlei sich wiederholende Regeln gebunden, also könnte niemand eine real verwendbare Grammatik oder ein Wörterbuch daraus extrahieren. Dennoch kann man Joyce' Sprache in gewisser Weise »erlernen« oder sich zumindest ihre Spielprinzipien aneignen. Sie ist hermetisch und *open source* zugleich.

Open source, das ist das wichtige Prinzip. Sprachenerfinder teilen sich in zwei Kategorien: Päpste und Programmierer. Charles Bliss war 100 Prozent Papst. Am Ende war er sogar ein Papst ohne Kirche, alle praktizierten die von ihm verwaltete Religion falsch, ohne Synode, ohne Dogma. Er allein blieb orthodox und treu, blind und gehorsam, bis zum Ende. Johann Martin Schleyer war ebenfalls eine päpstliche Erscheinung, er gab das Papstamt mit dem Tod an den Nächsten weiter.

Aber es gab auch Programmierer. Damit bezeichne ich jene Sprachenerfinder, die schon früh Testläufe und Beta-Versionen ihrer Sprache anzetteln und ihren *source code* möglichst rasch für die Öffentlichkeit zugänglich machen und die alle Teilnehmer zur Anreicherung und Aneignung auffordern, die also auf jedes geistige Besitztum über ihre Sprache verzichten. Und

Dr. Zamenhof war eindeutig ein Programmierer. 1905, beim allerersten Esperanto-Weltkongress, gab er mit mehreren Unterzeichnern eine 5-Punkte-Deklaration ab, die unter anderem die Feststellung enthält: »Esperanto gehört niemandem. Jeder Mensch kann es verwenden, wie er möchte.« Außerdem: »Esperanto ist keiner rechtlichen Autorität unterstellt, weder einer staatlichen Behörde noch einer Person.« Man einigte sich auf das Betriebssystem, das sprachliche Fundament. Der Rest war beliebig erweiter- und ergänzbar.

Zamenhof selbst sah den Grund für den etwa um diese Zeit bereits konstatierbaren Misserfolg des Volapük, dieser an sich so charmanten und pfauenradbunten Sprache, gerade darin, dass sie sich beliebiger Erweiterung gegenüber verschlossen hatte.

Esperanto wird gelegentlich mit Lego verglichen. Der Sprachenlehrer Tim Morley sieht auch Parallelen mit dem Blockflötenspiel in der Kindheit. Man solle als Kind möglichst früh Esperanto lernen. Man werde es, ähnlich wie die Blockflöte, vermutlich nicht das ganze Leben lang mit Begeisterung betreiben, aber man erwerbe immerhin ein solides Fundament, eine Art Sprungbrett für das Erlernen weiterer Sprachen.

Diese Perspektive des Hilfreichen und Stützenden, des »Gesunden« einer Sprache wie Esperanto ist recht weit verbreitet. Auf den ersten Blick wirkt es auch wie etwas Schönes. Aber es ist eine Degradierung. Hier die natürlichen, die normalen Sprachen, hier die nicht-ganz-normalen, die »Interlinguae«, die Zwischen- und Hilfssprachen. Und ja, Esperanto sieht auch tatsächlich wie eine typische »Zwischensprache« aus, ein Gemisch – ein germanisch-romanischer Wortschatz mit vereinfachter romanischer Grammatik, dazu in paar slawischen Verbformen usw.

Johann Martin Schleyer lehnte es vollkommen ab. Und auch der Held unseres dritten Kapitels, H. C. Artmann, fand es unzulänglich: »Im sommer 1935 (…) war eine große esperantozeit, ich lernte es auch. Meine halbe familie lernte Dr. Zamenhofs lingvo. Eigentlich war ich nicht sonderlich begeistert. Esperanto – ein abenteuer? Eine sprache, deren substantiva durchwegs auf o enden, auch die weiblichen? Das ging mir gegen den strich.«[81]

Charles Bliss erschien dieses einfache Esperanto gar vollkommen unerlernbar: »Die Arbitrarität von Wörtern – vollkommen losgelöst von realen Gegenständen und daher eine große Last für den empfindlichen menschlichen Verstand – scheint der eigentliche Grund zu sein, warum das Erlernen (…) von Esperanto und allen anderen auf Aussprache basierenden Plansprachen nicht funktioniert.«[82]

Alle hackten gern auf Esperanto herum.

Auch Adolf Hitler –

Nein, das ist der falsche Atemzug. Wir werden auf die politische Verfolgung der Esperantisten an späterer Stelle genauer eingehen.

81 Aus H. C. Artmann: *Artmann, H. C., Dichter* (Residenz Verlag, 1986).

82 »Eine große Last für den empfindlichen Verstand« – woher mag diese Vorstellung gekommen sein? Bliss erlernte ja selbst in seinem Leben einige Fremdsprachen. Aber wenn ich nachdenke, so fallen mir schon Menschen ein, für die laut auszusprechende Wörter eine tatsächliche Last darzustellen scheinen, etwa jene, wie Franz Fühmann schrieb, »rätselhaft früh Enttäuschten, die man ›Autisten‹ zu nennen pflegt«. Und habe ich mich nicht selbst als Kind für eine gewisse, vermutlich mehrere Monate andauernde Zeit vollkommen unfähig gefühlt, laut zu sprechen?

4

Meister der
Esperanto-Dichtung

Glanz und Anmut der frühen Esperanto-Dichtung kam aus Ungarn: Gyula »Julio« Baghy. Er wurde von den Esperantisten »Paĉjo« genannt, Papa. Sein sonniges Gemüt, seine warmen, leidenschaftlichen Balladen, sein auf Augenhöhe mit der Menschheit stattfindender Gesang, seine Sprachmagie, seine scheinbar mühelos aus der Luft gezauberten Reimwörter, sein großer Humor.

Mich erinnert er auffallend an Heine, da er seine Balladen gerne mit stereotypen, leicht exotisierenden Figuren (Großwesir, Vagabund, Husaren) bevölkerte, aus denen er aber vollkommen neuartige und moderne Pointen herausholte. So gleicht zum Beispiel seine Ballade *La deziro de l' Granveziro* auffallend der Kurzgeschichte *Appointment in Samarra* von W. Somerset Maugham.

Berühmt sind die Zeilen: »Helpas mi nur per rezisto; / estas mi esperantisto«, was man wiedergeben könnte mit: »Ich helfe nur durch Widerstand; / ich werd Esperantist genannt.«

Mein Lieblingsgedicht von Baghy ist das *Ran-kvarteto*, das *Froschquartett*:

Sub tegmento staris kuvo,
dum somera densa pluvo.
Sed tegmento baris pluvon,
pluvo falis apud kuvon.
Ĉar el pluvo kuv' ne havis,
pro la soifo ranoj kvakis.

Kvavak kvavak kvak kvak
Akva kuvo, akva kavo.

kvak kvak kvak
Kvakas ni al Akvoavo.
kvak kvak kvak kvak kvak kvak
Kvar kvakantoj kvardekvoĉe,
kvartet-kvakas plenriproĉe,
Pro mankhav' de l' kava kuvo,
en la akvokuv' sen pluvo.
Kvak kvak kvak!!!!!

Kvavak kvavak kvak kvak
Kava kuvo vane vakas.
Kvak kvak kvak kvak kvak kvak kvak
Kvankam ni por pluvo kvakas.
Kvak kvak kvak
Kvodlibet' de ĥor' kvakanta,
en la kuva kav' vakanta.
Kvakas kvere: Akvoavo,
akvon al la kuvokavo.
kvak kvak vkak!!!!!

Tio pruvas: se dum pluvo,
staras sub tegment' la kuvo,
Ranoj vane kvaki povas,
se je salto sin ne movas.
Do ne kvaku kiel ranoj,
karaj gesamideanoj!

Zuerst die wörtliche deutsche Übersetzung:

Unter dem Dach stand eine Tonne,
während ein dichter Sommerregen fiel,
aber das Dach hielt den Regen ab,
der Regen fiel neben die Tonne,
und da die Tonne ohne Regen war,
quakten die Frösche vor Durst:

Quavak Quavak quak quak
Wasserwanne, Wasserhöhle
quak quak quak
wir quaken zum Wassergroßvater (Wassergott?)
quak quak quak
vier vierzigstimmig Quakende
quartettquaken vorwurfsvoll
über den Mangel in der hohlen Tonne
in der Regentonne ohne Regen
quak quak quak!!!!!

Quavak Quavak quak quak
die Tonne ist umsonst leer
quak quak quak
obwohl wir um Regen quaken
quak quak quak
unser Quodlibet aus quakendem Chor
in der leeren tonnenhaften Höhle
quaken wir gurrend (oder: durcheinander): Wassergroßvater,
schick Wasser in die Tonnenhöhle
quak quak quak!!!!!

Dies beweist: wenn in dem Regen
die Tonne unterm Dach steht,
können die Frösche umsonst quaken,
solange sie sich nicht im Sprung fortbewegen.
Drum quakt nicht wie Frösche,
liebe Gleichgesinnten!

Okay.
Und jetzt richtig *übersetzen*. Mit Groove.
(Fingerknöchelknacken.)
Ready?

Regen fiel statt heller Sonne
Unterm Dach stand eine Tonne
Dach hielt Tonne sauber trocken
Frösche saßen drin: erschrocken
Jeder Tonnenfrosch erquakte
weil der Regen hier versagte:

Quavak quavak quak quak
Quo bleibt's Quasser? Quo der Regen?
Quak quak quak
Quakt zum Regengott um Segen
Quak quak quak
Qualvoll quakt wie Wasser schwoll
Froschquartett sehr vorwurfsvoll
Queil die Tonne ach so leer
Quarum kommt kein Regen mehr???
Quak quak quak!!!!!

Quavak quavak quak quak
Umsonst die Tonne so leer wie breit
Quak quak quak
Quaken in Quakhalsigkeit
Quak quak quak
Quodlibet vom Quäkerchor
In der Tonne leer wie Ohr
Queuz und quer quakt: Lieber Quott!
Quib uns Wasser aber flott!
Quak quak quak!!!!!

Wenn die Frösche fern vom Regen
Sich nicht selber fortbewegen
Und nur schrein: »Wir sind nicht nass!«
Bringt das keinem irgendwas –
Wie auch wir erkennen müssten,
Liebe Mit-Esperantisten!

Zu viel? Zu weit gegangen in der Übersetzung? Zu viele »qu«?
Okay.
Aber sind Frösche.
Muss man in dem Fall auch mitdenken.
Frösche sind übrigens generell recht selten in der Lyrik der
Weltliteratur, abgesehen von so paar Fabeln, einer humoristi-
schen Erzählung von Mark Twain und dem einen berühmten
Stück von Aristophanes. Aber sonst? Mir fällt nichts ein.

Baghy gegenüber steht sein Zeitgenosse Kálmán Kalocsay
(1891–1976), ein urbaner, um vieles kühlerer Dichter. Baghy war
von Beruf Schauspieler, Kalocsay Chefarzt in einer Budapester
Klinik.

Als das modernste Gedicht vor William Aulds Waste-Land-
Level-Meisterwerk *La Infana Raso* (*Die kindliche Rasse*) gilt Ka-
locsays Langgedicht *Vizio sur la ponto* (*Vision auf der Brücke*).
Der Dichter steht auf einer Donaubrücke und wird von der irreal und ameisenklein sich dahinbewegenden Menschheit und
der sich zugleich in allem aufspannenden Ewigkeit ganz durch-
drungen. Das Gedicht ist allerdings ein wenig zu lang und zu
pathetisch, um es hier wiederzugeben. Stattdessen ein anderes:

Sunsubiro

Jam iĝis kupro la tagmeza or'.
Ĉe l' horizont' la sun' adiaŭluma,
Okul' gigante granda, plorbruluma,
Rerigardante pasas drone for.

Kaj kvazaŭ sang' fluinta ĵus el kor',
Jen arda ruĝo sur fenestro doma.
Moment' … kaj estingiĝas ruĝ' fantoma,
Kaj jen la dom', rabite pri l' trezor'.

Malluma domo. Lumon lamp' ne ŝutas.
Ĉu l' mastro dormas, aŭ eterne mutas,
Plu lin ne vekos la maten' radia?

Mallum', mallum' mallum' tra l' domo tuta.
Rigardas nokton la fenestro muta
Kun ros-malseka vitro apatia …

Ĉu mi revidos vin, ho kara mia?

Meine Übersetzung:

Sonnenuntergang

Schon wird das Gold des Mittags kupferrot.
Am Horizont, im Abschiedsglühn, verschwindet
die Sonne wie ein Auge, trän-entzündet.
Sie schwillt und blickt zurück. Bald ist sie tot.

Vielleicht trat es als Blut aus Herzen aus,
das rote Licht, das in den Fenstern hängt.
Ein Augenblick … schon ist das Rot verdrängt,
und allen Schmucks beraubt steht unser Haus.

Ein dunkles Haus. Die Lampe wärmt kein Zimmer.
Der Hausherr schläft? Er schweigt vielleicht für immer.
Wird er am hellen Morgen liegen bleiben?

So dunkel, dunkel, diese Häuserfront.
Das stumme Fenster blickt zum Horizont (eigentlich *zur Nacht*,
aber ich bin in arger Reimnot)
mit rosig-feuchten, abgestumpften Scheiben. (Yes!)

Wann sehen wir uns wieder, meine Liebe?

Verdammt! Die letzte Zeile reimt sich nicht mehr.

Ah, Sonette übersetzen ist immer dermaßen Sudoku, alles geht sich so glatt und gut und fast von selbst aus, wie ein klanglich-räumlicher Reißverschluss aus Reimwörtern, aber dann – platsch. Man könnte es ändern in: *O meine Liebe, wann wirst du mir schreiben?* Aber das ist fürchterlich. Nein, das geht nicht.

Gut, man kann die letzte Zeile auch ungereimt stehen lassen, denn selbst im Original lümmelt sie außerhalb der klassischen Sonettform herum.

Wäre ich der Dichter, ich würde einfach Folgendes am Ende dranhängen:

Es ekelt mich. Ich werde nicht mehr schreiben.

Mit diesen Worten endet nämlich das Tagebuch Cesare Paveses. Und nach diesem letzten Eintrag brachte sich der Autor mit einer Überdosis Beruhigungsmittel um, in einem Turiner Hotelzimmer.

Hat allerdings wiederum nichts mit Kalocsay zu tun.

Übersetzen ist schwierig.

Oder man findet noch eine ordentlich reimende Zeile. Überhaupt kann man sich weiß Gott beim Übersetzen noch viel mehr anstrengen und auf 2rhyme.ch die erlesensten Reimwörter suchen usw., aber man wird dennoch niemals, glaube ich, eine befriedigende deutsche Entsprechung finden für die vollendete Vokalmelodie der Wendung »la sun' adiaŭluma« (»die abschiedsleuchtende, die aufwiedersehensglühende Sonne«)[83] oder für das Riesenauge der Sonne, das als »plorbruluma« bezeichnet wird, »entzündet vom Weinen«, »heulbrandig«.

Hier ein weiteres Beispiel einer von Kalocsay originell betrachteten Sonne[84] aus dem Gedicht *Diboĉe* (*Verkatert*):

---

83 Fast hört man Edgar Allan Poes Zauberwort *Ulalume* darin.

84 Kleine Erinnerungshilfe· Baghy = Herbstlaub, Menschheit, Frösche. Kalocsay = modernes Empfinden, Stadt, Sonne.

facila ebrieto
pendas el mi
kiel la lango
el buŝo de bubo mokanta
kaj eta stulta kanto
tra l' kapo ŝancelpaŝas
la spronojn kunfrapante
dancpetole –
rifuĝas la nokto
mateno ĝin frapis
pugnalnaze
kaj nun ĝia sango
de nazo
ruĝigas la horizonton
la gaslampofloroj velkas
ekŝprucas la domoj
miksas balaaĵon
de homa tumulto
en la riveron oran
kiun tra l' urbo verŝas
la leviĝanta suno
viroj, virinoj, post ili
litoj ĉifitaj, kvarpiede
venas

Auf Deutsch würde ich das in etwa so wiedergeben:

Eine Restbetrunkenheit
hängt aus mir heraus
wie die Zunge
aus dem Mund eines frechen Straßenjungen
und ein kleines dummes Lied
taumelt mir
mit zusammenschlagenden Sporen
unfugtanzend

durch den Kopf –
die Nacht hat sich verzogen
der Morgen schlug ihr
mit der Faust auf die Nase
und nun färbt
ihr Nasenbluten
den Horizont rot
die Gaslaternen welken
aus den Häusern quillt
zu Haufen zusammengekehrter
menschlicher Aufruhr
in den goldenen Fluss
der durch die Stadt fließt
die aufgehende Sonne
Männer, Frauen, ihnen folgen
zerwühlte Betten, auf allen vieren

Einige der besten Gedichte in Esperanto stammen von der Engländerin Marjorie Boulton. Sie wurde 1924 geboren, erlernte die Sprache verhältnismäßig spät, erst mit fünfundzwanzig, und verfasste bereits wenig später einen bahnbrechenden Gedichtband, *Kontralte* (*Alt*), der 1955 erschien. Vier Jahre danach erschien der zweite Gedichtband, der die Esperanto-Literaturgeschichte veränderte: *Eroj kaj aliaj poemoj* (*Stückchen und andere Gedichte*).

Der Dichter Baldur Ragnarsson nennt zwei Zitate aus Boultons schmalem, aber reichem Werk als Beispiele für die bislang höchsten Leistungen in der Esperanto-Poesie. Das erste stammt aus einem Zyklus namens *Imagoj de potencoj* (*Bilder der Macht*):

Brunaj folioj en aŭtuna vento
Flugas, saltas, rampas, dancas …
Kaj ili estas mortaj.
La vento ne rekonas morton.

Ĉiu kadavro kaj fragmento
Gaje kuras, sin balancas,
Sentante novan viv-aserton.
Kiel la ventoj estas fortaj!

Auf Deutsch könnte man das in etwa so wiedergeben:

Braunes Laub im Herbstwind fällt,
wirbelt, tänzelt, fliegt zurück …
dabei ist es tot und blind.
Der Herbstwind kennt den Tod ja nicht.
So findet jedes tote Stück
ganz mühelos sein Gleichgewicht
und sagt sein großes Ja zur Welt.
Wie mächtig diese Winde sind!

Schon wieder Herbstlaub. Wir werden es nicht los. Die wahre Natur und Welt der Esperanto-Dichtung ist in dem Herbstlaub.

Boultons Gedichte sind zart, würdevoll und unverstellt persönlich. Deshalb hängte man ihr, wo immer es ging, gern das Epithet *weiblich* an. Gelegentlich sogar *sehr weiblich*. Falsch ist das Wort ja nicht, aber es stellt die Dichterin unnütz in die Ferne, weit weg von den Jungs. »Poemo: la animo konvulsias / kaj ion novan la homaro scias.« – »Ein Gedicht: Die Seele krampft / und die Menschheit weiß was Neues.«

Menschheit: der Herbstlaubersatz der Esperantisten.

Das zweite von Ragnarsson genannte Beispiel für *as good as it ever gets* nennt sich *Vintra aŭroro* (*Winterdämmerung*):

Aŭroro
De ruĝa vato
Kvazaŭ pro diktatoro
Kosma vundo per skarlato
Sangis sur ĉielo

Kaj vastaj pansaj nuboj
Ĝin sorbis ĝistempe.

Samtempe
La kamentuboj
Fumas, pafintaj revolveroj sen celo.

Dieses Gedicht zu übersetzen war ein Vergnügen:

Winterdämmerung

Morgenrot
aus feiner Watte
wie für einen Kaisertod
Die scharlachrote Wunde hatte
den Himmel viel zu viel
mit Blut verschleiert
Und Wolken wie Verbandszeug ziehn
so weiß und weit.

Und hier, zur gleichen Zeit
raucht jeder hohe Hauskamin
wie ein Revolver, eben abgefeuert,
aber auf kein Ziel.

5

Ĉie amikoj, überall Freunde

In Warschau stand unser armer Freund Vasilij Eroschenko lange auf dem Bahnsteig. Wieder rauschte die unendlich orientierungsfähige Menschheit an ihm vorüber, ohne ihn zu berühren. Mit den Esperantisten Warschaus war im Vorhinein per Briefkontakt verabredet worden, dass man ihn am Bahnhof in

Empfang nehmen und ihm, wie er später im Bericht seiner ersten Reise in den Westen schrieb, »beim Umsteigen behilflich sein und Mut zusprechen« werde. Aber es kam niemand. Die Stunden vergingen. Eroschenko wurde hungrig. Umgeben von Fremden, verwirrt in der überraschend aufdringlichen Wärme dieses Februartags, stand er auf dem Perron. Auf seinem Gewand trug er den grünen Stern, das Abzeichen dieses angeblich in vielen (und gewiss bald allen) Ländern der Erde sozusagen zur Untermiete existierenden Staates *Esperantujo*. In seinen Erinnerungen ist es ein Moment, in dem er sich nur durch eiserne Strenge und Selbstprüfung davon abhalten konnte, vollkommen zu verzweifeln. Analysiere deine Empfindungen!, sagte er sich. Schüttle deine Angst ab, denn sie hilft dir nicht weiter. Mit Geld und Verstand wird es schon irgendwie gehen. Das alles sprach er sich vor, Stunde um Stunde.

Kurze Zeit später saß er im Zug nach Berlin.

Die Reiseaufzeichnungen erwähnen nicht, was er unternahm, um in den richtigen Zug zu kommen. Ein kleiner Sprung in der Raumzeit. Es ging irgendwie. Sein ganzes Leben ist voll solcher Sprünge. Und nach einer Weile füllt sich selbst das Leben desjenigen, der in alten Dokumenten, gesammelten Schriften und Erinnerungen den Stationen seiner Biografie behutsam nachspürt, mit ähnlichen Sprüngen …

Als der Zug in Berlin ankam, war es dort eiskalt. Sonderbar vollmundig, aber nicht wirklich unverständlich sprechende Menschen umgaben ihn. Ihre Sätze klangen, als hätten sie Kieselsteine im Mund. Immer wieder verstand er einzelne Wörter. Das Deutsche war nur ein, zwei Katzensprünge von seinen bislang erlernten Sprachen entfernt. Glücklicherweise nahmen ihn diesmal Freunde in Empfang.

Freunde, *amikoj*, dieses Wort verwendet Eroschenko immer wieder, manchmal nennt er sie auch bei dem, zumindest damals, in Esperanto-Kreisen gebräuchlichen Begriff *samidea-*

noj, Gesinnungsgenossen. Gemeint sind bei Eroschenko damit meist die Esperantisten, gelegentlich aber auch die Betreiber von Blindenschulen. Das sind die beiden internationalen »Netzwerke«, die ihm die Fortbewegung auf der Erdoberfläche in diesen ersten Reisetagen vereinfachen, und in einer Geste der Wertschätzung vermischt er sie häufig miteinander. Dabei hatte er eigentlich schon zum zweiten Mal aufgeben wollen, denn in Berlin musste er wieder so lange warten. Stunden dauerte es, bis man ihn fand. Vielleicht waren Bahnhöfe ja Orte, an denen man einfach verloren gehen konnte, dachte er.

»Umsonst leuchtest du, grüner Stern. Geh lieber unter, es wär besser. Niemand braucht Sternenlicht am frühen Morgen. Niemand, außer ein einsamer Blinder.«

Auf dem Bahnsteig wurde es leiser und leiser. Ein Mann mit rauer Stimme rief irgendetwas. Dann wehte der Geruch von bratenden Würsten herüber, von fettigem Brot. Und ein Geräusch wie hinter einem Haus aneinandergeschlagene Gießkannen.

Eroschenko ging ein paar Schritte auf und ab. Einfach loslassen, aufgeben. Stern vom Gewand reißen, weg damit.

Aber da eine Stimme: »Vasilo?«

Mit den Freunden nahm er ein Frühstück zu sich, er diktierte einige Briefe, dann statteten sie dem Blindeninstitut in Steglitz einen Kurzbesuch ab. Ihr Esperanto klang flink, an den Seiten abgeschliffen und sehr heiter. Er bemerkte, dass er ganz anders sprach als sie, aber schon nach wenigen Stunden konnte er auch problemlos in ihrer Melodie sprechen. Man musste nur, so wie immer, den inneren Stimmstock neu einstellen.

Dann geht es, seinen Aufzeichnungen zufolge, weiter nach Köln, dort wird er ebenfalls von Freunden erwartet. Bumm, Freunde überall. Es ist schwer für mich, mir so eine Situation vorzustellen. Von Freunden umgeben zu sein, egal wo man sich niederlässt. Auch wenn es eine künstliche und vielleicht auch nicht immer vorteilhafte Struktur in der Welt sein dürfte, dieses Esperantujo, mit all seinen unsichtbaren Verbindungsfäden, die sich in andere Länder erstrecken, so scheint es, zumindest zu Vasilij Eroschenkos Zeiten, nichts auch nur annähernd Vergleichbares gegeben zu haben. Nicht mehr als drei Stunden dauert der Aufenthalt in Köln, Eroschenko hat Zeit für Essen, Trinken und ein wenig Aufwärmen, dann geht es weiter. Der Tee, den er am Bahnhof bestellt, hat nicht einmal Zeit, abzukühlen, da muss er schon einsteigen. »Feliĉa estu via vojaĝo!«, ruft man ihm nach. Möge deine Reise glücklich verlaufen.

Und: »Ni esperas vin revidi!« Wir hoffen, dich wiederzusehen.

»Dankon, karaj amikoj!«, ruft Eroschenko ihnen zu.

Dann fährt der Zug ab, in Richtung Brüssel.

Später, in seinen Reiseaufzeichnungen, fügt er hinzu: »Aber ich hoffe nicht, euch je wiederzusehen: Man träumt nie zweimal hintereinander denselben glücklichen Traum.«[85]

Ich glaube, mir imponieren diese Stellen in seinem Werk am meisten. Eroschenko bewegt sich innerhalb einer magischen Struktur durch die Welt, eines Katalysator-Netzwerks für Begegnungen und Austausch – und doch misstraut er ihr, dieser magischen Struktur. Er wird ihr niemals ganz verfallen, wird niemals vollkommen aufgehen in der völkerverbindenden Utopie, innerhalb der dieses wunderliche Esperantujo gedeiht, obwohl er später gelegentlich in Vorträgen und Reden darauf eingeht und die möglichen Vorteile aufzählt. So ganz überzeugt wirkt er dabei nie. Und es ist genau dieses Misstrauen mitten im Beschenktwerden, das unversöhnliche Innehalten kurz vor der Begeisterung, das mir als das eigentlich Erstrebens- und Nachahmenswerte erscheint.

---

85   »La unua eksterlanda vojaĝo«, in: *La kruĉo da saĝeco*.

Zudem wirkt es so, als wäre Eroschenkos bei aller Verzauberung und Leichtigkeit stets streng gewahrtes Misstrauen durchaus angebracht gewesen. Um vier Uhr nachts kommt er in Brüssel an, übermüdet und illusionslos. Hier muss er umsteigen in den Zug nach Calais. Drei Stunden wartet er auf dem Bahnsteig, trägt seinen grünen Stern auf und ab. Aber niemand taucht auf. Immerhin schicken die Brüsseler Esperantisten kurze Zeit danach ein Entschuldigungsschreiben an ihn; man habe sich im Datum vertan. Diesmal aber ist Eroschenko bereits ruhig und gefasst. Er schreibt: »Von den Brüsseler Gesinnungsgenossen kam keiner, um mich zu treffen, aber ich hoffte aus meinem ganzen Herzen, dass sie sorglos zu Hause in ihrem Bett liegen und von dem glücklichen Reisenden träumen mochten, der auf seinen frühmorgendlichen Anschlusszug wartete.«

Wie aus seinem Erlebnis mit dem später durch Anarchisten getöteten Fürsten geht auch aus dieser Warte-Versuchsreihe auf europäischen Bahnsteigen für ihn eines hervor: die Unverlässlichkeit der Welt. Das Fluide, das Vakuum, die vermutlich ihre eigentliche Essenz ausmachende Unerreichbarkeit seiner Mitmenschen, zu der als einziges Weltbild eben genau die Anarchie – und nicht der Weltfrieden und die Völkerverständigung – die korrekte, die aufrichtige Antwort darstellt.

Es stand nun also zwei zu zwei. In Warschau und Brüssel war kein Schwein aufgetaucht, in Köln und Berlin dafür enthusiastisch gestimmte Freunde, die ihn mit Wärme und Ermutigung umgaben.

In Calais kam ebenfalls niemand. Bloß zwei Gepäckträger erklärten sich spontan bereit, ihm den Weg zu zeigen. Vasilij war zu früh ausgestiegen. In Calais-Stadt, nicht am Hafen. Aber er kam dennoch rechtzeitig zur Fähre und wurde dort von Herrn Perrin von der hiesigen Esperanto-Delegation an den richtigen Platz gebracht. Der Rest der Reise sei ihm kaum im Gedächtnis geblieben, schreibt er. Die Müdigkeit habe das meiste gelöscht.

Nur an eine Tasse Tee mit Herrn Finez in Dover könne er sich erinnern und an dessen herzhaften Händedruck. Und in London dann das Ehepaar Blaise, bei dem er wohnen durfte. Es dauerte noch drei Monate, bis er am *Royal Normal College and Academy for the Blind* als Student akzeptiert wurde. Ich nehme an, dass Eroschenko diese drei Wartemonate nutzte, um das Englische perfekt zu erlernen. Später sollte er es unterrichten und Vorträge darin halten, an diesem oder jenem abgelegenen Ort der Erde, an den es ihn verschlug.

Wie muss die Welt sich anfühlen, wenn in allen Städten diese designierten Freunde auf dich warten? Wenn man sozusagen »per Definition« Freunde besitzt? Oder sogar, im Fall, dass man in eine Esperanto-Familie hineingeboren wurde, »per Geburt«? Erscheint mir diese Situation paradiesisch? Nein. Wirkt sie schwer zu glauben, utopisch? Nein, auch das nicht. Macht sie mir Angst? Vielleicht. Es steckt auf jeden Fall eine mächtige Stephen-King-Romanhandlung in der Prämisse, ein Mensch besitze plötzlich, ohne eigene Schuld, in jeder Stadt der Welt eine Vielzahl an Freunden, die ihn lieben, *einfach für das, was er ist*. Wah, gruselig. Sie kennen ihn noch gar nicht, und doch genügt das, was sie über ihn zu wissen glauben, um ihn vollständig zu akzeptieren. Er ist unser Freund, *nia amiko*. – Es erinnert mich an eines der magischen Gedichte des großen Konstantinos Kavafis, das über die Stadt, die, egal wohin du fährst, dir immer überallhin folgen wird, du steigst in ein Schiff und kommst in einem unbekannten Hafen an, aber schon bilden sich wieder rund um dich dieselben Viertel und dieselben Gebäude: »In denselben Straßen / wirst du herumgehen. / In denselben Nachbarschaften wirst du altern / Und in eben diesen Häusern wird dein Haar weiß werden. / Immer wirst du in dieser Stadt ankommen. Auf das Woanders – hoffe nicht – / Kein Schiff gibt es für dich, keinen Weg.« Und so geht der Held dieses noch zu schreibenden Stephen-King-Romans mit dem Titel *The Friends* von Rom nach St. Petersburg, dann von Speyer nach Worms, später sogar nach Lawrence, Kansas, und Hay-on-Wye, Wales, dann nach Anchorage und Wellington und Mürzzuschlag: Überall warten, wie auf stille Verabredung, die ihm wohlgesinnten Menschen, die ihn anlächeln und ihn herzlich willkommen heißen. Bruder, wie schön, dass du gekommen bist. Und er gibt sich all dem hin, eine Weile. In Tampere geht er sogar mit einer »Freundin« namens Sadasa Ulna ins Kino. Sie ist sehr lieb zu ihm. Sie freut sich, dass er hier ist, und stellt ihn anderen Freunden vor, die ihn alle ins Herz schließen. Er spielt mit, tapfer, solange es seine Nerven zulassen. Dann steigt die Panik auf. Man versichert ihm, er sei in Sicherheit. Alle seien seine Freunde. Da begreift er, er ist verloren, unrettbar, ausweglos. Er beginnt, wahnsinnig zu werden. Nachts beißt er sich das Innenfleisch seiner Wangen auf. Er kauft sich ein Vanille-Eis und eine Rasierklinge. Außerdem eine Kamera und eine Packung großer transparenter Plastikplanen. Sein Name lautet Fred Myers. Er steht erst am Anfang. Er hat noch 433 Seiten vor sich.

Um mehr über diese von mir imaginierte Romanhandlung und allgemein über das soziale Lebensgefüge in der heutigen Esperanto-Welt herauszufinden, fahre ich im Herbst 2016 nach Budapest, um mich mit einer jungen Frau namens Klára Ertl zu treffen. Sie ist die Tochter des renommierten und verdienstvollen Esperanto-Übersetzers István Ertl. Normalerweise lebt sie in Maastricht. Ich habe sie zufällig in einem YouTube-Video gesehen, in dem Menschen vorgestellt werden, die mit Esperanto als Muttersprache aufgewachsen sind. Es gibt recht viele davon.

Klára Ertl bringt zu dem Treffen ihre Familie mit, ihre Eltern und ihren Bruder. Ich hatte schon Angst, dass ich meine Fragen in sehr schlechtem Esperanto oder Französisch stellen müsste, aber Kláras Deutsch stellt sich als makellos heraus.

Es sei ein häufiges Vorurteil, sagt sie, dass Esperanto-Muttersprachler die Sprache »am besten« könnten. Dem sei nicht so, ganz im Gegenteil, Muttersprachler würden meist viele Fehler machen und auch gewisse Ausdrücke vereinfachen.

Ihr zufolge gibt es offenbar zwei Gruppen, die unterschiedliche Spielarten des »perfekten Beherrschens« einer Sprache verkörpern: die Enthusiasten – und deren Kinder. Fast jeder Esperanto-Muttersprachler ist in der Situation, in der ein Kind ist, das z. B. in Nordnorwegen mit lingalasprachigen Eltern aufwächst. Man wird vielleicht online Menschen finden, die Lingala sprechen, aber die Sprache wird im außerfamiliären Alltag keine große Rolle spielen. Für einen jungen Menschen muss aber ein Grund existieren, eine Sprache zu behalten. Enthusiasten und deren Kinder. Von »Nerds« übernimmt man selten die Leidenschaft, aber wohl das von ihrer Leidenschaft erzeugte Umfeld, die Stimmung, die Parameter. Das dürfte auch der Grund sein für die Tatsache, dass es, zumindest nach István Ertls Kenntnissen, keine Esperanto-Dichter gibt, die *native speaker* sind.

Wow, okay.

Das verblüfft mich. Warum ist das so?

Es gebe natürlich alle möglichen Schattierungen, sagt Klára. Einige Eltern drängen ihren Kindern drei, vier Sprachen zugleich auf, andere sprechen ein wenig Esperanto im Haushalt, das die Kinder dann unvollständig aufschnappen. Viele haben ab 15 oder 16 keine Lust mehr, die Sprache zu sprechen.

Ob Literatur im Haushalt eine Rolle spielte, frage ich.

Ja, Literatur sei immer passiv da gewesen, aber für sie persönlich sei sie nicht so zentral.

»Also gab es keine Gutenachtgeschichten auf Esperanto?«

»Oh doch, das schon. Es gab Gutenachtgeschichten in *allen* Sprachen. Mein Vater hat zum Beispiel ein Buch auf Finnisch oder Papiamentu genommen und es mir vorgelesen, soweit er es verstehen konnte.«

Als Kind hatte sie einige Kinderbücher auf Esperanto.

Es gebe vielleicht so um die eintausend bis zweitausend Muttersprachler in Europa, aber viele seien eher unsichtbar oder würden mit der Zeit die Sprache verlieren.

Ob sie selbst den Wunsch verspüre, andere Muttersprachler zu treffen?

Sie suche sie nicht aktiv auf, man treffe sich sowieso auf den Kongressen. Und sie kenne viele schon seit der Kindheit. Dann ergänzt sie: »Aber wenn ich von einem höre, den ich noch nicht kenne, werde ich schon neugierig.«

Esperanto selbst scheint eine Art von erweitertem Familiengefühl zu erzeugen.

Das Esperanto der Muttersprachler unterscheide sich also von dem der Enthusiasten.

»Manche Dinge werden von uns anders gesagt.«

Ich habe das Bedürfnis, noch ein wenig auf diesem verblüffenden Faktum herumzureiten, und frage nach, inwiefern genau es sich unterscheidet.

»Muttersprachler haben meist einen starken Akzent, Fehler sind ihnen auch egal, wir wollten es ja nicht vorbildlich beherrschen, es ist nicht unser Lebensprojekt. Leidenschaftliche Esperantisten wollen perfekt sein, sie korrigieren sich und lernen ständig dazu, vervollkommnen ihr Vokabular, und wenn sie dann gut und bekannt werden« – wie etwa Kláras Vater –, »dann müssen sie es weiterhin perfekt sprechen.«

Ich stelle eine dumme Frage: »Ja, aber wer von beiden spricht dann das richtige Esperanto?« Als gäbe es darauf eine Antwort.

Muttersprachler vermischen, erklärt Klára, oft verschiedene Ausdrücke, denn es gebe ja nie eine Stadt rundherum, die einen korrigiert und dazu anhält, bei einer Sprache zu bleiben. Eher reizt der Hintergrund einer Stadt, wie etwa Budapest, dazu, Wörter aus diesem sprachlichen Umfeld einzumischen. Eine deutsche Freundin von ihr schalte bei komplizierten oder sehr emotionalen Themen immer auf Deutsch um.

Ob sie an sich selbst auch solche Registerwechsel bemerke?

Naja, sie bemerke an sich selbst auf jeden Fall, dass sie in letzter Zeit mehr und mehr Esperanto spreche. »Aber es gibt viele Wörter, die ich nicht weiß, ich bin am ehesten das Vokabular gewohnt, das bei Kongressen wichtig ist. Zum Beispiel gibt es dieses Wortspiel: *veni – vidi – vici*. Auf Esperanto: *kommen – sehen – in der Reihe stehen*. Auf Kongressen steht man die ganze Zeit in Warteschlangen.«

Wörter für Details aus dem Alltag kenne sie nicht so gut, sagt sie, aber es gebe schon ein paar Leute, die das alles wüssten, verschiedene Küchengeräte und solche Dinge, aber sie wollte das auch gar nicht wirklich wissen, sie erfinde lieber neue Wörter dafür.

Wie erkenne man, welche die Hauptsprache sei?

Zum Beispiel, indem man sich wehtut, sagt Klára. Sie sage dann immer *Putain!*, also sei das Französische vermutlich am nächsten mit ihrer direkten körperlichen Empfindung verbunden. Sie zähle auch automatisch *un, deux, trois*. So könne man das herausfinden. Mit einem Baby oder einem Tier sprechen. Solche Dinge.

Und ich muss daran denken, dass man die Links- oder Rechtshändigkeit von Eisbären bestimmen kann, indem man ihnen etwas zuwirft, und beinahe sage ich es auch laut, aber dann erscheint es mir reichlich irreal … Wer wirft Dinge auf Eisbären, um ihre Hand-Orientierung herauszukriegen?

6

Über Liebe
und Ländergrenzen

Die Vorstellung, dass man in Esperanto gewisse Dinge nicht tun oder sagen könne, begleitet das Leben dieser Sprache bereits seit ihrer Erfindung.

Als William Auld und die andere große und bekannte Stimme der Esperanto-Dichtung, Marjorie Boulton, starben, wurde in Nachrufen gelegentlich, meist begleitet von Ausdrücken leichter Verwunderung, dazuerwähnt, dass sie mehrmals für den Literaturnobelpreis nominiert worden waren. Eine erfundene Sprache – und dann Weltliteratur in ihr verfassen? Wie soll das gehen?

Ich selbst ertappte mich dabei, wie ich erstaunt und bewegt reagierte, als ich unlängst bei der Präsentation der ersten deutschen Übersetzung des ursprünglich auf Esperanto verfassten Romans *Turmstraße 4* des Antifaschisten und Sozialisten Hans Weinhengst (1904–1945) wahrnahm, wie ein älteres Ehepaar sich auf die Plätze vor mir setzte und einige Zärtlichkeiten auf Esperanto auszutauschen begann. Die Frau klaubte dem Mann sogar eine Wimper von der Wange und sagte dazu irgendein Wortspiel auf, das der Mann mit einer katerhaften Kopfstoß-Schmiegegeste erwiderte.

Kláras Vater, István Ertl, hat 1993 zusammen mit dem Esperantisten François Lo Jacomo den Universalgelehrten Umberto Eco interviewt. Dabei erzählt Eco folgende Anekdote:

Einmal habe ich während eines Vortrags gesagt: *Eine Interlingua wird immer nur für den öffentlichen Gebrauch da sein, sie wird nie eine Muttersprache werden können* – und ich habe scherzhaft hinzugefügt: *Man kann in einer Interlingua keine Liebe machen.*

Da bekam ich von einer Studentin ein Zettelchen zugesteckt, auf dem stand: *Herr Professor, Sie irren sich. Es ist durchaus möglich, Liebe auf Esperanto zu machen. Ich mache es.* Ich wusste nicht, ob damit auch ein Angebot verbunden war …[86]

Dennoch beschäftigt es mich, dass es keine *native-speaker*-Dichter von Esperanto gibt – niemand schreibt in exakt seiner Kindersprache …

Und ja, es gab immer wieder große Dichter in Zweitsprachen, wie Nabokov oder Beckett, Joseph Conrad oder Karen Blixen, oder gar Elias Canetti, der erst in seiner vierten (!) Sprache schrieb.[87]

Sie wolle, hatte Klára gesagt, nun endlich selbst ein Gedicht in Esperanto übersetzen: *Passport* des maltesischen Dichters Antoine Cassar.

Ich kannte es nicht.

(Auf der Projekt-Webseite, wo ich das Büchlein später bestellte, gab es sogar eine Auswahl an Farben: *ocean blue, dried blood red, coal black ready for burning.* – Du liebe Zeit. Schon bei der Auswahl der Farbe des Büchleins macht man sich schuldig.)

Grenzenlosigkeit, Weltgemeinschaft, ein Gedicht gegen Grenzen, das Werk von Cassar sei wie aus dem Geist des Esperanto, es richte sich gegen die Idee, dass es überhaupt Ländergrenzen gebe. Ein Weltbürgergedicht, und auch speziell über Flüchtlinge. Der Wunsch, es zu übersetzen, komme nicht aus dem Wunsch, auf Esperanto zu schreiben, sondern das Gedicht selbst habe sie berührt.

Ein zweiter Übersetzungswunsch sei der Traktat *The Moneyless Man*. Sie wolle das teilen, diese beiden Sachen, geldloses Le-

---

86 https://era.org/quando-disvastigo-intervisto-umberto-eco/

87 Laut Canettis Autobiografie *Die gerettete Zunge* waren die Sprachen, in denen er lebte, abgesehen von einem früh erlernten und gleich wieder vergessenen Bulgarisch, in chronologischer Reihenfolge: das Judäo-Spanische, das Englische, das Französische und dann zuletzt erst das Deutsche.

ben und Ländergrenzenlosigkeit, beides seien Ideale, die nahe an den Idealen der Esperantisten liegen, aber sich in diesem Fall nicht aus ihnen entwickelt haben.

Grenzen überwinden, das sagt sich leicht. 2016 traf ich Bertalan Farkas, ungarischer Astronaut und erster Esperantist im Weltraum, auf einer Weltraum-Konferenz in Wien und sprach ihn auf Esperanto an, aber er sagte, er habe alles vergessen, und außerdem war er ziemlich betrunken, glaube ich, oder wer weiß, er war auf jeden Fall sehr nett, er nahm mich ungeschickt am Ellbogen und erklärte: Sprache sei ein Muskel, ein Monat genüge, man müsse trainieren, und es sei schon sehr lange her das alles. Ich starrte auf seinen Schnurrbart und dachte an den Weltraum.

Meister William Auld hat einiges über ihn gedichtet, wie etwa in meinem Lieblingsabschnitt aus dem Epos *La Infana Raso*: der Gesang der Menschheit in einem Raumschiff. Das Schicksal der Raumfahrer, die in irgendeine Richtung unterwegs sind, von der sie hoffen, dass sie die richtige ist, wird kombiniert und kontrastiert mit einem tief im Sommer seiner Kindheit vor sich hin spielenden Jungen. Beide, so Auld, seien Beispiele für ein »Handeln nach kaum erforschten Prinzipien«.

Ni, pioniraj homoj de l' spacovojoj,
Trovas neniun ŝlosilon. Nia atome
Pelita ŝipo sagas lumorapide
Tra l' kosmovastoj, cele alian sunon.
Por ni tagon ne sekvas nokto, nokton
Ne sekvas tago, ekstere nokto eternas,
Interne elektrolumo ŝajnigas tagon
Senfinan kaj senkomencan. Kalendaroj,
Horloĝoj kaj dormo perdis sian principon.
Ni ne vidos la celon; ni estos mortaj,
Kiam gefiloj niaj en novan orbiton
Gvidos la ŝipon kiu fariĝis mondo
Por ni, orfuloj de l' tera sunsistemo.

Frenezo? Jes. Sed pelas nin la turmento
De senrespondaj demandoj, por kiuj respondo
Devas ekzisti, pelas nin la bezono
De vastiĝanta, malsata, tumulta homaro,
Kiu formanĝis akridosimile planedojn.
Ni fuĝas kaj ĉasas, ni pelas kaj estas pelataj.
Ni serĉis unue ĉielon, nun la ĉielon
Ni trovas malplena, malplena kaj tamen plena.
Per nia morto vivos niaj gefiloj:
Ni ne vidos la celon, ni ĝin plenumas.

Estis marbordo, mallaŭta susuro de ondoj,
Kvazaŭ de malproksimo. Blankaj sableroj
Sin kroĉis al miaj piedoj, etaj piedoj.
Salo krustiĝis ĉirkaŭ miaj kruretoj.
Spuron de miaj paŝoj akvo plenigis,
Neniu dividis mian izolan imunon.
Silento tegis mantele tiun golfeton,
Sola mi ludis en memsufiĉo tenera.

Rokoj leviĝis altaj apud la strando,
La blanka sablo brilis ĝis horizonto
Pale nebula, kie la maro grizas:
Pretere estas Kanado, oni sciiĝis
Iam? Kiam? Antaŭ aŭ post la momento?
(Pretere troviĝas Ithaka). Mildaj someroj
De ĉies infanaĝo, eterna ciruso!
Kaj tamen neniam mankas momentoj hontigaj:
Kiel, demandis iu molvoĉa gaelo,
En la butiko dum posttagmezo senmova,
Nomiĝas angle kion virino havas
Ĉi tie? Feliĉe tiam venis la onklo.
Kaj, mi memoras, dum tiu ferio mi fumis
La cigaredon unuan. Kia impulso?
Sed plej la maro susuras, la knabo sola
Ludas en memsufiĉo apud la akvo.

Ekstere ŝvebas la astroj. Lumorapide
Traarkas ni la vakuon, tamen ni ŝajnas
Senmovaj sur mondo malgranda kiel polvero,
Kie la tempo, homa kreaĵo, mortis.

Und hier die Übersetzung, die mit der freundlichen Hilfe Istvián Ertls entstanden ist:

Wir Pioniere, Weltraumstraßenwandler,
sind ahnungslos. Und unsere atom-
betriebnen Schiffe schießen lichtgeschwind
durchs Universum andren Sonnen zu.
Für uns folgt Tag nicht auf die Nacht, die Ränder
der Tage schwinden, Nacht herrscht ewig weit,
Elektrolampen tun, als wärn sie Tag,
dem weder eignet Ende noch Beginn.
Und all die Uhren, unsere Kalender
sogar der Schlaf, all das verliert den Sinn.
Wir sehn das Ziel nicht, sterben lange Zeit
bevor, in einem unbekannten Orbit,
die Kindeskinder dieses Raumschiff steuern,
das uns, den Waisen, Welt war, Erdenschwere.
Verrücktheit? Ja. Doch drängt uns diese Qual
beantwortbarer Fragen in die Leere –
denn irgendwo muss es doch Antwort geben –,
der Drang befällt uns, hungergrelle Rasse,
heuschreckengleicher Schwarm von Raum zu Raum.
Wir fliehen, laufen, jagen und verderben.
Wir suchten einen Himmel und sehn ein, dass
der Himmel leer ist – leer und dichtbesiedelt.
Und unsre Nachfahren finden, wenn wir sterben,
ein Leben, für das wir das Mittel stellen.
Wir sehn das Ziel nicht, wir erfüllen es.

Hier eine Küste, Schaumgeräusch der Wellen,
in weiter Ferne. Weißer Sand vom Meer
befasst sich mit den kleinen Kinderfüßen.
Salzige Krusten bilden sich im Fließen.
Die Fußspur läuft mit Wasser voll, kein Wille
zerstört die abwehrstarke Inselzeit.
Wie einen Mantel trug die Bucht die Stille,
ich spielte sanft in Selbstgenügsamkeit.

Die Felsen in der Höhe überm Strand,
es glänzte weiß zum Horizont der Sand,
ein fahler Nebel, wo das Meer ergraut;
da drüben, da liegt Kanada, erzählt man.
Einmal? Ja wann denn? Vorher oder später?
(Fern, Ithaka …) In Kindheitssommern eilen
die Cirruswolken hoch im milden Licht.
Und trotzdem schämt und grämt man sich bisweilen:
»Wie«, fragt ein Kerl, der leise Gälisch spricht,
in dem Geschäft am stillen Nachmittag,
»nennt man auf Englisch das, was eine Frau
da hat?« Mein Onkel ging zum Glück dazwischen.
In diesen Ferien, weiß ich noch genau,
da rauchte ich zum ersten Mal. Warum?
Doch flüstert noch das Meer, das kleine Kind
spielt selbstgenügsam vor dem Meer herum.

Und draußen schweben Sterne. Lichtgeschwind
durchmessen wir die Leere, aber sind
reglos auf einer sandkorngroßen Welt
wo auch die Zeit, dies Menschenwerk, zerfällt.

Das klingt ja alles gut. Grenzen, Welten, Räume überwinden.
Aber wie sah und sieht das konkret auf der Erde aus, in der
Wirklichkeit? Wie verstanden Esperantisten ihre Aufgabe? Besaßen sie überhaupt eine klar definierte? Gab es Schismen, so
wie bei den Volapükisten? Wenn man sich ernsthaft in all die

gegenwärtigen und historischen Grenzüberwindungsvorstellungen der Esperantisten vertieft, verliert man überraschend schnell den Überblick und auch die innere Balance. Ich erkläre gleich, warum.

1980 wurde beim Esperanto-Jugendkongress in Rauma, Finnland, ein von Giorgio Silfer, Amri Wandel und Jouko Lindstedt verfasstes Manifest verlesen, das seither den »Raumismus«, eine Strömung innerhalb der Esperanto-Welt, begründet. Dieser wendet sich gegen einige der ältesten Forderungen der Esperantisten. Ursprünglich, so die Verfasser des Manifests, sei nur der sogenannte Finvenkismus vertreten worden, wobei »finvenko«, eigentlich »fina venko«, äußerst ungeschickte Wortwahl, »Endsieg« bedeutet. Bereits die frühesten Esperantisten waren Finvenkisten. Sie wollten die neue Sprache weltweit als »neutrales Idiom« neben den bestehenden Sprachen verankern, als gerade für die internationale Kommunikation hilfreiche, weil von niemandem besessene und auch niemanden besitzende Sprache. Dafür musste man Esperanto allerdings auch überall propagieren und sozusagen Missionsarbeit leisten. In Rauma wurde ein Gegenprogramm beschlossen: vereinfacht gesagt, keine Missionsarbeit mehr, sondern ein Begreifen und Feiern der eigenen Identität als eine Art von kostbarer und bunter Diaspora. Kein Überzeugen mehr, sondern ein selbstbewusstes Sich-versprengt-Fühlen.

Sieht auf den ersten Blick nachvollziehbar aus.

Eine antiquierte Idee trifft auf ihre zeitgemäße Überarbeitung. Man gibt die Vorstellung auf, Esperanto »überall« unterrichten zu wollen. Man ist stolz auf alles, was Esperanto bislang erreicht hat, und festigt die Errungenschaften.

Oder?

Nein. Denn einige Raumisten verstanden ihren Raumismus so, dass sie daraus folgerten, sie müssten, als per Definition versprengte Angehörige einer Kultur ohne Staat, doch nun in gewisser Weise ein Anrecht besitzen auf das, was ihnen fehlt.

Aus dem Nichts hatten sie einen Phantomschmerz geschaffen.

Das staatsähnliche Gebilde, das zur Linderung dieses Phantomschmerzes entwickelt wurde, nennt sich *Esperanta Civito*. Der langjährige Präsident war der Mitautor des Manifests von Rauma, Giorgio Silfer, der übrigens auch ein angesehener Theaterautor zu sein scheint. Auf der Esperanta-Civito-Webseite nennt er sich selbst, wenn ich das richtig verstanden habe, als Kandidat für den Literaturnobelpreis. Mir ist der Mann nicht ganz geheuer. Aber ich bin ihm nie begegnet. Er antwortete auf keine meiner Mails. Also keine Ahnung.

Raumisten scheinen einander auch oft zu hassen. Lindstedt zum Beispiel distanzierte sich 2006 von der Bewegung, er hatte sich mit Silfer überworfen.

Raumisten erkannten einander wiederholt das Raumistentum ab.

Monty fucking Python.

Und dann meldeten sich die Finvenkisten zu Wort. Sie fühlten sich durch den ganzen Raumismus vollkommen falsch dargestellt. Im sogenannten Prager Manifest (1996) stellten sie fest, dass sie durchaus an der Verbreitung und Schmackhaftmachung von Esperanto als Zweitsprache festzuhalten gedachten, und sie skizzierten einige sehr plausible und überhaupt nicht endsieghaft klingende Konzepte: »Ein internationales Kommunikationssystem, das einen Teil der Menschen lebenslang privilegiert, von anderen aber verlangt, jahrelange Mühen auf sich zu nehmen, ohne dadurch ein vergleichbares Sprachniveau zu erreichen, ist von Grund auf undemokratisch. Obwohl Esperanto, wie jede Sprache, nicht perfekt ist, übertrifft es doch alle seine Konkurrenten auf dem Gebiet der weltweiten gleichberechtigten Verständigung bei weitem.« Dieser letzte Punkt stimmt zwar nicht ganz, da Esperanto definitiv von Westeuropäern leichter und schneller erlernt werden kann, aber warum nicht so etwas wie eine neutrale Sprache propagieren, die zu keinem Staat gehört? Es gibt natürlich Tausende solcher Sprachen-ohne-Staat, z. B. Mati Ke, Kuuk Thaayorre, Baskisch oder Jiddisch, aber warum es nicht mit einer erfundenen versuchen? Die erfundene Sprache gehört nicht nur keinem Staat, sondern auch keiner … »kulturellen Ideologie an«, wollte ich jetzt tippen, aber Moment.

Das stimmte ja nur in den Anfangsjahren. Und jetzt? Wenn die einen Esperantisten ihre Sprache propagieren wollen, weil sie keinem Staat angehört, und die anderen aber für sich bereits ihren heimlichen Esperanto-Staat gründen und einander die Mitgliedschaft verleihen, was bedeutet das dann? Gehört Esperanto dann zu einer Ideologie oder nicht?

Oder ist die ganze Fragestellung sinnlos?

Im Prager Manifest steht: »Die Esperantosprechenden stellen wohl die einzige weltweite Sprachgemeinschaft dar, deren Sprecher ausnahmslos zwei- oder mehrsprachig sind.« – Naja. Auch nicht ganz richtig. Finde heute noch irgendeinen monolingualen Sprecher des Irischen. Vielleicht lebt in irgendeinem Fischerdorf noch einer.

Gibt es eine kulturneutrale Sprache, wenn lauter unneutrale Personen daraus seit Jahrzehnten eine Art von Kultur bauen? Etwas zugespitzt gefragt: Kann man eine Community, in der es auffällt, wenn jemand sich plötzlich nicht mehr engagieren will, als neutral bezeichnen?

Und auf der anderen Seite, diese wunderliche Idee der Diaspora – was macht das mit dem Kopf derer, die sich dergestalt selbst definieren? Gerade waren sie noch normal irgendwo zu Hause, dann, bumm, sind sie plötzlich »versprengt«, als wäre eine reale Gewalthandlung an ihnen, ihrem ursprünglich auf einen Ort konzentrierten Volk ausgeübt worden.

Ihr verwirrt mich alle so.

Aber erleichternderweise ist es äußerst schwierig, waschechte Finvenkisten oder Raumisten aufzutreiben. Die meisten Menschen haben keine so magnetnadelhaft eindeutige Orientierung.

Die Esperanto-Weltjugendorganisation TEJO versteht sich sogar als Vertreterin einer Syntheseform, nämlich eines »raumisma finvenkismo«.

MIND BLOWN.

Wobei es natürlich, egal wie man es dreht, so oder so wahr ist, dass der Wunsch, andere Menschen mögen die von einem selbst erfundene Sprache erlernen und beleben und in die ferne Zukunft davontragen, etwas Narzisstisches und daher Verteidigenswertes besitzt. Man braucht wohl irgendein Konzept. Deshalb vermutlich diese ganzen Manifeste und Identitätsfindungsbemühungen.

Milton L. Miller berichtet in seinem Buch *Nostalgia*, einer »psychoanalytischen Studie von Marcel Proust«, dass der Autor oft um zwei Uhr nachts noch aufgestanden sei, um ins Ritz zu fahren und dort nachzusehen, ob die von ihm selbst organisierte Party noch im Gange und wer von den Eingeladenen am längsten anwesend sei. Ich muss zugeben, dass mich das, wie überhaupt viele narzisstische Verhaltensweisen, ungewöhnlich rührt. Denn ist es nicht eine Art Nachweltschau, die Proust da unternahm, also etwas, das in seiner letzten Spielart einen Blick auf die eigene Beerdigung darstellt? Eine Erkundung der Frage: Wie sehr eint mein Geist die Leute? Was gilt mein Name, was tauge ich als Meme, als Idee, als sozialer Einberufungsbefehl? Oder, anders gefragt: Wie überflüssig bin ich in körperlicher Hinsicht? Wie wenig braucht es mich leibhaftig, um dennoch, wie einst der Birnbaum zu Ribbeck im Havelland, noch bleibend Glück und Segen zu spenden? Die Arithmetik der Loyalität: Der ist noch da, und es ist schon halb drei, aber der und der fehlen. Warum ist C. nicht hier? Warum gerade C.? Und so weiter. Ja, manchmal will man einen Livestream aus dem Leben seiner Freunde haben, einfach, um den Widerschein seiner selbst in ihren Gesichtern und im Gewebe ihrer Tagesläufe sehen zu können! Und noch besser als so ein Livestream ist, eine

Sprache zu erfinden, die eigenen Verhaltens- und Denkweisen hineinzuprogrammieren und dann diese in anderen Gehirnen zu etablieren. Die Party im Ritz wird dadurch potenziell zu einer ewigen, zu einem Jenseits. Und man selbst muss nicht einmal mehr aufstehen und nachschauen gehen. Man lebt hundert- und tausendfach und kann sozusagen getrost sterben.

Prüfungsfrage: Welche der beiden angeblichen Strömungen des Esperanto, Finvenkisten oder Raumisten, atmet eher den Geist des nachts ins Ritz spähenden Marcel Proust?

Die beste Antwort auf Raumismus/Finvenkismus hat, glaube ich, der Dichter Jorge Camacho geschrieben, in einem kurzen Gedicht aus seinem 2016 erschienenen Band *Strangaj spikoj* (*Seltsame Ähren*):

Helpopeto

Botelmesaĝon
el dezerta insulo
por savo sendas
sole en Esperanto
fanatika stultulo

Hilferuf

Eine Flaschenpost um Rettung
von der einsamen Insel
nur auf Esperanto verfasst
schickt
ein fanatischer Dummkopf

7

Märchenerzähler
und Anarchist

In England hat Vasilij Eroschenko gleich Kontakt zu Helfern, die für ihn alles, was er braucht, in Brailleschrift übersetzen. Und dann erwähnen die Biografien – ganz selbstverständlich und nebenbei – jedes Mal etwas, das, wenn man es sich genau ansieht, seltsamer und seltsamer erscheint: Der jugendliche Vasilij Eroschenko besucht in London den russischen Theoretiker des Anarchismus, Pjotr Kropotkin. Zuerst nickt man mit dieser Zeile interessiert mit, aha, er ging also zu dem, soso. Aber Augenblick, wie kam der Kontakt überhaupt zustande? Konnte man bei Kropotkin einfach so hineinplatzen? Der alte Mann war zu dieser Zeit oft krank, also kann es sein, dass er Ablenkung und Besuch aus aller Welt gernhatte. Gab es, so wie etwa in China, enge Beziehungen der Londoner Esperantisten zu radikal anarchistischen Gruppen? Hier ist ein blinder Junge aus Russland, der Sie sehen will, Pjotr Alexejewitsch. Wie zum Teufel lief das ab? Es ist ein ähnlicher Sprung, ein Glitch, das Universum spult kurz vor und bumm, der noch nicht mal erwachsene Vasilij Eroschenko unterhält sich mit Kropotkin über Anarchismus. Möglich, dass Vasilij ihm von dem Besuch des Fürsten in der Blindenschule berichtete und seine früh entwickelte Sympathie für das anarchistische Weltbild offenbarte.

Zur selben Zeit erfährt Eroschenko auch, dass es in Japan ein altes Lehrsystem für Blinde gibt, das sie sogar dazu befähigen soll, Arzt zu werden. Nachdem er aus London nach Moskau zurückgekehrt ist, beginnt er, ein wenig Japanisch zu lernen. »Ein wenig« genügte ihm meist. Aber erst 1914 wird die Reise nach Japan möglich. Es muss ihm wie eine unerträgliche Wartezeit vorgekommen sein. Die Reise nach England hatte ihm die Schultern verbreitert. Er war ein Reisender geworden, ein Kosmonaut.

Am 27. April 1914 kommt er, nach einer langen Reise durch Sibirien, in Tokyo an. Wieder ist er ganz allein gereist. Geld war kein Problem, denn Moskauer Esperantisten hatten die Kosten übernommen, sie hatten ihm außerdem einen Empfehlungsbrief an Nakamura Kiyō mitgegeben, den Leiter des meteorologischen Observatoriums und Vizepräsidenten der japansichen Esperanto-Vereinigung. Eroschenko begann über Vermittlung Nakamuras eine Massage-Ausbildung in Tokyo, doch man verwehrte ihm, Arzt zu werden.

Vieles in der Weltgeschichte ist von Menschen geschaffen worden, denen der Arztberuf verwehrt wurde. Eroschenkos Ruf zum Autor düsterer paradoxer Fabeln und zum aktiven Anarchisten begann möglicherweise 1916 mit dem Besuch des indischen Dichters Rabindranath Tagore. 25 000 Leute versammelten sich an der Tokyo Station, als der Dichter ankam. Eroschenko war unter ihnen. Mit Esperantisten-Kollegen besuchte er alle Vorlesungen Tagores. Tagore besuchte die eng mit Esperanto verknüpfte Glaubensgemeinschaft der Bahá'í und auch Eroschenkos neue Heimat: die Nakamuraya-Bäckerei. Nakamuraya war der wichtigste Salon für viele Anarchisten, geleitet von Sōma Kokkō (1876–1955) und ihrem Ehemann Sōma Aizō (1870–1954). Eroschenko blieb dort vier Jahre lang, diskutierte mit dem koreanischen Unabhängigkeitskämpfer Lim Gyuwan, dem indischen Unabhängigkeitsaktivisten Rash Bihari Bose (1886–1945), der verheiratet war mit der ältesten Tochter des Ehepaares Sōma, Toshiko.[88]

---

88 Hsiao-yen Peng: *Dandyism and transcultural Modernity. The Dandy, The Flaneur, and the Translator in 1930 Shanghai, Tokyo, and Paris* (Taylor & Francis, 2010). – Bose hatte vier Jahre vor dem Besuch Tagores versucht, Lord Hardinge, den Vizekönig Indiens, zu ermorden. Dann floh er nach Japan, nannte sich P. S. Thakore und gab sich als Verwandter des frisch gekürten Nobelpreisträgers Tagore aus.

Im Frühjahr 1916 besucht Eroschenko Hokkaido und Yokohama, im Juli 1916, zwei Monate nach dem Besuch Tagores, geht er nach Bangkok. Jawohl, Bangkok. In einem Brief an Torii Tokujiro schreibt er, er versuche, dort eine Blindenschule zu gründen, allerdings fehle ihm dafür das Geld. Er fährt also überall in Thailand herum. Was? Fährt herum, überall, allein, in Thailand. Und dann weiter nach Burma, damals noch britische Kolonie. Man bietet ihm die Leitung einer Blindenschule an, aber er fährt lieber weiter herum und sammelt burmesische Legenden und Volksmärchen. Das also auch. Wie sammelt man burmesische Volksmärchen, wenn man die Sprache nicht beherrscht? Aber gut, schauen wir weiter.

1917 erreicht Eroschenko die Nachricht von der Russischen Revolution. Seine Reaktion ist heftig, er beruhigt sich lange nicht, macht sich große Sorgen um seine Eltern und beschließt, nach Hause zu fahren.

September 1917. Der erste Einreiseversuch nach Indien. Eroschenko wird an der Grenze verhaftet und eingesperrt. Er kann entkommen. Am 17. November 1917 findet man ihn in Kalkutta. Dort singt er in einem Kinosaal grölend die *Internationale*, wobei er den Text spontan, *on the spot*, in Bengali übersetzt. Man nimmt ihn augenblicklich fest und leitet die Deportation ein. Im März 1918 ist er in Moulmein und kurz danach schon wieder in Indien. Als die Fremdenpolizei nach ihm fahndet, flüchtet er aus dem Hotel und entgeht der Verfolgung. Er trampt fortan allein durch ganz Indien.

No fucking way.

Er trampt allein durch Indien?

Die Biografien knallen das einfach so rein. Allein, in unbekannte Länder. Ich traue mich das nicht. Wir können nur spekulieren, wie genau er das anstellte. Er selbst erzählt darüber wenig, und auch sonst werden diese Reisen stets so erwähnt, als wären sie ganz selbstverständlich. Vielleicht waren sie es. Vielleicht bin ich mangelhaft entwickelt, dass ich sie mir nicht vorstellen kann.

Aber Burma, ich meine … Er konnte die Landessprache nicht, und nicht überall waren die Menschen einem Blinden gegenüber aufgeschlossen und hilfsbereit. Fast beschleicht einen das Gefühl, dass man nur die Angst verlieren muss, und dadurch wird eine Art unzerstörbarer Cheat-Modus freigeschaltet. Aber das ist, wie man nach einigen Jahrzehnten auf der Erde unmissverständlich lernt, ebenfalls ein Irrtum. Auch ohne Angst wird man in der Regel zerstört und entstellt.

»Er begegnet dort der reichen Kultur des Landes«, schließt ein biografischer Essay nahtlos an. Wie liebe ich diese Sprünge. Diese Inseln aus Selbstverständlichkeit inmitten vollkommen unmöglicher Situationen. Sie sind natürlich Produkte späterer biografischer Aufbereitung, sie bilden nicht direkt den Verlauf seines realen Lebens ab, aber dennoch liegt gerade in ihnen oft die Strahlkraft alter Märchen, letzte spärliche Beinahe-Beweise für das Zauberkundige im Menschen. Die Begegnung mit den indischen Kulturen wird die Grundlage für Eroschenkos spätere Erzählsammlung *Ein Krug voller Wissen* bilden. In Madras, heute Chennai, wird er eines Tages in einer städtischen Blindenschule verhaftet und nach Kalkutta gebracht. Im Sommer 1919 deportiert man ihn aus Indien zurück nach Japan. Proletarische Literatur kommt dort gerade in Mode, also beteiligt sich Eroschenko, dessen russische Herkunft seine Vertrautheit mit dem proletarischen Leben für die Japaner besonders glaubhaft macht, an dieser neuen Strömung und auch an der Sozialistischen Liga. Er gründet mit dem Esperantisten und Sozialaktivisten Akita Ujaku die Literaturgruppe *La Semanto*.

1920 werden im Nakamuraya-Salon zwei Porträts von ihm angefertigt, von denen das des Malers Nakamura Tsune berühmt wird. Das andere ist von Tsuruta Gorō. Beides Ölgemälde in europäischem Stil.

Eroschenko verdient seinen Lebensunterhalt mit Esperanto-Kursen für blinde Kinder in Tokio. Und er beginnt Märchen und Tierfabeln zu erfinden.

8

Dunkelblonde Locken

Aus meinem Tagebuch:

13.11.2018, Tokyo
Mit Prof. Goro Christoph Kimura, ein vielsprachiges Genie, ein wenig über Esperanto gesprochen. Er richtet Grüße von István und Klára Ertl aus. Die Währung, in der Sprachen aufgewogen werden, sei normalerweise die Frage: »Gibt es Muttersprachler in ihr?« – und über Esperanto werde das oft gesagt wie zur Beruhigung, aber gerade diese Muttersprachler haben eben gerade nicht diese hervorgekehrte Rolle, die privilegierte Verwalter-der-Sprache-Position, die sie sonst bei allen anderen Sprachen besitzen. Hier seien sie die eigentliche Diaspora, in gewisser Weise.

Ich bekam eine seltene CD mit Audioaufnahmen von William Aulds *Infana Raso* geschenkt.

14.11.2018, Tokyo
Ein junger Mann ging auf der Straße mit den Zeigefingern in den Ohren. Ich folgte ihm eine Zeitlang. Er änderte seine Haltung nie. Vielleicht hatte er an diesem Tag seine sonst ihn vor den Geräuschen der Stadt schützenden Kopfhörer zu Hause vergessen.

In einem winzigen Park ruhte ich mich ein wenig aus. Ich saß neben der Statue eines kummervollen Knaben. Die Schriftzeichen sagten irgendwas mit »sehen«, aber ich verstand es nicht ganz. Vielleicht ein blinder Knabe? Er hatte die Hände so halb vor den Augen. Es war sehr kalt. Auf einem kleinen umzäunten Fußballplatz spielten Jugendliche ein mir unbekanntes Ballspiel, zu dem auch eine immer wieder leidenschaftlich

328

intonierte Singmelodie zu gehören schien. Von einem Balkon blickte ein rauchender Mann auf mich herunter, neben sich seine zum Trocknen aufgehängte Wäsche, darunter ein schlaffes Gummihuhn. Ich hob meine Hand zum Gruß.

Zu Mittag ging ich ins Nationalmuseum für zeitgenössische Kunst, um dort das Porträt Vasilij Eroschenkos zu suchen. Ich fand es ohne Mühe, denn es wird in einem gesonderten Bereich als eines der permanenten Highlights des Museums gezeigt. Es hing neben einem ungewöhnlich leuchtenden Gemälde mit dem Titel *Road Cut through a Hill*, von Kishida Ryūsei, das man der *pittura metafisica* zurechnen könnte. Ich setzte mich hin, um mir einiges zu notieren. Da erschien eine Museumsangestellte neben mir und nahm mir meinen Stift weg, dies allerdings sehr vorsichtig, etwa so wie man einen Zweig aus einem Nest zieht, ohne das darin brütende Vogelpaar zu stören, und händigte mir im Gegenzug einen Bleistift aus. Sie erklärte: »A pen is not allowed inside the gallery.« Entzückend. Auf dem Bleistift stand »General Writing«. Ich bedankte mich. Das prachtvolle Durcheinander von Eroschenkos Wuschelkopf! Der Maler Nakamura hat es perfekt eingefangen. Und auch seinen seelenvoll versunkenen Ausdruck, das Quecksilbrig-Verwandlungsfreudige ebenso wie das Sture und Unverrückbare dieses wunderbaren Menschen. Er muss eine hypnotische Erscheinung gewesen sein. Weiter rechts von ihm hängt ein Blumenbouquet von Cézanne, das gegen Eroschenkos plastische Locken hier eher blass und wesenlos wirkt. Ich saß lange da, schrieb mit dem ungefährlichen Bleistift und fragte mich, ob man ihn mir nach Beendigung meiner Konzentration wieder wegnehmen würde. Aber man ließ ihn mir und gab mir auch den Kugelschreiber zurück.

Auf dem Rückweg vom Museum bestaunte ich einige beeindruckend dreidimensional, sozusagen in einander schneidenden Spiralgalaxien gebaute Spinnennetze, in denen die Besitzerinnen dick und fangbereit hingen. Ich hatte bereits jetzt zu viele Wechselgeldmünzen in meiner Tasche. Es schepperte, wenn ich ging. Den herrlichen Wuschelkopf Eroschenkos spürte ich noch eine ganze Weile als Mückenschwarm um meinen Kopf. – Später, in Yotsuya, sah ich einen einsamen Baseballspieler auf einem Feld. Er sprang nach einem imaginären Ball und übte Fangwinkel und Rückstoß-Abfederungsmanöver. Ich sah seinem Tanz eine Weile zu und hörte dabei im iPod den *Danse Macabre* von Saint-Saëns.

15. 11. 2018, mein Geburtstag

Zu Mittag machte ich mich auf die Suche nach der legendären Nakamuraya-Bäckerei, in der vor hundert Jahren japanische Anarchisten und indische Freiheitskämpfer zusammenkamen. Zu ihnen stieß eines Tages Eroschenko.

Ich lief lange herum, aber fand die Bäckerei einfach nicht. An ihrer Stelle schien nur ein winziger Elektroladen zu sein. Eine kleine Seitengasse. Greller Geruch nach Durchfall. Dazu warme Sonne und das Wasserfallgetöse der Pachinko-Hallen gleich um

die Ecke. Dann entdeckte ich den Namen Nakamuraya an einem anderen Gebäude und darunter, winzig klein: ART MUSEUM.

Ich fuhr in den fünften Stock des Hauses, und tatsächlich war da eine spielzeugschachtelgroße Galerie, in der einige Kunstwerke der damals aktiven Anarchistengruppe versammelt waren. Leider alles auf Japanisch, ich musste raten und verstand nur ein klein wenig. In einem

Raum: Eroschenko. Ein anderes Gemälde, in anderer Haltung. Sein Gesicht ist deutlicher abgewandt, verdüstert, stillhaltend.

Als ich Fotos machen wollte, schlug mir eine Angestellte beinahe das iPhone aus der Hand. Sie wirkte ungewöhnlich aggressiv und kampfbereit. Unsanft körperlich berührt zu werden geschieht hier doch recht selten. Ich steckte das iPhone also schnell ein und murmelte gomennasai. Danach gab ich mich in allen meinen Bewegungen durch die Galerieräume betont sanft und unterwürfig, aber als ich an der Aufpasserfrau vorbeiging, um zum Ausgang zu kommen, hätte ich sie um ein Haar gebissen, ich hatte schließlich Geburtstag.

Ich nahm eine Postkarte mit dem zweiten Porträt mit. Es ist so viel ernster als das im Nationalmuseum, weniger von goldenem Herbstlicht durchsonnt.

Später ging ich noch in eine VR-Arena in Shinjuku, wo ich eine Cartoon-Katze aus großer Höhe retten musste und darüber vollkommen den Verstand verlor.

9
Baldur Ragnarsson: Nachdenklichkeit im Universum

Eine kleine Auswahl:

Gehsteige

Gehsteige sind praktisch und glatt,
hart und fest unter den Füßen,
schrankenlos, einförmig, künstlich gemacht,
deshalb neige ich dazu, sie im Geiste
in ihre Bestandteile aufzulösen: Sand,

Zement, Wasser, um so ihren neutralen Charakter
mir ein wenig naturnäher zu gestalten.
Sich schlängelnde Pfade auf den entlang
des Tals verlaufenden Hängen,
ausgetreten von Schafen und Pferden,
sind nach langer Zeit auch Gehsteige,
weiche und schmale, die sich dem Verlauf
des Erdbodens anpassen, dauerhaft aromatisiert
von durchtrabenden Vierbeinern. Solche
Erdwege, solche natürlichen, hab ich am liebsten.
Und selbst im späten November, im Park,
kommt es mir vor wie Natur,
wenn ich übers froststarre Gras gehe,
das trocken wispert unter meinen Schritten,
wenn das Laub knackt und raschelt wie die brennenden
Zweige im Pfadfinder-Lagerfeuer,
während der Mond in schwerer Fülle
über dem Fjord-Berg leuchtend hängt,
der bis hinunter zum Meeresspiegel
von Schnee bedeckt ist.

*

Spuren

Manchmal gehen mir bestimmte Fußspuren
im Kopf herum

Die nackten Fußspuren
die Robinson
im Ufersand seiner Insel fand

Die versteinerten Fußspuren von Hominiden
hinterlassen in einer äthiopischen Wüste
vor zwei Millionen Jahren

Die Fußspuren von Neil Armstrong
auf der Mondoberfläche

Aber am meisten beschäftigen mich
meine eigenen Fußspuren
die ich vor Jahrzehnten
auf einem öden Berg
im Osten Islands hinterlassen habe
und die vor ähnlich vielen Jahrzehnten
von Regen und Sturm
weggespült wurden

Obwohl diese Spuren
keinen verbürgten Platz
in der Weltliteratur besitzen
und keine epochale Bedeutung
in der Geschichte der Menschheit
halten sie sich dennoch beständig
in meiner Erinnerung
als Symbole vergangener Lebenskraft
und jugendlichen Ungestüms
als die Abende nach der Arbeit
zu Erkundungsgängen einluden
durch das menschenleere Hochland rund um unsere Zelte
während meine müden Kameraden
schon verstreut ausruhten
und sie das einfach nicht begreifen konnten:
meine seltsame Obsession
überall meine Spuren zu hinterlassen
im niedrigen Gras
im klebrigen Lehm
und im körnigen Sand
und auf verlassenen Berggipfeln ohne jede Vegetation
ohne irgendein Lebewesen
bis auf hier und da vereinzelte Vögel
die mich überflogen
auf dem Weg zu geeigneteren Futterplätzen

Oft suche ich in meinen Gedanken
nach jenen verwischten Fußspuren
denn sie sind Zeugen meines Wunsches
eigene Wege zu gehen
und am Ende andere Spuren kenntlich zu machen
die nicht so leicht verwischbar sind
bemerkenswerte Spuren die einen Wert besitzen
für die unbekannten
Nachgeborenen

*

Die Metamorphose der Blume

Ein Junge kam vom Berg gerannt
mit einer Blume in der Hand.
Die arme Blume ahnte nicht,
dass ihr, der arglos auserwählten,
für Nahrung aus der Humusschicht
inzwischen alle Wurzeln fehlten.

Doch auch als Welke wird sie bleiben.
Sie inspiriert zum Verseschreiben,
auf dass sie, ohne jede Mühe,
wie einst in ihrer Heimaterde,
im Treibgut der Gedanken blühe
und neues Saatgut werde.

*

Pause

die Fähnriche
plötzlich allein

gedämpft
das Geräusch der Schritte
vermeintlicher Fliehender

vorgestellte Gefallene
die sorglos ihre Arme
ausstrecken
in der Abendsonne

Windmühlen
am Horizont

*

Die Kirschbäume des Lukullus

Hin und wieder, wenn ich meine aufgegebenen
Vorhaben bedaure, richte ich meine Gedanken
auf Lucius Licinus Lucullus, der acht Jahre lang
mit Mut und Geschick
sein kümmerlich ausgestattetes Heer
gegen Mithridates den Großen führte.
Aber kurz vor dem Sieg
rebellierten seine erschöpften Soldaten
und er wurde gezwungen, sie zurückzuführen
von Armenien bis nach Jonien
durch nicht geringere Gefahren
als die, die der Grieche Xenophon überstanden hatte.

Später, in Rom, verbrachte er sein Leben
in Ruhe und Wohlstand, mit Festen und Büchern,
mit frivolen Scherzen und erlesenen Genüssen,
und pflegte Freundschaften und Künste
und Kirschbäume.

*

Fisch

Wie wird man Dichter? Indem man Fisch isst?
Eine spezielle Fischsorte? Es gibt da diese Geschichte
von Sigvatr, dem Dichter am Hofe von Olaf dem Heiligen
von Norwegen. Er wuchs auf einem Gehöft
im Südwesten Islands auf, neben einem See.
Er galt als geistig zurückgeblieben, wie ein kleiner Junge.
Einmal fing er einen großen, seltsamen Fisch
und folgte dem Rat seines Freundes,
man solle den Fisch stets als Ganzes verspeisen,
aber beim Kopf beginnen, da, wo sich in jedem Geschöpf
die Weisheit befinde. Daraufhin wurde er
ein großer Dichter und Erneuerer der Künste.

So also geht das, zumindest theoretisch,
dass man am Ende zum Dichter wird.
Allerdings leben im Augenblick in jenem See
nur gewöhnliche Forellen – Gott sei Dank.
Denn sonst würde die seltsame Tierart der Dichter
in gewaltigen Schwärmen durchs Land ziehen
und überall ihren Willen durchsetzen.
Aber ich will doch die alte Legende bestätigen,
denn man kann von dem Dichter Sigvatr
zumindest lernen, wie man seine Kunst
auf dem Kopf basieren lässt, und weniger
auf dem Herz, und wie man ein Gleichgewicht
findet zwischen Gedanken und Gefühlen,
ja, wie man den Fisch als Ganzes verspeist,
den dauerhaft erneuerten, aber dabei
stets am Kopf beginnt.

10

Deportation und
Verfolgung

1921 nimmt unser Freund am Festzug des 1. Mai teil, am 9. Mai besucht er die Sozialistische Liga Japans. Am 28. Mai wird er nachts verhaftet. Eine Weile können die Beamten sich gar nicht entscheiden, was man mit dem polyglotten jungen Mann anfangen soll. Gerade dieses Esperanto, das er spricht, ist ihnen suspekt. Und blind ist er auch noch. Man verhört ihn, aber es scheint, dass die Polizisten noch nie einem Blinden begegnet sind. Sie lassen ihn erklären, wieso er nichts sehen kann. Schließlich entscheiden sich die japanischen Behörden, die unmögliche Erscheinung loszuwerden. Die Deportation wird eingeleitet. Drei Tage lang ist Vasilij in Polizeigewahrsam, in einer winzigen Gefängniszelle, in Yodobashi. Die Beamten foltern ihn, zerren sogar an seinen Augäpfeln, einfach, um zu sehen, ob er wirklich blind ist oder nur so tut. In der *Yomiuri Shinbun* erscheint ein anklagender Artikel über das Verhalten der Polizei: »Wenn diese Beamten Männer wären, müssten sie aus Scham über ihr Verhalten Selbstmord begehen.« Sōma Kokkō kommt ihn besuchen und notiert eine Fabel, die Eroschenko ihr aus der Gefangenschaft diktiert: *Ein enger Käfig.* Er hatte die Geschichte bereits vollständig im Kopf vorformuliert. Es ist ein düsterer, schwermütiger, repetitiver Text über einen Tiger, der in einem Käfig lebt. Ihm scheint, die Warteschlange der dümmlich dreinblickenden Zoobesucher erstrecke sich über die Zooanlagen hinaus, »bis ans Ende des Universums«. Allerdings ist dies nur ein Traum, und der Tiger erwacht und geht auf Abenteuerjagd. Er versucht, Schafe zu befreien, die aber nicht befreit werden wollen. Es ist alles sehr schwer in dieser Welt. Er befreit Tiere und Menschen, aber alle sind zu dumm, um ihre Freiheit zu genießen. Am Ende stellt sich heraus, dass das Erwachen der eigentliche Traum war. Er ist immer noch im Käfig. Und es gibt Rettung für niemanden und nichts.

Unter dem Text die Zeile: »En la policejo Yodobasi, 31-a de majo, 1921.«

Als der Text später erscheint, wird er sofort eine literarische Sensation. Die Intelligentsia wird sich für diese vollkommen ausweglose Geschichte begeistern. Und der blinde Dichter Eroschenko wird zum Popstar werden. Allerdings nicht hier, nicht in Japan.

Am 1. Juni 1921 bringt die japanische Polizei Eroschenko nach Kōbe. Es ist trotz der sommerlichen Jahreszeit regnerisch und kalt, und er muss wieder warten, wird weiter festgehalten, es dauert alles ewig. Er ist ungeduldig und verzweifelt. Am 4. Juni betritt er endlich, immer noch in Begleitung der Polizei, das Schiff »Hozan-Maru«. Man bringt den völlig Entkräfteten in einem winzigen Raum unter. Zwei Tage später ist er in Wladiwostok. Dort übergibt man ihn den russischen Grenzsoldaten. Da er nun schon einmal in Russland ist, beschließt Vasilij, die einst vereitelte Reise in sein Heimatdorf neu zu versuchen, aber die Grenzpolizei verwehrt ihm den Eintritt. Dass er wegen angeblicher bolschewistischer Umtriebe in Tokyo verhaftet und aus dem Land geworfen worden sei, beweise gar nichts, lässt man ihn wissen, man kenne ja seine wahren Motive nicht. Eroschenko bemüht sich zu beweisen, dass er durchaus Bolschewist ist, überdies Esperantist, aber man glaubt ihm kein Wort. Ein Blinder könne alles behaupten, man habe ja keine Möglichkeit, herauszufinden, was da wirklich in seinem Kopf vorgehe! Außerdem Esperantist – das möge er besser nicht so laut sagen. Da man den jungen Mann aber nicht einfach ins Meer werfen kann, schickt man ihn kurzerhand nach China. Sollen die dort unten sich mit diesem eigenartigen und widerspenstigen Menschen herumschlagen.

Zu dieser Zeit, also in den frühen Zwanzigern, wuchs in aller Welt die Paranoia gegenüber Esperantisten ins Fratzenhafte und Tollwütige. Vor allem in der frisch gegründeten Sowjetunion, aber auch in der Weimarer Republik und etwas später, viel ärger, in Nazideutschland. In antikommunistisch regierten Ländern verwechselte man sie meist einfach, ohne lang nachzudenken, mit Kommunisten. Denn das mit Weltsprache, Weltfrieden, das klang schon alles ganz ähnlich. Einige Esperantisten engagierten sich auch wirklich für Arbeiterrechte und Sozialdemokratie, was ihren betont neutral bleibenden *samideanoj* häufig die Staatspolizei ins Haus brachte. Anfangs machte sich die Exekutive, wie man in Ulrich Lins' hervorragendem Buch *Die gefährliche Sprache* nachlesen kann, noch die Mühe, zu differenzieren: Im rumänischen Klausenburg hatten Polizisten den grünen Stern als kommunistisches Abzeichen gedeutet. »Der Vorsitzende des Militärgerichts erklärte, bevor er die Beschuldigten freisprach, Esperanto sei eine ›sehr schöne Kulturbewegung‹ und nur die Benutzung der Sprache ›für verbotene Ziele‹ sei strafbar.«

Aber nach und nach wurde Esperanto selbst den Machtorganen demokratischer Länder verdächtig. Der deutsche Romanist Karl Vossler, so berichtet Lins, war 1925 der Meinung, Esperanto enthalte, sozusagen einprogrammiert in die Struktur seiner Grammatik, die Ideen des Bolschewismus, Sozialismus und Kommunismus. Diese hätten sich, so Vossler, direkt in den Wörtern und Formen der Sprache selbst »einquartiert«. Wer die Grammatik lerne, der werde anfälliger für »Gefühlstöne und Bedeutungsakzente« der Proletarierstimmen, ja, im Grunde verwandle einen die Sprache und alle ihre Sprecher in wandelnde Propaganda, denn der Kommunismus und die Grammatik des Esperanto seien »sprachwissenschaftlich urverwandt«. In Bulgarien wurden 1928 alle Esperanto-Schülerklubs mit der kuriosen Begründung verboten, die Sprache sei derart einfach zu erlernen, dass sie jeden ihrer Sprecher augenblicklich faul mache und daher der Fähigkeit beraube, je wieder etwas Komplexeres zu lernen. Außerdem seien sowieso nur Bolschewisten und Anarchisten an ihr interessiert. Und 1925/ 1926 erschien Adolf Hitlers *Mein Kampf*, in dem ebenfalls gegen Esperanto gewettert wird. Es sei ein Machtinstrument der Juden, um die von ihnen unterjochten Völker auch mittels einer Universalsprache zu beherrschen. Im wenig später errichteten Dritten Reich wurden nach und nach alle Esperanto-Gruppen verboten und führende Aktivisten vertrieben.

Auch im Austrofaschismus war Esperanto keine neutrale Angelegenheit mehr. Der wahrscheinlich einzige Esperanto-Romancier Österreichs, Hans Weinhengst, war engagierter Sozialdemokrat und Antifaschist. Sein Roman *Turmstraße 4* wurde erst 2017 ins Deutsche übersetzt, von dem Wiener Esperantisten Christian Cimpa. Der Roman ist eine an Sozialreportage reiche Liebesgeschichte, die in einem typischen Wiener Gemeindebau spielt, jener inzwischen mythischen Wohnstruktur mit ihren zahlreichen, laut Weinhengst, auf fürsorgliche Ausbeutung ausgerichteten architektonischen Details: »Das Hausinnere zeigt auf den ersten Blick unverhohlen, dass die gesamte Konstruktion einzig dem Streben nach Ausbeutung folgt: Das Stiegenhaus und die Gänge sind schmal, der erdrückend enge Hof – ›Lichthof‹ genannt – ist der den Bauvorschriften geschuldete einzige freie Raum, die Wohnungen sind winzig, dafür aber zahlreich.«[89] Mir waren die großen Wiener Gemeindebauten mit ihren nach allen möglichen Damen und Herren der Vergangenheit benannten Hofanlagen lange Zeit unheimlich, heute wohne ich selbst in einem. Als ein Grazer Bürgerkind, das in großen Wohnungen aufwuchs, fehlten mir die geistigen Enzyme dafür. Heute erscheinen mir die Anlagen unerschöpflich. Mit Sarah kann man stundenlang durch diese Höfe wandern und Dinge entdecken, alte Mosaike, die

89 Hans Weinhengst: *Turmstraße 4* (edition atelier, 2017).

in hundert Teile zerbrochene, tapfere Arbeiter darstellen, oder die in den Innenhöfen vielleicht aus Verlegenheit oder Mitgefühl aufgestellten minimalistischen Kunstwerke aus Stein, die an den Fassaden außerirdisch wuchernden Balkongewächse, die tatorthaften Stiegenhäuser und Spielplätze, die grabmalartigen Hügel mitten im Areal. In Wien sind Gemeindebauten stärker mit Geschichte getränkt als in anderen Städten Europas, denn es waren gerade diese Gebäudekomplexe, in denen der unheimlichste, weil bis heute unsichtbarste österreichische Bürgerkrieg geschah, im Februar 1934, bei dem Hunderte von Menschen, die sich teilweise in den Gemeindebauwohnungen verschanzt hatten, erschossen wurden und von dem, wie man unter anderem in Stefan Zweigs Autobiografie nachlesen kann, nicht ein einziger Laut, weder der Nachhall eines Kanonenschusses noch auch nur eine mündlich weitergegebene Nachricht, in die inneren Bezirke der Stadt drang. Hans Weinhengsts Roman erschien 1934 in Budapest, es blieb sein einziger. Der Staat Österreich hatte endgültig, auch vor den Augen der europäischen Nachbarn, Farbe bekannt als mordbereites Diktatorenregime. Gründlich desillusioniert kündigte Weinhengst 1936 in einem Brief an, sich nicht mehr mit Esperanto befassen zu wollen. Ihm war die gesamte Bewegung widerlich geworden. 1945 kam er unter mysteriösen Umständen in Berlin ums Leben. Sein Grab wurde erst vor kurzem dort wiederentdeckt.

Dass die proletariernahe Esperanto-Bewegung in der Sowjetunion schließlich ebenfalls einer grausamen Verfolgung zum Opfer fallen sollte, überrascht auf den ersten Blick. Und in der Tat ist die Geschichte des Verhältnisses zwischen kommunistischen Denkern bzw. Politikern und der Bewegung sehr komplex und reich an zueinander im Widerspruch stehenden Phasen. Das Hin und Her, die Abfolge von weltanschaulicher Anerkennung und Ablehnung hörte schließlich bei Stalin auf. Er ließ alle Esperanto-Aktivitäten als antisowjetisch unter Strafe stellen. Diese Entscheidung wurde 1937 geheimpolizeiintern vor allem durch die bekannten Auslandskontakte der Esperantisten gerechtfertigt, genauer, die Auslandskontakte der »Briefmarkensammler und Esperantisten«.

> Rytjkow und manche andere nahmen [nach Jahren der Verbannung in die Lager der Kolyma] ihre Tätigkeit für Esperanto sofort wieder auf. Zu ihnen gehörte auch der Ukrainer Alexander Logwin, in dessen Gedichten Kenner vor 1934 ein vielversprechendes Talent bemerkt hatten; nach 25 Jahren kehrte Logwin zur Esperanto-Literatur zurück und holte sich seine frühen Manuskripte aus dem Versteck, in dem sein Vater sie aufbewahrt hatte: aus einem Bienenstock.

Umschwirrt von kleinen summenden, wärmeerzeugenden Bienen überwinterten seine Verse die Zeit der Verfolgung. Ein schönes Bild. Andere hatten weniger Glück, verschwanden in den Lagern der Kolyma oder wurden in den Selbstmord getrieben.

Merkwürdig, wie sehr mich diese unter den Bienen versteckten Verse rühren. Wie man weiß, besteht allgemein eine uralte Verwandtschaft zwischen dem Dichten und dem Herstellen von Honig. Ralph Dutli hat ein ganzes Buch darüber geschrieben. Kein Wunder also, dass auch, wie wir uns erinnern, ein Dichter wie Mustafa Ahmed Jama diese Mission übernommen hat. – Am 13. November 1925 schrieb Rainer Maria Rilke an seinen polnischen Übersetzer Witold Hulewicz: »Wir sind die Bienen des Unsichtbaren.« Ist das nicht auch die beste Definition von Dichtern in erfundenen Sprachen? Sie bringen Ertrag und Nährstoffe von einer Quelle, die sonst kaum jemand sehen kann. Wer eine erst vor kurzem erfundene Sprache spricht, macht sich in gewisser Weise vor der Weltgeschichte unsichtbar. Die Weltgeschichte hasst so was. Sie beginnt zu knurren, zu ahnden, zu zielen. All die naturgewachsenen Sprachen wurden über Jahrhunderte geformt und abgeschliffen, bestimmte Wörter tunneln sich so weit in die Vergangenheit zurück, dass wir vor ihrem schwindelerregenden Bedeutungswandel wie vor einer Art Gottheit stehen. Nur in einer neuen, völlig geschichtslosen Sprache können dich die alten Götter nicht erkennen. Du bist frei, umtriebig. Du bist gefährlich.

Es gehört ganz und gar nicht hierher, aber einer meiner Urgroßväter mütterlicherseits war Bienenzüchter, obwohl er gegen Bienenstiche auf den Tod allergisch war. Dummerweise hing sein Herz an den Bienen. Es muss ein sehr kompliziertes Herz gewesen sein. Er löste das Problem, indem er sommers wie winters nie anders als in einem dicken Pelzmantel vor die Bienenkästen trat. Eine einzige Fotografie existiert von ihm. Er sieht sehr zufrieden aus. Regelmäßig durchsuchte er seinen Pelzmantel nach toten Bienen, und er freute sich immer, so zumindest erzählt man es sich in unserer Familie, wenn er auf seinem Mantel mehr tote Bienen fand als in dem eigens fürs Auffangen der leblosen Arbeiterinnen gedachten Gitter unterhalb des Stocks. Denn daraus leitete er ab, dass er für die Bienen eine Art von stofflicher Über-Welt darstellte, auf der sie bereitwilliger und geborgener ihren Geist aufgaben, einen lebendigen Planeten sozusagen, der sich tagelang in ihrer Nähe aufhielt und ihnen beim Wachsen, Arbeiten und Sterben beistand. Und da denkt man immer, man erbt keine Charakterzüge von seinen Vorfahren.

Hier ein Gedicht von Alexandr Logwin, das im Bienenstock die finsteren Zeiten überdauert hat:

Birdoj kaj kverkoj

Senmove dum jarcentoj
ĉe l' sama lok' starantaj,
envias oldaj kverkoj
al birdoj formigrantaj …

Übersetzt:

Vögel und Birken

Seit Jahrhunderten unbeweglich
immer an derselben Stelle stehend
beneiden alte Birken
die fortziehenden Vögel …

11
Die Tragödie der Küken
und anderer Tiere:
Eroschenkos chinesische Jahre

In Harbin hatte Vasilij, seines andernorts beginnenden Ruhms
noch völlig ungewiss, drei Monate als Masseur gearbeitet. Er
musste ja irgendwie überleben, Geld verdienen. Er war mittel-
los in China angekommen, die finanzielle Zuwendung seiner
europäischen Esperantisten-Freunde war versiegt. Aus Japan
kam noch gelegentlich etwas Geld für den Abdruck seiner Erzählungen und hier und da sogar eine Nachricht über die *in
absentia* erfolgte Veröffentlichung seiner gesammelten Werke
unter dem Titel *Gesang vor Morgengrauen*.

Zuerst nahm sich Hu Yuzhi, chinesischer Esperantist und
Kommunist, in Shanghai des jungen Mannes an. Ein Konzert
wurde veranstaltet, auf dem Eroschenko auf Russisch und Esperanto sang. Seine Fabeln wurden, ohne sein Zutun, allmählich bekannt in anarchistennahen Esperanto-Kreisen.

Genau um diese Zeit erscheint ein anderer seiner berühmtesten
und eigenartigsten Texte, *Kawari neko* (*Eine seltsame Katze*),
von ihm bereits selbstständig auf Japanisch verfasst, in Japan in

der progressiv-liberalen Zeitschrift *Warera* (*Wir*), die von dem Sozialreformer Hasegawa Nyozekan als Antwort auf das Erstarken des, wie er es später nannte, »japanischen Faschismus« gegründet worden war. Viele der einflussreichsten Anarchisten publizierten in *Warera*.

Der Artikel über die Folter der Grenzpolizei kommt einem Mann unter die Augen, den das Verhalten der Beamten entsetzt. Er überträgt den Text unverzüglich ins Chinesische. Der Artikel wird viel gelesen und diskutiert. Kurz darauf werden zwei Erzählungen Eroschenkos von dem Mann übersetzt. Über Nacht ist die Intelligentsia des ganzen Landes entflammt. Wer ist dieser *Ai-luo-xian-ke*? Ein blinder russischer Poet? Woher kommt er auf einmal?

Der Übersetzer des Artikels war Lu Xun, der größte chinesische Autor des frühen 20. Jahrhunderts, Erneuerer der chinesischen Literatursprache und Erzählprosa.

Wahrscheinlich sollte ich nicht so angeben, als wüsste ich genau, was das bedeutet. In Sarahs Bücherschrank steht sein Werk, vielbändig.

Welche seiner Geschichten kenne ich?

Also auf jeden Fall die von *Ah Q*, diese unglaubliche Horrorgeschichte über ganz normale Menschen in einem Dorf. Und ein Mensch, der sich lauter entsetzliche Dinge schönredet, so wie ich dauernd.

Und das *Tagebuch eines Verrückten*, wo einer fest davon überzeugt ist, von Menschenfressern umgeben zu sein.

Und dann diese unheimliche kleine Erzählung über einen Riksha-Unfall … Aber wie ging die noch mal?

Jedenfalls Lu Xun. 1881 geboren, 1936 gestorben. Zusammen mit seinem Bruder Zhou Zuoren war er in der um eine Modernisierung Chinas bemühten Neue-Kultur-Bewegung aktiv sowie in der volksnahen »Bewegung vom 4. Mai«, die sich gegen den Versailler Vertrag richtete.

Lu Xun und Zhou Zuoren waren hochgebildete, engagierte

Menschen, die an die Erziehung des Volkes dachten. Wo sollte man diese Erziehung beginnen? Wahrscheinlich bei den Kindern.

Und nun war da ein Mann in Shanghai, der eine »kindhafte Unschuld« ausstrahlte, der Kindergeschichten und Fabeln schrieb – und überdies noch Esperantist war, so wie Zhou Zuoren und andere Mitglieder der Bewegung.

Er war perfekt.

Eroschenko wurde in den Kreisen der Neuen Kultur schnell zu einer Art Popstar. Seine exotische Herkunft, seine angebliche Unschuld, sein Aussehen – immer wieder beschrieben Zhou Zuoren, Lu Xun und der Esperantist Hu Yuzhi in Artikeln seinen Charakter, seine Manierismen und seine Lebensstationen. Sie hatten die Figur gefunden, die sie in das verwandeln konnten, was das Volk am meisten brauchte: ein Märchen.

Seine Texte wurden gefeiert und verbreitet.

Sie sind der äußeren Form nach recht einfach. Sie erzählen uns vom Schicksal eines Baums, eines Katers, eines Kükens usw. Aber sie sind vor allem eines: *dark*. Ihr pädagogischer Gehalt bleibt völlig unklar. Nur manchmal erscheint so etwas wie Hoffnung, deren Daseinsberechtigung man, wenn dies überhaupt möglich ist, indirekt aus den Elementen der Erzählung ableiten muss.

Die Erzählung vom »engen Käfig« kennen wir schon. Mit ihr kann man vielleicht ein wenig Erziehungsarbeit leisten. Aber man wird die Leserschaft auch zugleich sehr deprimieren. Keine Hoffnung für irgendwen, jemals.

Und die anderen Texte?

Dasselbe.

Lauter dunkle, schwermütige Punksongs in Prosa.

Die lange Erzählung *Eine seltsame Katze* hat die Form eines lieblichen Märchens, allerdings verstecken sich in den einzelnen Details die trostlosesten Perspektiven auf das Leben. Ein Junge sitzt vorm Kamin. Da kommt sein Kater zu ihm, Tora-chan (»Tigerchen«). Der Kater meldet, er habe ein Problem. Man sei hinter ihm her. Jawohl, der Vater des Jungen wolle ihn erschlagen oder erhängen, weil er den Kater als von der Tollwut befallen ansehe. Der Kater springt auf die Knie des Jungen und knetet ihn nervös mit den Pfoten, gräbt seine Krallen in seine Haut. Ach, klagt Tora-chan, er leide so sehr, er sei desillusioniert.

Was denn passiert sei, will der Junge wissen. Desillusioniert seien wir doch alle. Die Welt sei ein einziges Jammertal. Der Kater möge sich beruhigen und alles von Anfang an erzählen.

Nun ja, berichtet der Kater verschämt, er habe sich da tatsächlich etwas eingefangen. Eine Art Erreger. Aber Tollwut sei es nicht! Nein, es sei etwas anderes, sehr Fatales. Er … verstehe sich neuerdings als Bruder der Mäuse.

Wie?

Er habe sie gesehen, wie sie sich hungernd um Brot balgten. Nun könne er sie nicht mehr fangen. Die Mäuse seien einfach hungrig, alle Kreatur sei hungrig, fressen sogar dieses Buch des Lieblingsautors des Jungen: Kropotkins Werk *Die Eroberung des Brotes* – aus bloßem Hunger.

Tora-chan bittet den Jungen um Sterbehilfe. Denn auch er habe nun, da er den Mäusen nicht mehr zu Leibe rücken könne und also auch nichts im Bauch habe, bohrenden Hunger. Er ertrage das nicht mehr, er könne nicht mehr töten, aber bekomme daher vom Hausherrn auch nichts mehr geschenkt, denn nur wer tötet, bekommt Dinge gratis. Tora-chan bittet um Morphium, vielleicht könne er so, betäubt von diesem köstlichen Gift[90] auf den Knien des Jungen friedlich einschlafen und sterben.

90 Interessant: Auf Esperanto tönt »morfino« wie »mor-fino«, »das Ende der Sitten«.

Da donnert der Vater des Jungen in die Kammer. Er schäumt vor Wut. Wo ist der Kater! Man muss ihn totprügeln und aufhängen! Mordverrückt drängt sich der alte Mann am Jungen vorbei.

Dieser fleht und verhandelt. Man möge dem nutzlos gewordenen Tier doch lieber Morphium geben, dann müsse man es nicht brutal erhängen oder totprügeln. Er bekniet den Vater, der ihm dafür nur eine kräftige Ohrfeige gibt. »Bitte, ich habe Morphium, ich habe Morphium!«, fleht der Junge.

»Ah, alles klar!«, schreit der Vater. »Der Kater hat dich gebissen! Du hast doch auch die Tollwut!«

»Aber nein, nein …«

»Verfluchte Internationalisten!«, brüllt der Vater und verwünscht alle von Tora-chan gebissenen Wesen.

Du liebe Zeit. Märchen für Kinder. Aber lesen wir weiter.

Der blutig geschlagene Junge hört, nachdem der Kater weggebracht wurde, einen Chor von Millionen verzweifelter, hungerverrückter Mäuse. Er steckt sich die Finger in die Ohren, aber es hört nicht auf. Er hört die Mäuse betteln: »Gib uns Brot, hilf uns!« Eine Hausangestellte, wohl eine Art Kammermädchen, wird auf ihn aufmerksam und fragt ihn, was denn los sei. Der Junge bittet die junge Frau um Morphium, er brauche es dringend. »Morphium, bitte gib mir Morphium! Da schreien Mäuse!« Aber das seien doch Arbeiterchöre von den nahen Fabriken, sagt das Kammermädchen.

»Morphium, bitte!«

Die Geschichte hat alle kanonischen Elemente einer sozialistischen Lehrfabel, aber das verzweifelte und niemals verhallende Selbstmord-Element überrascht ein wenig. Es wirkt, als hätte ein gründlich trostentwöhnter, harter und abgeklärter Mensch sich irgendwie zusammengerissen, um etwas einigermaßen für Kinder Zumutbares zu verfassen. *Morphium! Morphium!*

Ich kenne den Chor der Mäuse auch. Ich bin mit Mäusen

befreundet und habe schon viele von ihnen im Leben kennengelernt. Man hat im Allgemeinen gar keine Vorstellung davon, wie viele Mäuse es gibt. In meinen Büchern spielen sie meist geheime Hauptrollen, vor allem in den Romanen *Indigo* und *Die Stunde zwischen Frau und Gitarre*. Ich glaube, alles begann, als ich einmal im Haus eines Freundes freigekaufte Labormäuse sah, weißliche und halbnackte Geschöpfe, die sich auf eine fast seelenlose Art hektisch und diensteifrig im Käfig bewegten. Mein Freund hatte sie aus Mitleid erworben, und nun saßen wir vor ihnen und malten uns, beide nicht älter als 21 oder 22, in dem für dieses Alter typischen selbstquälerischen Detailreichtum aus, was diese eigenartig substanzlos, ja fast durchsichtig wirkenden Tiere alles durchgemacht haben mussten. Labormäuse leben in der Zukunft. Gefoltert und erhoben, Märtyrer-Wegwerfbatterien, Einweg-Heilige. Sie erleben pausenlos echte Wunder, angesichts derer jeder von uns vermutlich zu Gott finden würde, sie werden, bumm, von Krebs geheilt, altern auf einmal nicht mehr, werden – wie unlängst durch Flimmerlichtbehandlung in Kombination mit einer Schalltherapie – von den Folgen einer Alzheimererkrankung befreit, sie erfahren jeden Tag das am eigenen Leib, was wir gern für uns erreichen würden: die reale Sci-Fi-Welt mit perfekter Ersatzteiltechnologie, Zellregeneration, genetischer Feinmanipulation. Aber wir leben unter dem tragischen Bannzauber »Es wirkt nur an Mäusen«. Bei uns verfangen die neue Krebstherapie, die experimentelle Alzheimerbehandlung und die revolutionäre Stammzellenidee einfach nicht. 2012 fand eine großangelegte Studie heraus, dass die »Unübertragbarkeitsrate« zwischen Mäusen und Menschen für medizinische Verfahren 99,6 Prozent beträgt. Wenn etwas bei Mäusen funktioniert, dann hat man also nur eine Chance von 0,4 Prozent, dass es auch bei uns funktioniert. Wenn man Mäusen Aspirin gibt, verbluten sie einfach. Sie haben im Grunde nichts mit uns zu tun, aber dennoch wirken wir als wahnsinnig gewordene Super-Evolution von allen Seiten auf sie ein.

Wer den Chor der Mäuse nicht hört, braucht nicht mit mir befreundet zu sein. Aber kann ich mich mit Bot-chan identifizieren? Ich war im Leben schon süchtig nach Benzodiazepinen, bis auf 3 mg Xanor pro Tag hatte ich es gebracht, und selbst heute noch, obwohl ich seit Jahren diesbezüglich clean bin, kommt, vor allem in schlafgestörten Nächten, der alte Suchtdrang tobend zurück: Nimm eine Tablette, nimm eine, bitte Morphium, bitte.

In *Am Teich* geht es um zwei Schmetterlinge. Sie sind in der Dämmerung geschlüpft. Entgegen den Warnungen der älteren Schmetterlinge begeben sie sich auf die absurde Mission, quer übers Meer zu fliegen, an den Rand der Welt, und die Sonne zurückzuholen. Ohne Sonne kann man schließlich nicht leben. In den Morgenstunden des darauffolgenden Tages werden sie von einer Gruppe Schüler entdeckt, zerschunden und tot. – Hier kann man zumindest annehmen, dass die Schmetterlinge erfolgreich waren in ihrer Aufgabe, dafür aber mit dem Leben bezahlen mussten. Denn immerhin ist die Sonne ja wieder da.

Die Trauer eines Fisches befasst sich mit dem Schicksal eines kleinen Karpfens. Zu Beginn der Geschichte befinden wir uns unterm Wintereis. Man leidet an Hunger. Von seinen Eltern erfährt der kleine Karpfen von »Jenem Land«, einem Paradies, in das man gelange, nachdem man im Netz gefangen wurde. Der kleine Karpfen versteht das nicht. Im Frühling erzählt er den anderen Tieren von »Jenem Land«. Sie begreifen ebenfalls nicht. Dann beginnen sie, als die Tage wärmer werden, zu verschwinden, einer nach dem anderen. Um etwas über das Wohlergehen seiner Freunde zu erfahren, lässt sich der kleine Karpfen im Netz eines Menschenjungen fangen, der am Teich angelt. Der kleine Karpfen wird herausgehoben und tatsächlich in »Jenes Land« gebracht.
Es ist ein kleiner Raum.

An der Wand hängen Herrn Pirols Federkleid und dort drüben das abgezogene Fell des Hasenmönchs. Auf Tischen überall Knochen. Und seine Freunde, die stets wohlinformierten Schmetterlinge, sitzen aufgespießt in einer Vitrine. Auf dem Operationstisch wird der Dichter Frosch, der letzte Nacht noch das Mondlicht genoss, als er plötzlich aus dem Teich gehoben wurde, mit einem Skalpell lebend zerkleinert. Sein Herz zuckt noch.

Der kleine Karpfen will etwas sagen, aber nichts kommt aus seinem Mund, das fremde Element der Luft leitet kein Signal weiter. Stattdessen patscht sein Schwanz auf die Tischplatte.

»Im nächsten Augenblick begann der Junge, ihn ebenfalls zu sezieren, aber als er zum Herzen des Karpfens kam, erwies sich dieses bereits als in Stücke zerfallen.«

Eroschenko lässt uns noch wissen, dass der Junge, der Fürst »Jenes Landes«, später ein bedeutender Anatom wurde, während das Leben im Teich nach und nach erlosch, bis niemand mehr, weder Vogel noch Fisch noch Kröte, übrig war, um am Abend das Läuten der Glocken zu hören.

In der kafkaesken Parabel *Der Menschheit zuliebe* berichtet der Sohn eines Wissenschaftlers von einem Kollegen des Vaters, einem gewissen K., der den ganzen Tag nichts anderes tut, als Tiere zu sezieren. Ihr Geschrei ist zu einer stetigen und unveränderlichen Klangwolke geworden. K.s eigener Sohn verliert darüber beinahe den Verstand. Um dem Jungen Manieren beizubringen, bringt K. den Hund der Familie in sein Labor und nimmt Experimente an ihm vor. Die Mutter und der Sohn retten den Hund.

K. beschließt, seine Frau und seinen Sohn zu vivisezieren. Davon erhofft er sich großen Nutzen für die Menschheit. Der Sohn hat allerdings, so erfahren wir, heimlich mit dem Hund die Haut getauscht und sich in der Hundehütte versteckt. Der nun im Hund steckende Junge beißt den Vater später, als sich dieser, nach vollendeter Vivisektion, ihm nähert. Später sieht man K. den Hund liebkosen.

Der Erzähler berichtet nun von einem Besuch bei einem anderen berühmten Anatomen. Dieser findet K.s Handeln vertretbar. Man müsse eben gelegentlich einen degenerierten Idioten für das Wohl der Menschheit opfern. Der Erzähler lässt sich davon überzeugen. Er tritt vor und bietet sich selbst (wtf?) als Opfer an. Der berühmte Anatom möge ihn bitte lebendig sezieren, der Menschheit zuliebe.

Aber das sei doch nur ein Witz gewesen, sagt der Anatom.

Aber es kommt noch mehr *plot twist* – der Erzähler kehrt nach Hause zurück und erfährt, dass sein eigener Vater gar nicht sein wirklicher Vater ist. Er ist höchstwahrscheinlich der Sohn von K., d. h., er ist der inzwischen erwachsen gewordene Junge, der sich einst in der Haut des Hundes verstecken musste, um zu überleben. Er hat keine Erinnerung daran. Aber sein Körper wird für immer, in einer Art von einprogrammierter Bestimmung, sich für das Seziert-Werden anbieten. Und K. ist durch ihn sozusagen erlöst worden.

In der Erzählung *Großväterchen Zeit* sagt der namenlose Protagonist:

Es wird schon so sein, dass Peking groß und laut ist, aber mein Peking ist klein und still. Es wird schon so sein, dass die Menschen, die in Peking wohnen, bedeutsam und edel sind, aber in meinem Peking wohnen nur Menschen, die bescheiden, ruheliebend und ehrlich sind. In dieser großen Stille müsste sich mein Herz eigentlich beruhigen, aber es beruhigt sich nicht und wird sich auch nie beruhigen. Nachts fühle ich mich besonders allein. (…)
Trauer schüttelt mich, wenn ich meiner Freunde in Moskau und Tokio gedenke, mit denen ich ins Theater, in Konzerte und zu den Treffen der Sozialisten ging und die nachts so großen Lärm machten. Ich weine, wenn ich an die drei oder vier Freunde denke, mit

denen ich, einen Arm um ihre Schultern gelegt, darüber diskutierte, wie die Gesellschaft, der Staat und die ganze Menschheit zu retten seien. (…) Wenn mich die Einsamkeit zu sehr plagt, lege ich die Uhr neben mich und versuche, in ihrem Tick-Tack die sehnsüchtigen Stimmen meiner Freunde zu hören. Ich bin schließlich Dichter und glaube daran, dass ich sie heraushören kann.[91]

Der Dichter lauscht also dem Ticken der Uhr, aber die einzige Stimme, die sich meldet, ist die des Großväterchens Zeit. Dieser hält eine triste Predigt über die Unbelehrbarkeit der Jugend. Die alten Götter seien an allem schuld. Und die Menschheit? Ein einziger Haufen Idioten.

Alles ist dumm, die Menschen, die Universitäten, die Städte. Alles saudumm.

Alles vergeblich.

Am besten einfach nicht mehr atmen.

Am Ende liegt der Protagonist der Erzählung verwirrt und desillusioniert in seinem Bett. Die Novembernacht in Peking ist kalt und still. Ach wäre doch, seufzt er, sein eigenes Herz ebenso kalt und still wie diese Novembernacht.

1922 war der unfreiwillig berühmte Eroschenko nach Peking gegangen, da er in Shanghai vor Niedergeschlagenheit allmählich den Verstand verlor. Ich weiß nicht genau, warum.

Lu Xun wohnte zu dieser Zeit in Peking. Er nahm Eroschenko gern bei sich auf, in dem Haus, das er mit seinem Bruder Zhou Zuoren und dessen Frau bewohnte.[92]

Eroschenko unterrichtete ab Februar 1922 an der Universität von Peking. Er gab Esperanto-Kurse und hielt Vorträge über

---

91 Vasilij Eroschenko: »Aveto de l' Tempo«, in: *Cikatro de Amo* (aus dem Chinesischen übersetzt von Gouzhu).

92 Um 1923 kam es dann zum Bruch zwischen den Brüdern, vermutlich wegen einer Eifersuchtsgeschichte rund um Zourens Frau.

russische Literatur und Esperanto auf Englisch. Er kritisierte Japans Imperialismus, das gefiel den Studenten. Aber er kritisierte auch einige chinesische Intellektuelle, weil diese, seiner Einschätzung nach, sehr wohl andere zu opfern bereit waren, aber sich selbst nicht opfern wollten. Er sah sich als Pazifisten und Humanisten.

Aber auch Peking tat ihm nicht gut.

Kurz nachdem der blinde russische Lyriker Vasilij Erošenko mit seiner Gitarre nach Peking gekommen war, klagte er mir sein Leid: ›Es ist einsam, so einsam, einsam wie in der Wüste.‹ Das muss tatsächlich so gewesen sein, obwohl ich selber nie so empfunden hätte. Ich lebe schon lange hier, doch ›wenn man sich in einen Raum voller duftender Orchideen begibt, nimmt man nach einiger Zeit den Duft nicht mehr wahr‹. Vielmehr fand ich ganz im Gegenteil, hier gebe es viel Trubel. Doch vielleicht bezeichnete er als Einsamkeit, was ich unter Trubel verstand.

So beginnt Lu Xuns im Oktober 1922 verfasster Erinnerungstext *Eine Entenkomödie*. Bemerkenswert ist die Parallele zu Eroschenkos Einleitung zur Erzählung vom Großväterchen Zeit.

Lärm verinselt jeden blinden Menschen. Es ist kein Phänomen der Stimmung, sondern eher eines der Orientierung. Wenn man nicht mehr hört, was ringsum geschieht, entweder weil es zu still oder zu laut ist, wie soll man da nicht vereinsamen?

Der Erzähler, den man mehr oder weniger mit Lu Xun gleichsetzen darf, geht Eroschenko besuchen. Dieser ist untröstlich. Das Schlimmste an Peking sei der Mangel an Fröschen. Aber es gebe doch welche, beteuert Lu. Oh nein, man höre keine.

Kurze Zeit später kauft sich der arme blinde Poet eine Menge Kaulquappen. Er hält sie im Teich seiner Gastgeber. Vielleicht werden sie, wenn sie erwachsene Kröten sind, ihm etwas Linderung bringen.

Unterdessen belehrt Eroschenko die Familie, bei der er wohnt, über alle möglichen Dinge. Er hat der Frau geraten, Hühner und Enten anzuschaffen. Eine Frau müsse Tiere aufziehen! Ein Mann müsse Kohl im Garten anpflanzen! Und dergleichen mehr.

Die Hühnerküken inspirieren, so schreibt Lu Xun, den Dichter sogar zu seiner »Kükenkomödie«. Und die kleinen Entlein – fressen seine Kaulquappen auf.

Tief enttäuscht verlässt der blinde Dichter Peking für immer. Lu bedauert, seither nichts mehr von seinem Verbleib gehört zu haben. Bloß die Enten seien noch da, unermüdlich schnatternd in der Wüste.

Ein Detail ist merkwürdig an der Geschichte. Eroschenko hatte tatsächlich ein traumatisches Erlebnis mit einem Hühnerküken in Peking in eine Geschichte verwandelt, bloß nannte er sie *Die Kükentragödie*. Lu Xun hatte sie, vielleicht irrtümlich, in eine Komödie verwandelt.

Die Kükentragödie Eroschenkos ist, wenig überraschend, ein absolut trostloser Text.

Sollen wir ihn nacherzählen? Kurz gesagt, ein Küken beginnt plötzlich zu denken. Das ist sein Verhängnis, sein Ende. Es magert rasch ab, lässt Kopf und Flügel hängen, und die Frau, die es füttert, bemerkt dies mit Sorge. Das ruhelose Küken beginnt, einer befreundeten Ente Fragen zu stellen. Woran die Ente denn beim Schwimmen denke? – Ans Fressen natürlich. – Und was fresse sie am liebsten? – Fisch natürlich. – Und träume die Ente manchmal von Hühnerküken? – Aber nein, nur von Fischen, großen Fischen. – So? Niemals von Hühnern? – Niemals.

Am Ende treibt das Küken natürlich tot im Teich. Der letzte Satz: »Die Sonne ging allmählich im Himmel auf.«

Und hier ein weiteres interessantes Detail: Lu Xun hatte diese Geschichte aus dem Japanischen ins Chinesische übersetzt.

Dabei änderte er nur diesen letzten Satz in: »Die Sonne versank allmählich.«

Schriftsteller und ihre Entscheidungen.

Eine Weile hielt Eroschenko es noch in Peking aus. Aber nachdem die Kaulquappen fort waren, gab es wenig Halt. Er muss in dieser Zeit eine beunruhigende Erscheinung gewesen sein, ein *irritans*, wo immer er auftauchte. Man boykottierte seine Vorlesungen. Er saß enttäuscht im Garten und spielte Gitarre. Ein wenig half es ihm, die Gesellschaft von Anarchisten aufzusuchen. Die verstanden ihn. Aber der Uni-Gig war fort, was also blieb ihm hier noch zu tun, in der Gesellschaft von Leuten, die ihn alle für berühmt hielten? Die Gründung einer eigenen Schule? Auch daraus wurde nichts.

Also reiste er ab, im Sommer 1922. Fort vom literarischen Ruhm, fort von der wüstenhaften Stille des froschlosen Peking, nach Helsinki, zum Weltkongress.

Er brauchte eine Erlaubnis, um durch die von Japan verwaltete Mandschurei zu reisen, und dann natürlich auch eine für Sowjetrussland, das ihn als Feind der Bolschewisten betrachtete, und er schaffte es trotzdem, total *badass* wie immer, total scheiß auf komplett alles, immer kam er überall an, mit seiner altmodischen Braille-Schreibmaschine im Gepäck und einem Geist, offen und hellwach und flink wie ein Florett, in dem jede neue Sprache schon nach kürzester Studier- und Downloadzeit installationsbereit wartete.

Prüfungsfrage: Warum ist die Geniedichte in der Esperanto-Welt so hoch?

12

Das Genie:
Jorge Camacho

Der Spanier Jorge Camacho ist noch gar nicht so alt. Er arbeitet, laut Internet, für die Europäische Union als Dolmetscher für Finnisch, Portugiesisch und Englisch. Von den jüngeren Esperanto-Dichtern ist er wahrscheinlich, nach dem Tod Baldur Ragnarssons, der bekannteste. Er ist ein genial begabter Wortspielkünstler – eine Fähigkeit, die in der deutschen Literatur für gewöhnlich eher gegen Ruhm immun macht. Gut, Erich Fried vielleicht. Aber der steht auch fast nur noch auf Spruch-Pinnwänden in Büros.

Camachos Werk ist, glücklicherweise, recht umfangreich. Ab einem gewissen Zeitpunkt hörte er auf, Prosa zu veröffentlichen, und eine Serie ungewöhnlich experimenteller Gedichtbände sprudelte aus ihm. Darin gibt es alles, von israelkritischer Polemik über konkrete Poesie, philosophische Meditation und Bildgedicht bis hin zu prachtvoll-uneinordenbaren Schandtaten. Seine Entdeckungen in der Sprache Esperanto scheinen sich seither, so wie die Refrains von Popsongs, in den Sprechern angesiedelt zu haben. Als ich mich einmal István Ertl gegenüber als »ekstermovadulo«[93] bezeichnete, das gebräuchliche Wort für einen außerhalb der Esperanto-Bewegung stehenden Menschen, wies István mich sofort auf Camachos umtriebige Deutung dieses Wortes als »ekstermo-vadulo« hin. Also: Auslöschung, wie in *exterminate*, plus vadulo, was Watender, Wattbewohner oder vielleicht auch Küstenmensch heißen kann. Also ein Auslöschungsdünendurchschreiter, oder so irgendwie.

---

93 ekster = außerhalb, movado = Bewegung, -ulo = Nachsilbe, die ein Mitglied oder einen Vertreter einer Gruppe bezeichnet.

Überhaupt ist Esperanto, obwohl sein Erfinder dies eigentlich hatte verhindern wollen, zum Bersten voll von möglichen Doppelbedeutungen. Der Wiener Esperantist und Übersetzer Christian Cimpa wies mich auf das simple Beispiel »informo« hin, was einerseits Information bedeutet, aber auch »in-formo«, »weibliche Form«. Das kommt davon, dass man ein weibliches Partikel wie »in« verwendet. Ein Wort wie »indigo« könnte man auf Esperanto mit »Frauen-Deich« übersetzen.

Je genauer man Esperanto – und vielleicht jede andere Sprache – durch die Lupe betrachtet, desto fratzenhafter und frecher wird ihre Oberflächengestalt. Auch im Deutschen gibt es einige Januswörter. Manche Restaurants bieten etwa Gasträume an. Staubecken, Baumast, Bärtiger, Dachstube, Maistürme, Punktrichter usw.

Jorge Camacho ist ein Meister der Aphorismen:

Ekvilibro

Konvenas, frumatene, eksenti june febron
kaj en la posttagmezoj frekventi funebrejon.

Ein Schüttelreim, auch für den *ekstermovadulo* leicht zu erkennen. Die Bedeutung des Zweizeilers ist auch schnell wiedergegeben:

Angenehm ist es, frühmorgens das Fieber auf jugendliche Art zu fühlen
und am Nachmittag eine Beerdigung zu besuchen.

In dieser schmucklosen Übertragung natürlich eine vollkommen banale Aussage. Die eigentliche Geschichte, die erzählt wird, ist ja gerade der Reim, der sich über ganze sieben Silben erstreckt. Diese beiden gegensätzlichen Seinsarten: sich jugendlich im Fieber suhlen und regelmäßig auf Beerdigungen gehen, gleichen einander in ihrer sprachlichen Gestalt so sehr, dass man beim Lesen darüber in einen Taumel gerät. Denn inwiefern ist es angenehm, voll jugendlichem Fieber die Beerdigung aufzusuchen? Führt der Sprecher des Gedichts sich dort vielleicht gewaltig auf? Oder ist es angenehm als Ausgleich, so wie das Kältebecken nach dem Saunabesuch? Auch darin liegt eine etwas sinistre Natur.

Ähnlich vexierfrech geht es in manchen von Jorge Camachos Prosagedichten zu, wie etwa in folgender Variation über ein Thema von Cocteau, aus dem Gedichtband *Koploj kaj filandroj* (*Coplas und Spinnennetze*):

Der Mond

> *La lune est le soleil des statues*
> Jean Cocteau

»Der Mond ist die Sonne der Statuen.« So sagt das Gedicht. Der Mond ist sonnengleich.[94] Allerdings keine lichte, warme Sonne, kein naher Stern aus Gas und Plasma, sondern steinern, aus Fels, aus Marmor. Und offenbar sind, in einem solchen Universum, die Statuen menschengleich. Nicht aus Fleisch und Blut, sondern aus Fels, aus Marmor. Der Blick dieser Menschen aus dem Stein heraus beseelt und belebt den Mond. Man könnte auch sagen, dass, vom Standpunkt der Statuen aus, die Sonne der Mond der Menschen sei; dass die Sonne mondgleich sei. Aber wenn wir den jeweiligen Gefühlswert der Worte innerhalb der Statuenwelt beibehalten, würden wir den Mond gewiss »Sonne« nennen; die Statuen selbst »Menschen«; die Menschen »Statuen«. Und wären wieder beim ersten Vers des Gedichts: Der Mond ist die Sonne der Statuen.

---

94 Ein wenig schwer wiederzugeben die originale Zeile: »La luno sunas«, da es für den Gebrauch des Verbs keine exakte Entsprechung gibt. »La luno sunas«: Der Mond ist Sonne, der Mond verhält sich wie eine Sonne, der Mond spielt die Rolle der Sonne, der Mond sonnt.

Vielleicht liegt es an meinem noch immer nicht besonders reichen Verständnis der Sprache, dass mich Camachos Dichtung vor allem da am meisten berührt, wo er weniger wortspielt, sondern seine magischen kleinen Parabeln-auf-irgendwas entwirft. In dem Sammelband *En la profundo* (*In der Tiefe*) findet sich das folgende Gedicht:

die bombe

in einer mahagonihölzernen
perlmuttverzierten schachtel
halte ich mir einen feingliedrigen sprengsatz

wenn ich den linken knopf drücke,
leuchtet das lämpchen rot
und der countdown wird aktiviert
und der sprengvorgang eingeleitet

wenn ich den rechten knopf drücke,
leuchtet das lämpchen grün
und der countdown hält an, wird still,
und die bombe selbst ist nur mehr ein regloses
ensemble aus einzelteilen und metall

aber das ticken, wie lieb ich es, ihm zu lauschen

In einem anderen von Camachos Gedichten habe ich einen lustigen Übersetzungsfehler gemacht, der, glaube ich, ganz aus seinem Geist kommt. Ich hatte vier seiner Gedichtbände hintereinander gelesen, dabei tausend unbekannte Wörter nachschlagen müssen, und vielleicht steckte mich Camachos unermüdliches Zermeißeln und Wiederzusammenzaubern dieser in seinen Fingern so vollkommen flüssigen Plansprache irgendwie an.

Das Gedicht sieht im Original so aus:

Memorfragmentoj

Mi apenaŭ konservas rememorojn
de la plej frua infan-aĝo.
                    Eble jam 5-jara,
duonhelan bildon de lerneja korto, kun fratinaj jupoj, radsketiloj,
la pendan silueton de fera kajutponto ĉe la enmariĝo de river',
en la nebulo.

Sekvajare, somere, donacita kokido provnaĝetis en plasta ludsitelo,
subite jen ĝi flosas flave morta,
mi enterigis ĝin en floroza kampo, solene kaj subsune.

Poste, en nova urbo mi ekloĝis
4 aŭ 5 tutajn jarojn
svage plenajn je memoroj, spertoj kaj viveroj,
la komenc' de preskaŭ ĉio.

Und hier meine Übersetzung:

Erinnerungsbruchstücke

Ich habe kaum noch Erinnerungen
an meine frühesten Kinderjahre.
                    Vielleicht mit knapp fünf Jahren
ein schattenhaftes Bild des Schulhofs mit den schweren Kutten
der Schwestern, Rollschuhen
die hängende Silhouette der eisernen Schiffsbrücke im Nebel,
dort wo der Fluss ins Meer mündet.

Dann später, eines Sommers, das geschenkte Küken, das einen
Probeschwimmgang
in einem Spielzeugeimer aus Plastik unternahm,
und da trieb es schon gelb und ertrunken dahin,
ich begrub es in einem blühenden Feld, feierlich, unter der Sonne.

Dann zog ich in eine neue Stadt, in der ich
vier oder fünf ganze Jahre verbrachte,
in denen sich Erinnerungen bildeten, Erlebnisse und
Schleichkatzen,
der Beginn von beinahe allem.

Moment.

Schleichkatzen?

Vivero, von lat. *Viverra*. Auch Asiatische Zibetkatze genannt.
So ein kleines gepunktetes Raubtier mit intensiven Augen.

Ein klassischer Anfängerfehler. Man erkennt ein Wort nicht
auf Anhieb und schlägt deshalb ohne nachzudenken im Wörterbuch nach. Und da steht: vivero = Schleichkatze, Zibetkatze.
Aber die Nachsilbe »ero« bezeichnet ein Partikel einer Gesamtheit, also z. B. sablo = Sand, sablero = Sandkorn. Also vivo = Leben und vivero = Lebenseinzelteil, was immer das genau sein
mag, ein Augenblick wahrscheinlich?

Eine Zibetkatze ist allerdings auch ein Einzelteil des Lebens.

Ich fragte den Esperanto-Übersetzer Christian Cimpa, was
ein *vivero* sein könnte. Seine Antwort:

in meinem leben wäre so etwas: bei einem fußballspiel im volksschulalter schoss ich – kaum ballerfahren – ein seltsames tor. der
ball war so schlecht getroffen, dass er die gegner überraschte und
irgendwie langsam dorthin tröpfelte, wo ich ihn nicht einmal
hinhaben wollte. daraufhin schenkte mir ein mädchen aus begeisterung eine zehn-schilling-münze. als ich diese kleine trophäe stolz meiner mutter zeigte, wurde das ein ganz schlimmer
abend mit schlägen, geschrei und allerlei erziehungsmaßnahmen,
›weil wir keine bettler sind, die geld von anderen leuten nehmen‹.
das sehe ich als so einen vivero.

Oh.

Gibt es dafür ein deutsches Wort? Lebensmoment? James Joyce hätte vielleicht *epiphany* gesagt. Christian Cimpa favorisiert den Ausdruck »Lebensbilder«.

Während ich dies hier tippe, sitze ich in einem Zug von Graz nach Wien. Ein paar Plätze entfernt ist eine Frau in ihrem Sitz eingeschlafen. Draußen leuchtet der Semmering mit seinen tiefen Schluchten, dann kommt ein Tunnel und ein blinkendes Umspannwerk zieht vorüber. Der rote Nothammer an der Scheibe über mir wird plastisch und greifbar, und Geweihe aus Sonnenlicht wandern über den Körper der schlafenden Frau.

War das auch ein *vivero*?

Jedenfalls lautet die letzte Strophe nun:

Dann zog ich in eine neue Stadt, in der ich
vier oder fünf ganze Jahre verbrachte,
voll von Erinnerungen, Erfahrungen und Lebensbildern,
der Beginn von beinahe allem.

Hm. Jetzt finde ich die Strophe in meiner fehlinterpretierten Version eigentlich besser. Denn so hockt sich, uneingeladen, am Ende ein unerklärliches Element in das Gedicht, was fast immer eine gute Idee ist. Ich weiß, dieses Verfahren ist unzulässig, aber ...

Schleichkatz, Schleichkatz.

Einmal wurde Jorge Camacho gefragt, wie er es sich erkläre, dass er immer noch nicht den Nobelpreis für Literatur erhalten habe. Seine Antwort: »Die Weisheit der Schwedischen Akademie.«

»But this was in the twelfth century, and it was a dream ...«

13

Eroschenko verschwindet

Von Helsinki ging die Reise zurück nach China, aber nicht mehr ins von allen Fröschen verlassene Peking, nein, Eroschenko reiste spontan nach Tianjin, begleitet von einem japanischen Freund und dem chinesischen Dichter Xu Yunuo (1893–1958). Dann von Tianjin mit dem Schiff nach Dalian, das seit dem Russisch-Japanischen Krieg 1905 eine japanische Kolonie war. Dort fiel unser Held wieder der japanischen Polizei in die Hände. Zwei Tage lang wurde er streng verhört, dann ließ man ihn frei. Er fuhr sofort mit dem Zug nach Harbin, ständig überwacht von japanischen Geheimpolizisten, die er am hellen Klang ihres Akzents erkannte. Im Oktober war er, obwohl seine Rückkehr für September geplant war, noch immer nicht in Peking.

Man sehnte sich dort bereits nach ihm. Zhou Zuoren schrieb in sein Tagebuch: »Nun ist der Oktober vorüber, und immer noch ist Eroschenko nicht zurück. Er wohnte vier Monate in Peking, aber fühlte sich einsam und wie in der Wüste.« Zhou berichtet auch, dass der von Heimweh geschwächte Eroschenko sich damals, vor seiner Abreise, fast nur mehr in ukrainische Hemden kleidete, denn sie erinnerten ihn in Geruch und Textur an die ferne Heimat. Diese Hemden wurden ihm auf dem Schiff nach Dalian gestohlen.

Nur für kurze Zeit kehrte er schließlich doch noch nach Peking zurück und verkündete dort nur, bald für immer fortzugehen.

Die Drogen, die er gegen die Gefühle von Einsamkeit nahm, verloren langsam ihre Wirkung. Mitte März 1923 hielt er seinen letzten Vortrag in China. Aus diesem Vortrag spricht bereits eine große Verzweiflung. Es geht darin um die Verbannung von

Frauen aus dem chinesischen Theater. Daran übte Eroschenko heftige Kritik. Junge Männer in China sähen Frauen lediglich als Sexualobjekte, sagte er. Die Zuhörerschaft beschimpfte ihn. Er hasste sie aus ganzer Seele. Man ging verfeindet auseinander.

Zur Aufhellung seiner Stimmung aß er Rosinen, Birnenzucker und Bananenkuchen, oder er setzte sich in den Sanbeizi-Garten und hörte den Tigern beim Brüllen zu.

Am 16. April 1923 reiste er zum 15. Weltkongress nach Nürnberg, auch dieses Ereignis ist im Dossier der japanischen Geheimpolizei verzeichnet. Er kehrte nie wieder nach China zurück. Er hinterließ, wie überall auf der Erde, einige verblüfft und beglückt sich an ihn erinnernde Menschen und Kunstwerke, in Japan Malerei, in China Literatur.

1924 kommt Eroschenko nach Wien, zum Weltkongress, und hier begegne ich ihm, endlich, in der winzigen Lesekammer der Plansprachensammlung der Nationalbibliothek. Man händigt mir auf meine Anfrage einige Dokumente und Bücher aus, darunter auch ein sehr hübsches Foto, das ihn zeigt, den Wuschelkopf, umgeben von Gleichgesinnten, die damals in Wien die Gründung der *Universala Asocio de Blindaj Esperantistoj* ausriefen.

Die Begrüßung dauert lange, ich will das Bild nicht aus der Hand geben.

Kurz darauf suche ich es noch einmal und finde es nicht. Zeigte es wirklich Eroschenko in Wien? War er nicht umgeben von lauter Chinesen? Ich finde das Bild einfach nicht mehr.

In den Archiven der Plansprachensammlung sind einige Fotos von ihm erhalten. Immer ist es dasselbe eigenartig flammende Haupt dieses Sturkopfs und Romantikers, das inmitten von blassen, immer eine Spur kümmerlicher wirkenden Kameraden hervorleuchtet.

Hu Yuzhi, Lu Xun und Zhou Zuoren vermissen ihren Freund unterdessen immer mehr. Verschiedene Gerüchte kommen ihnen zu Ohren. Zum Beispiel dass er noch lebt. Sie feiern diese Information. Der Esperantist Ye Laishi (1911–1994) ruft sogar in seiner Zeitung dazu auf, Informationen zu Eroschenko einzuschicken. Und nach zwei Monaten kommt tatsächlich ein Brief eines gewissen N. V. Nekrassow, welcher versichert, der ukrainische Dichter Eroschenko sei mit einem russischen Eisbrecher ins Arktische Meer gefahren. Dort lebe er nun auf dem ewigen Eis.

Man wartet. Die Jahre vergehen.

Aber die Erinnerung an unseren guten Freund will nicht verblassen.

Mitte der dreißiger Jahre gehen die großen Säuberungen der Stalinzeit los. Esperantisten werden in der Sowjetunion verfolgt.

Der Zweite Weltkrieg wird vorbereitet.

Eroschenko bleibt für seine Freunde verschwunden.

Was mag aus ihm geworden sein? Um Gottes willen, er wird doch nicht etwa …? Nein. Kann er wirklich …? *Ĉu li kabeis?* Hat er *kabeiert*?

14

Die Kunst des Kabei

Klára Ertl erzählt mir 2016: Beim diesjährigen Esperanto-Weltkongress in Nitra in der Slowakei seien fünf Namen auf der Anmeldeliste aufgefallen, bei denen *forpasintoj* stand, also »Verstorbene« (wörtlich »Dahingegangene«).

István Ertl macht ein Wortspiel: »Forpasintoj, forpisantoj.« *Fortgegangene, Fortpissende.*

Klára schüttelt den Kopf: Ja, er mache mindestens einmal pro Stunde ein Wortspiel.

Das heißt also, die Esperanto-Gemeinde bekomme sofort mit, wenn jemand fehlt? Wie habe man denn auf diese Nachricht reagiert?

Klára erzählt: Eine aus der Jugendgruppe, die sich »Mutter Inge« nennt, habe eine der verstorbenen Esperantistinnen gekannt. Es sei eine Frau gewesen, die sich gern als das Esperanto-Krokodil bezeichnet habe und stets mit Krokodilmaske herumgelaufen sei. Während des zum Weltkongress gehörenden »Stadtspiels«, einer Art Schnitzeljagd mit verschiedenen kreativen Aufgaben, war eine der Stationen der Friedhof von Nitra, auf dem die Teilnehmer ein Gedicht zu schreiben hatten. Einer schrieb ein Gedicht über die fünf *forpasintoj*. Es habe, so Klára, von dem kurzen Dasein des Menschen gehandelt, »jetzt sind wir Blumen, die blühen, aber bald vergehen wir«.

Das Esperanto-Netz sei also sehr dicht? Die Leute fühlten sich darin gut aufgehoben?

Nun, es sei wohl wie in jeder anderen Community, ob durch Religion oder durch Sport oder eine andere geteilte Leidenschaft motiviert. Aber es gebe einige, die sich sehr damit identifizierten.

István Ertl erzählt von seinem satirischen Schlüsselroman *La postdomo*. Den habe er verfasst, nachdem ein homosexueller Freund von der UEA (Universala Esperanto-Asocio) der mehrfachen Vergewaltigung beschuldigt worden war. Es seien absurde und vollkommen haltlose Vorwürfe gewesen, vermutlich einfach aus Homophobie. Das habe er in dem Roman verarbeitet. Hinterher beklagten sich eine Menge Leute, *nicht* in der Satire erwähnt worden zu sein.

Man nehme einander innerhalb der Community mitunter recht intensiv wahr. Es gebe da zum Beispiel das KKPS, das Klaĉ-Kunveno Post-Somera, also die nachsommerliche Klatsch-Zusammenkunft. Jugendliche kommen an einem bestimmten Ort zusammen und tauschen Klatsch und Tratsch über die Community aus. Kláras Mutter bestätigt: Esperanto sei ein Dorf, man wisse über diesen und jenen immer dieses und jenes zu berichten.

Manche, die, so wie ich, die Esperanto-Welt nur von außen kennen, drücken gelegentlich Skepsis gegenüber dem aus, was sie als eine Art von prolongierter Spielkindwelt der Esperantisten wahrnehmen, die Kongresse, die Gruppenspiele, die dörfliche Gossip-Struktur der (um es falsch zu übersetzen) Klatschkonvente. Ich bin mir da nicht sicher. Die Esperanto-Community scheint alles andere als Uniformität oder Geschlossenheit zu fördern. Sie verfügt außerdem über einige alte Traditionen, die sich aus den Möglichkeiten internationaler Vernetztheit entwickelten. Der Rest der Welt fand zu diesen Techniken erst viel später, durch die vom Internet in ihren Alltag gebrachte Vernetzung. Ein perfektes Beispiel dafür ist der Pasporta Servo, eine Art Couchsurfing-Netzwerk avant la lettre, das es Esperantisten auf der ganzen Erde ermöglicht, bei diesem oder jenem *samideano* gratis zu übernachten. Etwas mehr als tausend Gastgeber sind verzeichnet. – Bei so einer Gelegenheit habe Klára einmal einen Holocaustleugner getroffen. Er wohnte in Deutschland. Esperantist und Holocaustleugner – eine nicht unmögliche, aber dennoch höchst absurde Kombination.

»Die meisten, die in der Esperanto-Welt aktiv sind, sind eher offene, friedliebende Menschen. Es gibt Spinner, aber die sind seltener als sonst in der Welt. Aber es gibt viele queere, weirde Menschen. Ich selbst kenne wenige Menschen, die trans sind, aber die, die ich kenne, sind Esperantisten.«

Aufgrund der offenen Struktur des Esperanto war es auch nicht besonders schwierig, spezifische Neuerungen wie etwa ein geschlechtsloses Pronomen einzuführen, »ri«, das wohl ähnlich wie das englische »they« verwendet wird. Wobei es mehrere parallele Vorschläge zu geben scheint (*gi, hi, ri*) und auch die simple Verschmelzung der klassischen männlichen und weiblichen Pronomina: *ŝli.*

Esperanto ist ein Netz, das nicht nur gut hundertdreißig Jahre nach seiner Entstehung, sondern bereits kurz nach seiner Erfindung eine beeindruckende Dichte erreichte. Einer der wichtigsten, wenn nicht der wichtigste Frühförderer der Sprache war der Pole Kazimierz Bein. Er war, wie Dr. Zamenhof, von Beruf Augenarzt. Er engagierte sich jahrelang intensiv für die Verbreitung des Esperanto und gab auch ein großes *Internationales Lesebuch* mit verschiedenen übersetzten Texten damals bekannter Autoren heraus. In den ersten Jahren des 20. Jahrhunderts stieg er zum bekanntesten Esperanto-Übersetzer auf. Der klare, leuchtende Prosastil seiner Übertragungen wirkte vorbildlich auf eine ganze Generation von Dichtern. Spielend leicht sollten die Texte in der neuen Sprache zu lesen sein, nicht künstlich und abstrakt, eben für eine wahrhaft internationale Gemeinde, also verzichtete Bein auf kompliziertere Verbformen und einen langwierig-hypotaktischen Stil und ersetzte beides, wie uns Kenner versichern, durch schlichte Anmut und eine geradezu magische Natürlichkeit. 1910 gab er das erste Esperanto-Wörterbuch heraus, den Vorläufer für alle späteren Standard-Wörterbücher.

Doch 1911, nur ein Jahr danach, verschwand er plötzlich, ohne Erklärung. Er hatte offenbar über Nacht die Nase voll von der ganzen Unternehmung. Er schrieb nichts mehr, übersetzte nichts, war unerreichbar für seine ehemaligen *samideanoj.* Er beschäftigte sich nur noch mit Augenheilkunde und der Leitung des Warschauer Ophthalmologischen Instituts, dessen Mitbegründer er war.

Die fehlende Erklärung für sein plötzliches Verschwinden irritierte die Esperanto-Gemeinde so sehr, dass sie das Kürzel KABE, mit dem er seine einflussreichen Arbeiten zu unterzeichnen pflegte, in ein Verb verwandelte. Das geht auf Esperanto nun mal sehr leicht. Passt man nicht auf, wird man zu einem Verb.

Kabei – sich nach langem Engagement in der Esperanto-Bewegung plötzlich zurückziehen.

Mi kabeis, li kabeas, ŝi kabeos. – Auf Deutsch könnte man sagen: Ich kabee, er kabet, sie wird kabeen.

Erst 1931 gelang es Esperantisten, ihn aufzustöbern und zu interviewen. Bein gab allgemeine und leidenschaftslose Antworten. Er habe eben kein rechtes Vertrauen mehr in die Sprache gehabt.

Ob er wusste, dass er, so wie man es in früheren Märchenzeiten mit Erzfeinden tat, in das Amulett eines Verbs gesperrt worden war? Ich finde keinen Hinweis darauf.

Seit mir Klára Ertl von diesem Kazimierz Bein erzählt hat, geht er mir immer wieder durch den Kopf. Er hatte Esperanto ganz offenbar *durchgespielt*. Das nimmt mich schon mal für ihn ein. Nur noch selten begegnen uns solche Menschen, die ein bestimmtes Feld künstlerischer Betätigung auf dem Höhepunkt ihres Ruhmes oder gerade in einem Augenblick größter Beschleunigung in Richtung Spitze aufgeben und nie wieder betreten. Die englische Dichterin Rosemary Tonks ist ein besonders faszinierendes und, wenn man, wie ich, ihre Gedichte liebt, schmerzliches Beispiel. Sie veröffentlichte in jungen Jahren zwei herausragende Gedichtbände, 1963 *Notes on Cafés and Bedrooms* und vier Jahre danach die atemberaubende *Iliad of Broken Sentences*. Ihr Ruhm wuchs, man erkannte sie als eines der größten Talente ihrer Zeit – und sie verschwand. Niemand wusste, wo sie war, wie man sie erreichen konnte, sie wünschte offenbar keinerlei Interaktion mit der Literaturwelt, die sich gerade frisch in sie verliebt hatte. Erst nach ihrem Tod im Jahr 2014 wurden einige Details ihres Rückzugs bekannt. Eine hartnäckige Augenkrankheit hatte ihr das Sehvermögen fast vollständig geraubt. Sie wurde tief religiös und suchte Sinn einzig in der Auslegung des Neuen Testaments. Die Literatur hatte ihr ja nicht einmal dabei helfen können, das Augenlicht wiederzuerlangen. Wofür war Literatur dann überhaupt gut? Sicher nicht für das eigene Seelenheil. Ab 1980 wohnte Tonks allein in einem Haus in Bournemouth und stellte jeglichen Kontakt mit der Umwelt ein. Sie verbrannte, fuck!, das Manuskript eines unveröffentlichten Romans und sogar eine Sammlung ungemein wertvoller fernöstlicher Kunstwerke, die sie geerbt hatte. Selbst den Namen Tonks legte sie ab.

Wir wissen in der Regel sehr wenig über diese, um sie einmal so zu nennen, *kabeoj* wie Juan Rulfo oder auch, auf ganz andere Art, J. D. Salinger, die plötzlich nichts mehr zu tun haben wollten mit dem Geschäft, in dem sie Meisterschaft erlangt hatten. Fast möchte man, während man über dieses Rätsel meditiert, die paradoxe Zen-Gestalt ihrer Biografien feiern, vor allem wenn man bedenkt, wie kohärent, verwandlungslos und absichtsüberladen das Leben vieler Künstlerinnen und Künstler in der Rückschau wirkt (auch mein eigenes, bisheriges). Nur die extrem diskontinuierlichen Biografien von *kabeoj* besitzen noch den alten, elementarteilchenhaften Charme gewisser Tricksterfiguren, an dem es uns, auch als Gesamtkultur, so sehr mangelt.

Dieser starke Zusammenhalt in der Sprachgemeinschaft. Wie bildet sich so etwas?

Klára Ertl erzählte mir, dass es am Spieltag der holländischen Esperanto-Jugendorganisation ein Team, bestehend aus zwei Jungen, gab, die, damit geheim blieb, was sie sagten, miteinander nicht auf Esperanto, sondern auf Toki Pona sprachen.

Toki Pona ist eine neue Plansprache, die 2001 von der Linguistin Sonja Lang entwickelt wurde. Sie funktioniert ein bisschen wie aUI, bloß viel einfacher und um Welten eleganter. Toki Pona setzt sich aus 123 Wörtern zusammen. Ursprünglich waren es 120, aber seither kamen drei neue dazu.[95] Das Wort »Waffel« etwa heißt: *pan pi sike mama waso*, also »Getreideprodukt aus rundem Ding aus mütterlichem Vogeltier«. Das Wort »Opfer« heißt einfach »mensch + verletzt«, *jan pakala*. Eigentlich ein guter Name für einen Blogger aus Berlin, der andauernd an irgendwas leidet: Jan Pakala. Und ein Soldat heißt »mensch + kämpfen«: *jan utala*. Bösestun-Mensch, Konflikt-Mensch. Alkohol heißt *telo nasa*, »Wasser + seltsam«. Durstig heißt *wile moku e telo*, »Wasser-konsumieren-wollen«. Wenn man von einer Mango sprechen will, braucht man bereits einen ganzen Rucksack voll Wörter: *kili pi loje jelo pi ma Tawi* – »Frucht, die gelblich-rot ist, aus Thailand«. Und so weiter.

Wobei Toki Pona eben gerade nicht dafür gebaut wurde, um über Mangos zu sprechen. Oder über andere komplizierte Sachverhalte. Man spricht in Toki Pona eher über die Sonne, die schön ist. Das Leben ist gut. Ich habe einen Baum. Ein Buch ist eine Freude. Ich esse meinen Baum. Ich bin ein kleiner Elefant. Meine Farbe ist blau. Du bist ein Opfer. Deine Nase lebt. Anna hat eine Blume. Sie heißt Wolke. Und so weiter.

Der Satz *jan li pona* kann »Menschen sind gut« oder auch »Der Mensch ist einfach« oder auch »Menschen waren freundlich« bedeuten. Es ist alles dasselbe in Toki Pona. Einfach ist gut, gut ist einfach.

Es gibt eine kleine blühende Community dieser komplexitätsfeindlichen Sprache, allerdings noch recht wenig Literatur darin. Ein Gedicht, das ich auf YouTube gefunden habe, illustriert die Bedeutungsverschiebungen durch Minimalvariation der Reihenfolge und Gestalt der Wörter und auch das für Toki Pona charakteristische Schwelgen in Einfachheit und *serenitas*. Der Autor des Gedichts nennt sich Marcus Scriptor:

---

95 Einigen Quellen zufolge sogar fünf!

ona li pana e sona pona
pona ona li pana e sona
sona pona ona li pana
pana pi sona li pona e ona

pona li sona e pana ona
sona pana ona li pona
pana ona li pona sona
ona li pona e sona pi pana

Links das Gedicht in den eigens für Toki Pona entwickelten Schriftzeichen.

Auf Deutsch besagt das Gedicht Folgendes:

Sie/er/es gibt gutes Wissen
Ihre/seine Güte bringt Wissen
Ihr/sein gutes Wissen wird freigesetzt
Das Weitergeben von Wissen heilt sie/ihn

Güte kennt ihre/seine Gabe
Das von ihr/ihm gegebene Wissen ist gut
Ihre/seine Gabe ist weise Güte
Sie/er/es heilt die Weisheit des Gebens

Die Weisheit des Gebens heilen – schwer zu sagen, ob das ein guter oder schlechter Satz ist.

Toki Pona scheint sich gut zu entwickeln, weniger als große Welthilfssprache, sondern als Gesellschaftsspiel, als kleine vergnügte App fürs Gehirn, und vielleicht wird es dereinst über eine ähnlich loyal und herzlich verkörperte Community verfügen wie Esperanto.

Aber immer noch wissen wir nicht viel über die Frage, wieso ausgerechnet dieses Esperanto so erfolgreich und stammesbildend wurde. Warum »funktionieren« gewisse Sprachen einfach und andere, von vergleichbarer Klangfarbe und Komplexität, verschwinden sofort wieder?

15

Von Päpsten, Programmierern und
imaginären Grenzen:
Der Fall des Quenya

Ich muss gestehen, ich konnte mit *Der Herr der Ringe* nie irgendetwas anfangen. Es erstaunt mich selbst. Nicht einmal die Verfilmungen von Peter Jackson machten etwas Interessantes mit mir. Man versichert mir, ich brächte mich durch diese sonderbare Immunität um sehr viel Freude. Das macht es auch nicht einfacher.

Dennoch habe ich mir den Fall des Quenya, einer von J. R. R. Tolkien erfundenen »Elbensprache«, genauer angesehen, da man an ihm am besten ablesen kann, was eine konstruierte Sprache mitbringen muss und, darüber hinaus, wie sich ihre Erlerner sozusagen *innerlich begreifen* müssen, damit die Sprache *viral* um die Welt gehen kann. In der Vorbemerkung zu seinem Online-Quenya-Kurs schreibt der norwegische Philologe Helge Kåre Fauskanger über die besonderen und vermutlich in der Geschichte einzigartig dastehenden Probleme dieser Sprache. Es lohnt sich, den Text etwas umfangreicher zu zitieren, weil er uns ein charmantes und vollständiges Bild dieses äußerst vertrackten Mysteriums liefert:

Von all den Sprachen, die der britische Autor und Philologe J. R. R. Tolkien (1892–1973) erfunden hat, war Quenya immer die populärste. Sie ist wohl auch die am höchsten entwickelte aller Sprachen, die Tolkien ersonnen hat. Tatsächlich sind nur zwei von ihnen – Quenya und Sindarin – so vollständig, dass man relativ ungezwungen echte Texte in ihnen schreiben kann, ohne auf zu massive Eigenerfindungen zurückgreifen zu müssen. Bis vor kurzem noch war Sindarin kaum verstanden, und seine komplexe Lautlehre kann frischgebackene Studierende abschrecken (vor allem wenn sie über keine Vorkenntnisse in Linguistik verfügen). Mein entschiedener Rat an jene, die Tolkiens linguistische Schöpfungen studieren möchten: Beginnen Sie mit Quenya. Die Kenntnis dieser Sprache wird spätere Studien anderer Sprachen erleichtern, einschließlich des Sindarin, da Quenya nur einen Zweig aus der Familie der elbischen Sprachen darstellt: Die Elbensprachen sind keine »unabhängigen« Sprachen, sondern entwickelten sich aus einer gemeinsamen Sprache als Vorfahre, und in vielerlei Hinsicht steht Quenya diesem Ur-Original näher als die anderen Sprachen.

Meine Augenbraue hob sich natürlich bei der Stelle »ohne auf zu massive Eigenerfindungen zurückgreifen zu müssen«. Bereits hier liegt, glaube ich, ein gewaltiger Hase im Pfeffer begraben. Einerseits scheint es sinnvoll, diese Unterscheidung zu treffen. Ist die Sprache vollständig genug, kann man sich ihr, zumindest fürs Erste, ganz überantworten? Andererseits: Wen würde man durch die Eigenerfindungen verlieren? Andere Sprecher? Wie definiert sich der genaue Küstenlinien-Umfang einer Sprache? Gegen welche innere oder äußere Struktur würde eine an Eigenerfindungen reiche Quenya-Spielart verstoßen? Hat die Figur J. R. R. Tolkiens selbst etwas damit zu tun? Er ist, anders als die allermeisten Erfinder von Sprachen, ein weltberühmter Schriftsteller und ein Held vieler Menschen, die seine Bücher in jungen Jahren entdeckten und an ihnen wie von einer Angelschnur mitten in die Weltliteratur hineingezogen wurden. Die hinterlassenen Fragmente eines solchen Menschen werden vermutlich mit größerer Ehrfurcht behandelt werden als die eines sonst wenig bekannten Augenarztes. Oder hat es viel mehr etwas mit der implizierten oder mitgegebenen Gebrauchsanleitung zu tun? Oder mehr mit dem fiktiven Universum, das der Sprache angeklebt wurde?

Weiter in Fauskangers Vorwort:

In Tolkiens Mythos war Quenya die Sprache der Elben, die in Valinor lebten, im äußersten Westen; gesprochen im »Blessed Realm« (»gesegneten Reich«) war es die vornehmste Sprache in der Welt. Später ging einer der Stämme der Elben, die Noldor, ins Exil nach Mittelerde und nahm seine Sprache Quenya mit. In Mittelerde wurde es im Alltag bald nicht mehr gesprochen, aber unter den Noldor wurde Quenya immer als feierliche, zeremonielle Sprache bewahrt. Als solche war sie auch den Sterblichen (den Menschen) der späteren Zeitalter bekannt. So hören wir im Herrn der Ringe Frodo mit dem berühmten Quenya-Gruß *elen síla lúmenn' omentielvo*, »ein Stern scheint über der Stunde unseres Treffens«, als er und seine Freunde einigen Elben über den Weg laufen (und die Elben sind entzückt, einen »Kundigen der Alten Sprache« zu treffen). Wer Quenya studiert, um sich auf diesem Weg in Tolkiens Dichtung zu vertiefen, stelle sich selbst vielleicht am besten als einen sterblichen Studenten in Mittelerde im Dritten Zeitalter vor, in jener Periode, in die der Herr der Ringe eingebettet ist. (Sich selbst als jemanden vorzustellen, der in Valinor im Ersten Zeitalter Elbisch als Muttersprache spricht, mag wohl allzu ehrgeizig sein!)

Da haben wir eines der Probleme. Bau deine Sprache so, dass die Cosplayfiguren, die sie hervorbringt, überall gelebt werden können, nicht nur in Mittelerde. Ein Elbe kann man nicht immer sein, z. B. nicht vor Gericht oder während des Grundwehrdienstes. Ebensowenig ein Klingone oder ein Dothraki-Krieger. Aber man kann, zumindest heute, in all diesen Situationen Esperantist sein. Das Anforderungsprofil für diese Identität – oder zumindest ihre lückenlos ausgelebte Variante – ist alltagstauglicher als andere.

Aber das erklärt noch nicht viel.

Erinnern wir uns außerdem an die auf Esperanto bezogene Konversionsfurcht gewisser autoritärer Machthaber im 20. Jahrhundert, die eine ganz reale Angst empfanden, dass jeder, der Esperanto erlernte, automatisch dem Internationalismus oder dem Weltfrieden oder anderen gefährlichen Konzepten verfallen würde.

Ich habe, nachdem ich den Klingonisch-Kurs auf *Duolingo* absolviert hatte, versucht, den vom Klingon Language Institute herausgegebenen *Klingon Hamlet* zu lesen. Es war mir zu schwierig. Aber da war der umfangreiche Anmerkungsapparat, in dem über einzelne Stellen dieses sonderbaren Stücks des klingonischen Autors Wil'yam Shex'pir nachgedacht wurde. Oft sei versucht worden, so die Herausgeber, aus dem Autor einen irdischen Dichter zu machen. Dieser lächerlich vereinnahmenden Tendenz müsse widerstanden werden. Etwa bei der Deutung des Verses aus Akt 1, Szene 2: *HaghtaHvIS wa' mIn, nljtaHvIS je latlh*, welcher »in der englischen Übertragung« *with an auspicious and a dropping eye* lautet. Ein tropfendes Auge, das sei, so die Anmerkung, natürlich ein gefundenes Fressen für irdische Kommentatoren, die Shex'pirs Werk auf ihrem kümmerlichen Heimatplaneten zu verorten suchen, denn bekanntlich verfüge kein Klingone über so etwas wie einen Tränenkanal. Allerdings sei dieser vermeintliche Fehler gar keiner, sondern könne aus gewissen klingonischen Theatertraditionen abgeleitet werden. Es sei ein Schockelement gewesen, mit dem Theaterautoren der Vergangenheit ihr Publikum provozieren konnten, indem sie diese unklingonische Eigenschaft, jenes ehrlose Wasserlassen-via-Auge, einer Figur zuschrieben. Zu Shex'pirs Zeiten sei dies allerdings bereits zu einer rhetorischen Formel verblasst.

The Klingon Hamlet ist keine Übersetzung. Es ist ein Roman. Einer nach dem Vorbild von Nabokovs *Pale Fire* oder Milorad Pavićs *Das Chasarische Wörterbuch*, wenn auch um vieles alberner und glucksender als diese.

Aber das ist es: Sprachen wie Quenya oder Klingonisch sind *gefräßig*. Sie rekrutieren, sie verwandeln in Fiktion. Sie müssen ihre Sprecher stärker und vollkommener verzaubern, um noch zu funktionieren. Esperanto und Volapük versuchen dies nur zum Teil. Es bereitet keinen zusätzlichen Kitzel, sich vorzustellen, Shakespeare sei ein Esperantist gewesen, um ihn auf Esperanto zu lesen.

Fauskanger schreibt weiter:

Die spezielle Form von Quenya, die in diesem Kurs gelehrt wird, ist – absichtlich – genau jene Variante des späten Exils oder Dritten Zeitalters. Diese Art Quenya ist in Beispielen im »Herrn der Ringe« verdeutlicht, mit Galadriels Klagelied (»Galadriel's Lament«) Namarië als wesentlichstem Beispiel. Zahlreiche Begeisterte brachten eine begrenzte, aber stetig wachsende Sammlung an Quenyaliteratur hervor, vor allem seit mit der Veröffentlichung von »The Lost Road« 1987, 15 Jahre nach dem Tod Tolkiens, ein wesentlicher Beitrag an Vokabular verfügbar wurde. Dank diesem und fünfzehn anderen Büchern mit Material von Mittelerde, das Christopher Tolkien im Zeitraum von 1977 bis 1996 aus von seinem Vater hinterlassenen Manuskripten herausgab, wissen wir nun viel mehr über Tolkiens Sprachen als jemals zu Lebzeiten des Erfinders. Natürlich können wir uns nicht hinsetzen und die kompletten Werke Shakespeares in Quenya übersetzen, aber wir kennen einige tausend Wörter und können die allgemeinen Umrisse der Grammatik ableiten, die Tolkien vorschwebte. Noch immer können Sie in Quenya nicht wirklich »flüssig« reden, egal wie hart Sie studieren, was gegenwärtig verfügbar ist. Doch es ist in hohem Maße möglich, lange Quenya-Texte zu schreiben, wenn man wohlüberlegt die Lücken in unseren Kenntnissen umgeht, und wir können zumindest hoffen, dass einige dieser Lücken (vor allem hinsichtlich grammatikalischer Charakteristika) in zukünftigen Publikationen beseitigt werden können. In der Zukunft ist es uns vielleicht möglich, Quenya zu einer in höherem Maß »anwendbaren« Sprache zu entwickeln. Doch wir müssen eindeutig damit beginnen, sorgfältig die Informationen zu verinnerlichen, die uns Tolkiens eigenes Material liefert – soweit es uns verfügbar ist.

Ein enorm reicher, gedankenanregender Fall, dieses Quenya. Halten wir die wichtigsten Elemente fest: Es ist möglich, es »weitgehend« zu erlernen, aber die Grenzen der Sprache sind offenbar bald erreicht. Man musste, um den Wortbestand der Sprache zu kennen, zum Zeitpunkt des Todes von J. R. R. Tolkien vorhandenes Material auswerten bzw. hoffte auf postume Entdeckungen.

Quenya ist also nicht per Definition *open source*. Allerdings nicht, weil ein mehr oder weniger absolutistischer Herrscher an seiner Spitze hockt, wie etwa in den Fällen von Volapük, Blissymbolics, Klingonisch oder Valyrisch, sondern weil etwas anderes im Herzen dieser Sprache waltet: die Fan-Treue. Sie ist ein reales Hindernis. Und Esperanto ist genau das Gegenteil dieses Zugangs. Open Source, ohne Fan-Treue gegenüber der *Genialität* der ursprünglichen Erfindung, sondern mit Fan-Treue gegenüber der *Dynamik* der ursprünglichen Erfindung.[96]

Volapük drohte, so könnte man zumindest behaupten, an seiner selbstauferlegten Begrenzung zu ersticken – aber immerhin verfügte es über das Cifal-System des von Generation zu Generation weitergereichten Papstamts, und es erlebte Revolutionen und Schismen, beides durchaus bekannte und übliche Strategien zur Lebendighaltung eines kränkelnden Paradigmas.

Einen neuen Tolkien aber konnte es per Definition niemals geben. Und seine Fans standen mit der unvollständigen Sprache da. Sie liebten sie, aber es gab so viele Wörter nicht. Sie selbst zu erfinden rückte ihre Position in den Bereich der Anmaßung: Willst du dich mit Tolkien messen?

Wenn Esperantisten neue Wörter erfinden, geraten sie nicht in solche frevelhaften Bereiche, im Gegenteil, sie *ehren* vielmehr den Geist ihres verehrten L. L. Zamenhof.

---

96 Wikipedia: »Tolkien never created enough vocabulary to make it possible to converse in Quenya, although fans have been writing poetry and prose in Quenya since the 1970s. This has required conjecture and the need to devise new words, in effect developing a kind of *neo-Quenya* language.«

Und genau hier wird ein zentrales Problem der Poesie in erfundenen Sprachen beleuchtet. Es ist die Frage: Was genau lieben wir an einer erfundenen Sprache? Ist es ihr Urheber, sein unvergleichlicher Geist, sein Witz, seine ureigenste Anmut? Oder ist es ihre Silbenmusik? Ist es vielleicht der philosophische Gedanke bzw. die lebendige Fiktion *hinter* der Sprache? Oder sind es die erfundenen Figuren, die die Sprache sozusagen *zuerst* sprachen und denen wir gerne spielerisch oder weltanschaulich zu gleichen beginnen?

Ich glaube, noch nie wurde bei einer Plansprache so viel »richtig« gemacht wie im Fall des Esperanto. Es *musste* beim Tod Zamenhofs unvollständig bleiben. Was auch sonst. Das war ja gerade der Sinn. Aber es blieb sozusagen »ohne Wunden« unvollständig, ohne störende Löcher, es war das Gegenteil eines Stumpfes. Postume Entdeckungen hätten augenblicklich allein *historischen* Wert. Esperanto war ein vor Möglichkeiten berstendes System. Es war, wie alle lebensfähigen Sprachen, eine sinnlich und strukturell verkörperte Unendlichkeit, aber (weitgehend) ohne innewohnende Pflichten gegenüber irrationalen Instanzen.

Es erschiene den Fans von Quenya oder Sindarin vielleicht einfach ein wenig ungehörig, oder vielleicht auch sinnlos, die Sprache weiterzuerfinden. Es »wäre nicht mehr Quenya«. Es wäre Tolkien-Fan-Fiction. Esperanto ist per Konstruktion Fan-Fiction.

Oder die Quenya-Fans spüren immerzu den Unterschied zwischen ihrer eigenen Imagination und jener Tolkiens, mit deren Größe und Wucht man sich nur schwer messen will. Der Erfinder selbst, als Meme, steht der lockeren, angstlosen, beherzten und communitybildenden Spracherfindung immer irgendwie im Wege. Man bewegt sich, sobald man massenweise neues Vokabular erfindet, aus der Geborgenheit von Mittelerde hinaus.

Dagegen bewegt man sich, je mehr neues Esperanto-Vokabular man erfindet, immer weiter und sattelfester in Esperantujo hinein.

Welch ein Glück, dass dieser große Ludwik Lejzer Zamenhof gar kein Großer sein wollte.

Ihm schwebten, zumindest soweit ich es sehen kann, keine Friedensnobelpreise und Papstämter vor. Er hungerte nicht so sehr nach persönlicher Anerkennung, bloß nach Weltfrieden und Bruderschaft der gesamten Menschheit. Ich weiß nicht, ob man ihn darum *bescheiden* nennen kann. Aber das muss ein Mensch auch nicht sein. Demütig war er auf jeden Fall, aber auf die seltene Art gewisser Genies, die schon früh mit ihrem Werk verschmelzen und schließlich von diesem, das heißt dessen lebensraumartiger Menschenfreundlichkeit, vollkommen absorbiert und bewahrt werden. Von allen Sprachenerfindern der ferneren Vergangenheit scheint er als einziger noch am Leben.

16

Das eigentliche Genie:
Spomenka Štimec

Die großartigste lebende Dichterin des Esperanto ist zweifellos die 1949 geborene kroatische Autorin Spomenka Štimec. Ihr *Kroata Milita Noktlibro* (*Kroatisches Kriegsnachtbuch*) aus dem Jahr 1993 ist eines der wenigen Werke der gegenwärtigen Esperanto-Literatur, das in mehrere Sprachen übersetzt wurde, sogar ins Deutsche. Die Ausgabe ist heute schwer zu finden, aber der Aufwand lohnt sich, denn mir sind wenige so kurz nach bzw. direkt im Balkankrieg entstandene Prosabände bekannt, in denen auf jeder Seite mit ähnlich seelenvoller Nüchternheit und Detailmagie von dem Entsetzlichen berichtet wird, das sich damals zugetragen hat.

Weite Teile des Buches wurden von Štimec auf einem frühen Übersetzungscomputer getippt, während sich die Autorin in ihrem Badezimmer versteckt hielt, als die Bomben fielen. Und es sind vor allem die Dinge, die Alltagsgegenstände und neu-artigen Erscheinungen, die vom Krieg erzählen. Eine Lampe, die nicht mehr an dem Ort steht, wo sie früher zu Hause war. Tischchen, Aschenbecher und Teppiche, die plötzlich anders in der Welt stehen. Dieses Andocken der unbelebten Gegenstän-de an die menschliche Realität erinnert mich an eine mir un-vergessliche Stelle im Roman *Die große Herde* von Jean Giono, wo ein junger Soldat auf Heimaturlaub beim Betrachten sei-ner Zimmerlampe denkt: »Wenn ich diese Lampe wäre … die-ser Baum, dieser Tisch, die Sau, dann dürfte ich bleiben. Wenn ich der Hund wäre, dürfte ich bleiben. Wenn ich der Hund wäre …«

Nach einer im Keller verbrachten Bombennacht begrüßen die Dinge der Wohnung die Erzählerin wieder, aber haben sich ebenfalls verändert: Sie haben erfahren müssen, dass sie von ihr im Ernstfall verlassen werden können. Der Wecker tickt in der Folge anders, die Bilder hängen verschlossener an den Wänden.

Die Kleidung eines einberufenen Mannes, der früher enga-gierter Esperantist war, fällt den Kindern als Erstes auf:

Er war es. Die Uniform, die er trägt, hat er zum ersten Mal an. Sie ist noch steif und liegt seinem Körper noch nicht vollständig an. Seine Stiefel bindet er schnell los. Über dem Knöchel sind zwei Riemen mit Schnallen befestigt.

Aber dann:

Der jüngste Sohn stülpte sich schon die Stiefel über seine schmächtigen Füße. Zunächst nahm er den einen, hielt das Le-der unter die Nase und sog tief den Geruch der Schuhwichse ein. – Der ist supeneu.

Er hatte recht. Die Stiefel waren ganz neu. Noch hatten sie niemanden getötet.

In der sicherheitsfernen Atmosphäre des Krieges scheinen die meisten Gegenstände immer *kurz davor*, sich in Lebendiges zu verwandeln:

»Ich trank den Schnaps aus dem Glas, auf dem ein Hundekopf eingeritzt war. Und während ich es hielt, glaubte ich, den Hund persönlich gekannt zu haben, als ich meine ersten Röcke trug.«

Es ist auf einmal so leicht geworden, lebendige Körper in Gegenstände zu verwandeln, daher stehen die Tore für den umgekehrten Weg nun ebenfalls schmerzhaft offen. In der überwältigenden Geschichte über den Zahnarzt René aus Vukovar ist es ein in der Region berühmter urzeitlicher Kultgegenstand, der die kriegsbedingten Wandlungen der Dingwelt durchlebt:

Vukovar ist der östlichste Ort in Kroatien, in Slawonien. Dahinter, auf der anderen Seite der Donau, beginnt Serbien. Im Krieg des Jahres 1991 wurde die Stadt Vukovar plötzlich ein strategisch wichtiger Punkt. Ein kleiner Ort, der wegen einer Taube aus Ton berühmt war. Die Taube war ein kultisches Gefäß, das in Vučedol bei Vukovar ausgegraben worden war, ein Kunstwerk aus der Zeit des Übergangs vom Neolithikum zur Eisenzeit. Es befindet sich heute im Zagreber Archäologischen Museum, die einzelnen Scherben sorgsam zusammengefügt. Während des Krieges lagerte das Museum seine größten Schätze in Kellern aus. Wahrscheinlich liegt auch die Taube aus Vukovar sorgfältig verpackt in irgendeiner Kiste. Sie erfuhr in diesem Krieg mehr Schutz als die Bewohner von Vukovar: Nachdem sie dereinst in Scherben gegangen war, passierte ihr in diesem Krieg nun nichts.

Und schließlich:

> Sie zeigten mir die Hochzeitsgeschenke. Eines war eine tönerne Nachbildung der Taube von Vukovar. Beim Transport von seiner in ihre Stadt war sie zerbrochen.
> Jetzt sieht die Taube umso mehr sich selbst gleich – witzelte René.

Und so wird in diesem Buch dem bislang von aller realen Erfahrung verschonten Leser der Krieg nähergebracht als ein unaufhaltsamer Sieg der unbeseelten Dinge gegen die beseelten. Der junge Jean-Paul Sartre lieferte eine ganz ähnliche Beschreibung des Krieges zu Beginn seiner im Zweiten Weltkrieg entstandenen *Tagebücher*, und zwar in einem Eintrag aus dem September 1939, in dem der damals im Elsass im meteorologischen Dienst stationierte Sartre die Verwandlung der Dinge folgendermaßen festhält:

> Der Sinn der Dinge ist verändert. Eine Herberge steht nach wie vor an ihrem Platz, sie ist immer noch herausgeputzt und wirkt empfangsfreudig, doch sie empfängt ins Leere, das heißt, diese Möglichkeit zerstört sich von selbst und wird absurd. (…) Das schmucke Zimmer, das den Reisenden *entzücken* soll, dient den Soldaten, die es besetzen, nur noch als *Quartier*. So wird, lange bevor die Bombe den vom Menschen hergestellten Gegenstand zerstört, der menschliche Sinn des Gegenstandes zerstört.[97]

In Arzwiller entdeckt Sartre dieselbe finstere Metamorphose auch in der Natur:

---

97 Sartre war aufgrund seines beeinträchtigten Sehvermögens vom aktiven Kriegsdienst befreit. Während des sogenannten »Sitzkriegs«, der *drôle de guerre*, an der Westfront 1939 erlebte Sartre kaum so etwas wie Gefechte, er verfügte sogar über so viel Freizeit, um einen ganzen Roman und Teile seiner späteren philosophischen Werke zu schreiben.

Fünfzig Meter von der Straße befand sich ein Eichenwald auf rotem Felsen. Wir lagen am Straßenrand, erdrückt von unseren Gewehren, Gepäckstücken, Umhängen, wie Maikäfer auf dem Rücken. Ich wollte – nein, nicht in diesen Wald *gehen*, aber denken, daß ich in ihn gehen könnte. Es war jedoch unmöglich, es auch nur zu denken. Es lag nicht in meinen Möglichkeiten. Fünfzig Meter genügen, um einen Ort außer Reichweite zu setzen. Er wird dann reine Staffage.

Die Dinge und die Wörter. Als Esperantistin vermutlich besonders sensibilisiert auf Wörter und ihren Gebrauch erinnert sich die Erzählerin des *Kriegsnachtbuchs* immer wieder auch an die eigenartigen Versteckspiele, die alltäglich gebrauchte Wörter in Zeiten des Krieges durchmachen müssen: »Während meiner Schulzeit war ›Croatia‹ zunächst einmal der Name einer Fabrik, die Batterien herstellte, und der einer Versicherungsgesellschaft.« Oder: »Aus dem Großteil der Johannisbeeren machte die Großmutter Marmelade. Die Kinder hatten eine eigene Reihe mit ihren Johannisbeersträuchern. Diese Johannisbeerallee nannten wir ›Allee der Brüderlichkeit und Einheit‹. Aus Jux, nach den großen Autobahnen zwischen Zagreb und Belgrad.« Plötzlich gilt die Familie, die ursprünglich zwischen Zagreb und Belgrad hin- und herfährt, als unüberbrückbar getrennt, und die Flugverbindung *Belgrad–Teheran* wird zwar noch täglich bedient, aber die Kombination *Belgrad–Zagreb* ist vollkommen undenkbar geworden.

Im Radio wird empfohlen, Kellerabteile auszuräumen, und als alles auf die Straßen geschafft worden ist, Matratzen, dreibeinige Stühle, leere Flaschen, erkennt man auf einmal in quälender Deutlichkeit die Absurdität all dieser vernachlässigten Kellerabteile. Was waren sie? Warum häufte man all diese Dinge dort an? Waren sie für Ratten bestimmt oder doch für Menschen?

Dann Luftalarm und plötzlicher Aufbruch. Ein Blick zurück in die Wohnung. Sie erscheint auf einmal »schön im Abschied, ruhig und heimelig«. Das Ausmaß der Bombenverwüstung lässt sich, wie die Erzählerin bald lernt, leicht am Grad der Heiterkeit der hinterher im Radio gesendeten Lieder ablesen. Wenn sie *Hrvatine* spielen, muss es besonders schlimm sein.

Auf meine Frage nach dem Leben der Gegenstände in ihren Büchern antwortete die Autorin: »Sie haben recht, ich mag solche Details. In einer Rezension wurde ich einmal als ›die Frau, die Dinge liebt‹ bezeichnet. Das stimmt. Auch in meinem Alltag bin ich umgeben von einer Menge alter Objekte, die ihre Geschichte besitzen. Für mich hat die Geschichte der Dinge mehr Gewicht. In den meisten Fällen existieren sie ja länger als die Menschen. Diese Bilder belebter Objekte muss ich also nicht suchen, sie sind in mir.«

Nach und nach fallen alle Möglichkeiten der Fernkommunikation weg, Post, Telefon, man erreicht niemanden mehr. Die Suche nach Verschollenen wird unmöglich. Aber das Erstaunliche: Die Netzwerke der Esperantisten erweisen sich als effizienter und brauchbarer als die offiziellen behördlichen Einrichtungen, ja sogar als das Rote Kreuz. Ich fragte Frau Štimec, ob die Esperanto-Vereine wirklich effizienter und schneller funktionierten. »Manchmal ja«, schrieb sie mir. »Denken Sie etwa daran, was Hector Hodler im Ersten Weltkrieg gemacht hat. Kaum eine Institution erreicht die Effektivität einzelner Esperantisten.«

Hector Hodler. Er ist eine der Hauptfiguren in ihrem faszinierenden historischen Roman *Hodler en Mostar*, einer multiperspektivischen, episodenfilmartig komponierten Geschichte, der das Leben des Malers Ferdinand Hodler und seines Sohnes, Hector Hodler, eines der frühesten Esperantisten, berührt, aber in erster Linie von einer gewissen Jeanne handelt.

Nach der Trennung von Augustine, der Mutter seines Sohnes Hector, lernt der Maler Ferdinand Hodler in seiner Werkstatt Miss Jeanne Charles kennen. Sie wird für ihn nicht nur das wichtigste Modell, sondern auch der wichtigste Mensch überhaupt, seine Freundin und Betreuerin im Alltag. Manchmal überschneidet sich jedoch die Laune beider Charaktere, und die schöne Jeanne verschwindet eines Tages einfach aus dem Leben des berühmten Malers Hodler. Bald stellt sie Hodler ihren neuen Ehemann, den Musiker Andreas Cerani, vor. Ein wenig später kehrt Jeanne als Modell zu Hodler zurück. Ihr Gesicht wird auf der neuen 50-Franken-Note verewigt.

Der Sohn Hector wird, was dem Vater vollkommen fremd ist, professioneller Esperantist. Auf dem Weltkongress in Krakau erlebt er, wie Zamenhof jegliche Urheberschaft der Weltsprache ablegt. Jeannes Ehemann stirbt zu Beginn des Krieges. Hier ein längerer Ausschnitt in meiner Übersetzung:

Sie ging ans Fenster und blickte hinaus. Es schmerzte sie, die Landschaft so unverändert vorzufinden, nun, da ihr Mann darin fehlte.

Lange stand sie und betrachtete gedankenverloren ein paar Sperlinge, denn vielleicht war es so, dass Vögel sich mit den Toten verbinden konnten. Sie wartete auf ein Zeichen von ihm. Sie brauchte Gewissheit, dass er sie nicht ganz verlassen hatte. Einer der Sperlinge, die sie beobachtete, warf immer wieder rasche Seitenblicke in ihre Richtung.

»Andreo«, sagte sie ängstlich. Da schwirrte der Vogel teilnahmslos davon, auf die andere Seite der Landschaft.

Jeanne weinte, da sie Andreo nun unter Vögeln suchen musste.

Sie ließ nachts das Fenster erleuchtet, damit Andreo den Weg nach Hause fand. Aber jede Nacht brannte das Licht umsonst.

»Hat diese Nacht der Ast vom Baum ans Fenster geklopft?«

Im Park spazierte sie neben Mimi her, wie eine Kranke, die jedes Interesse an der Welt verloren hat. Starker Wind kam auf und ließ das Laub durch die Luft wirbeln. Ein trockenes, scharfes Blattstück blieb an ihrer Lippe hängen. Ohne nachzudenken, klaubte sie es sich vom Mund und warf es weg. Erst später begriff sie: Es war ein Kuss von Andreo gewesen.

Voller Unruhe studierte sie den Erdboden. Sie lauschte, ob nicht vielleicht irgendein Kieselstein eine Nachricht für sie hatte. Und ein Kieselstein stach sie tatsächlich, als sie auf ihn trat, in den Knöchel, knapp überm Schuhrand. Sie spitzte die Ohren und achtete darauf, was nun folgen würde. Es folgte gar nichts.

Eines Tages im Park bemerkte sie, dass direkt vor ihren Schuhen, ganz braun verfärbt, der Penis von Andreo lag. Jeanne nahm ihn in die Hand; ein trockenes Holzstück.

»Ich kann ihn doch nicht einfach so liegen lassen«, sagte sie zu Mimi, »hier auf dem Spazierweg.«

»Ein Stück Holz? Das ist gut für Feuer.«

»Feuer, Mimi? Aber es sieht aus wie das Glied von Andreo.«

Mimi kam etwas näher, um sich das Organ genauer anzusehen. Sie konnte nur ein Stück Holz erkennen.

Die Frauen einigten sich darauf, es zu Hause in den Kamin zu werfen.

Jeanne brachte die Vorstellung zum Weinen.

Auf dem Heimweg sahen sie Arbeiter neben einem kleinen Feuer. Die Männer verbrannten darin Reste an Kleinholz. Mimi schlug vor, das gefundene Holzstück gleich hier ins Feuer zu werfen.

Jeanne sagte weder Ja noch Nein. Ihr kamen nur wieder die Tränen, weil Andreo in diesem Augenblick allein in der Kälte liegen musste und nie mehr erfahren würde, was das war, ein Feuer.

Wunderbar, wie die Autorin zuerst das Klischee aufbaut – die Seele des Verstorbenen lebt in Sperlingen weiter[98], ein wehendes Blatt ist ein Kuss des Toten – und dann explodieren lässt: Da, sein armer Penis liegt im Gras. Ins Feuer mit ihm. Und

---

98 Schon seit Catull ein gängiges Bild. In einem Gedicht beklagt er den nunmehr ausschließlich jenseitig stattfindenden Flug eines Sperlings, der seiner Geliebten Lesbia gehörte und vor kurzem tot im Käfig lag. – Gerade in ihrer kompakten, wenig farbenfrohen Alltäglichkeit in unseren Städten und durch ihr keckes, wenig feierliches Gehüpfe erscheinen uns die Sperlinge vielleicht durch die Jahrhunderte am geeignetsten, um Botendienste aus dem Reich der Toten in unseres (und umgekehrt) zu erledigen.

eine minder begabte Autorin hätte es bei dieser Pointe belassen. Aber was finden wir hier? Das Feuer. Es wird, inmitten all der grell überzeichneten Bilder, auf einmal eine reale Quelle aufrichtigen Staunens über die Unerreichbarkeit der Toten. Egal, wie viele Glieder von ihnen man ins Feuer legt, sie spüren es ja nicht mehr. Sie wissen nicht mehr, was das ist, ein Feuer.

In dem vom Roten Kreuz geleiteten Militärkrankenhaus in Genf absolviert Jeanne ihren Freiwilligendienst. In knapper, bildstarker Prosa, die es dem Übersetzer leicht macht, wird die Überhandnahme des Chaos festgehalten, die massenhafte Entseelung der Welt und das Dahinschwinden aller Auswege.

Am nächsten Tag zog sich Jeanne die bequemsten Schuhe und einen langen Rock an, band sich das Haar zurück und betrat das Lazarett. Man händigte ihr einen Kittel aus und befestigte das Rotkreuz-Armband an ihr. Man brachte ihr bei, wie sie sich die Hände zu waschen hatte. Alles war schwarz vor verwundeten Soldaten. Jeden Tag wurde eine neue Menge herangekarrt. Während ihrer ersten Armamputation fiel Jeanne in Ohnmacht. Ein Arzt brachte sie in den Nebenraum. Als sie wieder zu sich kam, rief man bereits nach ihr. Sie musste helfen. Nirgends konnte man sich verkriechen.
Ringsum wurde massenhaft gestorben.

Einer der Verwundeten im Hospital ist der aus Mostar stammende serbische Soldat Meho Ćišić, in den sich Jeanne verliebt.
1920 stirbt Hector Hodler. Während des Krieges schaffte er es, über die Publikationen der UEA den Verbleib Hunderttausender Menschen zu dokumentieren, Hunderte von Briefen zu sammeln und weiterzuleiten und ein Netzwerk lokaler Repräsentanten zu erschaffen, das, wie wir wissen, bis heute besteht und auch in den jüngsten Kriegen Europas Verwendung fand. 1920 heiraten auch Jeanne und Meho. Ferdinand Hodler ist nur mit seinen Bildern anwesend.

Jeanne stirbt 1955. Gegen Ende springt der Roman ins Jahr 1993. Sarajevo und Mostar werden bombardiert. Die Alte Brücke, die wir im Roman zuvor besucht haben, wird von Granaten zerstört. Aber die Gemälde Hodlers in der Nationalgalerie von Sarajevo bleiben, ähnlich der Taube von Vukovar, vollkommen verschont. Auch hier: der bittere Triumph der Dinge.

Der Roman zeigt Menschen in der Tiefe ihrer Jahre und das mit der Zeit stetig wachsende Gewicht früherer Intimitäten, die Schuld, die Awkwardness zwischen den Geschlechtern, die tödlichen Sammelpunkte der europäischen Geschichte. Aber all das so federleicht, dass es mich beim Lesen in ein konturloses Gespenst verwandelte, das eingeladen war, die mysteriösen Verbindungslinien zwischen den einzelnen Biografien der Menschen zu studieren. Der Stil ist gläsern, ornamentlos und elastisch und erinnerte mich stark an die historischen Novellen meiner Lieblingsautorin Alice Munro (z. B. *The View from Castle Rock* oder *A Wilderness Station*). Am Ende sind es doch immer diese Formen von Weisheit, von Vertrautheit mit dem Leben, die mich zu Geschichten bringen.

Ob sie beim Schreiben irgendein Vorbild im Kopf gehabt habe, fragte ich Frau Štimec.

»Mi ne havis iun ›Vorbild‹«, sagte sie. Nein, keines.

Ich dachte nach über die eigenartige Position, die diese große europäische Autorin innehat. Ihre Bücher bleiben Gott sei Dank nicht geheim, aber werden sie gleichbehandelt wie jene in naturgewachsenen Sprachen? Ich glaube, nicht.

Abgesehen davon, dass der Nobelpreis ohnehin bloß das Privatgetue einer aus irgendeinem Grund sehr einflussreichen Akademie ist, sollte ihn Spomenka Štimec bekommen. Bei William Auld damals trauten sie sich noch nicht. Jetzt wäre es möglich. Ich glaube, ich habe das zu Frau Štimec auch gesagt und noch viele andere Fanboy-Plappereien. Zur Verabschiedung sagte sie: »Estas agrable renkonti homon kiu legas.« Es ist angenehm, einem Menschen zu begegnen, der liest.

17

Eroschenkos späte Jahre

Wie wäre Vasilij Eroschenkos Leben verlaufen, hätte Esperanto nicht existiert? Ich glaube, man kann es sich vorstellen. Allzu vorausgezeichnet sind, auch heute noch, die Lebenswege von Menschen mit Behinderung. Korbflechter, Masseur. Aber eine magische Lösung bildet eine Sprache und Community wie Esperanto deshalb noch nicht, zumindest nicht für alle. Vasilij Eroschenko ist ein Sonderfall. Auch andere gerieten mit Esperanto in Berührung, und es erschien ihnen vielleicht wie eine Teleportationsmöglichkeit, aber dann, ach …

Der im Dezember 2018 verstorbene Baldur Ragnarsson war einer der beliebtesten Esperanto-Dichter. Seine Stärke waren imagistische, zarte, klare Gedichte, in denen sich meist nur durch minimale Effekte die Tragik und das Mysterium aufspannen. Hier eines seiner Gedichte, aus dem Band *La fontoj nevideblaj* (*Die unsichtbaren Quellen*) aus dem Jahr 2010. Ich musste bei dem Gedicht natürlich an Eroschenko denken, daran, wie sehr die Welt, jede Kultur und jeder Kontinent, voll sein muss mit verhinderten Eroschenkos:

Orfoj

Du infanoj
en Orienta Kongo
gefratoj 12-jara kaj 16-jara
iliaj gepatroj mortigitaj

ili sendis al mi leteron en Esperanto
kiel ili lernis la lingvon
estas al mi mistero

antau unu monato
ili skribis denove
la knabo havis akcidenton
falis de biciklo
rompis piedon

preĝu por ni
vana peto

post tio nenio

Und meine Übersetzung:

Waisen

Zwei Kinder
im Ost-Kongo
Brüder, 12 und 16 Jahre
ihre Eltern waren getötet worden

Sie sandten mir einen Brief auf Esperanto
Wie sie die Sprache erlernten
ist mir ein Rätsel

Vor einem Monat
schrieben sie wieder
Der jüngere Bruder hatte einen Unfall
Er fiel vom Fahrrad
und brach sich ein Bein

Bete für uns
Vergebliche Bitte

Danach – nichts mehr

Eben genau das ist es, dieses *post tio nenio*, das als ständige Gefahr schwebt über all den erhebenden Geschichten, in denen sich ein abgeschiedenes, benachteiligtes oder gar final verurteiltes Wesen mithilfe einer Zauberzutat (einer neuen Identität, einer neuen Sprache, einer neuen Community) aus den zermalmenden Bahnverläufen seines bisherigen Schicksals zu entkoppeln versucht. *Post tio / nenio* – das ist der Reim, den das Universum gern auf all unsere Bemühungen macht. Den zwei Brüdern aus der Demokratischen Republik Kongo war Esperanto keine Hilfe gewesen.

Aber Augenblick, warum nehme ich das so bereitwillig an? Warum denke ich, dass ihr Schicksal mit dem Eroschenkos irgendwie vergleichbar ist? Vielleicht, weil sie schreiben »Bete für uns«? Aber Ragnarssons Grübeln, wie die beiden wohl Esperanto erlernten, erscheint mir, auf den zweiten Blick, fast etwas naiv und albern. Esperanto ist in vielen afrikanischen Ländern lebendig. *Vana peto* – vergebliche Bitte. Weshalb vergeblich?

Eroschenko war zurückgekehrt. Allerdings nicht nach Hause, sondern in ein vollkommen neues Land: in die Sowjetunion. Dort fand sich schon bald eine neue Beschäftigung für den sprachlich hochbegabten Mann: Er musste abgehörte Telefongespräche aus Diplomatenhotels simultanübersetzen. Eroschenko weigerte sich. Zur Strafe öffneten die Behörden fortan seine gesamte Korrespondenz und legten sogar Feuer in seiner Privatbibliothek.

1929 flüchtete er vor den Repressalien auf die Tschuktschen-Halbinsel, wo sein Bruder als Tierarzt arbeitete. Einige Zeit lebte er dort mit den Tschuktschen, einem indigenen Volk Sibiriens. Er erlernte ihre Sprache und sammelte Märchen und Legenden. Er brachte sich außerdem das Navigieren mit Hundeschlitten bei und ging damit sogar auf die Jagd. Sein einziges Orientierungsinstrument war das Gehör. Einmal kam er beinahe in einem Blizzard um, der ihn mitten in der Tundra überraschte. Ein Hund spürte den halb erfrorenen Eroschenko nach einer Weile in einer Schneewehe auf und geleitete ihn, der sich kaum mehr bewegen konnte, nach Hause.

Ganz besonders interessierte Eroschenko das Schicksal zweier blinder Männer. Wie gestaltete sich ihr Leben in dieser sehr traditionell organisierten Kultur? Eroschenkos Bericht über die beiden ist vielleicht mein Lieblingstext aus seinem späten Werk. Der erste Mann heißt Filip Onkudimov und ist 24 Jahre alt. Eroschenko schreibt:

> Er begann bereits in seiner Kindheit sein Augenlicht zu verlieren, aber noch heute kann er ein klein wenig erkennen. Welche Krankheit er hat, kann ich nicht mit Sicherheit sagen. Seiner Beschreibung nach bedeckt ein immer dichter, immer dicker, immer fester werdender Schleier beide Augen, und jeder neue Tag wird ein klein wenig lichtundurchlässiger als der vorangegangene, ein klein wenig untröstlicher, und das ganze Leben düsterer und strafeähnlicher. Interessant dabei ist, dass seine Familie und seine Nachbarn ihn nicht im Geringsten als blind betrachten.

Wie in Eroschenkos Kindheit werden, als sonst nichts hilft, Heilige und Priester zu Rate gezogen. Filip ist einer der wenigen Tschuktschen, deren Vorfahren getauft wurden. Der zu ihm gebrachte Pope besprengt die kranken Augen mit Weihwasser. Eroschenko hält fest: »Dies half nichts.« Ein heiliges Öl wird ausprobiert. Selbes Ergebnis. Schließlich werden schwerere Geschütze aufgefahren. Filip möge die hölzernen Ikonen in der Kirche küssen, die allerdings, wie jeder zugeben muss, »auf grässliche Weise mit Kupfer und Blei verziert« sind, vollkommen grau und teilweise schwarz zerräuchert und rußüberzogen. »Sogar der Pope selbst und auch die allereifrigsten Gläubigen der Gemeinde erwarteten sich von ihnen keinerlei Wunder mehr. Nur Filip tat dies.« Denn er sieht ja nicht, in welchem Zustand die Ikonen sich befinden. Der Pope meint, dass die Ikonen in Moskau, die mit dem Licht Tausender Kerzen ernährt werden und ein Pud (16 kg) schwer in der Kirche hängen, juwelenbehängt und goldüberbacken, vielleicht weiterhelfen könnten. Auch die unverweslichen Reliquien des Heiligen Josef in Belgorod könne er sehr empfehlen. Traditionell lebende Freunde bringen Filip zu einem Schamanen. Ihnen kommen die Ikonen eher verdächtig vor. Verkrustete Heilige *küssen*? Normalerweise würden sie ja vorschlagen, diese offenbar für das Wohlergehen der Familie Onkudimov zuständigen winzigen Götter mit Ruten zu bestrafen, wie man das in der Tundra üblicherweise tut, wenn Götter ihre Aufsichtspflichten auf Erden vernachlässigen (hübscher Satz: »por ke ili pli zorgu pri la teraj aferoj de siaj adorantoj«). Aber dieser Vorschlag wird schließlich doch verworfen, denn die Ikonen sehen »viel zu kümmerlich und zauberunkundig«, ja im Grunde wie längst verprügelt aus.

Der Schamane schlägt sein heiliges Tamburin und murmelt unverständliche Worte. Er erzählt von den *Kelja*, einem früher im Grenzgebiet zum nördlichen Eismeer wohnhaften Riesengeschlecht. Sie fingen Fisch, jagten Walrösser und Seelöwen und sehr oft auch Menschen. Aber seit die Menschen mit Gewehren herumgehen, sind die Kelja unsichtbar geworden. Manchmal fahren sie in einen Menschen ein und machen ihn krank.

Aber auch das hilft dem armen Filip nicht. Er beschließt, Geld zu sparen für eine Reise nach Moskau. Vielleicht gibt es dort kompetente Ärzte, oder zumindest funktionierende Ikonen. Er schuftet für zehn, für zwanzig Männer, hilft mit beim alljährlichen Fang des Keta-Wildlachses. Er verdient viel Geld, aber es zerrinnt ihm sofort zwischen den Fingern, weil seine Verwandten sowieso immer Geld brauchen und er ihnen helfen will.

Filip sitzt fest. Weltereignisse treten auf und machen jede Art von Reise noch schwieriger. Erster Weltkrieg, Revolution, Bolschewiken, Konterrevolution und wieder Bolschewiken.

Schließlich spricht sich das Gerücht herum, ein berühmter Augenarzt reise bald durch die nahe Stadt Anadir.

Am 25. Juli 1929 reist Eroschenko ebenfalls nach Anadir, auf dem Dampfschiff *Astrachan*. Er kommt aus Moskau. In Anadir begegnet er Filip.

Der fragt ihn, ob er wirklich auch blind sei.

Ja.

Vollkommen blind?

Bedauerlicherweise ja.

Das könne doch nicht wahr sein, sagt Filip, denn der Herr komme doch aus Moskau. Wie könne er da blind sein? Dort hingen doch die Ikonen, jene aus zentnerschwerem Gold, und die vielen Heiligen und die zauberkundigen Reliquien. Nein, der Herr könne unmöglich aus Moskau stammen!

»Hör mir zu, Filip«, sagt Eroschenko. »Die Bolschewiken haben die wundertätigen Ikonen und Heiligenfiguren in öffentliche Museen gebracht. Dort üben sie leider keine Heilwirkung mehr aus.«

Aber die berühmten Doktoren. Was sei mit den berühmten Doktoren Moskaus?

Die seien nicht an Blinden interessiert, versichert Eroschenko. Das Hauptproblem sei nicht die Blindheit, sondern die Sehenden. »Sie geben uns nicht einmal die Möglichkeit, für unseren Lebensunterhalt zu arbeiten.«

Filip ist verdutzt.

»Aber bei uns«, sagt er, »da geben mir die Sehenden mit Freude jede Möglichkeit, für meinen Lebensunterhalt zu arbeiten!«

Ja, will Eroschenko antworten, ihr seid ja auch Wilde.

Nun ist er selbst etwas verwirrt.

Auf Filips Frage erzählt er ihm ein wenig von den Berufen, die Blinde in Moskau ausüben dürfen. In größeren und kleineren Fabriken, einige einfache Handarbeiten usw.

Ob die Blinden von Moskau denn keine Fische fangen würden?

»Einige«, sagt Eroschenko, »fangen zum Vergnügen Fische mit Haken.«

Zum Vergnügen! Das sei doch Frevel! Nur fürs Überleben dürfe man Fische fangen! In enger Zusammenarbeit mit den Sehenden. Filip ist entrüstet.

Man ruft ihn zur Arbeit, und den ganzen restlichen Tag macht er, der Erschütterte, alles falsch. Er rutscht auf einem Fisch aus und fällt in den Fluss. Er sitzt zu nah am Feuer, und seine Hose fängt Feuer. Ihm entgleitet das Netz. Er weint vor Wut. Da plötzlich erkennen seine Kameraden, dass er nichts mehr sieht. Sie lassen ihn allein und rufen ihn nicht mehr zur Arbeit. Er bleibt neben dem Feuer sitzen. Da ist es geschehen. Filip wird zum Blinden.

In den dreißiger Jahren befuhr Eroschenko den Arktischen Ozean auf einem Eisbrecher und lebte in Kuschka, in der Sowjetrepublik Turkmenistan, wo er eine Blindenschule gründete und ein neues Blindenschriftsystem für die turkmenische Sprache entwickelte. Es wird dort heute noch verwendet.

Während des Zweiten Weltkriegs wurde der politisch dauerverdächtige Mann unter strenge Überwachung gestellt und 1945 aus Turkmenistan entfernt. Er arbeitete als Lehrer in einer Dorfschule.

Über die letzten Jahre ist nicht viel bekannt. Zumindest nichts Wildes, Abenteuerliches. Er leitete Blindenschulen, erlebte Repressalien, er brachte Menschen Sprachen bei.

Als ihn 1951 schwere gesundheitliche Probleme befielen, untersuchte ihn ein Arzt und stellte Magenkrebs in fortgeschrittenem Stadium fest. Der Arzt behielt die Diagnose allerdings für sich, murmelte sie bloß leise für sich auf Lateinisch, da er davon ausging, der blinde Mann würde sie nicht verstehen. Aber Eroschenko verstand das Lateinische ohne Mühe. Der Arzt sagte aufmunternde Dinge. Eroschenko dankte ihm.

Er beklagte sich nicht. Nur einige wenige Dinge waren ihm

im Leben verwehrt geblieben. Er wäre so gerne mit Arthur Roy Smith im Flugzeug geflogen, aber der Sack habe seine Anfrage im April 1916 einfach abgelehnt. Ob er sich manchmal nach China zurücksehne? Oh nein. Und nach Japan? »Zu wenig Platz und zu viel Glück«, lautete sein abschließendes Urteil. Er schrieb, manchmal hätte er gerne eine Krone, nur um sie nach Passanten auf der Straße werfen zu können.

Er durchmaß ein letztes Mal den Globus, soweit es ging, um sich von seinen Freunden zu verabschieden. In der Jakutenregion in der Taiga ging er, unterstützt von einem Führer, auf die Jagd. Aber seinen letzten großen Traum, allein, nur in Begleitung eines Blindenhundes, einmal quer durch Russland zu marschieren, von seiner Heimatstadt Obuchowka bis nach Wladiwostok, konnte er nicht mehr verwirklichen.

CODA

Was ist das Gegenteil
von Hase?

Nun ist mein Buch zu Ende, und so viele Abenteuer sind gar nicht erzählt worden. Etwa als mir Ziegenmilch aus der Nase kam, als ich ein Gedicht von Matthias Koeppel in dem von ihm erfundenen Parodie-Idiom *Starckdeutsch* las und dabei lachen musste. Oder wie ich 2015 bei einem Konzert der französischen Progressive-Rock-Free-Jazz-Band Magma war, die ihre Lieder in einer eigenen Sprache, dem Kobaïanischen, singt. Es ist die Sprache des Planeten Kobaïa, der, glaube ich, die frühere Heimat der Musiker war. Oder meine wilde Begeisterung für die Dichterin Dagmara Kraus, die gleich in mehreren Plansprachen schreibt, darunter sogar Volapük, aber auch in der Langue bleue (auch Bolak genannt) des Léon Bollack und in Josef Stempfls vollkommen allein gebliebener Weltsprache Myrana. Ich liebe besonders ihr im Verlag Urs Engeler erschienenes Büchlein *kleine grammaturgie*. Aus Lehrbüchern der Langue bleue montiert sie darin verschiedene Übungssätze zu kurzen Darstellungen des Lebens, wie es wirklich ist:

ne seri nif ib gev

dog
kval
virt
div
madr
per di lers
it ag sor A

Auf Deutsch:

wir sind neun auf der erde

ein hund
ein pferd
eine tugend
ein gott
eine heimat
ein vater aus eisen
und dieser herr A

Ich erzählte Frau Kraus per E-Mail vom fehlenden Wort für »Katze« im Alt-Volapük-Wörterbuch. Ihre Antwort: »Eine umgekehrte Tatsache findet sich bei Léon Bollack. Man kann auf bolak/langue bleue einen Vater verweiblichen, aber ich bin noch auf kein angemessenes Wort gekommen, diese Vätin oder Väterin auf Deutsch zu bezeichnen.«

Dazu sei bemerkt, dass *uper* wohl nicht Mutter bedeuten würde, denn dafür gibt es in Bolak das – wenig überraschende – Wort *mer*. Frau Kraus beantwortete viele meiner Fragen, schenkte meinem Anliegen Zeit und Geduld.

Und was machte ich?

Ich verpetzte sie.

Beim Papst.

Denn ich zeigte ihr Volapük-Gedicht aus *kleine grammaturgie* sofort dem Cifal Hermann Philipps. Er ermahnte mich, mein Volapük nicht aus diesen Versen zu lernen. Und er korrigierte das Gedicht für mich. Das heißt, er schrieb ein vollkommen neues Gedicht, in korrektem Volapük.

Die letzte Strophe des Gedichts lautet auf Deutsch:

es war still
ein leuchtturm ein rettich ein bäumchen
rückten näher zusammen

Die Leserin darf sich nun selbst an einer Deutung versuchen, welche der beiden folgenden Formen die korrekte und welche die von Dagmara Kraus absichtlich fehlerhaft zusammengestellte ist:

ästilos
far e raf e bimil
änilükons odis

Oder:

pänepükos
far e raf e bimil
lä od

Dagmara Kraus ist eine jener seltenen Dichterinnen, die Sprachen als die unerhörten Kunstwerke zu betrachten verstehen, die sie sind. Möge ihr die Zukunft gehören. Mir ist es, glaube ich, nicht gegeben, in Plansprachen zu dichten. Aber wenn ich es müsste, dann würde ich es vermutlich in einem der eigenwilligsten und erfolgreichsten der jüngeren Conlang-Projekte versuchen, in dem *Ulysses* der Plansprachen: Lojban.

Sie wurde in den späten achtziger Jahren entwickelt. Ihr Urheber ist ein Autorenteam unter dem Namen *The Logical Language Group*. Lojban verwirklicht einen seit John Wilkins oder Charles Bliss stets vergeblich gehegten Traum: die Eineindeutigkeit der Aussagen. Am besten erklärt es sich durch ein Beispiel. Auf Holländisch nennt man pingelige oder pedantische Menschen, sehr gut beobachtet, *mierenneuker*, Ameisenficker. Das könnte man auf Lojban niemals so sagen. Denn die Sprache ist so gebaut, dass man bei dem Wort sofort nur einen buchstäblichen Ameisenficker vor Augen hätte, also einen Mann, der usw. Auch Wörter wie »Flüchtlingswelle« oder »Flüchtlingsstrom« würden einem Lojbanisten augenblicklich, nicht erst nach längeren Debatten oder Belehrungen, absurd und geschmacklos erscheinen.

Auch ein Till Eulenspiegel wäre in einer reinen Lojbanwelt undenkbar. Denn der nimmt bekanntlich andauernd Redensarten wörtlich und verursacht dadurch Chaos. Im Spätmittelalter und der frühen Neuzeit begann den Menschen die eigenartige Differenz zwischen den Redensarten und den Dingen mehr und mehr aufzufallen, und sie wurde zu einer Quelle eines neuartigen Humors, dessen Höhepunkt wahrscheinlich Breughels Gemälde von den *Niederländischen Sprichwörtern* darstellt. »Eulen und Meerkatzen!«, flucht der Bäckermeister – und der dummgeniale Till Eulenspiegel fasst dies als konkrete Bestellung auf. Wäre er ein monoglotter Lojban-Muttersprachler, er könnte nicht einmal auf diesen Gedanken kommen. Ich würde sogar so sapir-whorf-weit gehen und behaupten: Für einen Lojban-Sprecher wäre tatsächlich *der Einfall selbst*, solche klassischen Eulenspiegeleien zu treiben, so gut wie unmöglich. Der Bäckermeister hätte, als alltagskompetenter Lojbansprecher, keinen Zweifel daran gelassen, ob seine Aussage nun als Befehl, als Wunsch, höfliche Bestellung oder als rein bildhafter Fluch gemeint war. Denn es gibt in Lojban, ähnlich wie in Blissymbolics, eine eigene Markierungskonvention, mit der man bildhaften Sprachgebrauch ankündigt. Dann weiß man, es folgt nun eine von einer bestimmten anderen Kultur so gebrauchte Wortfolge, und überlässt diese der Intelligenz des Gesprächspartners. Einer der führenden Lojbanisten, John Cowan, versichert allerdings: »The language was built to attempt to remove some limits on human thought; these limits are not understood, so that the tendency is to try to remove restrictions whenever we find the language structure gets in our way. You definitely can talk nonsense in Lojban.«

In Lojban besteht keine Differenz zwischen dem Gesagten und der Auslegungsart. In der Mathematik würde man das eine *eineindeutige* oder *bijektive Abbildung* nennen. Auf eine

Formel gebracht: »Ich weiß zwar nicht notwendigerweise, was du ausdrücken wolltest, aber ich weiß immer genau, was du sagst.« Wenn zwei Lojbanisten denselben Satz vorgelegt bekommen, müssten sie ihn, wenn sie beide die Sprache perfekt beherrschen, vollkommen gleich verstehen. Ein Begriff hat genau ein Wort, und das Wort kann auch nur auf diesen einen speziellen Begriff bezogen werden, es existieren keine zufällig gleich lautenden Wörter, keine Konzepte, die sich irgendwie überschneiden. Alles ist sauber voneinander getrennt, wie Staaten, wie Sternbilder. Diese Über-Eindeutigkeit von Lojban führt dazu, dass manche äußerst kurze Aussagen auf Deutsch mitunter recht lang werden können, z. B.: »ko mo« = »Was ist es, das ich dir zu tun befehle?«

Ursprünglich war Lojban (das in seiner Vorform Loglan, *Logical language*, hieß) gedacht für die linguistische Forschung, dann stellte sich heraus, dass es auch die Kommunikation zwischen Mensch und Maschine verbessern könnte.

Und dennoch schreiben Menschen Poesie in Lojban. Nicht viel allerdings. Bücher, Romane und Gedichtbände sind, soweit ich sehen kann, noch keine erschienen. Die Sprache gedeiht auf Foren, auf Reddit. Und eines Tages kam in einem dieser Diskussionsgehege die Frage auf, ob ein Limerick, der auf Lojban geschrieben wurde, komisch sein solle. Denn, so der Fragesteller, Limericks auf Englisch seien ja immer humorvoll. Das gab mir für einen Augenblick zu denken. Wirklich immer? Gibt es gar keine trostlosen Limericks? Und wenn nein, warum nicht? Was passiert, wenn man es versucht? Richtig: Man wird von der fünften Zeile geohrfeigt. Seltsamer Effekt. Aber man kann es selbst ausprobieren. Etwas in der rhythmischen Geste selbst bewirkt, dass dieser wiederkehrende Reim das Ganze immer aufhebt und glucksend unernst und uneigentlich macht. Limericks in Lojban scheinen vor etwa zehn Jahren oder so eine kurze Probeblütezeit erlebt zu haben. Hier ist eines:

fe le tolcre cu nandu.i'u
.iunai fa lo nu finti le mu
lo vlali'i co pemci
.i se tordu le temci
.i lo rimni cu sarcu je'u

Der Autor, Michael Turniansky, lieferte auch eine Übersetzung:

For the novice, it's hard (don't I know
And hate that?) to write five
Lines of poetry.
Time is short,
And it has to rhyme (Really!)

Eine gereimte Variante könnte ungefähr so aussehen:

Für den Neuling – oh großes Verhängnis! –
ist die Limerickform ein Gefängnis.
Es sind nur fünf Zeilen
man muss sich beeilen
und kommt echt in Reimwort-Bedrängnis!

Michael Turniansky ist Programmierer und Lojbanist. Nachdem er auf Quora, einem Netzwerk, das die Beantwortung möglichst vieler Fragen zum Ziel hat, nach der Existenz von Dichtung in Lojban gefragt wurde, antwortete er mit einigen selbstverfertigten Beispielen und Übersetzungen, darunter auch eine von Robert Gernhardts Gedicht *Lied*:

In dem Grase war ein Tier;
es saß dort, ich stand hier.
Ich ging langsam darauf zu,
fragte es: Wer bist dann du?
Bist du bräunlich

oder rot?
Bist lebendig
oder tot?
Bist ein Teufel
oder Gott?
Oder bist du ein Hase?

Der Mann hat Geschmack. Dies ist ein vollkommenes Gedicht. Generell Hasen in der Poesie: immer eine gute Idee. Ich selber empfinde mich, wie ich schon oft Gelegenheit hatte zu erwähnen, als etwas Hasenartiges. Ich füttere sogar, seit ich in Wien lebe, regelmäßig die wilden Kaninchen, die am Donauufer wohnen. (Muss man nicht verstehen.)

Der Sprecher des Gedichts tastet sich so anmutig am Offensichtlichen entlang, nämlich der Einsicht, dass der Hase die Alternative zu all den prüfungshaft abgefragten Kategorien darstellt. Es gibt zu »Hase« nämlich kein Gegenteil. Vermutlich nicht einmal in Lojban.

Auf Lobjan sieht das Gedicht jedenfalls so aus:

zvati le srasu fa le danlu
.i ri zutse lo ve'i canlu
.i mi mo'i zo'i klama
ta'i lo masno to xu jbama
toi.i selrei lu uanai
doi xunre
la'acu'i do ca'a
.ia bunre
.i doi mivmrocevyrid
doi cun re
clakerlo cu se ponse do

Da man wahrscheinlich erst nach langem, seelengefährdendem Studium begreifen wird, aus welchen Signalmarkern der dem Lojban innewohnenden barocken Kategorientrennwut sich die hier verwendeten Sätze und Wörter im Detail zusammenbauen, hat der Übersetzer so etwas wie eine englische Interlinearversion beigefügt:

> Present in the grass, a creature.
> It sits in a small area.
> I approach
> Slowly (Is it a bomb?
>). Asking, <confusion>
> O, red thing!
> Perhaps you are really
> <belief> brown.
> O, Alive-Dead-God-Devil,
> O Random, two
> Long ears you possess!«

Und siehe da, er hat die letzte Zeile, die Pointe, vollkommen verändert. Vielleicht stieß ihm ungut auf, dass es kein Gegenteil von Hase gibt. Und dass im Gedicht die allgemeine Kategorientrunkenheit des Menschen ein wenig lächerlich gemacht werden soll, also genau das, was Lojban ausmacht. Oft wählt unser unbekanntes Inneres die Gedichte aus, die wir übersetzen.

Wenn Ludvik Zamenhof und Johann Martin Schleyer Suffixe liebten, dann kann man sagen, dass Lojbanisten geradezu suffixbesoffen sind oder sein müssen. Im Grunde wird alles in dieser Sprache damit geregelt. Also zum Beispiel die Tatsache, dass man etwas nur glaubt und nicht weiß: eigenes Suffix.

Richtig geil wird es in den Zeilen:

> O, Alive-Dead-God-Devil,
> O Random, two
> Long ears you possess!

Schreibt das auf meinen Grabstein, und ich bin zufrieden.[99]
Ich kann leider nicht sagen, ob das auf Lojban ebenfalls so
herrlich klingt. Ich vermute, nicht. Denn diese Sprache findet,
nach allem, was ich darüber gelernt habe, ja gerade solche Ausdrücke ganz normal. So baut man eben Wörter in Lojban. Eine
Abweichung stellt es nicht unbedingt dar. Dabei ist gerade das
das Herz aller Poesie: Abweichung.

> O Lebend-tot-Gott-Teufel
> O Zufällig, zwei
> lange Ohren besitzest du!

Ich hasse es so, wenn ich Leute über die gegenwärtige Literatur
jammern höre. Ich verstehe natürlich, dass nicht jeder gern in
Archiven oder in obskuren Wörterbüchern oder auf bestimmten Webseiten auf Tunnelfahrt gehen kann, aber vieles ist doch
ganz nahe, sozusagen um die Ecke. Man muss gar nicht immer
dieselben Bücher lesen. Als ich mein Plansprachenprojekt vor
gut sechs Jahren begann, ahnte ich allerdings auch nicht, dass
es derartige Reichtümer gab, dass die Welt tatsächlich noch
weitgehend unentdeckt ist.

Die deutschsprachige Literaturlandschaft wirkt manchmal,
von oben betrachtet, wie ein lustlos gebauter Biberdamm gegen allzu Fremdartiges. Aber es gibt noch Lieder jenseits dieser
Barriere. Gleich hinter der Straßenbiegung warten die unbekannten Kontinente, wo man dir schon bei der Einreise einen
völlig neuen Kopf aufsetzt und wo die Katzenlämmer tänzeln.
Und du kommst ganz leicht dorthin. Nicht einmal dein Leben
musst du ändern.

---

99 Wobei »Oder warst du ein Hase?« auch nicht schlecht wäre. Könnt ihr ja dann
entscheiden.

BILDNACHWEISE

S. 16   Fotografie Franz Kafkas im Alter von fünf Jahren (gemeinfrei, Quelle: https://commons.wikimedia.org/wiki/File:Kafka5jahre.jpg)

S. 26   Mustafa Ahmed Jama: *Viljan: dikter: poems* (Göteborg, 1999)

S. 36, 37   Screenshots des Autors (Quelle: https://globalsymbols.com/)

S. 39, 40   John Wilkins: *An Essay Towards a Real Character, and a Philosophical Language* (London, 1668)

S. 41, 43, 45, 46   Charles K. Bliss: *Semantography (Blissymbolics). A logical Writing for an illogical World* (Sydney, 1965)

S. 47   Screenshot des Autors (Quelle: https://web.archive.org/web/20140701062756/http:/www.blissymbolics.us/)

S. 47   Screenshot des Autors (Quelle: https://web.archive.org/web/20141003054209/http:/www.blissymbolics.us/2013/06/how-to-compose-nonlinear-bliss-sentence.html)

S. 49, 50   Charles K. Bliss: *Semantography (Blissymbolics). A logical Writing for an illogical World* (Sydney, 1965)

S. 51   Screenshot des Autors (Quelle: https://cdnadmin.artofliving.org/sysimg/1.jpg)

S. 70   Charles K. Bliss: *Semantography (Blissymbolics). A logical Writing for an illogical World* (Sydney, 1965)

S. 78, 80, 82   Mustafa Ahmed Jama: *Viljan: dikter: poems* (Göteborg, 1999)

S. 87, 88, 89, 90, 91   Screenshots des Autors (Quelle: https://globalsymbols.com/)

S. 92, 93   W. John Weilgart: *aUI. The Language of Space. For the First Time Represented and Adapted to the Needs of this Planet* (Neu-Delhi, 1968)

S. 96   Screenshot des Autors (Quelle: https://globalsymbols.com/)

S. 123, 124, 125   Screenshots von Sarah Wipauer (Quelle: https://translate.google.com/)

S. 134   Johann Martin Schleyer (gemeinfrei, Quelle: https://de.wiki pedia.org/wiki/Datei:JM_Schleyer_1888.jpg)

S. 143   Neuigkeits-Welt-Blatt. ANNO Historische Zeitungen und Zeitschriften, © Österreichische Nationalbibliothek, Wien

S. 145   Tram-mḷöi hhâsmařpṭuktôx (Quelle: https://commons.wiki media.org/wiki/File:Ithkuil-ex001.jpg)

S. 153   Screenshot des Autors (Quelle: https://en.wikibooks.org/wiki/L%C3%A1adan/Lessons/15)

S. 170, 172   Samuel R. Delany, Marilyn Hacker: *Quark/2* (New York, 1971)

S. 182   Vuode Palace (Quelle: http://wiki.talossa.com/File:Vuode Palace.jpg)

S. 183   Screenshot des Autors (Quelle: https://www.youtube.com/watch?v=0FAzMNQVZnE)

S. 202   Webster Hall Motor Hotel (Quelle: https://storage.google apis.com/hippostcard/p/c880ab9b067a1fada18a5f6e090bc5d2.jpg)

S. 214   Screenshot des Autors (Quelle: https://www.daserste.de/in formation/politik-weltgeschehen/weltspiegel/videos/trauerfeier-fuer-nelson-mandela-teil-1–100.html)

S. 218   Screenshot des Autors (Quelle: https://www.urbandictiona ry.com/define.php?term=tineka)

S. 225   August Walla, © Art Brut KG

S. 228   Screenshot des Autors (Quelle: https://www.google.com/ – Suche nach »fälisch«)

S. 240, 241, 242   Screenshots des Autors (Quelle: https://www.you tube.com/watch?v=ho6_Ds36zZY)

S. 258   Foto des Autors

S. 329   Porträt Vasilij Eroschenkos (Quelle: https://commons.wiki media.org/wiki/File:Portrait_of_Vasilii_Yaroschenko_by_Nakamu ra_Tsune_(National_Museum_of_Modern_Art,_Tokyo).jpg)

S. 330   Porträt Vasilij Eroschenkos (Quelle: https://www.nakamura ya.co.jp/pavilion/founder/salon/a_012.htm)

S. 363   Screenshot des Autors (Quelle: https://www.chassons.com/ chasse-en-france/faits-divers/coronavirus-en-2003-lepidemie-de- sras-etait-nee-en-chine-lauteur-du-virus-etait-alors-une-civette/32 3859/)

S. 373   Screenshot des Autors (Quelle: https://www.youtube.com/ watch?v=ofXsNjqsh34)

Weitere Nachweise über das Archiv des Suhrkamp Verlages.

NACHWEIS DER ZITIERTEN GEDICHTE

S. 102 ff.   H. C. Artmann: *Versuch einer kleinen Chrestomathie mit Zisternen*, in:
H. C. Artmann, Sämtliche Gedichte
© 2003, Jung und Jung Verlag GmbH, Salzburg

S. 118   H. C. Artmann: *ginevra verrät sich im schlaf und der könig artus antwortet ihr mit einem gedicht*, in:
H. C. Artmann, Sämtliche Gedichte
© 2003, Jung und Jung Verlag GmbH, Salzburg

S. 225 ff.   August Walla: »Ctabinoh …«
© Art Brut KG

S. 231   Ernst Herbeck: *Das Empyrum*, in:
Ernst Herbeck, Leo Navratil (Hg.), Im Herbst da reiht der Feenwind.
Gesammelte Texte 1960–1991
© 1999, Residenz Verlag GmbH, Salzburg – Wien

S. 232 f.   Ernst Herbeck: »Lieber Dart! …«, in:
Ernst Herbeck, Leo Navratil (Hg.), Im Herbst da reiht der Feenwind.
Gesammelte Texte 1960–1991
© 1999, Residenz Verlag GmbH, Salzburg – Wien

S. 235   Ernst Herbeck: *Blau*, in:
Ernst Herbeck, Leo Navratil (Hg.), Im Herbst da reiht der Feenwind.
Gesammelte Texte 1960–1991
© 1999, Residenz Verlag GmbH, Salzburg – Wien

S. 245   Oskar Pastior: *Kikakokú – Eros & Callas*
© Oskar Pastior Stiftung

S. 246 f.   Oskar Pastior: *Ballade vom defekten Kabel*
© Oskar Pastior Stiftung

DANK

Mustafa Ahmed Jama, Christian Cimpa, Klára Ertl, István Ertl, Goro Christoph Kimura, Hermann Philipps, Spomenka Štimec, Dagmara Kraus-Cavaillès, Stefan Schuhmacher, Adnan Popović. Doris Plöschberger, Jacob Teich, Yoko Hamann. Sarah.

INHALT